Kate Rapp

Die kleine Ambulanz in Wales

Kate Rapp liebt Asamtee und Schafe. Nach einer Ausbildung im medizinischen Bereich hat sie mit dem Schreiben begonnen und bereits einen Krimi veröffentlicht. Ihre Familie lebt in England und Deutschland.

Kate Rapp

Die kleine Ambulanz in Wales

Roman

PIPER

Mehr über unsere Autorinnen, Autoren und Bücher:
www.piper.de

Wenn Ihnen dieser Roman gefallen hat, schreiben Sie uns unter Nennung des Titels »Die kleine Ambulanz in Wales« an empfehlungen@piper.de, und wir empfehlen Ihnen gerne vergleichbare Bücher.

Wir produzieren nachhaltig
www.piper.de

Warnung: Dieses Buch enthält potenziell triggernde Inhalte. Mehr dazu am Ende des Buches.

ISBN 978-3-492-50594-9

Redaktion: Cornelia Franke
Satz auf Grundlage eines CSS-Layouts
von digital publishing competence (München)
mit abavo vlow (Buchloe)
Umschlaggestaltung und Motiv: www.bookcoverstore.com
Printed in Germany

1

Die Blumen, entschied Holly, würde sie auf dem Heimweg kaufen. In zarten Rosé-Tönen, Weiß und Eidottergelb zwinkerten ihr die Ranunkeln aus dem Plastikeimer zu, der vor Mr Panwars Laden am Bahnhof Brixton stand. Daneben machten sich Sträuße Papageien-Tulpen in Primärfarben breit sowie dicke Büschel Hyazinthen. Sie hatten ihre winzigen wächsernen Knospen bereits geöffnet und verströmten einen geradezu märchenhaften Duft. Wenn sie die Augen schloss, meinte Holly, im Gewächshaus von Kew Gardens zu stehen. Doch kaum war sie in die Tiefen der Bahnhofsgänge eingetaucht, zirpten statt Vögeln um sie herum Telefone, hysterische Stimmen, kreischende Bremsen. Holly wirbelte durch den Menschenfluss wie durch Stromschnellen, bevor sie in den Zug sprang wie auf ein rettendes Floß.

»Morgen, Malcolm!«

Die vertraute Gestalt saß zusammengefaltet auf seinem Stammplatz vor dem Seiteneingang des King's College Hospitals. Er war ein Mann unbestimmtem Alters, mit grauen Schuppen an beiden Unterarmen, wohnte offensichtlich in einer zugigen Ecke unter den Gleisbögen und war Stammgast in ihrer Notaufnahme. Holly erinnerte sich nicht mehr, wie oft sie seine gangränösen Füße schon behandelt hatte. Seine zerplatzte Lippe. Zertretene Rippen. Einmal einen Messerstich.

»Wunderschöner Tag heute, Lady«, knarzte er und spannte das Gesicht zu seinem unvergleichlichen Lächeln auf. Ein einziger Zahn funkelte fröhlich zwischen den Lippen. Seine gelben Augen glänzten, als Holly ihm ihren üblichen morgendlichen Obolus in seinen zerdrückten Hut warf.

»Spendierhosen an, was?«, fragte er und deutete grinsend auf Hollys gemusterten Rock.

»Ich würde Ihnen sogar mein letztes Hemd geben.«

»Warum sollte ich *Ihr* letztes Hemd wollen?«, sagte Malcolm und musterte ihre fliederfarbene Bluse abschätzig. »Ich kann auch nicht alles tragen, wissen Sie.« Er nahm seine Schultern unter dem zerlumpten Parka zurück, als werfe er sich in Pose.

Lachend trat Holly durch die sich öffnende Schiebetür.

Während sie sich den blauen Kasak überzog und ihre Sachen im Spind verstaute, überlegte Holly, ob sie nach ihrer Schicht William anrufen sollte. Sie hatten am Vortag eine *winzige Meinungsverschiedenheit*, wie er es nannte, gehabt, weil Holly nicht mit zur Geburtstagsfeier seiner Mutter kommen wollte.

»Ich kenne sie doch gar nicht.«

»Holly, sie war auf der Einweihungsfeier meiner neuen Wohnung. Ich glaube, sie mag dich.«

Die neue Wohnung, das war auch so ein Thema. Er hatte sie nicht gefragt, ob sie zusammenziehen wollten, worauf sie auch nicht erpicht gewesen war, sie kannten sich keine zehn Monate. Aber gefragt worden wäre sie gerne. Immerhin stand ihre Zahnbürste schon in seinem Bad.

»Sie mag mich *nicht*, glaub mir. Ich weiß einen vernichtenden Blick zu deuten und in ihren Augen stand: Was will diese pummelige Frau mit der grässlichen Frisur von meinem Sohn?«

»Unsinn, das bildest du dir ein. Und ich liebe dein Haar.«

Ihre widerspenstigen dunklen Locken hatten Holly ihr Leben lang in den Wahnsinn getrieben. Dass William ihre Haare mochte, war einer seiner Pluspunkte, neben seinem

Talent für intensive, lange Küsse und dem geradezu rührenden Bedürfnis, immer das Richtige zu tun.

Er war Assistent der Personaldirektion des King's College Hospital, eine Position, auf die er wegen seines mittelmäßigen Abschlusses auf einem mittelmäßigen privaten College zurecht stolz war. Seine Eltern waren wohlhabend genug, um standesbewusst auf ihrem hohen Ross der gehobenen Mittelschicht zu sitzen und auf eine kleine Krankenschwester herabzusehen, die ihre Haare und ihren Appetit nicht im Griff hatte. All das war stets in den Blicken seiner Mutter zu lesen, und Holly hatte nicht vorgehabt, sich bei ihr anzubiedern.

»Kann es sein, dass es umgekehrt ist, und *du* meine Mutter nicht magst?«, hatte William überraschend hellsichtig gefragt und Holly fühlte sich in die Defensive gedrängt.

»Das ist es nicht. Sie ist bestimmt eine ganz wunderbare Frau«, log sie. Vor dieser Feier grauste es ihr. All diese perlenbehängten Hausfrauen. Gesträhnte Föhnfrisuren, Tweedröcke, Seidenstrümpfe. Sie kriegte schon Beklemmungen, wenn sie nur daran dachte.

»Wenn du das kleine Schwarze anziehst, das ich dir zu Weihachten geschenkt habe, und die Perlenohrstecker trägst, dann musst du dich weiß Gott nicht verstecken, Schatz!«, sagte William, als habe er ihre Gedanken erraten.

»Ich bin doch kein Zirkuspferdchen! Ich komme nicht mit! Ich habe meinen Dienst tauschen müssen.«

Wieder eine Lüge und er wusste das. Deshalb war er sauer, war ohne ein weiteres Wort gegangen und seitdem herrschte Funkstille. Keine Textnachricht, nicht mal ein fragendes Emoji war auf ihrem Handy eingetrudelt, aber Holly hatte ebenfalls eisiges Schweigen gewahrt.

Ein Herzalarm an Bett zwölf beendete ihre Gedanken. Holly rannte los. Durch die Gänge der Notaufnahme in das Behandlungszimmer, über dem die Alarmleuchte pulsierte.

»Verdammte Paddels!«, schimpfte die junge Assistenzärztin mit einem Bubikopf so rot wie ein Fliegenpilz. Hektisch versuchte sie, die Stromkabel zu entwirren. Holly verteilte schnell Kontakt-Gel auf der Brust des Patienten.

»Weg vom Bett!«, kommandierte der Fliegenpilz. Holly wich zurück und der Körper vor ihr zuckte auf der Matratze.

»Wo bleibt das Adrenalin?«

Holly konzentrierte sich.

»Adrenalin, hier!«, verkündete sie und hielt eine Spritze hoch. Der Fliegenpilz wirbelte herum, schnappte sich die Injektion und rammte sie der Patientin in die Kanüle.

»Jetzt reißen Sie sich zusammen und schocken ihn gleich noch mal«, tönte plötzlich eine Kommandostimme hinter ihnen. Oberarzt Charles Lawson hatte offenbar Dienst und war zu der Reanimation geeilt. Er war ein kleiner Mann mit großem Kopf und einem silbrigen Haarkranz, der ihm ein mönchisches Aussehen verlieh. Seine missbilligende Miene war gefürchtet, ebenso seine Chirurgenhändc, dic sich gerne auf die Hintern der weiblichen Angestellten verirrten.

Der Fliegenpilz jagte die Patientin mit einem weiteren Stromstoß zurück in den Sinusrhythmus.

»Gutes Kind«, bemerkte Lawson und tätschelte im Hinausgehen den weißen Kittel über ihrem unteren Rücken. Holly wandte sich ab. Die rothaarige Ärztin atmete hörbar aus.

»Das war knapp«, sagte sie und zwinkerte Holly zu, die nicht sicher war, ob sie wirklich die geglückte Reanimation meinte.

Zurück von der Intensivstation, wohin sie ihre Patientin verlegt hatte, rannte Holly auf dem Flur geradewegs in Doyita

Bhatti hinein, genannt Dolly. Ihre beste Freundin seit ihrer Zeit als Schwesternschülerin. Holly und Dolly, einfach unzertrennlich. Damals waren sie naiv und idealistisch gewesen. Etwas vorlaut, das auch. Zusammen hatten sie gelernt, Hautlappen zusammenzuflicken und Bandagen anzulegen. Den Faden, an dem das Leben des Einzelnen hing, weiter zu spinnen. Die guten Feen der Notaufnahme, Holly und Dolly gehörten schon seit Jahren dazu.

»Hoppla!« Dolly schaute verdutzt und ließ scheppernd einen Satz Nierenschalen aus Edelstahl fallen. »Wo bist du nur mit deinen Gedanken, Holly!«

»Sorry!«

Doyita klaubte die Schalen zusammen und brachte sie zurück in die Spülküche. Dann schlenderten beide mit quietschenden Clogs nebeneinanderher in den Aufenthaltsraum.

»Dich beschäftigt doch etwas. Geht es wieder um William?«

Holly hob abwehrend die Schultern. Sie hatte eigentlich keine Lust, darüber zu reden, denn sie kam sich irgendwie kleinlich vor. Bockig. Aber dafür war eine Freundin da, oder? Um sich ihre unausgegorenen, lächerlich paranoiden Gedanken anzuhören und trotzdem auf ihrer Seite zu sein.

»Er ist, na ja, so bieder. Seine Mum vor allem.«

»Geht es hier um ihn oder um sie?«, forschte Dolly nach und kniff ihre schwarzen Augen zu einem Visier zusammen, durch das sie Holly scharf musterte.

»Beide. Ich meine, sie wird fünfundfünfzig, Schnapszahl! Und ich muss mit auf die Geburtstagsfeier, wo nur Damen in Twin-Sets herumstehen und sich mit Champagner betrinken.«

»Das wolltest du doch immer, Holly. Dass er sich zu dir bekennt, meine ich.«

»Schon«, gab sie zu und ärgerte sich, denn Dolly hatte recht.

Seit sie im vergangenen Sommer an der Themse bis zum Sonnenaufgang geknutscht hatten, waren sie und William ein Paar, aber niemand wusste davon. Abgesehen von Dolly. Holly war sich sicher, Will hatte selbst seinen besten Freunden nichts von ihr erzählt. Er hatte sie nicht mit zur Weihnachtsfeier seiner Abteilung und auch nicht zu anderen Afterwork-Events mitgenommen.

»Scheint fast so, als schämte er sich, eine Beziehung mit einer einfachen Krankenschwester zu haben«, hatte Dolly damals gelästert.

Aber Holly hatte es ihm nicht übel genommen, irgendwie verstand sie ihn sogar.

Sie machte das absurde Spielchen der Nichtbeachtung mit, dessen Regeln für den Fall, dass sie sich im Krankenhaus über den Weg laufen würden, nicht mal eine Begrüßung erlaubten. »Die Heimlichkeit macht unsere Beziehung erst zu etwas Besonderem«, hatte William gemeint und Holly fand das am Anfang liebenswert lausbubenhaft. Als würden sie gemeinsam den anderen einen harmlosen Streich spielen. Nach über einem halben Jahr erschien es ihr nur noch ermüdend und unreif.

»Er scheint zumindest die richtige Rangfolge einzuhalten«, sagte Dolly und schaltete den elektrischen Wasserkessel ein, während Holly zwei Tassen mit Teebeuteln bestückte. »Die Mutter, musst du wissen, ist immer die wichtigste Person im Leben eines Mannes. Wichtiger als sein Chef oder seine Kollegen. Wenn sie dich dabeihaben will–«

»Sie kann mich nicht ausstehen.«

»Wenn *er* dich trotzdem dabeihaben will, ist das ein ebenso gutes Zeichen! Vielleicht solltest du von deiner Position der beleidigten Leberwurst abrücken und als strahlendes Aschenputtel zu ihrem Ball erscheinen.«

Dolly feixte und Holly gab ihr einen Klaps auf den Oberarm. »Ich werd's mir überlegen.«

»Sicher wirst du das. Ruf ihn an.«

Holly goss das Wasser aus dem röchelnden Teekessel über den Beuteltee und reichte Dolly eine Tasse.

»Und bei dir zuhause? Was machen deine Wonneproppen? Rafi dürfte doch mittlerweile schon Haare auf den Beinen haben?«, fragte sie, um von sich selbst abzulenken.

»Das nicht. Glücklicherweise. Er ist gerade elf geworden. Ein kleiner Schlaumeier. In seinem Gehirn scheint es ununterbrochen zu rumoren. Manchmal kommt es mir so vor, als könnte ich seine Gedanken hören. Klick und klack und klick. Und immerzu diese Fragen.«

»Der hält dich ganz sicher auf Trab. Und die kleine Indira?«

»Ganz der Vater. Sitzt stoisch über ihren Bauklötzen und tüftelt an gefährlichen Konstruktionen.«

Sie plauderten noch etwas, bevor Dolly ihre Sachen packte und nach Hause ging. Ihr Zwischendienst war vorüber.

»Mach's gut, Doyita Bhatti!«

»Bye, bye, alte Stechpalme!«

Nach ihrer Teepause fand Holly sich allein im Flur der Notaufnahme wieder. Eine gespenstische Stille, die nur vom Rauschen der Klimaanlage und den Monitoren untermalt wurde, waberte durch das Gebäude.

»Wo sind denn alle?«, fragte sie Lydia, die wie immer hinter dem Empfangstresen saß.

Lydia hob den Kopf von ihrem Telefon, ein seliges Lächeln auf dem rosigen Lipglossmund, und sah sich erstaunt um.

»Eine Multiorgan-Transplantation, glaube ich.«

Sie versenkte sich wieder in ihre digitale Fotowelt, während der Anrufbeantworter auf Schleife geschaltet war.

Holly zückte ebenfalls ihr Handy und schrieb William eine kurze Nachricht. Der Klügere gibt nach, dachte sie. Und außerdem hasste sie es, zu streiten.

Im nächsten Moment ertönte das typische Klappern einer Rolltrage und zwei Sanitäter schoben einen jungen Mann durch die Schiebetür. Er saß aufrecht, hatte den oberen Gurt gelöst und sah sie von oben herab an. Er trug ein kurzärmliges Funktionsshirt und eine hautenge Radlerhose über dem dramatischen Muskelrelief seiner Oberschenkel. Sie war an der rechten Hüfte aufgerissen und auf seinem rechten Ellbogen glühte ein Bluterguss.

»Ich will runter, lassen Sie mich runter!«, zeterte er. »Nicht nötig, das öffentliche Gesundheitswesen mit meiner Wenigkeit zu belasten. Das sind ein paar Schürfwunden. Schürfwunden, sagte ich! Haben Sie gehört? Das ist doch wirklich übertrieben.«

»Fahrradkurier. Angefahren auf der Milkwood Road«, berichtete der größere der beiden Sanitäter ungerührt und drückte den Patienten wieder auf die Trage. Sie standen in ihren limonengelben Outfits mit den breiten Reflektorstreifen wie große Ostereier neben der Trage. »Der Helm ist hinüber. Ansprechbar, aber zahlreiche Prellungen und Schürfwunden.«

Mit ausgestrecktem Finger drehte er kleine Runden an seiner Schläfe, um anzudeuten, was er von dem Fahrradfahrer hielt.

Da kam Oberarzt Lawson wieder um die Ecke, stutzte und baute sich vor der Trage auf. »Lassen Sie den Mann aufstehen!«, kommandierte er. »Hopp, hopp, auf die Beine, mein Junge.«

Der Fahrradkurier rutschte auf die Füße, nachdem die Sanitäter ihn abgeschnallt hatten, und machte ein paar wackelige Schritte. Seine Radschuhe klackerten über das Linoleum wie bei einem Stepptänzer. Er humpelte eindeutig.

»Ab ins Röntgen! Schädel und untere Extremität. Die Bilder sehe ich mir gleich beim Durchleuchten an.« Dr. Lawson machte eine herrschaftliche Winkbewegung in Richtung der

Sanitäter und schritt davon. Holly holte einen Rollstuhl, um den Radkurier in die Radiologie zu fahren.

Natürlich hatte er eine Malleolusfraktur. Nicht aus den Klickpedalen gekommen, Knöchel aufgeschlagen, gebrochen.

Mit einem Ächzen schob er sich auf den Stuhl im Gipsraum.

»Der Gips ist so kalt! Warum bekomme ich keinen bunten Plastikgips, der ist viel leichter. Was, das schwillt noch an? Ach was, das glaube ich nun wirklich nicht! Sind Sie immer noch nicht fertig? Ich muss dringend mal telefonieren, was soll ich nur mit all den Lieferungen machen? Oh Gott, wo ist überhaupt meine Tasche!«, so ging es in einem fort.

Holly verlor allmählich die Geduld mit diesem Radfreak. Alles wusste er besser, immer hatte er zu meckern.

»Jetzt halten Sie doch endlich still, damit ich den Gips nicht noch ein zweites Mal machen muss!«

»Ich habe Schmerzen!«

»Sie haben einen gebrochenen Knöchel. Natürlich tut das weh. Das Schmerzmittel, das der Oberarzt ihnen verordnet hat, wirkt bestimmt gleich.«

Sie versuchte, ihre Stimme freundlich klingen zu lassen und ein wenig autoritär. Sie wollte, dass diese Mischung aus Quengelei und Anklage endlich aufhörte, aber es wurde immer schlimmer.

»Mein Bauch tut weh.«

»Sie sind doch auf die Seite gestürzt, oder?«

»Ja.«

»Haben Sie öfters Bauchschmerzen, Verdauungsstörungen, solche Sachen?«

»Ich hatte gestern Chicken Masala von einem neuen indischen Take-away.«

»Kann es sein, dass Sie das nicht vertragen haben?«

»Vielleicht. Mir ist übel. Und schwindelig.«

Da hatte er ausgesehen wie das blühende Leben, als er ankam, jung, sportlich, muskulös und nun, eine Stunde später, saß ihr ein eingebildeter Kranker gegenüber, dem immer wieder etwas Neues einfiel. Gleich würde er auch von seinen Hühneraugen anfangen, die er durch diese engen Radschuhe immer bekam. Trotzdem, sicher ist sicher. Der Oberarzt sollte Bescheid wissen. »Bauchschmerzen?«, fragte Dr. Lawson ungehalten, als sie ihn anrief, im Hintergrund hörte sie ein Kichern. »Geben Sie ihm einfach ein paar Schmerzmittel. Ich komme später noch mal vorbei.«

»Wirken die Schmerztabletten noch immer nicht?«, fragte Holly ihren Radler. Die Antwort kannte sie schon. Sie fühlte sich hilflos, vom Oberarzt im Stich gelassen, der offenbar Wichtigeres zu tun hatte. Dabei wollte sie dem Patienten doch helfen.

»Na, kommen Sie.« Sie tätschelte aufmunternd den frischen Gips. »Ich hole Ihnen ein paar Krücken und dann machen wir ein kleines Lauftraining. Das wird Sie ablenken und Ihren Kreislauf anregen.«

Aber das schien keine gute Idee zu sein. Entweder war er ein begnadeter Schauspieler, oder es ging ihm wirklich schlecht. Er schwankte beim Aufstehen und zog die Luft scharf zwischen die Zähne, ein eindeutiges Zeichen für Schmerzen.

»Nein, so wird das nichts.«

Sie hatte nun wirklich Erbarmen.

»Legen Sie sich hier auf die Liege. Ich rufe noch mal den Oberarzt an.«

Doch Lawson ging nicht dran. Sie ließ es lange klingeln, überlegte, mit welcher der Schwestern er sich wohl vergnügte, oder ob er eine lebensrettende OP durchführte – an einem Geister-Patienten? Es war nach dem Radfahrer kein weiterer gekommen. In ihrer Verzweiflung rief Holly noch den Fliegenpilz an. Lieber eine hektische Anfängerin als gar keinen Arzt. Doch an ihrer Stelle meldete sich der OP-Pfleger. Sie war dem zweiten Transplantationsteam zugeteilt und tatsächlich unabkömmlich.

»Rufen Sie Dr. Lawson an. Der ist zuständig«, sagte der OP-Pfleger mitleidlos und legte auf. Sie probierte erneut Lawsons Nummer, vergeblich, bevor sie ins Gipszimmer zurückging.

Der Radfahrer war eingeschlafen. Beinahe war Holly gerührt. Mit geschlossenen Augen und dem stillstehenden Mundwerk wirkte er wie ein freundlicher, gut aussehender Faun. Es tat ihr wirklich leid, ihn zu wecken.

»Hey, wie geht es Ihnen? Sind die Schmerzen besser?«

Sie rüttelte ihn sanft an der Schulter. Rüttelte fester. Er reagierte nicht.

Verdammter Mist, er wird doch nicht ohnmächtig geworden sein? Die Blässe seiner Haut war nicht mehr zu übersehen. Kaum ein Kontrast gegen das weiße Laken auf der Liege. Flink klebte sie ihm die Elektroden auf die Brust, denn sein Herzschlag musste überwacht werden, bis dieser überhebliche Oberarzt endlich eintraf. Danach rannte sie kurz zu Lydia vor.

»Lass den Lawson ausrufen. Notfall im Gipsraum. Er muss sofort kommen. *Sofort*, verstanden?«

Damit würde sie sich bei den Kolleginnen lächerlich machen und einen riesigen Anschiss kriegen. Die Ärzte der Notaufnahme wurden nicht ausgerufen, sie waren immer anwesend. Das war ein ungeschriebenes Gesetz. Selbst wenn sie draußen waren, um zu rauchen, bei einem heimlichen Schäferstündchen oder nach einer Nachtschicht in der Umkleidekabine eingepennt. Man führte sie nicht vor, indem man sie ausrufen ließ. Man fand sie einfach und bis dahin tat man, was getan werden musste.

Als Holly zurück bei ihrem Radler war, entschied sie, dass er eine Infusion brauchte. Was immer in ihm vor sich ging, ein Zugang musste gelegt werden. Doch seine zuvor so dicken Venen waren eingesunken, verschwunden. Ach du

Scheiße, dachte sie, er verblutet innerlich! Und da setzte auch schon das Herz aus, ein lang gezogener schriller Ton bohrte sich in ihr Hirn und sie sprang auf die Liege, hockte sich wie ein Golem auf seinen Körper und drückte aus Leibeskräften den Torso zusammen. Zwischen zwei Herzmassagen – *Highway to Hell* sang es in ihrem Kopf, um den Rhythmus zu halten – gelang es ihr noch, den Notfallknopf zu drücken und weiter ging es, das existenzielle Auf und Ab. Die Muskeln ihrer Arme brannten bereits nach einer Minute und sie schaltete mental um auf das Alternativprogramm: *Stay, stay, stay, stay, staying alive!*

Man musste optimistisch bleiben.

Lawson würde bestimmt gleich erscheinen.

Dennoch kamen ihr die Sekunden wie Stunden vor. Sie spürte einen Schweißfilm auf der Stirn, ihr Atem wurde schwerer, die Hände taub.

Dann plötzlich standen sie alle um Holly herum, füllten den Gipsraum aus und sprachen durcheinander, wie der Chor einer griechischen Tragödie. Einer zerrte sie von dem leblosen Körper, ein anderer intubierte, der dritte schnappte sich den Ambubeutel und beatmete mit der Hand, während sie den Radfahrer umlagerten und auf einer Rolltrage in den OP schoben. Die ganze Zeit vom fliegenden Wechsel der Herzmassage begleitet. Stay, stay, stay, stay, staying alive!, dachte Holly ihrem Radfahrer hinterher und fing an zu weinen.

Holly hatte völlig das Zeitgefühl verloren, als sie später im Aufenthaltsraum saß und starken schwarzen Tee schlürfte. Ein erschöpftes Vibrieren erfüllte ihren Körper und sie hatte das Gefühl, als würde sie jeden Moment in Milliarden Atome zerspringen. In einem Elektronenregen zerstäuben, herabrieseln und in kleinen Pfützen auf dem Linoleum liegen bleiben, bis jemand sie aufwischte und in den Müll warf.

Sie hatte sich so allein gefühlt. So hilflos. Als wäre sie der letzte Mensch auf Erden. Warum hatte es nur so lange gedauert, bis jemand kam?

Sie musste sich beruhigen. Sie hatte getan, was sie konnte. Würde das genug sein? Sie war doch nie irgendjemandem genug. William jedenfalls nicht. Verdammt, sie musste sich zusammenreißen, schalt sie sich und zog die Nase hoch.

Sie hatte schon häufiger erste Hilfe geleistet, die geglückte Reanimation vom Morgen gab ihr Hoffnung. Ihr Radfahrer würde es schaffen. Er war jung und er war stark. Sie schloss kurz die Augen und atmete tief durch.

Als Lydia anrief und einen nächsten Patienten ankündigte, stand sie auf und strich ihren Kasak glatt. Das Leben ging weiter. Sie musste jetzt die Platzwunde bei einem Kleinkind verbinden.

»Könnten Sie sie bitte ein wenig festhalten?«, bat sie die Mutter, die in einem eleganten pinkfarbenen Etuikleid einen Meter Abstand hielt, während das sechsjährige Mädchen sich auf dem Behandlungsstuhl wand, den Kopf nach rechts und links drehte, als wollte sie ihrer Ablehnung so Nachdruck verleihen.

»Ich kann die Steristrips nicht sicher platzieren, wenn sie sich so stark bewegt.«

»Haben Sie Kinder?«, erwiderte die Mutter in einem Ton, als sei das ein entscheidendes Kriterium, um ihre Tochter versorgen zu dürfen.

»Nehmen Sie sie doch auf den Schoß«, schlug Holly ihr vor.

»Also nicht, das dachte ich mir.« Die Frau guckte genervt, nahm das Mädchen hoch und setzte sich. Das Blut, das aus der Stirnwunde rann, schmierte über ihren gesmokten Ausschnitt. »Herrgott noch mal, halt still, Beverly!«, schnauzte sie, packte wie ein Schraubstock zu und verdrehte ihrer Tochter gefährlich den Hals.

Jetzt bekam Holly beinahe Angst um die Kleine, desinfizierte den Hautriss und klebte die Steristrips darüber. Schnell noch ein Pflaster drauf.

»Das war's, Sie können loslassen«, sagte sie und stand auf. Während sie aufräumte, zerrte die Mutter das Kind hinter sich her. »Wie du aussiehst! Das reinste Gossenkind! Was sollen deine Freundinnen denken?« Sie schüttelte erbost ihre Stufenfrisur.

Das Mädchen heulte wie ein junger Wolf und Holly konnte es ihr nicht verdenken. Sie ging nach vorne zu Lydia, da schlurfte Dr. Lawson vorbei.

Er hatte wirklich nicht lange gebraucht, den Radfahrer zu stabilisieren, dachte sie anerkennend, und blieb stehen, um zu erfahren, wie es ihrem Patienten ging.

»Was denken Sie denn, wie es ihm geht?«, bellte der Oberarzt. »Tot ist er, mausetot. Und das war er bereits unter Ihren Händen. Sie sind doch diese unfähige Person, die mich nicht rechtzeitig benachrichtigt hat, oder? So geht das nicht, nein, wirklich nicht. Ich meine, was denken Sie sich eigentlich? Einen Schwerverletzten allein zu reanimieren, keinen Arzt hinzuzuziehen. Sind Sie größenwahnsinnig? Wohl eher gemeingefährlich! Das wird ein Nachspiel haben, verlassen Sie sich drauf!«

Er drehte ihr zackig den Rücken zu und watschelte dahin, wo er hergekommen war. Holly fühlte sich schlagartig wie das Platzwunden-Mädchen. Sie griff sich an die Stirn und spürte ihre Beine taub werden, doch sie war geistesgegenwärtig genug, sich mit der Hand abzustützen. Da saß sie plötzlich auf dem Fußboden vor dem Empfangstresen und dachte: *Der Radler ist tot!*

Sie sah sein schlafendes Faun-Gesicht vor sich und die wütende Fratze von Dr. Charles Lawson und ihr Herz begann zu rasen und hörte gar nicht wieder auf. Lydia kam zögernd hinter dem Tresen hervor.

»Geht es dir nicht gut, Holly? Was ist los, was hat er gesagt?«

»Er ist gestorben. Mein Patient ist tot und Lawson gibt mir die Schuld. Ich habe ihn sogar von dir ausrufen lassen, Lydia. Das musst du ihm sagen! Ich habe alles richtig gemacht, getan, was ich konnte. Alles.«

Sie konnte nicht weinen. Zitterte nur. Lydia half ihr, sich aufzurappeln und klopfte ihr imaginären Staub von der Seite. Es war ein unbeholfenes Tätscheln, aber es rührte Holly.

»Es geht schon«, sagte sie. »Meine Schicht ist ohnehin gleich vorbei.«

Langsam trottete sie zum Umkleideraum, öffnete ihren Spind, zog sich um und warf den zerknautschten Kasak in den Abwurf. Sie wusch sich dreimal die Hände, desinfizierte sie und trotzdem fühlte sie sich beschmutzt, als sie durch die Schiebetüren auf die Straße trat. Das Krankenhaus schien wie ein großes, schwer atmendes Tier hinter ihr zu liegen, aus dessen Poren, Schächten und Schornsteinen verbrauchte Luft, Chemikalien und Gase drangen.

Hier draußen kochte die Sonne unerbittlich die Menschen gar. Malcolm saß dösend auf seinem Platz, einen sonnengelben Strohhut mit Stoffblumen auf dem Gesicht. Ein roter Bus rauschte vorbei. Holly nahm ihre Umgebung nur gedämpft wahr. In Gedanken spielte sie immer und immer wieder den Nachmittag durch und verspürte eine wühlende Scham. Sie hatte den Radfahrer für einen Querulanten gehalten, einen Simulanten! Doch nichts hatte auf innere Verletzungen hingedeutet, er hatte noch vor ihr gesteppt, mit seinen Radlerschuhen. Sie war doch nur die Krankenschwester. Sie hatte Lawson angepiept, immer wieder. Und wieder. Und wieder. Das dachte sie im Takt ihrer Schritte, wieder und wieder.

Und sie lief durch die staubigen Straßen, fuhr schwitzend Circle Line, stieg wieder aus und wanderte mechanisch in ihre Wohnung.

Als sie auf ihrem alten Samtsofa saß, fiel ihr Blick auf die drei vertrockneten Stängel in der Vase auf dem Tisch.

Die Blumen, dachte Holly. Sie hatte die Blumen vergessen.

2

»Ich habe deine Nachricht bekommen, Babe. Lass uns reden.«

Williams Stimme klang so zuvorkommend wie immer, als er sie am selben Abend anrief. Er hatte also noch nichts vom Radfahrer gehört. Er wollte sich einfach nur versöhnen. Vor Dankbarkeit kamen Holly beinahe die Tränen.

»Es tut mir leid, natürlich komme ich morgen mit auf den Geburtstag deiner Mutter. Ich weiß doch, dass dir das wichtig ist. Keine Ahnung, warum ich manchmal so widerborstig bin.«

Sie klang in ihren eigenen Ohren unglaubwürdig. Als läse sie den Text aus dem Drehbuch einer amerikanischen Rom-Com ab. Aber sie wünschte sich so sehr Glück und Versöhnung und inneren Seelenfrieden, dass sie einfach drauflos plapperte.

»Und ich werde mich in Schale werfen und sie alle umhauen. Deal?«

»Deal!«, rief William begeistert.

Er hatte nichts gemerkt und sie wollte die Seifenblase nicht platzen lassen, indem sie ihm von ihrer grauenvollen Schicht erzählte. Er würde es früh genug erfahren, auf den Krankenhausklatsch war Verlass. Sie durfte bloß nicht den richtigen Zeitpunkt verpassen, es ihm persönlich zu erzählen.

»Wenn du gleich herkommst, könntest du dann noch bei diesem leckeren neuen Laden vorbeigehen und zwei Sushi-Platten mitbringen?«

Holly hatte weder Lust auf Gesellschaft noch auf kalten, rohen Fisch.

»Ich denke, ich bleibe zuhause. Kopfschmerzen, weißt du. Ich fühl mich irgendwie mies.« *Denn ich habe einen Patienten sterben lassen.* Sie sprach es nicht aus, aber dieses Wissen bebte ununterbrochen durch ihren Körper, wie ein neuer, vorwurfsvoller Pulsschlag, den sie nun ihr Leben lang würde hören müssen.

Zum Glück hatte sie morgen frei, sie würde die Zeit brauchen, um sich für die Party am Abend innerlich zu wappnen. Bis dahin würde sie sich ein paar Folgen *The Royals* ansehen, sich die Dialoge reinziehen, um sich an den blasierten Tonfall zu gewöhnen. Damit sie wüsste, was sie zu sagen, wie sich zu präsentieren hatte, um nicht unangenehm aufzufallen. Es war klar, dass es Ärger geben würde im Krankenhaus, ein sogenanntes Nachspiel, wie Dr. Lawson angekündigt hatte, da musste sie die Truppen sammeln. Auf Dolly würde Holly immer zählen können, aber es galt auch, William und seine Familie gnädig zu stimmen. Immerhin, William arbeitete in der Krankenhausverwaltung, da würde er ein gutes Wort für sie einlegen können.

Holly schmatzte ihm einen Kuss durchs Handy zu, schickte ein Herz-Emoji hinterher und öffnete die Flasche mit dem tröstlich süßen Eierlikör.

In der hohen Eingangshalle des viktorianischen Hauses in Kensington roch es wie in der Pathologie. Nach Desinfektionsmittel und einem Hauch Verwesung, der von den riesigen Liliensträußen auf den beiden Sockeln rechts und links der Eingangstür ausging. Das ferne metallische Klappern der Rechauds erinnerte Holly an das Geräusch beim Öffnen und Schließen der Leichenkühlfächer. Sie fröstelte und zog tapfer ihre fadenscheinige Jacke aus, damit sie Williams neues Kleid präsentieren konnte.

»Ein Schmetterling verlässt seinen Kokon«, flüsterte William dicht an ihrem Ohr. Er hatte sie abgeholt und betrachtete sie zufrieden in der ihm so vertrauten Umgebung seines Elternhauses. »Du siehst wunderschön aus, Holly!«

Aber das stimmte nicht. Sie war nicht schön. Diese englische Art von Schönheit hatte sie nie besessen. Ihre blasse Haut mit der Neigung zu Sommersprossen unter dem drahtigen schwarzen Haar, das rundliche Kinn und ihre stechenden grünen Augen fielen auf zwischen all diesen aseptisch wirkenden, leintuchblassen Hausmütterchen, die eine Schwäche für das England der sechziger Jahre entwickelt hatten. In ihren Tweedröcken und Seidenblusen mit Schleife, in ihren gerüschten Cocktailkleidern und doppelreihigen Perlenketten sahen sie aus, als seien sie einer populären Fernsehserie über das britische Königshaus entsprungen.

Williams Mutter stöckelte in einem Albtraum aus violettem Chiffon vorüber und winkte majestätisch mit der Hand.

»Du hältst sie für snobistisch?«, raunte William ihr zu, der ziemlich gut darin wurde, ihre Gedanken zu lesen. Gefährlich gut. »Ist sie. Sie hat von Oxford geträumt.«

»*Sie* wollte nach Oxford? Gibt es dort ein Hauswirtschaftscollege?«

»*Ich* sollte nach Oxford. Dort auf die Kinder aus den Privatschulen treffen. Das war ihr Plan.«

»*Prinz* William und so weiter? Armes Lämmchen.«

»Die Königskinder waren nie in Oxford«, wischte er ihre Ironie beiseite.

»Und du hast dir eine Freundin ausgesucht, die im National Health Service arbeitet. Tja, nicht gerade eine royale Goldgrube, was?«

»Du hast ein gutes Händchen im Umgang mit deinen Patienten, Holly. Du bist empathisch, sorgfältig, beliebt.«

»Wie bitte? Wo hast du das denn her?«

»Ich habe die Einträge in deiner Personalakte gesehen. Wenn du so weitermachst, wird man dir eine leitende Position im Pflegemanagement anbieten. Also stell dein Licht nicht unter den Scheffel. Stell dir einfach vor, meine Mutter würde an einer komplizierten Autoimmunerkrankung mit begrenzter Lebensdauer leiden und pack deinen Schwesterncharme aus.«

»Also schön.« Holly lächelte ergeben, griff nach Williams Hand und stürzte sich mit ihm in den Salon.

Seine Mutter hielt Hof am Buffet und schwenkte ein Champagnerglas in die Runde. Williams Vater stand am Kamin, ein wenig verloren überblickte er den Raum voller Damen. Er war ein etwas geistesabwesender, schwerer Mann mit kartoffelbreifarbiger Haut und spärlichem Haarwuchs. Im postkolonialen Indien der Sechziger Jahre geboren, war er in England ausgebildet und von Williams Mutter eingefangen worden, wie ein exotischer Schmetterling. Er stammte aus einer ehrwürdigen Händlerfamilie, doch im Moment schien er sich nach männlicher Unterstützung zu sehnen.

»Mein Sohn!«, polterte er und hob begeistert sein Glas über den Kopf.

»Bin gleich zurück«, raunte ihr William zu und ließ Holly stehen.

»Hallo, meine Liebe! Ich bin Roberta, Williams Tante.«

Eine Wolke schweren Parfums raubte Holly beinahe die Sinne, als eine drahtige kleine Person mit dem Gesicht eines Rehpinschers plötzlich vor ihr stand und ihr ein Glas hinhielt.

»Champagner, my dear? Der Catering-Service ist einfach grauenvoll unaufmerksam. Und keiner räumt die leeren Teller weg, man könnte meinen, man sei auf einer Mülldeponie! Cynthia hat einfach kein Händchen für Dienstpersonal.«

Holly konnte keine schmutzigen Teller entdecken, nahm aber artig einen Schluck Champagner. Die Dame legte ihr vertraulich die Hand auf den Unterarm und strahlte sie mit schwarzen Knopfaugen und vorgerecktem Schnäuzchen an.

»Sie müssen Williams Verlobte sein. Ganz entzückend.«

»Verlobte?«

»Cynthia hat mir alles über Sie erzählt. So eine ambitionierte, aufopferungsvolle junge Dame sind Sie! Nennen Sie mich ruhig altmodisch, aber ich halte Hingabe für eine der wichtigsten Tugenden in einer Ehe. Wann wollen Sie Kinder?«, fragte sie und zwinkerte ihr zu. »Und vor allem, wie viele? «

Was war nur los mit dieser Frau?, dachte Holly. Warum definierte sie sich immer noch über ihre Nachkommen? Als könnten Frauen nicht auch andere Dinge leisten. Die Radioaktivität entdecken. Literaturnobelpreise erringen. Zum Mond fliegen. Verflixt gute Serien drehen. Kranke versorgen, ihnen das Leben retten. Solche Dinge eben. Sie redete, als wäre die Geschichte der Emanzipation nicht bereits über hundert Jahre alt. Tante Roberta sah dabei selber nicht gerade so aus, als würde sie jeden Tag eine große Kinderschar um sich haben, die wie kleine Vögelchen die Schnäbel aufsperrten. Und auch Williams Mutter hatte sich auf einen einzigen Nachkommen beschränkt.

Holly schüttelte kurz den Kopf und genierte sich.

»Wir sind nicht verlobt.«

»Abwarten, Schätzchen, abwarten«, raunte die Tante wie das Orakel von Delphi, tätschelte noch einmal kurz ihren Unterarm und tippelte davon, offensichtlich enttäuscht über die kargen Auskünfte.

Holly bekam es mit der Angst zu tun. Sie war dreißig Jahre alt und wollte das Leben genießen. Und sie wusste, dass es William ebenso erging. Kinder waren nie ein Thema zwischen ihnen gewesen, im Gegenteil.

Sie hatte sich noch nicht von der Fragerunde mit Tante Roberta erholt, da segelte Williams Mutter wie ein Paradiesvogel auf sie zu.

»Holly, meine Liebe!«

»Mrs Dunbridge! Alles Gute zum Geburtstag, wünsche ich. Herzlichen Dank für die Einladung«, sagte sie so wohlerzogen und ironiefrei wie möglich und schüttelte die am langen Arm ausgestreckte Hand.

»Wie schön, dass Sie es einrichten konnten, Holly, zu meiner kleinen Party zu kommen«, flötete die Gastgeberin.

Kleine Party? Das war die Untertreibung des Jahres, dachte Holly. Dutzende echter Kerzen erleuchteten den großzügigen Salon. Er glich eher dem Ballsaal aus *Downton Abbey* als einem üblichen Esszimmer. Die beiden großen, goldgerahmten Spiegel reflektierten die Flammen ins Unendliche. Während Holly den Raum an Cynthias Seite langsam durchschritt, sah sie sich im Spiegel wie durch einen Schwarm leuchtender Glühwürmchen schweben. Der Tisch, der für dreißig Personen mit Damast, Kristall und edlem Porzellan gedeckt war, war viermal so lang wie ein OP-Tisch und mit nicht weniger blitzenden Instrumenten bestückt.

Natürlich wurde sie nicht neben William platziert, der zur Rechten seiner Mutter saß. Stattdessen flankierten sie Mrs Boldering und Mrs Smith, die eine nach der anderen Hollys schwarzes Kleidchen sowie die Perlenstecker wohlwollend musterten. Mrs Boldering, eine Frau mit Pferdegebiss und warmen Bonbonaugen, trug eine riesige Brosche aus Bergkristall sowie eine huldvolle Miene zur Schau.

Nachdem sie sich am Buffet bedient und wieder zusammengekommen waren, bezogen die beiden Holly in ihr Gespräch mit ein. »Welche Primary-School besuchen denn Ihre Kinder, Mrs ...?«

Mrs Smiths Stimme klang abgestanden und gekünstelt. Sie trug ein eher biederes Chanel-Kostüm und übertrieben viel Rouge auf ihren nicht vorhandenen Wangenknochen.

»Higgins. Holly Higgins. Unverheiratet. Keine Kinder.« Sie lächelte schief und hob bedauernd beide Hände, woraufhin die Damen vorsichtig lachten, als hätte sie einen schlechten Witz gemacht.

»Sie Glückliche!«, rief Mrs Boldering aus. »Das waren noch Zeiten, Phyllis, erinnerst du dich?«

»Oh ja! Sonntags ausschlafen, ungeregelte Mahlzeiten, Fernsehen ohne Jugendschutz-Pin!«

»Und keine Elternabende!«

»Wissen Sie, Elternabende sind die schlimmste Erfindung, Miss Higgins. Kommt gleich nach der Einführung der Koedukation.« Mrs Smith rollte die Augen und wandte sich lächelnd ihrer Nachbarin zu.

»Apropos Schule. Unser Albert hat dermaßen viele Stipendienangebote von Privatuniversitäten, er kann sich kaum entscheiden. Was für ein Segen, dass deine Kinder dieses Problem nicht haben, meine liebe Brenda. Ach, und ich hörte von Dan, dein Mann trinkt derzeit keinen Alkohol. Soll ja sehr gesund sein, ich hoffe, er hat keine ernstzunehmenden Leberprobleme?«

Mrs Boldering schob sich gerade eine Mini-Pastete zwischen die Pferdezähne und wiegte kauend den Kopf hin und her.

»Ayurvedische Detox-Kur. Wirkt Wunder, was das biologische Alter und die Falten angeht. Solltest du auch mal probieren«, parierte sie den Hieb.

Holly hätte schreien können und nahm sich stattdessen ein winziges Gurkensandwich von einer dargebotenen Platte. Unter Müttern und Nachbarinnen wurde anscheinend mit harten Bandagen gekämpft. Von Solidarität und gegenseitiger Empathie waren diese Frauen so weit entfernt wie die WHO vom Sieg über den weltweiten Hunger. Bei der nächsten Gelegenheit flüchtete sie auf die Toilette. Glücklicherweise wurde die Tafel kurz darauf aufgehoben, den Nachtisch gab es in Gläsern-to-go, damit man im hell erleuchteten Garten wandeln und den Springbrunnen, die Birnenspaliere und nicht zuletzt die gebrochene, original römische Säule bewundern konnte.

Ein privates Feuerwerk und drei Drinks später hatte Holly William endlich soweit, dass sie gehen konnten. Er war, ebenso wie sie selbst, ziemlich angetrunken, legte den Arm um sie und schaffte es nur, ihr Ohr zu küssen.

»Liebe Disch«, nuschelte er, Treffsicherheit gleich null.

Ja, jubilierte sie innerlich, er liebte sie. So wie sie war. Jung und ungebunden. Keine dieser Vorstadtmuttis mit ihren Alkoholiker-Männern, Drittwägen und Schulgebühren in Höhe eines Einfamilienhauses. Er liebte sie, weil sie eine empathische, gute, um nicht zu sagen, *hervorragende* Krankenschwester war. Eine Zierde ihrer Zunft, eine, die befördert werden sollte.

»Du fühlst dich so weich an«, sagte er und klammerte sich schmerzhaft an ihrer Brust fest, als er schwankend die Stufen zur Straße hinuntertappte, wo das Taxi wartete. »Du hast dich tapfer geschlagen. Bin so stolz auf dich.«

Alkohol weichte Williams Attitüde auf und machte ihn noch liebenswerter, dachte Holly. Und in einer Anwandlung von Aufrichtigkeit und mit vom Champagner gelöster Zunge, entschied sie, dass es wohl kein Fehler wäre, ihm in dieser zutraulichen Verfassung, während er entspannt im Taxi seinen Kopf an ihre Schulter sinken ließ, reinen Wein einzuschenken. Ihn in dieser, zugegeben etwas unglücklichen Situation mit dem Radfahrer, auf ihre Seite zu ziehen.

»Das ist meine Spezialität: mich tapfer zu schlagen. Habe dem Lawson gestern Paroli geboten. Der wollte mir glatt den Tod von einem Radfahrer anhängen.«

Sie war ihm die Wahrheit schuldig. Hatte sie gedacht. Sie lachte, als hätte Lawson ihr einen Lausbubenstreich gespielt. Aber William hob den Kopf und sah sie alarmiert an.

»Du hast einen umgebracht?«, donnerte er, plötzlich stocknüchtern.

Zu spät erkannte sie ihren Fehler.

3

Nicht sehr überraschend ging ihr die Arbeit am nächsten Montag nur zäh von der Hand. Eine unbekannte Lethargie verklebte ihre Adern. Eine Düsternis durchströmte sie, als sei sie an eine Infusion mit flüssigem Teer angeschlossen, und eine undeutliche, dafür sehr gefährliche Vorahnung. William hatte kaum mit ihr geschimpft, als sie ihm im Taxi nuschelnd die ganze Geschichte erzählte. In empörter Unantastbarkeit saß er neben ihr, bevor er entschied, sie nicht länger ertragen zu können. Mit gelöster Fliege und in verrutschtem Jackett war er am Trafalgar Square in ein anderes Taxi umgestiegen, was sich demütigender anfühlte, als habe er sie von seiner Bettkante geschubst.

»Denken. Ich muss nachdenken«, hatte er gesagt und konnte gar nicht schnell genug von ihr wegkommen.

Nun schlurfte sie durch die Räume der Notaufnahme, sprach mit halb heruntergelassenen Augenlidern und erntete bei ihren Patienten erstaunte Blicke.

»Auf was für einer Droge bist du denn?«, fragte Dolly und musterte sie bei der Übergabe scheel, bevor sie gemeinsam zu einem Untersuchungsraum gingen.

Dort saß eine zierliche Muslimin, die ihr blaues Auge vergeblich mit ihrem Shador zu verdecken suchte. Ihre Wangen waren mit Rinnsalen aus Wimperntusche verschmiert, doch ihre Augen groß und schön, wie dunkle Saphire.

»Ich habe den Mann rausgeschickt und die Sozialstation wegen häuslicher Gewalt benachrichtigt.« Dolly holte die Gipsverbände, während die Frau sich auf der Liege zurechtsetzte.

»Du kennst ihn schon?«, fragte Holly grimmig.

Sie ließ lauwarmes Wasser in eine Edelstahlschüssel laufen und setzte sie neben Dolly auf dem Rolltisch ab.

»Indische Landsleute. Sie sind Stammkunden hier. Alle paar Monate bringt er sie mit gebrochenen Knochen vorbei. Eigentlich ist sie auf Armgips abonniert. Ich habe ihr schon einen Unterarmgips rechts, dann links und einen Schultergips verpasst. Fühle mich wie ihre beschissene persönliche Schneiderin.«

»Psst, Dolly, sie kann dich doch hören.«

»Aber nicht verstehen, sie stammt aus Pakistan. Halt mal kurz.« Sie hob den rechten Fuß der Frau vorsichtig an und als Holly ihn übernahm, begann sie, die feuchten Gipsbinden ordentlich überlappend darum herumzuwickeln. »Arrangierte Ehe. Der Typ lässt sie nicht raus, das ist schlimmer als Knast.«

Sie lächelte der Frau zu, die schnell die Augen niederschlug und zusammenzuckte, als Dolly den Gips auf ihrem Knöchel verstrich. Sie raunte ihr ein paar beruhigende Worte zu, die Holly nicht verstand. Wusch sich die Hände und legte sie der Frau zum Abschied noch kurz auf die Schulter, als die Dame vom Sozialdienst hereinkam.

»Sie wird nicht lange im Frauenhaus bleiben«, sagte Dolly und seufzte, kaum dass die Patientin entlassen war. »Es ist sowieso voll wie ein Bienenstock. Die meisten Frauen dort sind weiße Britinnen, weißt du. Die alten Kelten haben schon immer gerne gesoffen und dann Baumstämme geworfen. Jetzt schubsen manche eben ihre Frauen und Kinder herum, lassen die Fäuste fliegen. Sie wird sich dort nicht wohlfühlen und zu ihrem Mann zurückgehen.«

»Die Kelten? Echt jetzt?«, sagte Holly amüsiert.

Dolly schnaubte bloß.

Es war ruhig geworden in der Notaufnahme. Sie setzten sich in den Aufenthaltsraum, der durch seine popelgrünen Wände scheußlich deprimierend wirkte, und tranken stark gezuckerten Beuteltee mit Milch.

»Schon irgendwas gehört?«, erkundigte sich Dolly.

Natürlich hatte Holly sie gleich am Sonntagmorgen angerufen und ihr die ganze Geschichte erzählt. Im Hintergrund hatten sich ihre Kinder, Rafik und Indira, gekabbelt, während Dolly ganz genau wissen wollte, was mit dem Radfahrer passiert war.

Danach hatte Dolly sie eingeladen, den Sonntag bei ihnen zu verbringen. Aber Holly wäre eine miserable Freundin, wenn sie deren harmonischen Sonntag mit ihren destruktiven Schwingungen störte.

»Hab schon was anderes vor«, sagte sie daher und zog sich eine ganze Staffel von *Greys Anatomy* rein. Da wurde auch in einem fort gestorben, was ihr eigenes Erlebnis ein wenig relativierte.

Manchmal fragte sie sich, wie sie diesen gefährlichen Beruf hatte ergreifen können. Nicht nur kamen immer wieder aggressive, betrunkene oder zugedröhnte Patienten in die Notaufnahme, die das Personal bedrohten und erst in Handschellen kleinbeigaben. Es schwebte immer diese Verantwortung für die Menschenleben über ihr, eine eigenartige Anspannung, die sich erst löste, wenn die Diagnose feststand, die Therapie eingeleitet wurde und die Patienten einen wehenden Vorhang und ein leeres, zerdrücktes Bettlaken hinterließen. Erst wenn sie ein Behandlungszimmer wiederherrichtete, fiel dieser Druck von ihr ab. Holly hatte sich schon öfters dabei ertappt, beim Aufräumen leise vor sich hin zu pfeifen.

Allerdings arbeiteten sie immer im Team. Es war noch nie vorgekommen, dass sie ganz allein mit einem sterbenden Patienten war. Dass ein Arzt sich geweigert hatte, sie zu unterstützen und ihr auch noch seinen eigenen Fehler anhängen wollte, schockierte sie und löste diese gefährlich summende, innere Unruhe in ihr aus.

Lydias gut frisierter Bubikopf schaute plötzlich durch die Tür in den Aufenthaltsraum.

»Holly, du sollst dich bei Mrs Honeysuckle melden.«

»Jetzt sofort?«

»Sofort!«

Holly stand auf und kippte den blassen Tee weg, der wie dünnflüssiger Eiter in den Ausguss gurgelte. Dolly nahm sie kurz in den Arm.

»Viel Glück«, flüsterte sie ihr zu und drückte sanft ihre Schulter. »Zeig's ihr!«

Holly nickte nur und trat den Weg in die Chefetage an.

Mrs Honeysuckle war die Personalchefin und Williams direkte Vorgesetzte. Sie kannte sie nicht wirklich, hatte sie bisher nur von Weitem gesehen, seit sie ihren Posten in der Direktion vor zwei Jahren angetreten hatte. William schwärmte davon, wie effektiv, eloquent und durchsetzungsstark sie war. Holly kannte sein Faible für Tyrannen und fürchtete sich plötzlich sehr.

Mrs Honeysuckle ließ sie nicht in ihrem Vorzimmer schmoren. Sie bat Holly sofort in ihr Arbeitszimmer. Nichts könnte unpassender sein als dieser blumige Name, dachte Holly. Mrs Honeysuckle trug einen bleistiftfarben Tweedrock, schwarze Strümpfe und schwarze Schnürschuhe. Eine leichte Strickjacke in Anthrazit über schlichter, weißer Bluse. Ganz offensichtlich war das keine dem traurigen Anlass des Radlertodes geschuldete Kleidung, denn in einem Krankenhaus starben die Menschen trotz aller Bemühungen jeden Tag.

Sie schien nicht viel älter als Hollys Mutter zu sein. Wegen ihrer runden, graugekleideten Figur, der missmutig schwarzen Augen unter einem ungefärbten, schotterfarbenen Scheitel, wirkte sie wie ein unfreundlicher, großer Koala.

Holly betrat mir klopfenden Herzen Mrs Honeysuckles Büro.

Auf der linken Ecke ihres gut aufgeräumten Schreibtischs, hinter dem sie sogleich wieder Platz nahm, stand eine kleine Shakespeare-Büste. Eine nostalgische Welle erfasste Holly. Sie hatte vor Jahren eine euphorische Julia bei der Abschlussvorstellung ihrer Highschool gegeben.

»Sie mögen Shakespeare?«, wagte sie, in einem leicht verschwörerisch klingenden Tonfall zu fragen. Beinahe hätte sie ein verräterisches »auch« hinzugesetzt.

»Shakespeare?« Die Personalchefin sah sie irritiert an. »Nein, nicht besonders. Nie was von ihm gelesen, ehrlich gesagt. Aber er gibt einen ordentlichen Briefbeschwerer ab.«

»Oh. Nun, darüber hätte er sich gewiss gefreut«, sagte Holly und versuchte, ihre Enttäuschung zu verbergen, während sie sich auf den Stuhl vor dem Schreibtisch setzte.

»Wissen Sie, ich habe nichts übrig für Literatur. Nichts für ungut, aber von Shakespeare blieb von meiner Schullektüre nicht viel mehr als *Der dumme Esel geht doch nicht schneller, wie du ihn auch prügeln magst* hängen.«

Sie lachte.

Das konnte ja heiter werden. Holly wand sich ein wenig auf ihrem Stuhl, Mrs Honeysuckle räusperte sich.

»Es gab da diesen Vorfall. Freitagabend.«

»Sie meinen den Radfahrer.«

»Ich meine Oberarzt Dr. Lawson. Er hat sich offiziell über Sie beschwert.«

Holly verkrampfte die Finger um ihren Sitz. »Er hat was?«

»Eine Beschwerde eingereicht.«

»Worüber hat er sich denn beschwert?« Wut flammte in Holly auf. »Dass ich ihn bei seinem Schäferstündchen unterbrochen habe? Glauben Sie ihm kein Wort. Er ist erst lange, nachdem ich ihn habe ausrufen lassen, in der Notaufnahme aufgetaucht.«

»Sie haben ihn ausrufen lassen?«

Auch die Personalchefin kannte wohl das ungeschriebene Gesetz.

»Was sollte ich denn tun? Er war über den kritischen Zustand des Patienten unterrichtet und ist einfach nicht gekommen.«

»Er sagte mir, dass Sie es so schildern würden. Aber er wusste nichts von einer Verschlechterung.«

»Doch! Er ging noch einmal ans Telefon und da erzählte ich ihm von den Bauchschmerzen. Er sagte, er käme vorbei, aber offensichtlich wollte er erst sein Liebesspiel beenden.«

»Wie bitte?«

»Ich habe sie doch gehört. Eine Frau hat im Hintergrund gekichert.«

»Miss Higgins, Sie bewegen sich auf gefährlichem Terrain. Unter ihren Händen ist ein Patient gestorben! Der Oberarzt beschuldigt Sie eines organisatorischen Vergehens und Sie machen sexistische Bemerkungen?«

»Das sind keine Bemerkungen, das ist meine Aussage zum Ablauf der Geschehnisse. Gebe ich Ihnen auch gerne schriftlich.«

»In jedem Fall werden wir eine Klage wegen fahrlässiger Tötung an den Hals bekommen und ganz ehrlich, ich möchte nicht in ihrer Haut stecken.«

»In *meiner* Haut? Ich habe alles in meiner Macht Stehende getan, um den Patienten zu stabilisieren. Wäre der Oberarzt sofort gekommen, hätten wir ihn retten können.«

»Sie beschuldigen den Oberarzt?«

Holly dachte an all die schlüpfrigen Bemerkungen, die Hände und die unerwünschten Avancen, die sie in ihrem Berufsleben schon erdulden musste, ohne sich wehren zu können. Sie dachte an den herablassenden Kommandoton vieler Ärzte und ihre Unfähigkeit, dem Pflegepersonal wirklich zuzuhören. Daran, dass sie immer wieder Fehler machten und diese Kerle immer damit durchgekommen waren. Weil sie es alles ins Lächerliche zogen oder am längeren Hebel saßen.

»Ich beschuldige ihn. Ganz genau!«

»Tja, er hat mir gesagt, dass Sie Gift und Galle spucken würden, um sich von diesem Vorwurf reinzuwaschen.«

»Gift und Galle? Ha, dann haben Sie mich noch nicht in Form erlebt. Sie vertreten eine Klinik, die diesen sexistischen, verlogenen Schürzenjäger beschäftigt, der für sein Sexleben das Leben eines Mannes opfert. Schwarz auf weiß werde ich die Wahrheit ans Licht bringen und dann wird er seine Sachen packen müssen, dieser geile, alte Sack.«

Mrs Honeysuckle zog ihre rechte Augenbraue hoch, was ihr ein leicht dämliches Aussehen gab und Holly zum Lachen gebracht hätte, wäre sie nicht so wütend gewesen.

»Machen Sie sich auf disziplinarische Maßnahmen gefasst. Ihre Paranoia ist noch schlimmer, als von Dr. Lawson vermutet. Wäre ich Ärztin, würde ich Ihnen raten, sich behandeln zu lassen.«

»Sind Sie aber nicht, Sie fette Planschkuh!«, fauchte Holly und sprang auf.

Oh Gott, hatte sie das tatsächlich gerade gesagt?, dachte sie im nächsten Moment und biss sich auf die Lippe.

Mrs Honeysuckle blieb beängstigend ruhig. Auf ihre Stirn traten nun sorgenvolle, wenngleich akkurat gerade verlaufende Furchen.

»Es lastet ein hoher Druck auf Ihnen, das sehe ich«, sagte sie, als würde dies irgendetwas an der Situation ändern. »Ich werde versuchen, die Dinge so schnell wie möglich zu klären. Bis dahin sind Sie freigestellt, meine Gute.«

Mit unnachgiebigem Koalablick stand die Personalchefin von ihrem Stuhl auf und Holly verließ, bestürzt von so viel Kaltschnäuzigkeit, fluchtartig ihr Büro.

»Du hast sie Planschkuh genannt!«, rief Dolly begeistert und klatschte hüpfend in die Hände, wie ihre kleine Tochter Indira es immer tat, wenn sie sich freute. »Da hast du es ihr aber richtig gegeben.«

»Mach dich nur lustig, Doyita Bhatti«, maulte Holly und räumte weiter ihren Spind aus. »Ich bin beurlaubt und wahrscheinlich ist es nur eine Frage der Zeit, bis sie mich kündigt.«

Sie warf wütend ihr Ersatzdeo in den Rucksack.

»Sprich dich mit William aus. Der wird ein gutes Wort für dich einlegen. Und nach einer angemessenen Zeit kehrst du in eine andere Abteilung zurück.«

»Ich habe nichts falsch gemacht! Ich bin die *Gute* und ich will mich nicht für etwas demütigen lassen, was ein anderer ausgefressen hat. Ich sollte auswandern. Den Atlantik überqueren und so viele Seemeilen zwischen mich und diese Killer-Klinik bringen, wie es geht.«

»Amerika? Ganz schlechte Idee. Ich war mal mit einem Texaner zusammen. Das reinste Klischee. Er schlief mit seinem Cowboyhut und hatte grauenvolle Freunde. Dagegen ist der Ku-Klux-Klan die reinste Krabbelgruppe.«

»Ich brauche keinen neuen Freund, ich brauche neue Perspektiven. Neues Spiel, neues Glück«, sagte Holly und versuchte sich an einem missratenen Grinsen. Wie einfach es war und wie verlockend, ihre Situation in abgedroschene Phrasen zu kleiden.

»So eine Veränderung ist nichts für dich in deiner angeschlagenen Verfassung. Eine Bekannte von mir hat in der Notaufnahme in Detroit gearbeitet.«

»Raues Pflaster, oder?«

»Sodom und Gomorrha. Kaminbesteck in der Lunge. Mehrere Baseballs im Dickdarm. Abgesehen davon die tägliche Dosis Schuss- und Stichwunden.«

»Klingt nicht gerade nach Rehaklinik.«

»Ein Neugeborenes in einer Cornflakes-Packung hatten sie auch. Wurde eines Morgens im Eingangsbereich gefunden.«

»Tot?«, fragte Holly vorsichtig. Das Leben schien ihr zurzeit fragiler denn je.

»Nun ja, nicht ganz. Es lag in einer Familienpackung, die noch halb voll war. Das hat es vor einem Tod durch Unterkühlung bewahrt.«

»Cornflakes statt Inkubator. Ein amerikanischer Traum.«

»Ein *Albtraum*, Holly. Das hältst du nicht lange durch.«

Holly ließ sich am Spind hinab auf den Linoleumboden rutschen.

»Ach Dolly, was soll ich nur tun?«

»Geh nach Hause und lass die Dinge zur Ruhe kommen. Laufen soll helfen. Yoga.«

»Yoga!«, kreischte Holly. »Willst du mich umbringen? Ich kann keine Sekunde still sitzen und dann soll ich minutenlang auf einem Bein stehen, die Hände zu einer Zipfelmütze über dem Kopf zusammengelegt?«

»Dann nimm die Beine in die Hand und hau einfach ab.«

Es war nicht so ruppig gemeint, wie es klang, das wusste Holly. Sie rappelte sich auf und nahm eine kurze, nach Kardamom duftende Umarmung von Dolly entgegen. Sie musste nach Hause, sich abregen und abends würde sie sich bei William ausheulen. Er würde wissen, was zu tun wäre. Er machte immer alles richtig und er war ein sanfter, guter Kerl. Ein wirklicher Glücksgriff. Zuversichtlich schleppte sie ihren übervollen Rucksack an Malcolm vorbei, der seinen Zahn freundlich aufblitzen ließ. Sie hatte ein Dach über dem Kopf, einen liebevollen Freund und ein intaktes Gebiss.

Es könnte wirklich schlimmer sein.

William stand mit verschränkten Armen in der Wohnungstür, als Holly am Abend zu ihm kam. Den ganzen Sonntag über hatte sie nichts von ihm gehört und heute Nachmittag erleichtert seine kurze Textnachricht gelesen.

Doch er gab ihr keinen Kuss zur Begrüßung und seine hübschen Augen blickten streng.

»Komm rein«, sagte er, drehte ihr den Rücken zu und ging in die Küche vor. Sie musste die Tür selbst hinter sich schließen, die Jacke selber aufhängen und ihm folgen wie ein gescholtener Hund. Wenn sie einen Schwanz gehabt hätte, sie hätte ihn vorsichtshalber eingezogen.

»Mrs Honeysuckle hat also mit dir gesprochen«, bemerkte Holly, als sie in die kahle Küche kam. Sie hatte kein Candle-Light-Dinner erwartet, aber es stand nicht einmal die übliche Kanne Tee für sie bereit.

»Nein, der Flurfunk funktioniert ausgezeichnet. Im Übrigen sind wir nicht so vertraut miteinander. Sie weiß nicht, dass wir uns kennen.«

Er sah unverschämt erleichtert aus, als er das sagte. Holly setzte sich erschöpft an den Küchentisch und stützte den Kopf in die Hände.

»Sie lässt ihn damit durchkommen, Will. Dr. Lawson, diesen Intriganten.«

»Du musst das verstehen, Holly. Ärzte sind wirklich schwer zu bekommen.«

Dass er diese Personaltante auch noch verteidigte! Er müsste doch auf der Seite seiner Freundin stehen.

»Ach, und Pflegekräfte etwa nicht?«

»Beruhige dich, Holly. Du bist nicht gekündigt. Nur abgemahnt. Wein?«

William reichte ihr ein Kristallglas, das sie achtlos neben sich stellte.

»Aber warum? Ich habe nichts falsch gemacht! Ich habe ihn angepiept, wieder und wieder. *Ich* war es, die um das Leben des Mannes gekämpft hat. Ganz allein. Ich bin auf sein Bett gesprungen und habe ihm bei der Reanimation eine Rippe gebrochen ...« Verdammt, jetzt kamen ihr schon wieder die Tränen. »Dr. Lawson will mir sein eigenes Fehlverhalten anhängen. Sieht das denn keiner?«

»Darum geht es doch gar nicht.«

Holly starrte ihn an. Eine unangenehm kühle Atmosphäre breitete sich in der Küche aus.

»Wie bitte? Darum geht es nicht? Worum, bitte schön, geht es denn dann?«

William musterte sie, schenkte ihr Rotwein ein und holte tief Luft.

»Um dein Verhalten in dieser Sache, Herrgott noch mal!« Mit Nachdruck stellte er die Flasche auf den Tisch. »Du kannst nicht einfach wie eine wildgewordene Furie Leute beschuldigen und beleidigen. Auch nicht, wenn du in der Sache vielleicht recht hast.«

Was sollte das werden? Eine philosophische Abhandlung über Form und Inhalt? »Ich habe nicht *vielleicht* recht, ich habe ganz sicher recht!«

Holly spürte einen Feuerball unter ihrem Zwerchfell explodieren.

»Willst du mir tatsächlich sagen, dass Menschen sich gegenseitig umbringen, belügen und betrügen können, wenn sie nur höflich lächeln und grüßen, die richtigen Freunde und Positionen haben?«, schrie sie.

William zuckte nicht mit der Wimper. Er hatte plötzlich den blasierten Ausdruck im Gesicht, den Holly von seiner Mutter kannte und mit jeder Faser ihres Körpers hasste.

»Willkommen in der wirklichen Welt, Holly. Bist du tatsächlich so naiv?«

Wie ein Skalpell drangen seine Worte in ihr Bewusstsein vor und schnitten den letzten Rest an Zuneigung und Respekt für diesen schwachen Molch von einem Mann aus ihr heraus.

»Du tust doch nur so, als seist du abgebrüht und dürftest mit den Großen spielen. In Wirklichkeit bist ein trauriger Wicht, der sein Fähnchen nach dem Wind dreht und hofft, dass es weit nach oben flattert. Weichei!«

Sie spuckte ihm die Worte vor die Füße, die nun wie eine Lache giftigen Quecksilbers zwischen ihnen auf den Küchenfliesen lagen.

»Unterschätz mich nicht. Wenn es nach mir ginge, hätten sie dich gleich gefeuert«, schimpfte er. »Ich meine, du hast sie *Planschkuh* genannt! So kannst du nicht mit einer Vorgesetzten sprechen. Wie gut, dass niemand von uns weiß! Ich könnte mich im Krankenhaus nicht mehr blicken lassen.«

Holly sprang vom Küchentisch auf und ging auf William zu.

»Vielleicht erzähle ich Mrs Honigschnäuzchen einfach, dass du mein Freund bist, und bitte sie, nachsichtig mit mir zu sein«, drohte sie und wackelte mit ihrem erhobenen Zeigefinger.

»Das kannst du nicht machen!«, rief William und wich zurück, als würde Holly mit dem Gemüsemesser auf ihn losgehen.

»Du wirst dich wundern, was ich alles kann«, flüsterte Holly und näherte sich ihm, bis sich ihre Nasenspitzen beinahe berührten. Sie hatte plötzlich befremdlich große Lust, ihn in sein verlogenes Opportunistengesicht zu schlagen.

»Holly!«

William sah so erschrocken aus, dass sie lachen musste. Sie prustete und kicherte und setzte sich mit zuckenden Schultern auf den Küchentisch. Beinahe wäre daraus ein Schluchzen geworden, sie spürte es direkt nebenan in ihrer Kehle. Aber William musterte sie wieder mit dem abschätzigen Blick seiner Mutter. Er hatte sogar die gleichen, festgewachsenen Ohrläppchen wie seine Mutter! Warum war ihr das nicht schon längst aufgefallen? Ihre Perlenohrringe würden ihm blendend stehen, stellte sie sich vor und kicherte weiter. Doch plötzlich fand sie das alles nicht mehr komisch. Eine beängstigende Leere breitete sich in ihr aus.

»Ich sollte gehen«, sagte sie müde und erhob sich.

4

Als Holly nach Hause kam, zog sie sich erschöpft die Stufen, die mit einem Sisalläufer in resigniertem Braun belegt waren, hinauf in den dritten Stock. Sie flüchtete in ihre kleine Höhle, bestehend aus nicht viel mehr als einer Küche und einem Schlafzimmer mit Sitzecke. Verschanzte sich hinter einem Berg Marmeladenbrote und einer Kanne heißen Tees und bedauerte, dass es zu spät war, um Dolly anzurufen.

Schön für William, dass er so in seinem Job aufging, dachte sie missmutig. Wirklich loyal, der Mann. Allerdings nicht gerade ihr gegenüber. Anscheinend hatte er im Büro von Honigschnäuzchen endlich die ihm, seiner Meinung nach, zustehende Anerkennung gefunden. Nur hatte *sie* gerade alles verloren. Zumindest alles, was ihr Sicherheit und Stabilität verliehen hatte. Ihr Job lag auf Eis, und Holly musste nicht erst in die Kristallkugel einer Wahrsagerin blicken, um zu wissen, dass sie nicht mehr erwünscht war.

Schlimmer war jedoch, wie sehr sie sich in ihm getäuscht hatte. Dem freundlichen William.

»Lass gut sein, Holly. Du bist im Moment nicht ganz du selbst«, hatte er es noch einmal lahm versucht und dabei wieder die Tatsachen verdreht. *Er* war nicht er selbst. Zumindest war er nicht derjenige, für den Holly ihn gehalten hatte. Er hatte ihrer Beziehung, man konnte es wohl kaum als *Liebesgeschichte* bezeichnen, den Todesstoß versetzt, und ließ es so aussehen, als sei das alles ihre Schuld. Es war entsetzlich entmutigend. Wenigstens schien er selbst bemerkenswert erschüttert zu sein, dass er seine Wahl gegen sie getroffen hatte. Was kein Trost war.

Als sie eine erstaunlich kleine Tasche mit ihren Klamotten sowie ihre Zahnbürste gepackt hatte, stand William in der Tür und sah ihr nach. Mit einem undefinierbaren Gesichtsausdruck hob er sogar linkisch die Hand zum Abschied. So, als führe sie nur übers Wochenende zu ihrer Mutter oder einer dieser Fortbildungen. Was für eine Farce!

Holly futterte ihre Brote im Bett und beschloss, ihre Revolte fortzusetzen und einfach liegen zu bleiben, ohne die Zähne zu putzen. Aber beim Einschlafen spürte sie jeden einzelnen verdammten Krümel.

Dolly hatte Frühschicht und ging trotzdem ans Handy. Holly hörte im Hintergrund die Lautsprecherdurchsagen, einen Notalarm und eine Sirene und fasste sich kurz.

»Ich habe bis halb drei Schicht«, antwortete ihre Freundin. »Du kommst gegen fünf zu uns und bleibst zum Abendessen. Verstanden?«

»Aber ich fühle mich nicht nach Gesellschaft.«

»Papperlapapp! Keine Widerrede. Siebzehn Uhr! Wir sehen uns!«

Sie hatte aufgelegt, bevor Holly sich weiter wehren konnte und nun saß sie in Dollys aromaschwangerer Küche, in einer Wolke aus Chili und Zimt und rührte in der Pfanne, damit der Knoblauch nicht anbrannte.

»Wusstest du, dass manche Quallenarten unsterblich sind?«, rief Rafik, als er in die Küche stürmte.

Dolly verdrehte die Augen.

»Nicht die, die du als Fünfjähriger mit dem Kescher gefangen und am Strand von Goa in der Sonne getrocknet hast.«

Sie warf gewürfelte Fischfilets in die Pfanne, sodass es zischte, und nahm Holly den Kochlöffel aus der Hand.

»Ich meine nicht den gewaltsamen Tod durch Unfall oder Mord. Ich meine das *Altern*, das beim Menschen früher oder später zum Organversagen führt.« Er klang wahrhaftig wie ein kleiner Gelehrter.

»Und, was ist das für eine Wunder-Qualle?«, fragte Dolly geduldig nach. *Wofür ist man Mutter, wenn nicht, um zuzuhören*, sagten ihre Augen.

»Turritopsos Nutricula. Sie ist in der Lage, ihre alten Zellen zu verjüngen. Sie wird wieder Kind oder in ihrem Fall ein *Polyp*. Das ist das Frühstadium der Quallen.«

»Du meinst, sie wird erst zur Großmutter und dann wieder zum Baby?« Lachend zwinkerte Dolly ihr zu.

»Mum, ich mein das ernst. Die Zellen erneuern sich von Grund auf. Sie lässt sich auf den Meeresgrund sinken und dort wachsen ihr neue Tentakel, neue Nerven und neue Nesselzellen.«

»Die Falten verschwinden und auch die grauen Haare? Dafür gibt es frische Graue Zellen?«, spottete Dolly.

Jetzt war Rafik derjenige, der die Augen verdrehte.

»Klingt gut, Darling. Das mit den neuen Nerven käme mir gerade recht.«

Enttäuscht von der fehlenden Ernsthaftigkeit marschierte er zurück in sein Zimmer.

»Sie können scheinbar immer wieder von vorn beginnen«, stellte Holly fest.

»Sieht ganz so aus.« Dolly wendete den Fisch, schmeckte ab, würzte nach und goss den Reis ab.

Sie verbrachten eine aufregende halbe Stunde beim gemeinsamen Abendessen. Holly erfuhr etwas über die Vorlieben von Indiras Grundschullehrerin (saure Gurken in der Frühstückspause, gefolgt von einer heimlichen Zigarette) sowie weitere Einzelheiten über die Wunderqualle Turritopsos. Danach räumte Peter die Küche auf und die Kinder setzten sich an ihre Hausaufgaben.

Doyita ließ sich neben ihre Freundin aufs Sofa fallen.

»Puh!«, seufzte sie und streckte zufrieden die Beine von sich.

»Wie schaffst du das nur alles. Krankenhaus, Kinder, Küche.«

Holly rechnete es ihrer Freundin hoch an, dass sie sich nach einem so langen Tag auch noch ihren Kummer anhörte.

»Ach, Peter bringt sich natürlich voll mit ein«, bemerkte sie ironisch. »Stell dir vor, er holt einmal die Woche Fish and Chips!«

Sie lachte ihr kehliges Lachen, das so gar nicht zu ihrem Äußeren passte. Dolly hatte sich eine zarte Mädchenhaftigkeit bewahrt, war temperamentvoll, sehr bestimmend und seltsam bezaubernd.

»Peter ist ein guter Mann«, sagte sie nun wieder ernst und wiegte zufrieden den Kopf. Dann fing sie Hollys Blick auf. »Sorry, Liebes.«

»Ich habe gedacht, William sei auch einer von den Guten. Dabei schämt er sich für mich, und das nicht nur, weil ich eine kleine Krankenschwester bin. Sondern weil ich eine Versagerin bin.«

»Holly, hättest du den Radfahrer gerettet, wärst du eine Heldin!«

Holly schüttelte frustriert den Kopf. »Nein, meine Liebe. Dann wäre Oberarzt Lawson der Held.«

»Vergiss ihn!«

»Ich verstehe nicht, wie du so gelassen bleiben kannst. Ich weiß doch, dass er dich immer wieder demütigt, rassistische und sexistische Bemerkungen macht.«

»Na ja, ich habe ihn abblitzen lassen.«

»Du hast ihm einen Korb gegeben?«

»Ganze zwei Mal.« Sie schnurrte wieder ihr kehliges Lachen.

»Und er hat dir noch kein Disziplinarverfahren angehängt? Dich verleumdet?«

»Er hat es versucht. Aber – können diese Augen lügen?« Sie klimperte heftig mit ihren Bambi-Wimpern. »Ich bin nur gut in Mimikry. Man will die nette kleine Krankenschwester? Ich gebe die nette kleine Krankenschwester. Willst du Tee?«

»Tee hilft immer.«

Holly seufzte und ließ sich nach hinten in die weichen, fröhlich gemusterten Sofakissen fallen. Das Klappern in der Küche wirkte so beruhigend auf sie wie tibetanischer Mönchsgesang. Sie kannte diese Stimmung, die von ihr Besitz ergriff. Ihre letzte Trennung, bevor sie William traf, hatte Holly in eine unberechenbare Melancholie katapultiert, die sie in unregelmäßigen Abständen befiel, wie eine dieser widerlichen parasitären Infektionskrankheiten mit ondulierenden Fieberschüben. Holly hatte sich in diesen Phasen verabscheut. Fand sich nur erbärmlich. Soweit wollte sie es diesmal nicht kommen lassen, dachte sie kämpferisch.

Singledasein, so what? Das musste nicht zwangsläufig bemitleidenswert sein.

»Erinnerst du dich an die Zeit, als ich auf der Säuglingsstation war?«, fragte Dolly, als sie ein Tablett mit ihrer eisernen Teekanne und zwei winzigen Tassen auf dem Sofatisch abstellte. »Vielleicht solltest du dorthin wechseln. Babyweinen ist Himmelsmusik gegen das Gebrüll der Junkies und das Gepolter irgendwelcher Pseudogangster. Ich gehe heute noch regelmäßig in die Neonatologie hoch, wenn ich Aufmunterung brauche. Ein Babylächeln ist die reinste Glücksdroge. Wenn ich in deine traurigen Taubenaugen gucke, denke ich, du solltest dringend mal mitkommen.«

Holly rührte nachdenklich in ihrer Puppen-Tasse. Sie bezweifelte, dass ein Babylächeln ihre Probleme lösen würde.

»Weißt du, diese Sache von wegen Auszeit, ich ziehe das ernsthaft in Erwägung.«

»Holly! Du willst mich wirklich verlassen?«

»Ich bin beurlaubt. Und das klingt doch wunderbar: *Urlaub*. Wahrscheinlich fahre ich ein paar Wochen an die Küste. Lasse mir den Wind um die Nase pusten, springe in die eiskalte Brandung. Sinke auf den Meeresgrund, um mich rundherum zu erneuern. Du weißt schon.«

»Turritopsos, meinst du?«

»Du hast's erfasst.«

Holly wollte noch irgendeine geistreiche Bemerkung machen, die ihrer Freundin ihr wunderbares Lachen entlocken würde. Stattdessen verschluckte sie sich an ihrem Tee und hustete quer über den Couchtisch.

»Pass doch auf!«, schimpfte Dolly, rannte hektisch, aber lachend, in die Küche und wedelte mit den Küchentüchern. »Wenn du Flüssigkeiten per Diffusion aufnehmen könntest, wäre das nicht passiert. Also halt dich ran mit deiner Wiedergeburt, alte Qualle.«

Holly musste es eine gefühlte Ewigkeit klingeln lassen, bevor das Gespräch endlich angenommen wurde. Sie saß unbehaglich auf dem abgeschabten Sofa in ihrer Wohnung, während ihre Kolleginnen durch die Klinikflure liefen. Ihr Kopf leer, Arme und Beine von der verordneten Untätigkeit gelähmt.

»Hallo?«

Natürlich klang sie wieder einmal so, als käme sie geradewegs von Anastrea, Kallisto oder einem anderen, weit entfernten Planeten. Zufällig waren das auch die Namen der Heilpraktikerinnen, von denen ihre Mutter sich behandeln ließ.

»Hi Mum, wie geht es dir?«

»Ist was passiert?«

Das fragte sie immer, denn der einzige Grund, warum sie sich in ihrer esoterischen Abgehobenheit stören ließ, waren Katastrophen. Allerdings konnte eine Katastrophe auch ein abgebrochener Nagel oder eine verpasste Meditationsstunde sein.

»Ich wollte mal wieder mit dir reden.«

»Reden?« Argwohn verwandelte ihre Esoterikstimme in geschliffenes Glas. »Worüber?«

Holly war ja *nur* eine Krankenschwester, keine Heilerin, Schamanin oder Seherin. Ihre Meinung galt bei ihrer Mutter ebenso wenig wie die aktuellen Tagesnachrichten: Sie ignorierte sie gekonnt. Sie führte ein eigenes, in sich verschlungenes Leben, in das gesunder Menschenverstand oder allgemeingültige Tatsachen keinen Eingang fanden.

Holly erinnerte sich noch sehr gut daran, wie ihre Mutter vor einigen Jahren, bei einem der seltenen Telefonate, von ihren Gallensteinen erzählte:

»Gallensteine? Seit wann weißt du davon?«, fragte sie alarmiert.

»Hat mir meine Seherin gestern aus meiner Aura herausgelesen.«

»Mum, du musst zu einem Arzt gehen, der checkt das mit Ultraschall.«

»Ist ja gut, Holly, sie hat mir Tropfen dagegen gegeben.«

»Wer? Deine Ärztin? Welche Tropfen? Gegen Gallensteine helfen keine Tropfen, du musst dich womöglich operieren lassen.«

»Unsinn, das sind ganz spezielle Tropfen. Die wirken immer, meint meine Seherin. Sie hat sie mit ihrem Atem und ihren Gedanken energetisiert.«

»Energetisiert? Mum, du musst dich untersuchen lassen!«

»Mir geht's bestens, du Dummerchen!«, behauptete sie standhaft, bis Holly sie bei einem ihrer nächsten Besuche mit in die Klinik geschleppt hatte und Daryll aus der Radiologie kurz den Schallkopf auf ihren rechten Oberbauch hielt.

»Wunderhübsch«, sagte er mit seinem breiten, cornischen Akzent. »So eine zarte Gallenblase aber auch!«, und ihre

Mutter errötete bis in die Haarwurzeln. »Ich kann weit und breit keinen Gallenstein entdecken.«

»Mum, keine Gallensteine! Das war eine Fehldiagnose, um dir Angst zu machen und dir dein Geld aus der Tasche zu ziehen.«

Und wie hatte die Antwort ihrer Mutter gelautet: »Du Zweiflerin könntest mal das Offensichtliche zugeben: Diese Tropfen haben gewirkt.«

Holly schwankte zwischen Erheiterung und Wut, wenn sie daran dachte. Sie hatte sich damit abgefunden, dass ihre Mutter irgendwelchen esoterischen Lehren folgte. Magie der Heilung, kosmische Energie und so weiter. Aber im Moment hätte Holly selbst ein wenig Zuspruch gebraucht, Unterstützung, Anerkennung, liebevolle Anteilnahme. Doch es schien, als habe sie ihre Mutter wieder einmal bei einer ihrer heiligen Seancen gestört.

Holly wusste, dass es keinen kosmischen Trost für sie gab. Nicht von ihrer Mutter, das hatte sie längst eingesehen. Sie wollte mit diesem Anruf auf etwas anderes hinaus. In ihrem Inneren waren Erinnerungen an Sanddünen aufgetaucht, Klippen und sattes Grün. An knatternden Wind und Gischt im Gesicht. An das Gefühl unbändiger Freiheit und Unbeschwertheit. Und das wollte sie wiederhaben. Sie wollte ans Meer. Aber sie hatte wenig Geld und wollte so schnell wie möglich irgendwo ankommen. Als sie am Vorabend darüber nachgedacht hatte, erschien ihr Cornwall zu schick und Schottland zu weit weg. Die Ostküste war ihr zu romantisch, nur Wales hielt ihren Anforderungen stand. Wales, die schmutzige kleine Schwester Englands, das Armenhaus des Königreichs. Eine Region voller Underdogs, wenn man den landläufigen Vorurteilen der Londoner Bevölkerung glauben wollte. Das klang genau nach dem Ort, an dem Holly sich wohlfühlen könnte.

»Erinnere ich mich richtig, dass wir früher, als ich klein war, mehrmals in den Sommerferien am Meer waren?«

»Sommerferien?«

»Ja, du weißt schon: Wind, Sonne, Meer und Eiscreme. Sonnenbrand und solche Sachen. Wo war das? Wohin sind wir gefahren?«

»Ferien am Meer?« Die Stimme ihrer Mutter klang so enthusiastisch, als sei sie gerade in einen Hundehaufen getreten. »Ich weiß nicht, kann sein, dass wir deine Großtante Marge ein- oder zweimal besucht haben, bevor sie starb.«

»Großtante Marge? Eine Schwester deiner Eltern?«

Hollys Großeltern waren schon lange tot. Die Erwähnung einer Großtante rief in ihr, die immer nur das wacklige Mutter-Tochter-Tandem gekannt hatte, ein warmes Gefühl von Geborgenheit sowie die Fata Morgana flacher, gebratener Rosinenküchlein mit schmelzender Butter hervor.

»Ach, was. Sie war die Tante deines Vaters.«

Ihr Vater. Das war der Kerl, der sich auf eine Bohrinsel verdrückt hatte, als sie keine fünf Jahre alt war und seitdem niemals wieder erwähnt wurde. Derjenige, von dem sie anscheinend ihr wildes dunkles Haar hatte. Die blonden, wie abgenagt aussehenden Fransen ihrer Mutter hatten bisher noch jede Friseurin in die Flucht geschlagen. Wohl auch einer der Gründe, warum sie in den letzten Jahren nur noch Turban trug.

»Und, wo war das noch gleich? Wo lebte diese Tante Marge?«, fragte Holly und merkte, wie ihr Herzschlag sich leicht beschleunigte.

»Irgendwo im Westen. In der Gegend um Cardigan, glaube ich. Nicht, dass es dort so elegant ausgesehen hätte, wie das klingt.«

Ein Ort, der wie eine Strickjacke hieß und in Wales lag? In Hollys Ohren klang das einfach nur perfekt.

5

Eine Woche später fuhr Holly unter einem sattblauen Himmel auf der Landstraße von Haverfordwest in Richtung Cardigan. Sie verspürte eine sonderbar feierliche Vorfreude und Heiterkeit. Diese wunderbaren, grünen Hügel!

Wogende Halme, violette Flecken von Heide, durch dunkle Hecken und schieferfarbene Mauern voneinander getrennt, so breiteten sich die Felder über das Land aus wie ein natürlicher Quilt. Die Landschaft wirkte wie ein weiches Bett, in das sich Holly am liebsten mit einem Jubelschrei hineinwerfen würde. Stattdessen ließ sie ihr Fenster herunter, um den Wind im Gesicht zu spüren, und sang vor sich hin. Zweihundertvierzig Meilen weiter östlich mochte Dr. Lawson weiterhin ungestraft Patienten umbringen, sie hatte das alles hinter sich gelassen. Sie war eine unbeschwerte, anonyme Touristin, die das Leben genießen und sich um nichts und niemanden sorgte als um sich selbst.

Früh morgens, noch mit Schlaf in den Augen, hatte sie in der Victoria Coach Station in London den Bus bestiegen. Bis Bristol hatte sie geschlafen, danach saß sie aufgeregt wie ein Kind am Fenster und hatte unentwegt hinausgesehen. Die langen blauen Bergrücken des Brecon Beacons Nationalpark waren rechts in der Ferne träge vorübergezogen wie die Leiber freundlicher, müder Riesenrobben. Links hatte Holly immer wieder einen kurzen Blick auf das Meer erhascht, den

Mouth of Severn des Bristol Channel und später die Swansea Bay.

In Haverfordwest hatte sie sich einen Mietwagen gegönnt, nicht größer als eine Blechbüchse, zunächst für drei Tage, bis sie ihn in Cardigan zurückgeben konnte. Bis dahin sollte sie das lokale Verkehrsnetz kennengelernt haben. Auch Fahrradfahren hatte sie für eine Option gehalten, bis sie an einem Aussichtspunkt am Mynydd Preseli eine Windbö beinahe umgeweht hatte.

Endlich in Pembrokeshire!, jubelte sie innerlich. Eine Grafschaft, die klang wie ein Ort in einem Roman von P. D. James, schien ihr ein geeigneter Rückzugsort zu sein. Sie hatte sich in einem B&B in einem winzigen Dorf zwischen Cardigan und Newport eingemietet, das Telynport hieß. Es war lächerlich billig, was Holly darauf zurückführte, dass die Sommerferien erst in vier Wochen beginnen würden.

Vor ihrer Abfahrt hatte Dolly mit ihren Bedenken nicht hinterm Berg gehalten.

»Ich würde lieber zur Hölle fahren als nach Wales«, sagte sie mit gewichtiger Stimme, als sie sich, nach ihrer Schicht und bevor die Kinder kamen, auf einen schnellen Kaffee getroffen hatten.

»Ich weiß, dass du niemals dort warst, Dolly.«

Holly drohte mit dem erhobenen Pappbecher.

»Ich zitiere nur einen ehemaligen Premierminister. Und der muss es ja wissen. Das soll ein ziemlich trauriger Landstrich sein.«

»Wie kommst du nur darauf? Auf den Bildern sieht er wunderschön aus. Und der Prince of Wales ist nach ihm benannt.«

»Ich glaube, da hast du etwas missverstanden, meine Liebe. Das ist nur ein Titel. Und ja, Prinz Charles hat kurz dort studiert, aber wirklich lange hat er es nicht ausgehalten.

Du weißt schon, dass dort viermal so viele Schafe leben wie Menschen?«

»Umso besser. Ich kann Menschen im Moment sowieso nicht leiden.«

»Du wirst furchtbar einsam sein! Dabei brauchst du Trost, das weiß ich genau. Bleib hier und wir treffen uns jeden Abend im Pub oder zum Schwimmen, gehen in ein Konzert oder schauen eine Serie durch.«

Holly schüttelte sich, als sie an die chlorgeschwängerte Luft in den öffentlichen Bädern dachte. »Doyita Bhatti, du bist Ehefrau und Mutter. Die Zeiten, in denen man wochenlange Pyjamapartys feiern konnte, sind lange vorbei.«

»Aber womöglich gibt es Erwachsenen-Variationen davon?« Dolly stieß ihre Freundin liebevoll in die Seite und malte wilde Gesten in die Luft. »Ich quartiere dich in unserem Gästezimmer ein und verwöhne dich mit Chapati, Raita und Currys, von denen deine Glückshormone durch die Decke gehen.«

»Ihr habt kein Gästezimmer, der Dachboden ist nicht ausgebaut und vermüllt, das Sofa liegt voll mit Peters Zeitschriften und ist nicht ausziehbar. Und ich bin nicht Harry Potter, ich schlafe nicht in einem Schrank unter der Treppe!«

»Es ist lebensgefährlich in Wales, sie haben dort alle Nase lang ein Grubenunglück«, jammerte Dolly weiter.

»Die Gruben hat Thatcher geschlossen, das haben wir in der Schule gelernt. Wenn überhaupt, dann fährt man auf Touristentour in den Schacht ein. Eine der Minen soll sogar Weltkulturerbe sein.«

Holly hatte ihre Hausaufgaben gemacht und war nicht bereit, von ihrem Plan abzulassen. »Lass die albernen Einwände sein und gönn mir einfach die Auszeit. Was ist nur in dich gefahren?«

Dolly war aufgesprungen und hatte ihre Freundin fest in den Arm genommen.

»Ich werde dich einfach schrecklich vermissen, Holly.«

»Es ist nur ein Urlaub. Ich fahre mit dem Bus nach Wales und trampe nicht durch Südamerikas Drogenregion. In zwei Wochen bin ich zurück.«

»Trotzdem mache ich mir Sorgen. Du allein unter all den Walisern.«

»Wie gefährlich können diese Schafe schon sein?«

Holly steuerte zufrieden ihr Blechbüchsenauto wie ein Boot zwischen den wogenden Hügeln von Foel Eryr und Foel Cwumcerwyn hindurch. Auf und Ab führte die Straße, wie durch hohe Wellen. Der Wind ließ die silbernen Grashalme wie Schaumkronen an den Hängen tanzen. Ab und zu hob sich ein schmaler Kopf daraus hervor und hätte Holly es nicht besser gewusst, sie hätte an Seehunde gedacht. Aber natürlich waren es die Schafe, die hier ungehindert über die Hügelflanken streiften.

Sie bog auf eine Nebenstrecke ab und fuhr durch ein Gebiet dicht stehender, stark bemooster Bäume, die ihre zotteligen Äste wie lebendige Tentakel über der Straße baumeln ließen. Blaue Glockenblumenfelder lagen wie Orientteppiche dazwischen aus. Das musste der legendäre Wald von Ty Canol sein, dachte sie und öffnete beide Fenster. Das Sonnenlicht fiel geheimnisvoll grün gefiltert durch die verschränkten Zweige und Holly hätte sich nicht gewundert, wenn Merlin höchstpersönlich hinter einem der Bäume hervorgetreten wäre.

Die Vielfältigkeit der Landschaft überraschte und bezauberte sie. Sie hatte erwartet, in einem kargen, unbehausten Landstrich zu stranden und wurde nun von magischem Licht und atemberaubenden Ausblicken willkommen geheißen!

Holly beglückwünschte sich zu ihrer Entscheidung, Urlaub in Wales zu machen. Sie war stolz darauf, wie sie allen

Skeptikern, einschließlich Dolly und William, die Stirn geboten hatte.

Er hatte zunächst nicht auf ihre Nachrichten reagiert. Aber als sie erwähnte, dass sie nach Wales fahren würde, schickte er ein Entsetzens-Emoji und gefühlt hundert Schafe.

»Vergiss ihn«, summte sie vor sich hin und bog von der Hauptstraße in einen schmalen geteerten Pfad ein. Auf dem leicht windschiefen Wegweiser wurde erstmals das Dorf Telynport erwähnt. Nur noch fünf Meilen!

Sie folgte dem verschlungenen Weg, bis sie in einer weiten Kurve abrupt auf die Bremse treten musste. Der Gurt spannte schmerzhaft über ihrer Brust und ihre Bremsen kreischten auf. Vor einer Reihe wippender Stummelschwänze kam sie gerade noch rechtzeitig zum Stehen.

»Verdammt!«, fluchte sie. »Schafe!«

Weiche Krausrücken, soweit sie schauen konnte. Eine Herde nahm die Straße nach Telynport, anstatt sich auf den Weiden die Bäuche mit sattem Grün vollzuschlagen. Na schön, sie würde abwarten. Irgendwann würde die Gefräßigkeit siegen und sie würden sich auf die Weide trollen.

Manche Schafe waren braungelockt, kastanienbraun, nannte man das wohl. Sofort musste Holly an die verklebten braunen Locken des Fahrradkuriers denken, schob diese Gedanken schnell wieder von sich, schaltete den Motor aus und begann, die flauschigen, überwiegend gelbweißen Schafe zu zählen. Einige hatten schwarze Köpfe, andere besaßen ein helles Gesicht mit dunkler Schnauze und Ohren und sahen aus wie aufgepumpte Ragdollkatzen. Holly lächelte. Sie liebte Katzen. Eine geradezu meditative Stimmung legte sich über sie, als sie die wogenden Rücken betrachtete.

Als sich der Abstand zur Herde vergrößert hatte, startete Holly ihren Wagen und fuhr wieder an. Im selben Moment fegte ein elfenbeinfarbener Blitz von rechts auf die Straße, das Auto ruckte und kam bereits zum Stehen, bevor Holly auf die Bremse treten konnte.

»Nein!«, schrie sie verzweifelt auf.

Das konnte kein Schaf gewesen sein. Zu schnell, zu draufgängerisch. Schafe waren lahm und langweilig und bewegten sich nur in der Herde vorwärts. Blökten vor sich hin. Dies hier war eine Art geölter Blitz gewesen, The Flash im Fellmantel, der ihr vors Auto gesprungen war. Oh Gott, und wenn es ein Hütehund war?

Hollys Herz fing an zu rasen und ein fester Ring legte sich um ihre Brust, obwohl sie sich nicht wieder angeschnallt hatte. Sie erkannte die Anzeichen einer Panikattacke und atmete tief durch. Sie musste sich zusammenreißen. Sich endlich ein Herz fassen.

Steig aus!, befahl sie sich. *Sieh endlich nach!*

Aber wie sollte sie die Tatsache verkraften, schon wieder ein Lebewesen getötet zu haben? Sie wollte fliehen, sich unsichtbar machen. Das hier war nicht, was sie sich von diesem Urlaub erhofft hatte. Das war nicht Teil des Plans und sie würde das nicht zulassen. Sie würde sich einfach weigern auszusteigen, und weiter die sich allmählich entfernenden Schafrücken zählen, bis sie einschliefe und dann aus diesem Albtraum erwachen. Denn es war nichts anderes als ein böser, böser Traum. Konnte nichts anderes sein. Nein, sie würde sich einfach nicht von der Stelle rühren, beschloss Holly, kniff die Augen fest zusammen, holte tief Luft und öffnete zittrig die Tür.

Es war ein Schaf.

Natürlich war es ein Schaf. Ein relativ kleines noch dazu. Es klemmte mit der Schulter unter dem Kotflügel, hatte sich mit seiner Wolle darin verfangen, war vorne eingeknickt und hing, ohne ein Blöken von sich zu geben, halbliegend auf dem Teer.

»Ist ja gut, ist ja gut«, raunte Holly hektisch vor sich hin. Mit bloßen Händen zerrte sie an dem Schafspelz, um das arme Tier von ihrem Auto zu lösen. Sie traute sich nicht, mit dem Wagen zurückzustoßen, aus Angst, vielleicht doch eins seiner Beine zu überfahren. Vier Beine! Herrgott, warum mussten es so viele sein. Wie sollte sie die alle im Auge behalten!

Bitte, bitte, lass keins davon gebrochen sein, dachte sie flehentlich. Sie musste dem Schaf die Wolle teilweise ausreißen oder zerrupfen, bis sie das Tier endlich befreit hatte. Ohne einen Ton von sich zu geben, sank es seitlich neben dem Wagen auf die Straße und schloss die Augen.

»Nein, nein, nein!«, rief Holly und streichelte hilflos über das Fell. Es war weniger weich als gedacht und roch nach Moor, Schlamm und Blut.

Blut!

Automatisch schaltete sie in den Notfallmodus: Lebte das Tier noch und war es bloß ohnmächtig geworden? War es in eine Art Schockstarre verfallen wie eine Maus oder ein Kanarienvogel zwischen den Zähnen einer Katze? Und wo zum Teufel konnte man den Puls eines Schafs finden? Desorientiert tastete sie am Hals des armen Tiers herum. Vielleicht konnte sie seinen Atem sichtbar machen, ganz altmodisch, wie früher per Spiegelprobe, aber welche Frau hatte heute noch einen Taschenspiegel dabei? Sie natürlich nicht. Konnte ein Smartphone dasselbe leisten? Während sie noch hektisch in ihrer Jackentasche wühlte, schlug das Schaf die Augen auf und blökte empört.

»Hallo, mein Süßer! Da bist du ja wieder«, säuselte Holly erleichtert und fühlte sich von der Aufregung ganz schwach. Das war genau die Art von Babysprech, die sie zuletzt vor sechs Jahren bei Indira angewandt hatte, weshalb Dolly ihr beinahe die Freundschaft gekündigt hatte.

»Du verblödest meine Tochter nicht! Sprich gefälligst auf Augenhöhe mit ihr, wenn du Patentante werden willst.«

»Hi, ich bin Holly, und wie heißt du?«, fragte sie also das Schaf und fing seinen erstaunten Blick auf. Es hatte bernsteinfarbene Augen, mit einer dunkelgrün fluoreszierenden Mitte, wie ein tiefer, moosiger Brunnen. Im überwiegend weißen Gesicht waren zahlreiche schwarze Punkte verstreut, die wie Sommersprossen oder Fliegendreck wirkten. Holly entschied sich für Sommersprossen.

»Ich werde dich Spots nennen, wenn du erlaubst. Lass mal sehen«, sagte sie und tastete weiter vorsichtig die Schulter ab. Dabei entdeckte sie eine lange Risswunde am Übergang zum Hals, aus der das Blut sickerte und sein Fell allmählich rosa färbte. Schnell tastete sie noch die glücklicherweise unversehrten Beine ab. Spots schien sich allmählich von dem Schock zu erholen und begann zu strampeln.

»Liegen bleiben! Keine Bewegung!«, kommandierte Holly und hechtete zum Kofferraum ihres Kleinstwagens, um den Verbandskasten zu suchen. Dann stürzte sie sich wieder auf Spots, der gerade versuchte, aufzustehen. Der rosa Fleck in seinem Fell vergrößerte sich gefährlich.

»Oh nein, mein Guter. Pink ist nicht deine Farbe. Du musst dir von mir helfen lassen oder das war's für dich in deiner Community. Sieh dich doch um. Mahagoni ist das Höchste der Gefühle, was alternative Fellfarbe angeht. Komm schon, halt still. So ist es gut.«

Während sie auf das Schaf einredete, hatte Holly das Dreiecktuch und den breitesten Verband aus dem Erste-Hilfe-Kasten herausgesucht und geöffnet. Zunächst faltete sie das Tuch wie ein Halstuch und legte den Zipfel über die verletzte Schulter. Anschließend fixierte sie es mit einem Ährenverband in Achtertour um Hals und Oberschenkel des Tiers. Oder nannte man es Vorderkeule, Vorderbein? Mit den anatomischen Bezeichnungen bei Tieren war sie nun doch nicht vertraut.

»So, dann wollen wir dich wieder auf die Füße bringen«, sagte sie und versuchte, Spots anzuheben. »Himmel, bist du schwer. Da ist wohl bald ein Lammbraten fällig?«

»Mäh«, blökte Spots, der sich geschickt über die Seite drehte, sich aufrichtete und dann erbärmlich unrund davon humpelte.

»War nur ein Scherz. Warte doch mal! Hätte ich den Verbandskasten geplündert, wenn ich auf deine Lammkoteletts scharf wäre? Wo willst du hin, Freundchen?«

Sie lief Spots hinterher, der längst den Anschluss an seine Truppe verloren hatte. Holly hob den Kopf und sah sich das erste Mal richtig um. Eine gottverlassene Gegend, weit und breit war kein Hof zu entdecken. Sie zog und schob Spots zu ihrem Auto, wobei der Verband wieder gefährlich verrutschte, öffnete die Beifahrertür, ruckelte den Vordersitz ganz nach hinten und hob die Vorderfüße von Spots hinein. Seinen runden, wolligen Hintern nachzuschieben erwies sich als ähnlich kompliziert. Es gelang beim dritten Versuch und Holly schloss mit einem zufriedenen Klacken die Autotür.

Hinter der übernächsten Kurve entdeckte sie ein kleines, schmuckloses Haus, geduckt unter einer großen Weide stehend. Die Zufahrt war voller Schlaglöcher, vor dem Haus lag eine alte Matratze, nach der Farbpalette des Schimmels zu urteilen, schon seit Monaten. Neben der Tür stand eine robuste Holzbank, überall lagen Haufen verschrumpelter Blätter herum. Die Fenster waren blind vor Dreck, es sah alles ziemlich trist und unbewohnt aus und Holly hätte beinahe wieder kehrtgemacht. Da hörte sie das bombastische Crescendo von Rachmaninoffs Klavierkonzert und stieg aus. Spots machte einen langen Hals und begann zu blöken.

»Okay, mein Freund, ich nehme dich mit. Musst ja anständig verarztet werden.«

Holly zog ein Halstuch, das sie gegen den walisischen Wind eingesteckt hatte, aus ihrer Reisetasche und drehte es zu einer Kordel. Diese legte sie Spots um den Hals und knotete sie fest. Dann löste sie den Umhängegurt von ihrer Handtasche und klickte einen der Karabiner in das bunte Halsband ein. Als sie Spots endlich wieder aus dem Wagen bugsiert hatte, zog sie ihn an seiner neuen Leine hinter sich her zur Tür. Es war eine alte Plastiktür, mit einem langen Haarriss und einem abgenutzten Griff, an dem das Aluminium durch die Messingfarbe zu schimmern begann.

Holly klopfte energisch, doch es klang gedämpft, so zaghaft, wie menschliche Knöchel auf Plastik eben sind. Nichts gegen das furiose Pianospiel im Inneren des Hauses. Also bückte sie sich, hob einen Stein auf und schmetterte ihn gegen den Takt an die Tür. Jeden halbwegs musikalischen Menschen würde dieses unrhythmische Stakkato aus dem Sitz schnellen lassen, hoffte sie. Tatsächlich öffnete kurz darauf eine alte Frau.

Ihre kiesgrauen Haare bildeten ein wildes Fantasiegebilde auf ihrem Kopf, ihre Nase glich in Form und Farbe einer reifenden Pflaume und Bartstoppeln glitzerten silbrig an ihrem Kinn. Sie machte einen leicht verwirrten und genauso heruntergekommen Eindruck wie ihr Haus. Aber sie lächelte erfreut, keine Spur von Argwohn oder Angst.

»Kann ich Ihnen helfen, Liebes?«, fragte sie und blinzelte in die sommerliche Helligkeit wie ein aufgeschrecktes Murmeltier. Sie legte eine Hand über die Stirn und ihre Augen senkten sich auf Spots herab.

»Ein hübsches Schaf haben Sie da. Es ist, wie mir scheint, verletzt.«

»Es ist mir vors Auto gesprungen. Wirklich, ich konnte gar nichts dagegen tun. Scheint an jugendlichem Leichtsinn zu leiden. Wenn es das gibt, bei Schafen, meine ich.«

»Es ist noch jung. Ein knappes Jahr alt, wenn's hochkommt. Übermütig sind die. Und das Fuchsien-Fell ist wirklich bemerkenswert.«

»Das ist Blut. Es hat eine Schnittwunde, die ich versorgen muss.«

»Eine beklagenswerte Situation. Aber was kann ich da tun?« Ratlos sah die Alte auf ihre spröden Hände.

»Haben Sie eine Nähnadel und festes Garn? Desinfektionsmittel? Und könnten Sie mir assistieren?«

Holly bekam Zweifel, als sie sah, wie die korpulente Frau sich nur langsam umdrehte und ins Haus zurück humpelte.

»Kommen Sie, kommen Sie nur, meine Liebe. Nadel und Faden müssten hier irgendwo sein, nur eine Sekunde«, kündigte sie frohgemut an und Holly tappte hinter ihr her, nachdem sie Spots draußen an der Bank festgebunden hatte.

Es war sehr dunkel im Haus. Das milchige Sonnenlicht drang kaum durch die Fenster und schien auf gestapelte Zeitschriften, ein durchgesessenes Ledersofa, auf dem zerknüllte Decken lagen, und auf mit Häkeldeckchen geschmückte Sideboards und Beistelltischchen. Bücher türmten sich auf dem Fußboden, der Koffer einer alten, tragbaren Schreibmaschine aus den Sechzigern stand im Weg und es herrschte ein durchdringender Geruch von verdorbenem Essen. Holly wäre beinahe über drei verknotete, volle Mülltüten gestolpert, die sich neben der Küchentür im Flur aufreihten.

»Ich wollte sie an die Straße stellen, aber gestern hat es geregnet«, erklärte die Alte. Holly war klar, dass sie es auch heute, bei Sonnenschein, nicht die Auffahrt hinunterschaffen würde, so, wie sie humpelte.

»Sie erlauben?«, fragte sie, griff mit beiden Händen nach den Säcken und beförderte sie schwungvoll vor die Tür. Spots hüpfte erschrocken ein wenig zurück.

»Ich bin übrigens Holly Higgins«, stellte sie sich vor, als sie zurück in die Dunkelheit des Hauses trat. »Ich wollte eigentlich hier Urlaub machen und keine Schafe überfahren«, versuchte sie zu scherzen.

»Die sind hier überall, müssen Sie wissen. Mähen das Gras, artgerechte Haltung, was weiß ich. Ah, da hab ich es!« Begeistert hielt die Alte ein Näh-Etui in die Luft. »Ich bin Gwyneth, aber alle nennen mich *die alte Gwyn*«, sagte sie feierlich und legte ihr das Nähset in die Hand, als überreiche sie ihr einen magischen Gegenstand.

»Sehr erfreut. Hätten Sie vielleicht auch Desinfektionsmittel? Eine Hausapotheke?«, hakte Holly nach.

»Nein, Liebes, ich fürchte, hier gibt es weder medizinischen Sachverstand noch Ausstattung.«

»Okay«, sagte Holly langsam und ihre Gedanken rasten. »Haben Sie noch Wasser in ihrem Teekessel und zwei Teelöffel Salz?«

»Aber sicher, möchten sie eine Tasse Darjeeling?«

»Nein danke, aber Sie könnten das Salz in einem Glas ihres alten, abgekochten Teewassers verrühren, während ich noch mal kurz zum Auto gehe.«

Mit ihrer kleinen Flasche Antiseptikum aus ihrem eigenen Notfallset kam sie zurück und als sich ihre Augen an das Schummerlicht dieses Fuchsbaus gewöhnt hatten, schnappte Holly sich ein Tablett in der Küche, stellte das Glas Salzwasser darauf, legte Nadel und Faden in eine Schüssel und goss kochendes Wasser darüber. Gwyn beobachtete sie interessiert bei ihren Handgriffen.

»So, wir operieren besser unter freiem Himmel. Mehr Licht, natürliche Luftzirkulation. Denken Sie, Sie könnten mir helfen?«

»Oh, das bezweifle ich, Liebes. Ich bin nur eine unnütze, alte Frau. Ich kann nicht mal mehr richtig gucken«, bemerkte die alte Gwyn eher kokett als ernsthaft und humpelte Holly neugierig hinterher. Sie ließ sich auf die Bank in der Sonne fallen und klemmte sich Spots Hinterteil zwischen die Baumstamm starken Schenkel.

»So. Dann legen Sie mal los, Dr. Doolittle. Ich denke, ich habe Ihr Schäfchen im Griff.«

Holly klappte die Wunde auf und spülte sie gründlich mit Salzwasser. Anschließend sprühte sie ihr Antiseptikum auf den Riss und fädelte den Faden in die Nadel. Zum Glück hatte es den Muskel nur oberflächlich erwischt, die Blutung kam hauptsächlich aus dem gut durchbluteten Unterhautfettgewebe. Das kannte sie von den Platzwunden in der Notaufnahme. Die Skalpverletzungen von Kindern, die mit Schaufel oder Bauklötzen aufeinander losgingen, waren legendär. Sie bluteten immer wie die Hölle, die Mütter wurden hysterisch, doch mit zwei, drei Stichen war alles wieder gut.

Hier lag die Sache etwas komplizierter. Sie hatte kein Lokalanästhetikum und nach dem ersten Stich wollte Spots sich natürlich losreißen. Die alte Gwyn krallte sich in sein flauschiges Hinterteil, während Holly das Tablett in Sicherheit brachte.

»So geht das nicht«, entschied Holly und steckte die Nadel in seine Wolle, als wäre es ein Nadelkissen. »Tut mir leid, Süßer, ich muss dich fesseln.«

Mit einem alten Strick aus Gwyns Sammelsurium banden sie alle vier Beine zusammen – Spots lag zum zweiten Mal an diesem Tag seitlich auf dem Boden und rollte angstvoll mit den Augen. Seine Flanke zitterte.

»Ich mach schnell, versprochen«, raunte Holly ihm zu und stach die Nadel wieder in seine ledrige Haut. Es kostete sie zehnmal so viel Kraft, wie die Kopfhaut eines Vierjährigen zu nähen, die Strampelei dabei war allerdings ähnlich intensiv. Als der letzte Faden verknotet war, sprühte Holly den Rest ihres Antiseptikums auf die Naht und stellte den armen Spots wieder auf die Füße, um den Verband zu erneuern.

»Das haben Sie aber nicht zu ersten Mal gemacht, Gwyn«, stellte Holly fest.

»Doktor spielen?«

»Ein Schaf festhalten, meine ich.«

»Ach wissen Sie, wenn man in dieser Gegend aufwächst, gehört das Schafscheren mit dazu wie Weihnachten, Ostern und der St. David's Day. Das verlernt man nie. Ist wie Fahrrad fahren, wie man so schön sagt.« Sie lachte kurz und trocken und scharrte dann mit den Füßen, um aufzustehen. Da fiel Hollys Blick auf den schmuddeligen Verband an ihrem rechten Knöchel.

»Sie sind ja ebenfalls verletzt!«, rief sie aus. Beschämt, weil sie das im schummrigen Haus nicht bemerkt hatte und draußen viel zu sehr mit dem Schaf beschäftigt gewesen war.

»Ach, das ist nichts. Hat Claire mir gemacht.«

»Wer ist Claire?«

»Die Gemeindeschwester. Eine grässliche Hungerharke von Frau. Immer mürrisch und über meine Kräuter hat sie nur gelacht.«

»Kräuter?«

Sie meinte offensichtlich die trockenen Blätter, die draußen auf dem Boden, der Bank, auf den Fensterbrettern, ja sogar auf der schimmligen Matratze lagen.

»Ich habe meinen Fuß selbst behandelt, mit Breitwegerichblättern. Aber sie wollte davon nichts hören. Hat die Blätter abgerissen, weggeworfen und den Verband gemacht. Ihr Gezeter hätten Sie hören sollen! Und was hat es gebracht? Ich humple noch immer.«

»Dieser Verband sieht schon etwas älter aus.«

Die Untertreibung des Jahrtausends. Der Verband hatte die Farbe von Morast, war ausgefranst und verrutscht und Holly wagte kaum, sich auszumalen, was darunter verborgen war. Aber sie wollte die freundliche Alte nicht kränken.

»Seit zwei Wochen war sie nicht mehr hier, Gott sei Dank. Die Frau ist so heilsam wie Schierlingskraut.«

»Dürfte ich mir Ihren Fuß mal ansehen?«, sagte Holly sanft, begleitete die alte Gwyn nach drinnen und drückte sie auf ihr Sofa. Dann kniete sie sich hin und wickelte die stinkende Bandage ab. Darunter entdeckte sie eine vereiterte Wunde.

»Das sieht übel aus,«, sagte sie und tippte auf diabetischen Fuß. »Sie leiden nicht zufällig an der Zuckerkrankheit?«, fragte Holly.

»Ach das, dafür habe ich Tabletten bekommen. Das wird schon wieder, meinte der Arzt, als ich Weihnachten dort war. Ich habe seine Tabletten alle brav genommen.«

»Weihnachten ist ein halbes Jahr her.« Holly richtete sich auf und stemmte die Hände in die Hüften. »Schätze, Sie haben keine mehr?«

»Sie klingen schon wie Claire. Wie, bitte schön, soll ich denn zur Apotheke kommen? Auf einem Besen fliegen? Ich nehme Zimt und Heidelbeeren, Beifuß und Bohnen dagegen. Ich weiß, was gesund ist und was nicht.«

»Ihr Fuß ist definitiv *nicht* gesund. Wenn sie so eine Kräuterhexe sind, dann wissen sie doch genau, dass er Ihnen abfault, wenn Sie sich nicht kümmern.«

Die alte Gwyn schaute betreten auf ihren Schoß.

»Ich kann mich nicht bücken«, flüsterte sie.

»Wie bitte?«

»Ich komm nicht mehr dran.«

Holly tat die rundliche Alte leid, die mit dem Krähennest auf dem Kopf beinahe so aussah wie eine heruntergekommene Madame Mim aus *Die Hexe und der Zauberer*. Ihre Strickjacke war fleckig, sie trug ein bekleckertes Halstuch und hatte Krümel im Haar. Allerdings waren ihre Hände sauber, die Nägel geschnitten. Dennoch wagte Holly nicht, jetzt, wo sie von ihrer Steifheit wusste, sich die Badezimmergewohnheiten von Gwyn vorzustellen.

»Okay«, sagte sie und krempelte sich im Geiste die Ärmel hoch. »Da müssen wir etwas machen, meine liebe Gwyn.«

Sie war müde und ihr Magen knurrte, aber sie würde noch länger bleiben und sich um ihre Assistentin kümmern. Also ging Holly in die winzige Küche und erhitzte neues Wasser.

Mit den Füßen im Salzbad und neben einer Kanne kräftigen Darjeelings saß Gwyn eine halbe Stunde später mit schuldbewusster Miene auf dem Sofa. Nach drei Schokoladenkeksen aus einer angebrochenen Packung, die Holly in einem Küchenschrank gefunden hatte, fühlte sie sich schon besser. Das Mittagessen war ausgefallen und seit drei Stunden war sie mit diesem Schaf zugange.

Holly plünderte noch mal ihr Notfallset und holte die Jodsalbe heraus. Das Reise-Set war für ihre Wanderungen auf den Klippen oder in den Hügeln gedacht gewesen, für kleine Risswunden, ein abgerutschtes Küchenmesser, einen verstauchten Knöchel. Infizierte Mückenstiche. Dass sie gleich am Anreisetag bei einem Schaf Erste Hilfe leisten und den Fuß einer alten Diabetikerin verbinden würde, damit hatte sie wirklich nicht gerechnet.

Mit Gwyns Erlaubnis stöberte sie im Badezimmerschrank eine Pinzette auf, und nachdem sie etwas abgestorbene Haut entfernt und die Wunde mit Jodsalbe bestrichen hatte, wickelte sie die letzte Mullbinde aus dem Autoverbandskasten um den Knöchel und zog eine zerlöcherte, dafür saubere Socke darüber.

»Das muss täglich gewechselt werden«, sagte sie. »Sie müssen diese Claire anrufen oder einen anderen ambulanten Pflegedienst. Das wird es in dieser Gegend doch geben?«

»Claire wohnt in Cardigan. Ich werde sie anrufen. Gleich morgen.«

Gwyn lächelte ein Kinderlächeln, aber Holly glaubte ihr kein Wort.

»Und Finger weg von dem Breitwegerich! Sonst komme ich höchstpersönlich vorbei und reiße ihn wieder herunter«, sagte Holly und packte zusammen.

»Ist das ein Versprechen oder eine Drohung?«, fragte Gwyn und humpelte Holly zur Haustür hinterher.

»Suchen Sie es sich aus.« Holly lächelte und griff nach Spots Strick. »Also, machen Sie es gut, alte Gwyn.«

»Ach, fahren Sie noch beim grässlichen Fagin vorbei. Das ist der große Hof zwei Kilometer die Straße runter, auf der linken Seite. Der hält solche Sommersprossenschafe wie dieses hier. Könnte schwören, es ist seins.«

»Oh«, sagte Holly. *Grässlicher Fagin* klang nicht gerade vertrauenserweckend. »Danke für den Hinweis. Alles Gute, und bleiben Sie gesund.«

»Gott segne Sie, Liebes.«

Gwyn blieb in der schäbigen Plastiktür stehen und sah ihr dabei zu, wie sie Spots in das Auto hievte.

»Der gewöhnt sich noch dran«, rief sie und winkte.

Als Holly losfuhr, winkte sie durchs offene Fenster zurück. »Wiederseh'n!«

Denk nicht mal dran, Holly, sagte sie sich. *Du bist im Urlaub.*

Aber gegen den aromatischen Geschmack einer guten Tasse Darjeeling und das befriedigende Gefühl, das ein sauber gewickelter Verband in ihrer Seele hinterließ, war sie machtlos.

6

Holly folgte der schmalen Straße, die zwischen verwitterten Steinmauern in Richtung Meer führte. Sie konnte es zwar noch nicht sehen, aber sie roch bereits die salzige Luft und hin und wieder segelte eine Möwe kreischend über sie hinweg. Die Felder erstreckten sich vermutlich bis an die Klippen, sattes Grün bis zum Horizont. Die Sonne stand nur noch halbhoch am Himmel und legte nachsichtiges Nachmittagslicht über die Gebäude, die nach kurzer Fahrt links der Straße auftauchten.

Ein altes Gehöft aus Backstein, mit zwei Gauben und einer breiten Holztür, lag am Rande eines großen, gepflasterten Hofes. Zwischen den Steinen wuchs Unkraut, es lagen Fetzen von Nylonstricken und zerknülltes Papier herum. Ein verstaubtes Huhn flüchtete trippelnd um die Ecke. Neben dem Haus war Brennholz und wirres Reisig abgeladen worden. Links davon zog sich ein langes, mit Wellblech gedecktes Gebäude bis zu den Feldern, rechts standen zwei geduckte, steinerne Nebengebäude.

Weit und breit keine Schafe zu sehen, dachte Holly und stieg aus. Sie bezweifelte, dass sie hier richtig war. Einen Landwirtschaftsbetrieb stellte sie sich anders vor. Mit blitzenden Maschinen und Traktoren vor dem Haus, herumwuselnden Angestellten in blauen Latzhosen. Einer Bäuerin mit Schürze und Kopftuch. Zugegeben, das waren Illustrationen aus ihrem Kinderbuch. Ein Kinderbuch, das allerdings schon vor fünfundzwanzig Jahren altmodisch war gewesen und aus dem ihre Mutter ihr regelmäßig vorgelesen hatte. Bis sie irgendwann damit aufhörte.

Neugierig sah Holly sich um und ging ein paar Schritte ums Haus. Sie konnte einen Blick auf einen schief stehenden, klapprigen alten Wohnwagen erhaschen, gestapelte Plastikeimer, einen externen Wasseranschluss sowie einen altmodisch aussehenden Trog aus Zinn. Aber noch immer keine Spur von irgendwelchem Vieh.

»Runter von meinem Hof!«

Holly wirbelte herum und sah sich einem breitbeinigen Cowboy gegenüber. Er stand gegen die Sonne, sie konnte sein Gesicht nicht erkennen, nur seine hohe Silhouette mit eindrucksvollen O-Beinen, den Cowboyhut und schulterlanges Haar. Angst durchzuckte sie wie ein Stromschlag – er hielt ein Gewehr in der Hand!

»Haben Sie nicht gehört?«, knurrte er wieder. Holly wich zurück und hob beschwichtigend die Hände.

»Ich suche Mr Fagin«, sagte sie laut und versuchte, ihre Stimme fest klingen zu lassen. Er kam ihr vor wie ein wütender Bär, ein gereizter Löwe. Vorsichtig bewegte sie sich in einem Halbkreis um ihn herum zu ihrem Wagen.

»Scheint ihr Glückstag zu sein, Schätzchen! Was wollen Sie von mir?«

Er klang kein bisschen freundlicher. Schlenkerte mit den Armen und stützte sich lauernd auf sein Gewehr, das sich nun als rostiger Spaten entpuppte. Vor lauter Erleichterung, dass nicht wirklich mit einer scharfen Waffe auf sie gezielt wurde, fing Holly an zu plaudern.

»Wie schön, Sie kennenzulernen. Ich komme von der alten Gwyn. Sie kennen die Dame, vermute ich. Ihre Nachbarin. Nur zwei Meilen von hier.«

»Schnauze!«

Holly verstummte erschrocken und sah hilfesuchend zu ihrem Auto. Spots schmales Gesicht lugte über das Fenster.

»Was wollen Sie hier?«

Diesem wildgewordenen Kerl schonend beizubringen, dass sie sein Schaf angefahren hatte, schien unmöglich zu sein. Warum also kompliziert, wenn es auch einfach ging? Keine langen Reden, das Pflaster mit einem Ruck abreißen, einfach ins kalte Wasser springen und so weiter. Sie hatte ohnehin keine Wahl.

»Ich habe ihr Schaf«, rief sie und stemmte die Hände in die Hüften.

Verdammt, dachte sie sofort. Das war falsch herausgekommen. Klang wie ein Ultimatum. Als hätte sie das Schaf entführt und stellte nun eine Lösegeldforderung.

»*Mein* Schaf? Welches Schaf?« Er lachte höhnisch. Aber wenigstens griff er sie nicht an. »Ich habe hunderte davon.«

»In meinem Auto. Kommen Sie. Sehen Sie es sich an. Es hat Sommersprossen.«

»Sommersprossen? Was für Idioten, diese Touristen«, murmelte Fagin vor sich hin und stapfte zu ihrem Mietwägelchen.

Holly öffnete die Beifahrertür und deutete auf Spots. Das Schaf saß aufrecht auf seinen Hinterbeinen im Fußraum und sagte: »Bäh!«

»Da soll doch einer ...! Das ist tatsächlich mein Schaf! Sommersprossen, von wegen. Das ist ein Beulah, eine meiner besten Rassen, original walisischer Stamm. Warum ist es so eingewickelt?«

Misstrauisch deutete er auf den Verband. Holly nahm ihren ganzen Mut zusammen.

»Spots, ich meine, Ihr Schaf, ist mir vor das Auto gelaufen. Es ist verletzt.«

»Sie haben mein Schaf überfahren?«

»Angefahren, wenn überhaupt, es ist mir direkt vor den Kühler gesprungen. Und ich habe es verbunden. Sehen Sie mal, es blutet gar nicht mehr.«

»Es hat geblutet?« Seine Stimme wurde gefährlich laut.

»Nur ganz kurz, gar nicht schlimm. Ich meine, das Fell ist rosa, zugegeben nicht seine Farbe«, plapperte sie nervös drauf los. »Aber wäscht sich das nicht aus? Tag und Nacht auf der Weide, bei diesem Regenwetter, das immerzu in Wales herrschen soll, da muss es sich doch rauswaschen, oder?«

»Hören Sie sich eigentlich selber zu? Fährt mein Schaf beinahe tot und erzählt mir was vom Wetter. Wissen Sie eigentlich, was mich ein totes Schaf kostet?«

»Das Schaf ist nicht tot.«

»Bäh«, blökte Spots und wurde allmählich unruhig.

»Ich habe ihn genäht. Beinahe wie neu. Na ja, er humpelt.«

»Ihn? Das ist kein Bock. Gott sei Dank keins meiner Zuchttiere. Noch nicht. Zu jung. Na, komm mal her, mein Mädchen.«

Mit geübtem Griff hob er das Schaf aus dem Auto und stellte es auf den Hof. Spots zitterte ein wenig und machte ein paar unbeholfene Schritte. Dann hoppelte es in Zeitlupe über das Pflaster.

»Verdammte Scheiße, haben Sie ihr die Beine gebrochen, oder was? So kann das Vieh nicht mehr auf die Weide und Extrawurst gibt's bei mir nicht. Schätze, das wird ein guter Lammbraten am Wochenende. Interesse?«

»Sie wollen sie schlachten?« Holly sah entsetzt in Spots lustig gepunktetes Gesicht. Die tiefgründigen Augen. Es hatte sich so etwas wie ein zartes Band zwischen ihnen entwickelt, da war sie sich sicher. Konnte man ein Schaf als Freundin bezeichnen? Und was sagte es über sie aus, dass sie das tat? Dolly wäre empört und das zurecht. Nein, ein Schaf war ein Schaf, aber eben ein Tier und das hatte auch seine Rechte.

»Tun Sie das nicht. Bitte. Ich nehme es mit und pflege es gesund.«

Holly ging zu Spots und griff nach dem provisorischen Halsband.

Fagin sah sie an, als hätte sie den Verstand verloren.

»Ich bin Krankenschwester, müssen Sie wissen.«

»Krankenschwester? Haben Sie keine richtigen Patienten?«

»Ich bin im Urlaub«, verteidigte sie sich. Sie war froh, dass ihr das wieder eingefallen war. Und diese Einsicht stimmte sie optimistisch.

»Außerdem sparen Sie bares Geld, wenn Sie nicht den Tierarzt holen müssen, um es zu töten.«

»Tierarzt? Wäre ja noch schöner. Ich schlachte meine Tiere selbst. Das Bolzenschussgerät ist mein bester Freund.« Er zog das Gesicht zu einem fiesen Grinsen auseinander. »Möchten Sie vielleicht zuschauen? Dem Tier tröstend den Huf halten, bis es vorbei ist?«

»Sparen Sie sich ihren Sarkasmus. Tierschutz ist Menschenschutz«, fauchte Holly und streichelte das drahtige Rückenfell.

»Jetzt hören Sie schon auf zu heulen. Hundert Pfund und Sie können den Krüppel mitnehmen.«

»Hundert Pfund?«

Das war beinahe die Wochenmiete ihres kleinen B&B.

»Was denn? Als Touristin werden Sie doch an ein bisschen Kleingeld gedacht haben?«

Holly wusste, dass sie einen Fehler machte. Trotzdem verdrängte sie alle Einwände, die Dolly, die Vernunft oder sie selbst vorbringen könnte.

»Achtzig!«, sagte sie, kramte in ihrem Geldbeutel nach den Scheinen und hielt sie Fagin wie ein Büschel Gras vor die Nase. War sie verrückt geworden? Sie hatte keine Ahnung von Schafen. Wo sollte sie das Tier unterbringen? Im Badezimmer?

»Geben Sie schon her!«, schnaubte Fagin, bewegte sich wie ein großer Bulle auf sie zu und schnappte sich gierig das

Geld. Hob seinen lächerlichen Spaten und schüttelte ihn über dem Kopf.

»Und lassen Sie sich nicht wieder blicken!«

Worauf du deinen fiesen Arsch verwetten kannst, dachte Holly grimmig. Sie strich Spots über die Sommersprossen, schob sie zurück in den Wagen und fuhr vorsichtig davon.

Endlich erreichte sie die Zufahrt zu ihrem B&B. Sie bog auf eine abgefahrene Kieseinfahrt ein und hielt vor einer moosigen Steinmauer an. Dahinter lag ein trostloses Haus, das sich unter einem mehrfach notdürftig geflickten, dunkelroten Ziegeldach duckte, als würde es sich schämen. Pinke Heckenrosen wucherten über das Gartentor. Das Haus war früher bestimmt ein lauschiges Plätzchen gewesen, nun hingen die Fensterläden schief und die taubenblaue Farbe blätterte bereits ab. Die Sandsteinfassade war stellenweise dunkel angelaufen, Flechten klebten wie Meeresgetier auf einer Holzbank vor der Tür. Das Ganze wirkte etwas mutlos und vernachlässigt, aber Holly ging zielstrebig auf den Eingang zu. Verschlossen. Keine Menschenseele weit und breit und Holly fragte sich, wie sie an den Schlüssel zu diesem Luxusetablissement käme und ob das Frühstück wohl per Drohne geliefert werden würde.

»Kein Frühstück, Lady«, sagte Mr Macintosh, der Vermieter, als sie ihn anrief. »Auf meine Kochkünste verzichten Sie freiwillig, glauben Sie mir.«

»Die Anzeige stand aber unter Bed and *Breakfast.*«

»Ist mit Selbstverpflegung. Steht im Kleingedruckten.«

Holly spürte eine erschöpfte Enttäuschung angesichts all dieser Widerstände. Warum konnte nicht einmal in ihrem Leben etwas reibungslos laufen?

»Und wie komme ich an den Schlüssel?«, seufzte sie in ihr Telefon.

»Sehen Sie unter dem Gartenzwerg nach.«

Holly kippte einen Zipfelmützenträger aus Ton zur Seite, der mit aufgeblasenen Backen an einer Pfeife zog, und sah zwischen flüchtenden Kellerasseln einen angelaufenen Bartschlüssel liegen.

»Hab ihn«, sagte sie und griff mit spitzen Fingern danach, blieb aber noch am Telefon, während sie ihn knirschend im Schloss drehte.

»Ich bin drin.«

»Abrakadabra, gelobt sei der Herr«, sagte ihr Vermieter und klang, als wollte er gleich in Tränen ausbrechen. Holly fragte sich, ob sie ihn irgendwie beleidigt hatte.

»Und Sie kommen nicht persönlich vorbei? Wann haben Sie sich ihr Haus das letzte Mal angesehen?«, erkundigte sie sich vorsichtig.

»Wie stellen Sie sich das vor, meine Teure!«, quengelte er. »Ich wohne und arbeite in London, meine Mutter wurde gerade an der Hüfte operiert, ich lebe in Scheidung, habe drei Tage die Woche die Kinder und Geld verdienen muss ich auch noch irgendwann. Von der Miete dieser Bruchbude kann doch kein Mensch leben. Ich bin schon stolz darauf, dass ich das Haus überhaupt ins Internet gestellt habe. Ein großer Schritt, sagt auch Dr. Hamadi.«

Holly, die das gar nicht so genau wissen wollte, fragte verwirrt:

»Wer soll das denn sein? Ihr Makler?«

»Meine Psychiaterin«, bekannte ihr Vermieter zufrieden. »Dass ich Ihren Anruf angenommen habe, ist ein weiterer großer Schritt. Den Rest werden Sie auch allein schaffen, Miss Higgins. Ich wünsche einen angenehmen Aufenthalt. Beehren Sie uns gerne wieder.«

Damit legte er auf und als Holly es wieder versuchte, ging nur die Sprachbox dran.

Sie holte tief Luft und trat mit einem entschlossenen Schritt über die Türschwelle.

Der Geruch von Staub und abgestandener Luft schlug ihr entgegen, es war dämmrig wie in einer Gruft. Eine unheilvolle Melancholie wollte von ihr Besitz ergreifen wie ein böser Djinn. Nein, damit wollte sie gar nicht erst anfangen! Sofort riss sie die Fenster auf und ließ die nach Gras duftende Abendluft herein. Wenigstens roch es nicht nach Schimmel. Holly musterte einen braunen Wasserfleck an der Decke, der die Form einer Qualle hatte. Turritopsos, dachte sie sofort und lächelte wieder.

Das Haus bestand aus einer geräumigen Wohnküche und einer Schlafklause. Holly betätigte einen Lichtschalter und die Korblampe über dem Esstisch flackerte schüchtern auf. Auch das Wasser gluckerte in die Spüle, nachdem sie an beiden Hähnen gedreht hatte, wenngleich zunächst rostig gefärbt. Die Küche hatte einen Gasherd und einen Holztisch mit zwei verschiedenen Stühlen. Am Fenster stand ein mit Karomuster bezogener Sessel. Im Flur befand sich eine altmodische Kommode, an einem der drei Wandhaken hing eine dunkelgrüne Öljacke, die nach Mottenkugeln roch.

»Was für ein schäbiger Palast!«, schimpfte sie, nachdem sie auch im Schlafzimmer gelüftet und das Bettzeug ins Fenster gelegt hatte.

»Bäh!«, blökte Spots zustimmend durchs offene Autofenster.

Holly hechtete sofort ins Freie. Wie konnte sie nur das Schaf vergessen!

»Du Arme! Natürlich lass ich dich raus!«

Sie zog Spots am Seil aus dem Auto und band sie an der schweren Holzbank fest. Begeistert stürzte sich das Schaf auf das kniehohe Gras.

Holly probierte den Herd aus, nachdem sie geistesgegenwärtig erst unter der Spüle den Gashahn aufgedreht hatte, und setzte in einem altmodischen Kessel Teewasser auf. Sie fragte sich, wann dieses Cottage zuletzt bewohnt worden war, und fand im Küchenschrank vor zehn Jahren abgelaufene Konserven. Wenigstens der Tee war nicht verschimmelt, und mit einem Becher malzig duftenden Assam nahm sie draußen auf der Bank Platz.

Angekommen!, dachte sie und lehnte sich im Abendlicht zurück. Spots stupste beim Grasen immer wieder leicht gegen ihre Wade und Holly fühlte sich kein bisschen allein. Aber sie durfte ihr Herz nicht an Spots hängen, das wusste sie.

In zwei Wochen wäre ihr Urlaub vorbei. Bis dahin hätte sie längst die Fäden gezogen und das Schaf wäre bei ihrer Abreise so gut wie neu. Sie würde es einfach weiterverkaufen, wie einen Gebrauchtwagen. In einem Landstrich wie Wales wurden Schafe sicherlich wie Autos gehandelt. Natürlich an einen netteren Bauer und vielleicht – man durfte wohl noch träumen – sogar mit Gewinn.

Am nächsten Morgen wachte Holly von einem dumpfen Klopfen an der Haustür auf. Unruhig war die Nacht gewesen, unterbrochen von fegendem Wind und frühmorgendlichem Blöken. Holly versuchte, Spots' Rufe zu ignorieren, aber sie waren so durchdringend wie die der Muezzin, die sie auf einer Reise nach Marrakesch täglich zur selben Uhrzeit geweckt hatten. Nach vier Tagen war sie zu erschöpft gewesen, um noch aufzuschrecken, nach einer Woche hatte sie es nicht mehr wahrgenommen. Holly hoffte, sie würde sich schneller an ihr Schaf gewöhnen und hatte trotzig bei offenem Fenster geschlafen. Staubmilben, Pilzsporen, abgestorbene Mikroben! Diese Bude musste richtig mit Sauerstoff angereichert werden, bevor sie sich hier wohlfühlen konnte.

Da das Klopfen sich wiederholte, rollte Holly aus dem altmodischen Eisenbett und spähte durch die vergilbten Vorhänge. Eine zierliche Asiatin in Uniform stand in ihrem Vorgarten und musterte ihr Schaf. Der runde Hut mit dem karierten Band saß neckisch schief auf der linken Seite ihres kinnlangen, schellackglänzenden Haares.

Holly zog eine Strickjacke über, tappte zur Haustür und öffnete sie einen Spaltbreit.

»Guten Morgen, Miss«, grüßte die Polizistin, lächelte überraschend herzlich und zwei symmetrische Grübchen sprangen ihr in die Wangen.

»Hallo.«

Holly kniff die Augen zusammen. Es war wieder ein erschreckend sonniger Tag.

»Entschuldigen Sie die Störung, wie ich sehe, habe ich Sie geweckt.«

»Bin gestern Abend erst angekommen. Noch nicht ganz vorzeigbar, wenn Sie verstehen«, sagte Holly, bändigte halbherzig die Haare mit den Fingern und versuchte sich an einem selbstironischen Grinsen. Dass die Landleute auch immer mit den Hühnern aufstehen mussten.

»Wir Waliser starten zeitig in den Tag. Früher Vogel und so weiter. Soll ich später wiederkommen?«, fragte die Gesetzeshüterin, und Holly befürchtete, dass sie womöglich laut gedacht hatte. Sie wusste, sie neigte zu Selbstgesprächen, wenn sie allein war.

»Ja, ich meine, nein. Also, wenn es um das Schaf geht ...«

»Ich habe von einem Unfall mit einem der Tiere von Fagins Hof gehört.«

»Oh, stimmt, aber ich habe ihm das Schaf abgekauft. Es gehört jetzt mir. Hat er Anzeige erstattet oder so?«

Holly strich sich verzweifelt eine wirklich widerborstige Strähne aus dem Gesicht. Sie machte bestimmt alles andere als einen guten Eindruck.

»Was? Nein, keine Sorge«, winkte die Polizistin ab. »Ich wollte mich erkundigen, wie es Ihnen geht.«

»Wie es *mir* geht?«

»Na ja, die alte Gwyn hat ihre Freundin Miss Peabody gestern noch angerufen, und die hat heute früh im Gemischtwarenladen von Mr Wood davon erzählt. Ich habe es dort gehört und mir Sorgen gemacht. Er hat einen gewissen Ruf, dieser Fagin.«

»Danke, das ist nett. Sie scheinen es hier wirklich ernst zu meinen, von wegen Freund und Helfer, was?«

Oh Gott, was war nur in sie gefahren! Da kam diese nette Polizistin und sie machte sich über sie lustig? War das schon Beamtenbeleidigung? Bestürzt schlug Holly sich die Hand vor den Mund. Aber die Polizistin lachte kurz und glockenhell auf.

»Ganz genau. Also wenn Sie Probleme kriegen oder anderweitig Hilfe brauchen, melden Sie sich einfach.« Sie reichte ihr eine Visitenkarte mit verwirrend vielen Telefonnummern darauf. Eine davon war unterstrichen.

»Wollen Sie einen Tee? Oder ist das schon Bestechung? Ich meine, Sie sind so nett und ich«, Holly sah an sich herunter, »bin unverschämt und sehe aus wie ein Schlossgespenst.«

»Tee wäre schön«, sagte die Polizistin, setzte sich auf die Bank und streckte ihre Beine aus.

Während das Wasser auf dem Herd heiß wurde, sprang Holly in ihre Jeans und ein Sweatshirt und fuhr sich nochmals vergeblich durchs Haar. Als sie kurz darauf mit den einzigen beiden Bechern aus dem Haus kam, hatte die junge Frau ihren Hut abgenommen, die Augen geschlossen und machte einen äußerst tiefenentspannten Eindruck. Anscheinend gab es in diesem Landstrich, anders als in London, keine Einbrecher, Mörder und Betrüger aufzuspüren. Nicht einmal Falschparker schienen ein Problem zu sein.

»Ich dachte, dieses Cottage würde nicht vermietet«, sagte sie und schlug die Augen auf.

»Nach den Spinnweben und dem Mäusedreck zu urteilen, waren Tiere die einzigen Bewohner in den vergangenen zehn Jahren. Darf ich?«, fragte Holly. Sie nahm den Hut von der Bank, hängte ihn über die Ecke einer Armlehne und setzte sich neben die Polizistin.

»Ich bin übrigens Holly. Holly Higgins aus London.«

»Ich heiße Anne«, sagte ihr Gast. »Anne Hô. Aber ich erlaube den Leuten hier, mich mit Vornamen anzusprechen. *Miss Anne* oder *Constable Anne*. Wenn Engländer meinen Nachnamen aussprechen, klingt es immer so, als wollten sie ein durchgegangenes Pferd aufhalten.«

»Und Sie lassen sich nicht aufhalten, habe ich recht?«

Constable Anne Hô lachte ihr Glöckchenlachen und hob ihren Teebecher respektvoll in Hollys Richtung. »Ich sehe, wir verstehen uns.«

Holly entspannte sich und sah auf Spots hinunter, die sich rechts von ihnen auf dem Rasen niedergelassen hatte und zufrieden wiederkäute. Ihre mahlenden Kiefer hatten etwas Hypnotisches.

»Diese alte Dame hat mir bei der Erstversorgung von Spots geholfen.«

»Spots? Sie haben dem Schaf einen Namen gegeben?«

Die schmal gezupften Augenbrauen der Polizistin hoben sich.

»Warum nicht? Ich habe es gerettet und jetzt bin ich dafür verantwortlich.«

»Oh ja, klar.«

Constable Anne versenkte grinsend die Nase in ihrem Becher.

»Jedenfalls diese alte Frau, Gwyn, kennen Sie sie näher?«

»Die alte Gwyn? Natürlich! Sie ist etwas schrullig, zugegeben. Aber unübertroffen an der Triple-Harfe.«

»Triple-Harfe?«

»Ein besonders traditionelles Feen-Instrument.«

»Was ist ein Feen-Instrument?« Holly dachte sofort an OP-Besteck. Dann erinnerte sie sich an die getrockneten Kräuter. »Zaubert sie damit?«

»Bei Vollmond, meinen Sie?« Constable Anne lachte. Sie schien ein wirklich fröhlicher Mensch zu sein. »Keine Ahnung, zuzutrauen, wäre es ihr. Aber meistens macht sie damit Musik. Wirklich *zauberhafte* Musik.« Sie zwinkerte Holly zu.

»Aber mal im Ernst«, sagte Holly und erzählte von dem besorgniserregenden Zustand von Gwyns Fuß. »Ich dachte, ich sollte dieser Gemeindeschwester mal Bescheid sagen. Claire heißt sie, kennen Sie sie? Wissen Sie, wo ich sie finden kann?«

»Claire Ambrose. Sie wohnt in Cardigan und hat dort eine kleine Ambulanz.«

»Gibt es keinen anderen staatlichen Pflegedienst? Ich hatte das Gefühl, die beiden Damen verstehen sich nicht sonderlich. Aber das sollte kein Grund sein ...«

»Soweit ich weiß, besteht akuter Pflegenotstand, besonders hier auf dem Land.« Anne nippte wieder an ihrem Tee. »Wir können froh sein, dass Mrs Ambrose unseren Bezirk mit übernimmt. Sie arbeitet weit über ihre Belastbarkeitsgrenze hinaus. Ich kann Ihnen ihre Kontaktdaten schicken, wie ist Ihre Nummer?«

Holly diktierte ihre Handynummer und Constable Anne und tippte wild auf ihr Smartphone ein, bis im Haus ein leises Pling ertönte.

»Oh!« Anne starrte ihr Telefon an. »So spät schon! Ich muss leider los. War nett, Sie kennenzulernen, Holly Higgins. Sollte Spots entwischen oder der grässliche Fagin vor ihrer Tür stehen, wissen Sie ja, wo Sie mich finden.«

»Im Gemischtwarenladen?«, scherzte Holly.

»Im Gemischtwarenladen«, antwortete Constable Anne todernst und marschierte zum quietschenden Tor hinaus.

Holly seufzte und reckte das Gesicht in die Sonne. Ließ sich weiter mit dem Licht überströmen, das diese besonders helle Farbe, dieses pastellene Gelb des Frühsommers hatte. Es war so sacht wie ein Liebhaber und Holly ließ sich seine warmen Streicheleinheiten gerne gefallen. Sie hatte ja sonst niemanden mehr, der das übernahm, dachte sie bitter und legte sich längs auf die Bank, um ein Sonnenbad zu nehmen.

7

Gestern Nacht hat Laila wieder geschluchzt. Sie lag neben mir, dicht an die Wand gepresst, und drehte mir den Rücken zu. Wenn ich meine Hand auf ihr Rückgrat legte, dessen Wirbel wie eine Reihe Djansang-Kerne hervorstehen, schüttelte sie sie mit einem kurzen Zucken wieder ab. So wie eine Kuh ihre Flanke zucken lässt, wenn sich eine Bremse darauf niederlässt. Nicht, dass wir hier Kühe hätten. Wir haben gar nichts. Nicht mal ein eigenes Leben.

Aber genau das will Laila anscheinend ändern. Sie ist nicht mehr bereit, das einfach hinzunehmen. Sie begehrt auf. Stellt Fragen.

»Ich werde den Hijab nicht tragen«, verkündete sie heute früh.

»Du blutest noch nicht, du musst ihn noch nicht tragen«, sagte ich und beobachtete sie, wie sie ihr Bettzeug zusammenpackte und in der Klappbank verstaute. Sich in die schmale Badkabine zwängte.

»Keiner in der Schule trägt Kopftuch.«

»Es ist zu früh, sich darüber zu streiten.«

»Ich streite mich nicht, ich sag's ja nur. Lilly ist zwei Klassen über mir, hat einen richtigen Busen und KEINEN Hijab! Und dabei sind ihre Eltern aus Pakistan.«

Sie schaufelte ihren Porridge in sich hinein und hatte einen so abwesenden Ausdruck im Gesicht, als löse sie in ihrem Kopf komplizierte Rechenaufgaben. Wahrscheinlich tat sie genau das, während sie nickte und in unregelmäßigen Abständen »Mmh« sagte. Ich kenne sie gut genug und merke, wenn sie nicht zuhört. Auch wenn ich ihr aus dem Koran vorlese, scheint sie nicht mehr bei der Sache zu sein.

Meine schlaue, meine wunderschöne Tochter.

Wenn sie nicht in der Schule ist, sitzt sie an der engen Eckbank über unserem Klapptisch und liest. Sie kann alles in dieser Sprache lesen, so dicke Bücher. Es ist etwas Rätselhaftes an diesen Büchern und es macht mich traurig, sie so konzentriert in eine andere Welt versunken zu erleben. Unerreichbar scheint sie mir dann. Ich mag es gar nicht, dieses Gefühl des Ausgeschlossenseins.

Sobald wir erfuhren, dass ich sie bekommen würde, war die Entscheidung gefallen. Sie sollte nicht in Hunger und Armut aufwachsen. Von Milizen geraubt und verschleppt werden. Wir wollten die Flucht versuchen. Und das war die einzig gute Entscheidung in meinem Leben. Ich würde es immer wieder tun. Auch wenn der Regen hier kalt ist und nicht warm und duftend wie daheim. Dafür gibt es hier so viel davon, dass die Wiesen das ganze Jahr über grün sind. Das Vieh weidet immer draußen. Wir haben jeden Tag Arbeit, es wird niemals langweilig und ich verdiene Geld. Es ist ein Wunder, dass meine Laila so furchtlos lebt.

Als kleine Larve, eingerollt in meinem Schoß, hat sie sicher alles von unserer Flucht mitbekommen. Die bösen Stimmen der Männer, die uns von einem Lastwagen in den anderen schubsten. Das Weinen der Frauen, auch mein Weinen. Das Wimmern, die Flüche. Irgendwann verlor ich die Hoffnung. Und dann kamen wir trotzdem an, wurden in Empfang genommen mit warmen Decken und heißem Tee. Tee machen sie gut hier und das hat mich mit dem Land versöhnt. Tee und Wissen. Der Tee ist für mich, das Wissen für Laila.

Laila muss doppelt so viel Platz in ihrem Kopf haben wie ich. Dabei ist er zart und wohl geformt. Ihre dunkle Stirn unter den kleinen Zöpfen ist schmal. Sie war bereits perfekt aus mir herausgekommen, ein warmes, zerknautschtes Ding. Wie enthusiastisch sie ihre Fäustchen in diese Welt gestoßen hat, sich das Leben greifen wollte und niemals schrie. Sie beklagte sich auch später nie, beobachtete die Blätter am Baum über der Obstkiste, in der sie lag. Nuckelte an ihrer kleinen Knotenpuppe. Und das Erste, was sie sagte, war nicht Ammah.

Es war: Nein!

So mutig, so tapfer und stark greift Laila sich jeden Tag ihre Bücher, trabt die Straße hinunter zum Bus, drei Meilen, das ist nichts im Vergleich zu meinem Weg, den ich als Kind mit meiner Mutter zum Markt gegangen bin. Drei Stunden und der rote Staub ließ mich husten, die Augen tränten, wenn die Laster mit Säcken voll geerntetem Mais vorüberschwankten. Einmal stürzte ein Transporter in den Graben. Die Männer, die oben mitfuhren, brachen sich die Knochen, starben unter dem Wagen oder später an ihren Wunden. Dadurch hatte ich gelernt, Abstand zu halten zu den Lastern und den Männern, den Maniok und den Mais alleine zu verkaufen, während meine Mutter sich selbst anbot.

Ich habe das niemals getan. Und hier, in diesem immergrünen Land will niemand meinen Körper. Ich habe ein rundes, schwarzes Gesicht, bin nicht groß, aber stark und deshalb hat Mr. Fagin mir auch die Arbeit gegeben. Hakim war längst abgehauen. Er hatte schlechte Freunde gefunden und war auf schnelles Geld aus. Wenn er nicht im Gefängnis sitzt, dann ist er gewiss tot. Ich habe ihn seit Jahren nicht gesehen, er kennt seine Tochter nur als Baby.

»Warum lernst nicht ein bisschen besser Englisch? Du bist so peinlich«, sagte Laila nach ihrem Frühstück und schubste die Plastikschale in den Abwasch.

»Räum richtig auf, Laila. Du weißt, es ist kein Platz für Unordnung in unserem Leben.«

»Bring du erst mal Ordnung in deinen Kopf. Um mein Leben kümmere ich mich schon selbst.«

Das mit dem Respekt vor den Eltern hat ihr hier niemand beigebracht. Hier gibt es keine Großtante oder die vielen Cousins und Cousinen, mit denen ich aufgewachsen bin. Hier gibt es nur Mister Fagin und ein paar dreckige Männer, die sich in einer rauen Sprache, die nicht Englisch ist, Befehle zurufen. Es gibt die Hunde, die auch auf meine Stimme hören, weil ich ihnen hin und wieder einen Leckerbissen zuwerfe. Die Hunde der Weißen in meinem Land waren sehr gefährlich. Diese Zottelbären hier schnüffeln bloß, schütteln sich und rennen wieder zu den Schafen.

Ich kannte von daheim nur Ziegen, die dürr und griesgrämig waren, mit staubigen Füßen und harten Hörnern. Schafe dagegen sind weich und warm. Sie blöken eine Tonlage tiefer als das Meckern der Ziegen und liegen gern im saftigen Gras. Ich liebe das Gras. Das Gras ist meine neue Heimat. Wenn es Sommer ist, trage ich keine Schuhe und laufe bereits in der Morgendämmerung über die Weide. Wieder etwas, wofür Laila sich schämt

8

Hollys Magen knurrte. Der Tee hatte sie munter werden lassen und die Unterhaltung mit Constable Anne auch. Allerdings waren Küchenschränke und Kühlschrank noch genauso leer wie am Abend zuvor. Sie stellte Spots eine Emailleschüssel mit Wasser neben die Bank und schleppte den hässlichen Gartenzwerg hinter das Cottage. Dort stand ein Schuppen, dessen Holztür nur angelehnt war. Zwei alte Fahrräder, verrostete Gartengeräte und ein Blecheimer sahen ihr missmutig entgegen. Der Gartenzwerg passte hier sehr viel besser rein, entschied Holly und stellte ihn in die hinterste Ecke. Dann fuhr sie einkaufen.

Telynport war eine Ansammlung von Häusern, die sich an einer steilgeschwungenen Hauptstraße den Hügel hinunter bis ans Wasser zog. Eine Kaimauer schützte den winzigen, etwas versandeten Hafen vor großen Wellen. Bunte Holzboote lagen bei Ebbe auf der Seite und sahen von oben aus wie eine Handvoll Toffees, die jemand auf dem Strand verloren hatte. Rechts und links hielten die turmhohen Klippen wie steinerne Pranken das Dorf gleichsam in ihren Klauen und schützten es.

Holly hatte oben an der Kreuzung geparkt, die runter ins Dorf oder nach Cardigan führte, und genoss den grandiosen Ausblick.

Direkt an der Kreuzung lag der sogenannte Gemischtwarenladen. *Woods* stand in geschwungenen Lettern auf einem Schwemmholzschild, aber das war das einzige Zugeständnis an den Namen. Daneben hing zu Hollys Verwunderung das blaue Metallschild einer Polizeistation. Eine zierliche alte Dame kam mit ihrem Rollator aus dem Eingang herausgeschossen und wäre Holly beinahe über die Füße gefahren.

»Entschuldigung«, sagte Holly und wich zurück, während die Frau sie misstrauisch von Kopf bis Fuß musterte und dann weiterging. Holly trat ein und wunderte sich. Sie hatte sich so etwas wie einen Unverpacktladen im Stil von Mr Hobbs Reich in ihrem liebsten Weihnachtsfilm *Der kleine Lord* vorgestellt: große Holzfässer, der Geruch nach getrockneten Kräutern, Tee und Gewürzen sowie Säcke mit Reis, Nudeln und Bohnen, aus denen mit einer Stahlschippe das Gewünschte herausgescheffelt wurde. Aber das gab es nur in London. Hier auf dem Land war der Gemischtwarenladen ein neonhell beleuchteter, schmaler Raum mit mehreren Tiefkühltruhen und Kühlregalen. Daneben Paletten mit haltbaren Lebensmitteln und eine Ecke mit Plastikkisten voller internationalem Flugobst und leicht gewelltem, lokalen Salat. Es gab Taschenlampen und riesige Streichhölzer, Batterien und Petroleum in Mengen, die für eine wochenlange Kriegsbelagerung ausreichen würden. Ihr Überleben in diesem wilden Landstrich schien gesichert.

Die Kasse sah dagegen altmodisch aus. Hinter einem hölzernen Tresen saß ein fetter Mann mit Glatze, einer erstaunlich langen Nase und freundlichen schwarzen Augen. Hinter ihm lauerte ein Regal mit Totenkopf markierter Tabakwaren und ein Stapel Pakete. Anscheinend war das Geschäft auch die lokale Poststelle. Holly meinte, einen altmodischen roten Briefkasten neben dem Eingang gesehen zu haben.

Eine offenstehende Tür führte in einen Nebenraum. Holly konnte einen Blick auf spärliches Büromobiliar werfen sowie einen Kalender mit Zen-Motiven. »Wollen Sie zu Constable Anne? Sie ist gerade nicht in ihrem Office«, sagte der Mann, den Holly für Mr Woods hielt. Anscheinend war es kein Scherz gewesen, dass sie hier ihr Büro hatte.

»Nein, danke, ich habe sie gerade getroffen.«

Holly legte Brot, Milch, eine kleine Packung Eier, Müsli, Joghurt und Äpfel auf den Tresen.

»Sie müssen die Touristin sein, die Fagins Schaf angefahren hat«, stellte der Mann zufrieden fest. »Und ich heiße Woods. Wyatt Woods. Bei mir bekommen Sie alles, was das Herz begehrt!«

Daran zweifelte Holly keine Sekunde, als sie seinem interessierten Blick auswich und sich weiter umsah. Neben ihr stand ein Drehgestell vollgestopft mit Heftromanen.

»Danke, ich komme vorerst zurecht.«

»Sollte geschlossen sein oder ein Notfall eintreten, klingeln Sie einfach. Ich stehe Tag und Nacht zu Ihrer Verfügung.«

»Wunderbar«, sagte Holly und verkniff sich gerade noch einen sarkastischen Tonfall. War nicht einfach, aber als sie in die warme Sonne trat, meinte sie es beinahe ernst.

Danach fuhr sie zurück zu ihrem Cottage. Als sie die gepunktete Nase von Spots über die Mauer ihres Gartens lugen sah, wurde ihr ganz warm ums Herz. Das Schaf war fleißig gewesen und hatte im Halbkreis um die Bank die wilde Weide in englischen Rasen verwandelt. Wenn sie so weiter machte, wäre der vernachlässigte Garten bald ein ansehnliches Golfer-Grün. Holly verachtete zwar den Golfsport, hatte gegen eine gepflegte Umgebung aber nichts einzuwenden.

»Komm her, meine Fleißige«, sagte sie und löste den Strick. »Ich werde dich am Gartentor festbinden, damit du den Eingangsbereich mähst.«

Morgen würde sie bei Mr Woods einen viel längeren Strick besorgen, mit dem Spots sich bis hinter das Cottage würde bewegen können.

»Bäh«, antwortete Spots und ließ sich mitten auf den gepflasterten Weg fallen, um in Ruhe wiederzukäuen.

»Hast ja recht. Teatime. Ich brauche auch dringend was zwischen die Zähne«, gab Holly nach und ließ davon ab, ihr Schaf vom Weg zu zerren. Mit Assam und Spiegelei machte sie es sich vor dem Haus bequem und fühlte sich zum ersten Mal, seit sie angekommen war, mit sich im Reinen.

Das durchdringende Brummen eines Dieselmotors ließ Holly aufschrecken. Sie musste in der Sonne eingenickt sein. Ihre Haut brannte verdächtig und die Uhr zeigte bereits Nachmittag.

Ein Landrover parkte vor ihrem Cottage und eine athletische Person sprang heraus. Eine Locke dunkelroten Haars hing ihr frech in die Stirn, als sie in derben Schnürstiefeln durch das Gartentor spazierte.

»Du bist also das berühmteste Schaf von Telynport«, sagte sie zu Spots und hockte sich vor ihr hin.

»Guten Tag! Kann ich Ihnen helfen?«, fragte Holly, die sich ein wenig übergangen fühlte.

»Ja«, sagte die Frau, sah kurz auf und lächelte lausbubenhaft. Dabei fummelte sie an Spots Verband herum.

»Hey, lassen Sie bitte das Schaf in Frieden. Es hat eine Wunde, die muss heilen. Also Finger weg, wenn ich bitten darf.«

Holly war aufgestanden und legte die Hand über die Augen, um den Eindringling besser sehen zu können.

»Schon okay. Alles gut.« Die Frau hob den Verband an, sah auf die Wunde und zog dann die Mullbinde über Spots Kopf.

»Haben Sie mich nicht verstanden?« Allmählich wurde Holly wütend. »Was wollen Sie überhaupt hier?«

»Anne sagte, hier gäbe es starken Tee. Ich liebe starken Tee.«

»Anne? Sie meinen *Constable* Anne?«

»Ja, sie erzählte mir von dem Unfall. Mein Name ist Jane Simmons. Ich bin die Tierärztin der Gegend.«

Sie richtete sich auf und war plötzlich einen Kopf größer als Holly. Ihre Sommersprossen waren beinahe so ausgeprägt wie die von Spots. Über der Nase flossen sie zu einem dichten hellbraunen Netz zusammen, das wie eine magische Tätowierung oder ethnische Zeichnung wirkte. Sie streckte ihre kräftige Hand aus und als Holly sie nahm, schüttelte sie sie sanft. Sie sah ihr direkt in die Augen und konnte offensichtlich zupacken, ohne derb zu sein. Ihr in dunklen Rosatönen gebatiktes T-Shirt passte hervorragend zu ihrem Haar – nicht, dass sie es darauf angelegt hätte. Holly war sicher, dass diese Frau keinen Gedanken an ihr Aussehen verschwendete. Über dem T-Shirt trug sie so etwas wie eine Trapperweste, mit zahlreichen Taschen und einer Öse für den nicht vorhandenen Kompass.

»Das sieht ziemlich professionell aus. Die Naht, meine ich. Sie sind Krankenschwester, habe ich gehört?«

»Spricht sich ja schnell rum, das Ganze«, sagte Holly und wusste nicht, ob sie verstimmt sein sollte oder nicht.

»Auf Miss Peabody ist Verlass. Sie behauptet, früher beim MI6 gewesen zu sein. Tatsächlich weiß sie wirklich immer alles zu berichten.«

»Miss Peabody?«

»Die Dame mit dem Rollator. Lassen Sie sich von ihrer Gebrechlichkeit nicht täuschen. Sie sitzt den ganzen Tag in ihrem Fenster an der Straße und ihr Telefon steht niemals still. Die Flatrate ist nur für sie erfunden worden. Und ihre Freundin Gwyn hat sie sofort über Ihren Besuch in Kenntnis gesetzt.«

»Na ja, ich musste die Risswunde nähen. Mit Nylonfäden und Sticknadel. Was die alte Gwyn so da hatte.«

»Gute Wundtoilette! Kein Hinweis auf Entzündung. Das haben Sie bestens hingekriegt. Aber den Verband braucht es nicht mehr, das heilt von alleine. Soll ich in ein paar Tagen die Fäden ziehen?«

»Oh nein, das bekomme ich hin. Danke sehr.«

Holly fürchtete um ihr Urlaubsbudget, das unter der Anschaffung von Spots bereits gelitten hatte. Ein Tierarzthonorar würde den verfügbaren Rahmen vollkommen sprengen. Aber sie wollte nicht abweisend wirken. Allmählich kannte sie die Etikette.

»Tee?«, fragte sie deshalb und schwenkte ihren Becher.

»Tee wäre fantastisch«, sagte Jane Simmons, stieg mit ihren langen Stiefelbeinen über Spots hinweg und setzte sich erwartungsvoll auf die Holzbank.

»Gutes Aroma.« Jane schnupperte genüsslich, als Holly mit dem Tee zurückkam.

Den linken Arm auf der Lehne, die Schnürstiefel breitbeinig vor sich aufgestellt, nippte sie vorsichtig an ihrem Becher.

»Ah, das nenn ich einen Tee!«

Holly setzte sich einen alten Strohhut auf, den sie in der Flurkommode gefunden hatte. Mit dieser mediterran intensiven Sonne hatte sie wirklich nicht gerechnet.

»Sie haben scheinbar die empfindlich weiße Haut der Einheimischen. Ich sehe schon die ersten Sommersprossen blühen. Und ich dachte, sie kommen nicht von hier«, bemerkte die Tierärztin.

»Sommersprossen?« Holly legte genervt eine Hand an ihre Wange. Sie wurde nie auch nur ansatzweise braun, würde aber gern auf diese kindischen Pigmentflecken im Gesicht verzichten.

»Hey, kein Grund zur Panik. Wir Waliser und Iren tragen sie als Auszeichnung, wie einen lokalen Orden. Egal, ob rot- oder schwarzhaarig. Ich sehe es auch an Ihren Augen. Sie gehören hierher.«

»Oh nein! Ich bin Londonerin. Und meine Mutter stammte aus Birmingham.«

»Walisischer Vater?«

»Kann mich nicht erinnern. Bohrinseln waren seine Heimat, soweit ich weiß.«

»Walisische Bohrinseln?«

Die konnte ja echt penetrant sein mit ihrem Lokalstolz, dachte Holly und zuckte nur mit den Schultern. Jane Simmons strich sich lächelnd eine rote Locke aus der Stirn. Holly wunderte sich, wie entspannt die Leute hier waren. Sie lachten und lächelten in einem fort, tranken literweise Tee und schienen äußerst hilfsbereit zu sein.

»Ist es nicht unglaublich eintönig, Tierärztin in diesem einsamen Landstrich zu sein? Ich meine Schafe, nichts als Schafe. Kein niedlicher Wellensittich, kein Meerschweinchen, keine Ratte oder auch nur ein Rehpinscher.«

»Es ist toll! Ich liebe Großtiere. Wer Rehpinscher in der Gucci-Bag oder Vogelspinnen in Etagenwohnungen hält, sollte einen Psychiater kontaktieren. Es ist doch so: Nicht die Tiere sind anstrengend, sondern ihre Besitzer. Hat ein Pferd eine Kolik, behandle ich nicht nur den geschwollenen Bauch des armen Tieres, sondern auch die Angst der kleinen Dressurkönigin oder des Preiszüchters. Die Tiere sind leicht zu handhaben, sie reagieren, wie vorgesehen. Mit Jaulen, Kratzen oder einem kräftigen Huftritt. Ich habe Handschuhe und Grifftechniken. Beruhigende Worte und zur Not ein sedierendes Medikament. Das Zetern und Meckern der Besitzer, ihre Vorwürfe, ihre Beleidigungen und Beschimpfungen, sollte das arme Tier doch seiner Krankheit oder Verletzung erliegen, dafür benötige ich sehr viel mehr Kraft.«

»Verstehe.« Holly nickte. »Das habe ich in der Notaufnahme vor allem bei Kindern erlebt. In der Pädiatrie sind die Eltern tausendmal schlimmer als die kleinen Patienten.«

Die Tierärztin beugte sich vor und stellte den leeren Becher auf die Steine. Stützte den Kopf in die Hände und fuhr sich durch die Haare, die daraufhin abstanden wie dunkelrote Teufelshörnchen.

»Man darf gar nicht hinhören! Manchmal wünsche ich mir einen Holzhammer oder einen Betäubungspfeil für solche Besitzer herbei.« Sie blickte auf und sah Holly ernst an. Dann zwinkerte sie selbstironisch und warf sich wieder gegen die Rückenlehne der Bank. »Keine Angst, ich bin keine verkappte Mörderin. Aber zwei Patienten gleichzeitig zu behandeln, das Tier *und* seinen Menschen, zehrt oft an den Nerven.«

Und dann geht sie hinaus auf die Weide, sucht ein verletztes Schäfchen und trägt es auf ihren Schultern in ihre Praxis, fantasierte Holly.

»Die Arbeit an der frischen Luft ist das, was für Ausgleich sorgt«, sagte sie, plötzlich fröhlich, als habe sie Hollys Gedanken erraten.

»Und eine gute Tasse Tee«, ergänzte Holly und leerte ihren Becher.

»Hatten Sie denn schon Zeit, etwas von der Gegend zu sehen?«, wechselte die Tierärztin plötzlich das Thema. Als hätte sie eingesehen, dass Holly eine Touristin und höflicher Small Talk angebracht sei. Offensichtlich war ihr ihre Offenheit peinlich.

»Den Gemischtwarenladen habe ich heute besucht.«

»Es gibt hier auch hübschere Ecken«, grinste Dr. Simmons.

»Natürlich möchte ich eine Klippenwanderung unternehmen, aber dafür ist es heute wohl schon zu spät. Morgen muss ich nach Cardigan. Das Auto abgeben.«

»Waren Sie schon unten am Hafen? Es müsste gerade Flut sein, das Wasser ist zurzeit traumhaft.«

»Vielleicht laufe ich zum Abendessen hinunter. Gibt es dort einen Pub?«, fragte Holly.

»Das *Dryffryn Arms*. Es hat gute einheimische Küche. Ist gemütlich dort. Mein zweites Wohnzimmer. Ich wohne direkt nebenan.«

Holly spürte plötzlich Unternehmungslust in sich aufwallen. Sie streckte sich ein wenig und fühlte sich wie ein Kätzchen, das zum Spielen aufgelegt ist. Dr. Simmons schien das zu spüren und erhob sich.

»Ich möchte Sie nicht länger aufhalten. Wenn es Probleme mit dem Schaf geben sollte, rufen Sie mich gerne an.«

Sie reichte ihr eine leicht verknickte Visitenkarte, die sie aus einer ihrer Westentaschen hervorzog.

»Apropos, Spots, mein Schaf. Muss ich irgendwelche Dinge wissen? Ich meine, braucht sie Heu oder Trockenfutter?«

»Es ist eine alte walisische Rasse. Die ernähren sich von Gras und streifen zwölf Monate im Jahr über die Hügel. Solange der Strick lang genug ist und es ausreichend Weidefläche gibt, haben Sie kein Problem.«

»Ich habe doch nur diesen Garten«, sagte Holly und fand das ziemlich kläglich, wenn sie an die weiten Hügel dachte, durch die sie hergekommen war.

»Fragen Sie die alte Gwyn. Die hat Land ohne Ende und ihre Tiere hat sie vor Jahren verkauft. Sie könnten Ihr Schaf dort weiden lassen, sie hat ja niemanden zum Rasenmähen.«

»Oh, danke. Ich werde sie fragen.«

Dr. Simmons streckte ihre Knochen. »Spots heißt sie also«, bemerkte sie, als sie auf dem Rückweg zum Landrover wieder über eine wollige Flanke steigen musste, und drehte sich an der Mauer noch einmal um. »Bis dann, Farwel!«

»Farewell!«, rief Holly und dachte, dass sie den altmodischen Klang der walisischen Sprache liebte.

Holly spülte die Teebecher und schnappte sich eine Jacke. Die anhaltende Stille, nachdem die Tierärztin gegangen war, machte sie nervös. Unruhe hatte sie erfasst, sie verspürte einen unbändigen Bewegungsdrang und das Bedürfnis, sich zu irgendetwas zu bekennen.

Hier in Wales gemütlich Tee zu trinken, fühlte sich plötzlich an, als sei sie auf der Flucht, wollte unter dem Radar verschwinden. Das Gespräch über die Probleme der Tierärztin hatte die Erinnerung an ihre eigenen Schwierigkeiten in Holly aufsteigen lassen. Eigentlich wollte sie hier nur ihre Ruhe haben. Gleichzeitig wünschte sie sich aber, zur Rechenschaft gezogen zu werden. Der Radfahrer war unter ihren Händen gestorben. Das Schuldgefühl saß wie ein bösartiger kleiner Gnom in ihren Hirnwindungen und vergiftete ihre Gedanken, ihre Stimmung. Wenn sie ihre Schuld nur verbüßen könnte! Erbsen und Linsen sortieren, sich in ein Reh verwandeln, in rotglühenden Pantoffeln tanzen. Womöglich fände sie dann ihre innere Ruhe.

Diese Auszeit fühlte sich mit einem Mal falsch an, als sei sie eine Betrügerin oder spiele mit gezinkten Karten. Gleichzeitig wusste sie aber, dass sie sich nichts vorzuwerfen hatte. Auch wenn Dr. Lawson mittlerweile alle in der Klinik vom Gegenteil überzeugt haben würde. Ihre Meinung war dort nicht länger gefragt, sie wurde ignoriert und übersehen. Um endlich wieder wahrgenommen zu werden, musste sie nur in den Pub gehen. Dort zwischen den Bauern und Fischern wäre sie so sichtbar wie ein mit Pfauenfedern geschmücktes Showgirl. Sie würden neugierig sein und Fragen stellen. Und Holly würde sich nicht verstecken.

Sie war Holly Higgins und sie hatte nichts falsch gemacht.

Holly kontrollierte Spots Strick und ließ das zufrieden kauende Schaf zurück. Schloss das Tor und wanderte zwischen den Steinmauern auf die Kreuzung zu. Die Weiden rechter Hand verwandelten sich in Wiesen voller Heidekraut und Ginster, deren rotgoldene Tönung sich in den Wolken spiegelte. Ein furioser Sonnenuntergang hatte sich über den Horizont gelegt und umarmte die Klippen, die verstreuten Häuser, den Hafen und das Meer mit einem rosigen Hauch von Zuckerwatte. Im Vorbeigehen nahm sie eine Bewegung der Rüschenvorhänge im Nachbarhaus des Gemischtwarenladens wahr. Nachdem sie es passiert und das Gesichtsfeld von Miss Peabody verlassen hatte, senkte sich die Straße steil abwärts.

Zehn Minuten später stand sie staunend am Kai. Das Meer hatte die Farbe von hellem Holunderwein und schlug sacht gegen die Mauer, als proste es Holly freundlich zu. Die Boote wippten behaglich neben ihren Bojen. Möwen hockten mit vom Sonnenuntergang beleuchtetem, pinkfarbenem Gefieder wie ein Strauß Pfingstrosen auf dem Felsen neben der Fahrrinne. Es war, als hätte dieses Land geahnt, wonach sie sich sehnte. Als hätte eine der walisischen Wasserfeen ihre Gedanken gelesen und beschlossen, ihr zur Ankunft eine Freude zu bereiten. Holly verstand mit einem Mal, warum der Ort Telynport die Harfe im Namen trug. Es kam ihr vor, als trieben mit dem Wind leise Klänge zu ihr ans Ufer und sie war überzeugt, sie stammten von einer Feenharfe. Holly blickte auf das Meer hinaus. Dieses Licht. Das Gurgeln der Wellen. Die großzügige Weite und Gelassenheit. Und das King's College Hospital ganz, ganz weit weg.

Mit der Sonne sanken die Temperaturen. Die Luft wurde kühl und schmeckte nach Salz. Plötzlich hatte Holly großen Appetit. Sie drehte sich um und marschierte auf die Eingangstür des Pubs zu, über der ein mit Hellebarden geschmücktes Wappen leise quietschend im Abendwind schaukelte.

So ruhig und einsam es auf dem Kai gewesen war, hier drinnen brodelte das Leben. Der Pub war gut gefüllt und laute Stimmen vermischten sich mit der traditionellen Musik, die aus den Lautsprechern drang. Die Wände waren bis an die Decke mit dunklem Holz getäfelt und abgeschabte Tische trugen Batterien von Pintgläsern. Holly ging zum Tresen, um sich ihr Abendessen zu bestellen.

Der Barmann tanzte beschäftigt hinter den Knüppeln der Zapfhähne hin und her. Er sah auf eine harmlos blonde Art gut aus. Hatte den Sex-Appeal eines Milchshakes. Aber als er lächelte, brachte er den Sonnenuntergang wieder herein, er floss direkt in Hollys Herz.

»Hi, ich bin Holly. Ich hätte gern ein Bier und einmal Fish and Chips«, rief sie über die Zapfhähne hinweg.

»Holly, wie die Stechpalme?« Lachend stellte er das Bier vor sie hin. »Ich bin Chris und kein bisschen stachelig.«

»Da soll mich doch gleich–«, schmetterte eine grobe Stimme durch den Raum und sofort wurde es still.

»Das ist die Frau, die mein Schaf totgefahren hat!«

Holly fuhr herum. Hinten am Fenster stand Fagin. In seiner breitbeinigen Cowboymanier kam er langsam auf den Tresen zu. Holly hätte alles darum gegeben, sich in eine Maus verwandeln zu können. Zur Not auch in eine Kakerlake.

»Das ist die Frau, die das Schaf ANgefahren hat«, korrigierte sie ihn tapfer und stellte ihr Bierglas mit zittrigen Fingern ab.

»Die Frau, die das Schaf wieder zusammengeflickt hat«, sagte ein kleinerer Mann mit Schiebermütze und leicht eingedellter Nase. »Hat meine Tante Gwyn erzählt.«

»Die Frau, die das Schaf gerettet hat!«, verbesserte ihn jemand, und als alle sich zu ihm umdrehten, erkannte Holly die Glatze von Mr Woods. »Constable Anne hat die Sache untersucht. Kein Fall von Fahrerflucht, es wurde sogar eine Ausgleichszahlung geleistet. Und das Tier ist wohlauf.«

»Von wegen wohlauf«, grummelte Fagin.

»Sie hat es gerettet?«, fragte einer.

»Eigenhändig zusammengeflickt«, nickte Gwyns Neffe überschwänglich.

»Sie haben anscheinend ein Händchen für Schafe, Lady«, sagte ein Bärtiger.

»Gut gemacht!«, tönte ein Dritter und hob sein Pint.

So wurde sie von der Kriminellen und Außenseiterin zur Heldin.

»Spots ist mein erstes Schaf«, meinte Holly bescheiden.

»Sie hat ihm einen Namen gegeben!«

»Meist verstehen die Touristen nicht, wie sehr wir unsere Schafe mit dem tiefen, schwermütigen, weichen, walisischen Kern unserer Seele lieben«, sagte der Bärtige. »Wir nennen sie auf Walisisch *defaid* und sie machen unser Leben reich. Was macht dein Leben reich?«

Holly war sprachlos und zuckte mit den Schultern.

»*Defaid* ist kymrisch«, verbesserte ihn Gwyns Neffe.

»Kymrisch, walisisch, keltisch? Das sind doch überflüssige Kategorien.«

Statt sich zu streiten, fingen einige der Männer an zu singen. Der grässliche Fagin hielt sich die Ohren zu und wankte aus dem Pub, aber Holly war begeistert. Wie diese Waliser singen konnten! Diese Stimmen, die Melancholie ihrer Lieder.

»Ihr Gesang klingt sehr traurig. Worum geht es?«, fragte Holly Chris.

»Das ist unsere Sehnsucht nach Heimat. *Hiraeth*, Nostalgie, Melancholie.«

»Aber warum denn Sehnsucht?«, wunderte sich Holly. »Ihr seid doch zuhause.«

»Das sind Hymnen an die Verbundenheit mit unserem Land und der Natur. Wo bist du zuhause? Was ist dein Sehnsuchtsort, stacheliges Mädchen?«

Holly wusste es nicht. London, das war der Ort, an dem sie lebte. Ihre Wahlheimat. Weit genug von ihrer Mutter und ihren astrologischen Schwingungen entfernt, um selbstbestimmt zu sein. Zumindest hatte sie sich das so immer gesagt, als sie damals ihre Ausbildung zur Krankenschwester begonnen hatte.

»Ich bin überall da zuhause, wo es schön ist. Kosmopolitisch und so«, sagte sie und fühlte sich schrecklich verloren.

»Ach echt?«, fragte Chris.

»Wow«, meinte ein anderer Mann, der neben Holly am Tresen saß.

»Hört sich gut an.«

Sie nickten ihr zu, aber Holly hörte ihre Skepsis heraus. Und auf einmal wollte sie nichts anderes, als dazuzugehören. Spaß zu haben.

»Die nächste Runde geht auf mich«, sagte sie und warf jeden Gedanken an ihr Urlaubsbudget über Bord.

Ihre Ankündigung löste ein Johlen aus und die Kehlen sprangen auf, sie sangen und tranken gemeinsam und irgendwann hatte Holly vergessen, dass sie hier eine Fremde war.

Zur Sperrstunde zerstreuten sie sich summend und singend. Holly trat aus dem Pub und sah auf das dunkle Meer. Aufgrund der Ebbe hatte es sich weit zurückgezogen. Holly stolperte über das Watt, den Geruch nach Tang und Fisch in der Nase. Weiter hinten hörte sie die Wellen an den Klippen lecken. Ganz sanft und verspielt wie kleine Kätzchen, die nicht wirklich zubeißen.

Der Pubschlüssel klirrte leise hinter ihr. Chris sperrte gerade zu.

»Hey, wo willst du hin?«, rief er ihr nach.

»Kleine Meerjungfrau spielen!«, antwortete sie übermütig und versuchte, zu rennen. Ihr Füße waren irgendwie zu schwer und verhedderten sich im angeschwemmten Seegras. Sie stolperte und saß plötzlich im nassen Sand. Vielleicht sollte sie eine Sandburg bauen, wie damals, als sie vier Jahre alt und auch in den Ferien gewesen war.

»Die Flut setzt bald wieder ein!«

Chris rannte über den Strand, wich geübt den kleineren Pfützen aus und stand plötzlich vor ihr, atemlos und leicht verärgert. Er zog sie auf die Füße, seine Mimik verbindliche Ablehnung.

»Chris! Holder Retter! Wassergott!« Holly klammerte sich an seinen Hals, ihre Jacke triefte vor Matsch. »Du riskierst dein Leben, um mich zu retten?«

Das erschien ihr wie ein Wunder, und machte sie überschwänglich glücklich. Aber er war auch charmant und so schnuckelig. Und hatte er nicht den ganzen Abend bereits mit ihr geflirtet? Jetzt war er so nah, dass sie ihn küssen konnte. Was sie tat, einfach so. Seine unverschämt weichen Lippen schmeckten nach Bier und Salz.

»Ich wusste, dass du ein Leckerbissen bist«, nuschelte Holly und beugte sich wieder vor.

»Mach keinen Quatsch. Ich bin mit Alex zusammen«, lachte Chris und schob sie von sich. »Und du kommst jetzt mit!«

Das Mondlicht verlieh ihm eine silberne Rüstung und Holly ließ sich brav an der Hand zurückführen. Erschöpft sank sie auf die Hafenmauer. Die Schwerkraft zog sie auf die kühlen Steine, sie legte sich auf die Seite und kicherte.

»Nicht einschlafen, Holly.«

»Ich weiß, dass ich unwiderstehlich bin. Jeder ist doch scharf auf eine pummlige Brünette. Aber eine Dame ziert sich eben gern«, lallte sie.

Chris lachte wieder sein leises, nüchternes Lachen.

»Jetzt komm schon. Steh auf.«

Es kitzelte ein bisschen unter den Armen, als er versuchte, sie anzuheben, aber sie machte sich schwer, kicherte weiter und schloss die Augen.

9

»Sie sind blau!«

»Schön, oder?«

»Sehr besonders, mein Schatz. Wirklich.«

Oh Mann. Mum ist einfach eine Lady. Durch und durch. Verliert sie jemals die Contenance? Ich meine, ich habe die Haare nicht wegen ihr gefärbt, sondern weil ich mich verändern möchte. Weil ich ihn auf die Probe stellen will, ob er nur mein Aussehen mag und ob er mich auch mit blauem Haar toll findet.

»Das wäscht sich nicht so schnell wieder raus«, behaupte ich sicherheitshalber und schaufele weiter Müsli in mich hinein. Vielleicht lässt Mum sich doch zu irgendeinem Protest hinreißen. Einem kleinen unwillkürlich Zucken ihrer zarten Gesichtsmuskulatur, die sie aber so eisern im Griff hat, wie die Kandare von Camelot, ihrem Vollbluthengst. Nein, jetzt lächelt sie sogar.

»Machst du dich lustig über mich?«

»Ach was, es gefällt mir.« Mum lässt ihre Teetasse sinken und mustert mich eindringlich. »Ich bin glücklich, wenn du glücklich bist. Und wenn man sich sein Haar hellblau färbt, dann ist das für mich ein gutes Zeichen. Ein Zeichen von Übermut vielleicht, oder Fantasie. Wer will in deinem Alter schon auffallen? Du traust dich was, hast Mut. Ich bin wirklich stolz auf dich.«

Ist das zu glauben!

Sie findet es auch noch gut. Hätte ich gewusst, dass sie blaue Haare stolzer machen als ein gutes Zeugnis, wären meine letzten Jahre anders verlaufen. Wobei der Haarton gut mit meiner Augenfarbe harmoniert und meine Augen leuchten lässt. Nicht mehr dieses wässrige Blau wie bei Mum. Mehr Sirene als Fischkopf.

Doch wenn Mum es gut findet, was wird Calvin dann dazu sagen? Wird er derselben, sehr erwachsenen Meinung sein? Oder wird er mich auslachen?

Nach dem Frühstück gehe ich wieder hoch in mein Zimmer, um die Schuluniform anzuziehen. Es ist sieben Uhr morgens und vor dem Fenster herrscht das dramatische Tableau eines morgendlichen Sommergewitters. Ich liebe diese Küste. Die Klippen, auf denen, seit ich denken kann – genau genommen sogar seit 1786 – dieses Anwesen steht, sind meine Klippen. Sie reichen bedrohlich nah an unseren Schlossgarten heran. Allerdings besteht der Garten heute nur noch aus einer mit Steinmauern umschlossenen Rasenfläche, in deren Mitte eine marmorne, riesige Amphore hockt. Keine edlen Rosenstöcke, keine Laubengänge weit und breit. Einen Kräutergarten sucht man vergeblich.

Ich schlüpfe in den grauen Wappen-Blazer meiner Schuluniform und straffe die Schultern. Die Verkleidung muss sitzen.

»Stolz beginnt in den Knochen«, so Grandmas eiserne Maxime. »Nimm den Kopf hoch und beiß bloß nicht in Anwesenheit deines Großvaters in einen Apfel! Dieses ordinäre Knacken und Kauen.«

Als Kleinkind war ich hier nur Feriengast, aber Grandma liegt längst unter der Erde und nun gehört das Anwesen seit fünf Jahren Mum. Pa stellt es gerne so dar, als sei er der Hausherr. Organisiert Treib-Jagden mit lachenden Hobby-Reitern in schlecht sitzenden Jagdjacketts und grauenvoll erzogenen Hunden. Mich packt dann auch immer eine Mischung aus Vorfreude und Jagdfieber. Ich sprenge dann auf Idaho allen davon. Sollen sie nur sehen, wer die beste Reiterin ist. Mum reitet auch nicht schlecht, überholt mich sogar manchmal. Aber sie nimmt nicht oft teil an den Jagden. Sie mag diese Typen aus London genauso wenig wie ich. Deswegen bleiben wir beide auch immer auf dem Land. Nicht wegen der Tradition – sie ist eine moderne Frau, hat ihren Mädchennamen behalten und offensichtlich nichts gegen blaues Haar.

Pa wollte mich auf ein Internat nach Schottland schicken, zusammen mit Royals und Regierungskids. Aber meine Freundinnen gingen alle nach Haverfordwest und ein Leben ohne meinen Rappen Idaho ist einfach unvorstellbar.

»Du zerstörst mein Leben!«, habe ich getobt.

»Kommt nicht in Frage. Sie bleibt hier«, hatte Mum entschieden und war stur geblieben bis zum Schluss. Dafür liebe ich sie. Jetzt gehe ich auf das Private Castle College in Haverfordwest, wenn ich nicht gerade schwänze.

Wahrscheinlich hat Pa sie unterschätzt, anfangs. Mum hatte schon immer etwas Ätherisches an sich. Klassisches Profil mit schmaler Nase und geradem Kinn. Hohe Stirn und forellenblasse Augen. Ihr Haar scheint aus dünner, weißgoldener Seide gesponnen zu sein und lässt sich nur schwer frisieren. Am liebsten trägt sie einen Pferdeschwanz und sieht damit aus wie zwölf. Aber wenn es darauf ankommt, wird Mums Stimme scharf wie ein Messer. Sie gibt niemals nach und ich lege mich lieber nicht mit ihr an.

Auch Pa musste das schmerzlich lernen. Er gab in der Schulsache nach und gönnte sich zum Ausgleich eine Londoner Geliebte. Er denkt, ich weiß das nicht, ist lächerlich unbekümmert, aber ich hatte sie sogar schon am Telefon.

Ich werfe noch kurz einen Blick in den Spiegel, bevor ich mich auf den Weg mache. Meine Augen sind schwarz und verführerisch geschminkt, das Lipgloss glänzt und ich weiß, dass Calvin auf Vanillearoma steht. Unter der Bluse habe ich ein schwarzes T-Shirt, im Rucksack steckt der kurze Rock.

Calvin und ich treffen uns heute wieder und wir haben weiß Gott Besseres vor als Schule. Ich spüre das Brodeln meiner Hormone, meine Haut prickelt und das ist es, was ich will: Freiheit und explodierende Freude, weiche Knie und weiche Lippen und das ganze verdammte Romantikpaket auf den Klippen oder in der Brandung oder in seinem Kingsize-Bett. Ich brauche Sex. Ich brauche Liebe.

Wer sagt, er wäre gern eine Prinzessin in einem Schloss, hat noch nicht mitgekriegt, dass die Prinzen, die einen erretten sollen, alle ausgestorben sind. Ich muss schon selber sehen, wie ich da rauskomme.

Ich schlendere unschuldig pfeifend die Marmorstufen hinunter. Ein Held aus der Schlacht von Hastings starrt aus einem pompösen Goldrahmen auf mich herab. An der Wand über dem Kamin im Wohnzimmer hängt eine Enfield mit Bajonett, mit der mein Ururgroßvater 1917 vier Deutsche erlegt haben soll. Einen nach dem anderen, kaum, dass sie aus ihrem Unterstand krochen. Am Bajonett kleben antike Krusten deutschen Bluts. Echt gruselig. Urgroßvater wurde als Pilot über dem Kanal abgeschossen. Und Großvater stürzte auf der letzten echten Fuchsjagd des Hauses Beringford von seinem Hengst und brach sich den Hals. Da war ich zehn und seitdem leben wir auf dem Schloss. Grandma hat nicht lange um ihren Ehemann getrauert. Sie flüchtete in die Sonne und erlag drei Jahre später, die sie überwiegend auf Reisen verbracht hatte, auf Mallorca einer Endokarditis.

Das nenne ich Leben.

Ich werde versuchen, es meiner Grandma nachzumachen. Wer braucht schon Schule? Ich haue mir den Kopf lieber mit Sachen voll, die mich wirklich interessieren. Wozu garantiert weder Analytik noch die Shakespearesonette gehören.

10

»Aufstehen!«

Die Stimme war freundlich, aber bestimmt. Hatte sie nicht Urlaub? Ganz sicher war sie sich nicht, es war alles etwas nebulös. Als Holly endlich ihre Augen öffnete, hatte sie grässliche Kopfschmerzen. Dr. Simmons sah ihr mit einer Mischung aus Anteilnahme und Verachtung ins Gesicht, aber auch eine gewisse Belustigung umspielte ihre Mundwinkel. Ihre roten Haare standen in alle Richtungen ab, und im Morgenlicht sah es ein wenig so aus, als trüge sie einen flammenden Heiligenschein.

»Was machen Sie in meinem Schlafzimmer?«, fragte Holly irritiert.

Das dunkle Lachen klang wie die Schläge eines Tamburins.

»IHR Schlafzimmer?«

Holly setzte sich auf. Sie lag auf einem fremden Sofa in einem gemütlichen, aber völlig unbekannten Wohnzimmer – alles drehte sich.

»Das ist nicht mein Schlafzimmer. Oh nein!«

Ein riesiges Wollknäuel von Main Coon sprang auf das Sofa, schnupperte an einer ihrer Zehen und begann zu schnurren. Ein Spaniel rannte mit einer ihrer Socken im Maul durch den Raum, die Tierärztin jagte sie ihm ab.

»Das sind Fitzgerald und Netrebko. Ich hoffe, du hast keine Tierhaarallergie.« Jane Simmons verbreitete beängstigend viel Energie und gute Laune.

Im Hintergrund lief klassische Musik, stellte Holly dankbar fest. Jede Form von Popmusik hätte ihren Schädel gesprengt. Bei einer Frau, die ihren Spaniel nach einer Opernsängerin nannte, überraschte sie diese Wahl nicht. Mit den melodischen Tönen sickerte auch die Erinnerung an den Vorabend in ihr Bewusstsein.

»Er hat mich bei Ihnen abgeladen wie einen alten Sack.«

Holly verbarg das Gesicht hinter ihren Händen. Ihre Gastgeberin hockte sich neben ihr aufs Sofa

»Nenn mich Jane, Holly. Nach dem, was wir heute Nacht alles erlebt haben, kann ich dich nicht mehr mit *Miss Higgins* ansprechen, ohne zu grinsen.«

»Oh Gott! So schlimm?« Holly lugte zwischen ihren Fingern hindurch.

»Chris hat das Richtige getan. Er konnte dich doch nicht allein zu Hause lassen. Und eine hilflose Frau mit zu sich nehmen, nein, das würde er nicht tun. Er ist ein Gentleman alter Schule.« Sie zwinkerte spitzbübisch.

»Tee?« Jane hielt ihr eine duftende Tasse Ceylontee unter die Nase. »Extrastark, mit viel Milch und Zucker. Das wird dich wieder aufrichten. Ich muss gleich weg und kann dich mitnehmen, wenn du magst.«

Holly riss sich zusammen, sammelte ihre andere Socke auch wieder ein und erfrischte sich mit einer Sekunden-Dusche in Janes überraschend geräumigen Bad. Sie brauchte jedoch eine zweite Tasse Ceylon-Tee und zwei Nurofen, bevor sie in der Lage war, das Haus zu verlassen. Die Vibrationen des Landrovers übertrugen sich wie mikroskopische Erdbeben auf ihre Gehirnzellen und sie lehnte sich im Sitz zurück, das wattige Schmerzgefühl wie eine altmodische Trockenhaube über den Kopf gestülpt.

»Eins sollte dich trösten«, sagte Jane und schaltete einen Gang hoch. »Du bist nicht die Erste und auch nicht die Einzige, die Chris geküsst hat. Er ist ein großer Junge.«

»Ich habe ihn *geküsst*? Das hat er dir erzählt?«

»Nein, das hast DU mir erzählt. Und mehr als nur einmal, glaube mir. Du hast die halbe Nacht davon gesprochen.«

Jane gähnte ungeniert.

»Ich habe mich ihm an den Hals geworfen? Oh mein Gott. Ich kann mich nie wieder im Pub blicken lassen.«

»Keine Sorge. Ein Gentleman genießt und schweigt. Und anscheinend hast du gewartet, bis alle weg waren, um über ihn herzufallen.«

Zurück im Cottage band Holly die vorwurfsvoll dreinblickende Spots an einer anderen Stelle des Gartens an und setzte sich benommen auf den Rasen neben sie. Ihr gemütlich nickendes Grasen wirkte allerdings gefährlich einschläfernd. Das Auto musste doch zurückgegeben werden! Große Ausflüge hatte sie mit der kleinen Karre zwar nicht unternommen, aber Verlängern war auch keine Option. Das Budget hatte sie mit Spots und ihrer Zecherei im Pub ohnehin überstrapaziert. Zur Not, überlegte sie, konnte sie auch auf eins der Fahrräder im Schuppen zurückgreifen. Also riss sie sich am Riemen und brach zügig wieder auf.

Cardigan war eine hübsche kleine Stadt, wenn man von den zwielichtigen Ecken absah, und die Autovermietung lag natürlich an der eher hässlichen Ausfallstraße Richtung Aberystwyth. Direkt neben einer heruntergekommenen Tankstelle und einem Pizza-Express.

Der schwerfällig junge Mann, der hinter dem Schalter der Autovermietung arbeitete, pulte sich den Schlaf aus den Augen, während er ihren Vertrag kurz überflog.

»Gab es Verletzte?«, fragte er völlig unbeteiligt, als Holly ihm von ihrem Zusammenstoß erzählte. »Schafkontakt also.«

Er griff nach einem neuen Verbandskasten im Regal.

»Alles klar. Keine Selbstbeteiligung. Schönen Urlaub noch«, murmelte er und Holly fragte sich, ob er genauso viel

Bier am Vorabend gehabt hatte wie sie und deshalb nicht mehr als diese Drei-Wort-Sätze zustande brachte.

Da sie noch bis ins Zentrum zur Brücke und dem kleinen Schloss laufen wollte, kaufte Holly sich nebenan ein fettiges Stück Käsepizza. Es war erst halb zwölf, aber sie hatte nach Janes Tee nichts weiter zu sich genommen. Sie setzte sich unter die flatternde grüne Markise auf einen weißen Plastikstuhl, der Verkehr rauschte vorbei, wie ein träge strömender Fluss. Ein wenig Realität mit Abgasen und Bausünden rückte ihr verschobenes Inneres wieder zurecht. Zuviel Schönheit bekam ihr nicht. Machte sie trunken, taumelig und romantisch. *Hiraeth*, das war an allem schuld. Klang wie eine gefährliche Krankheit und schien hoch ansteckend zu sein, diese Melancholie. Führte zu komplizierten Situationen mit Barkeepern und einem schweren Kopf.

Doch die Kalorien wirkten, das Fett saugte den Restalkohol auf. Etwas zufriedener und pappsatt zog Holly in Richtung Stadtzentrum los. Irgendwo dort sollte die ambulante Pflegestation von Claire sein.

Es war so voll auf der High Street, als sei ein Notstand ausgerufen worden. Dabei war es nur der erste Montag im Juni. Die Menschen schlenderten in großen Verbänden, wie Schulklassen, über die Bürgersteige. Die obersten Knöpfe an Hemd und Bluse offen, Sonnenbrillengesichter, wehendes Haar. Ein warmer Wind vermittelte das Gefühl einer bollywoodschen Szenerie und Holly hätte es nicht gewundert, wenn die Passanten plötzlich alle die gleichen Tanzschritte gemacht hätten. Sie legte den Kopf in den Nacken und schaute in den Himmel, der das Hellblau der türkischen Glasperlen hatte, die an einem Stand direkt am Fluss als magisches Auge an Lederbändern verkauft wurden. Es war ein wundervoller Tag.

Als sie an der Lloyds Bank vorbeikam, sah sie in einer Einfahrt zwischen einem Seifengeschäft und einer walisischen Woll-Manufaktur, in der man schweren Tweed und

Schals, Decken, Pullover, Handschuhe und riesige Capes in modernen Farben kaufen konnte, das unscheinbare Hinweisschild. Sie bog in den schmuddeligen Hinterhof ein, an dessen hinterer Wand eine niedrige Baracke aus Siebziger-Jahre-Beton stand. Zahlreiche Plakate und Informationszettel klebten wie schmuddelige Pflaster auf der verschmierten gläsernen Eingangstür. Die blaue Farbe vom Zeichen des National-Health-Service blätterte bereits ab. Die Tür klemmte zunächst, doch dann war Holly drin.

Es roch nach Bohnerwachs, vier orangefarbene Plastikstühle standen in den Ecken, der Anmeldetresen war verwaist.

»Kann ich Ihnen helfen?«

Eine dünne Frau in grauem Kostüm und gestärkter, weißer Florence-Nightingale-Schürze, ein altmodisches Abzeichen des Roten Kreuzes am Kragen, trat so leise wie eine Katze durch eine hintere Tür. Sie hatte ein undefinierbares Alter irgendwo jenseits der Sechzig.

»Er ist vor mir dran.« Holly deutete auf einen etwa zwölfjährigen Jungen, der zusammengesunken auf einem der Stühle hockte und auf sein Handy sah. Er war geisterhaft blass, seine Daumen am Handy wie leblos.

Die Gemeindeschwester starrte sie unverwandt an. Ihr Mund saß in ihrem Gesicht wie festgetackert und Holly fragte sich eine Sekunde lang, ob sie vielleicht an irgendeiner Gesichtslähmung litt.

»Er kann warten«, entschied Schwester Claire. »Er schwitzt nicht. Hat kein Fieber, das sieht man auf den ersten Blick.«

»Aber er war zuerst hier.«

»Jetzt kommen Sie schon. Ich sehe Ihnen doch an, dass es etwas Dringendes ist.«

»Ich wollte nur wegen einer Patientin mit Ihnen reden«, sagte Holly.

»Ach, Sie sind eine Angehörige!«

Schwester Claire schien noch weniger erfreut und Holly dachte an ihre eigenen Angehörigengespräche. Die vielen Fragen, die Zweifel, die Klagen. Manche schimpften über ihre alten Eltern oder die Ehepartner, dass sie nicht taten, was sie sollten, unvernünftig oder starrköpfig waren. Offensichtlich glaubte Schwester Claire, dass sie auch so eine war.

»Kommen Sie bitte hier entlang«, erklärte sie mit ihrer rauen Stimme und bewegte sich drahtig und überraschend schnell Richtung Behandlungszimmer. Sie bat Holly mit einem knappen Nicken herein und schloss die Tür mit der Milchglasscheibe.

Eine Art weiße Einbauküche mit abwischbaren Oberflächen aus meliertem Kunstharz und zwei Apothekerschränke säumten die linke Wand. Rechts verbreiteten weiße Kacheln sowie eine alte Kunstlederliege mit verstellbarem Kopfteil ein wenig Operationssaal-Atmosphäre. Es roch sauber, nach Jod und Wäschestärke. Ein Geruch, den Holly eindeutig Claires weißer Schürze und Bluse zuordnen konnte. Ihr Kragen umschloss so steif und starr wie ein Eiskranz den hageren Hals.

Flaschen mit Desinfektionsmitteln standen auf einem Regal, sämtliche Schubladen eines Rollschränkchens waren mit Beschriftungen versehen, aus denen hervorging, wo sich Verbandsmaterial und Spritzen verbargen, Pflaster, Blutdruckmanschetten, Fieberthermometer und ähnliches. Alles blitzte vor Sauberkeit, die Instrumente lagen in einer akkuraten Reihe und in Abständen, die so gleichmäßig waren, als seien sie mit dem Lineal gezogen.

Schwester Claire setzte sich hinter ihren Schreibtisch und bedeutete Holly, auf dem Plastikstuhl davor Platz zu nehmen.

Sie schien unerschütterlich in ihrer Steifheit, nur ihre Augen huschten lebendig umher und musterten Holly mit Abwehr und erschrockener Neugier.

»Ich komme wegen der alten Gwyn, die an der Straße von Telynport Richtung Ty Canol wohnt. Sie hat einen diabetischen Fuß, den ich vorgestern gereinigt und frisch verbunden habe. Sie braucht regelmäßige Verbandswechsel und eine Überwachung ihrer Zuckerkrankheit, sonst verliert sie womöglich ihren Fuß.«

Schwester Claire musterte Holly argwöhnisch.

»Sie sind keine Angehörige«, stellte sie fest. »Sind Sie vom Fach?«

»Ich bin Krankenschwester in London, das stimmt. Schön haben Sie es hier«, bemerkte Holly artig, als sei sie auf einen Kaffee in die gute Stube gebeten worden.

»Nichts Großartiges.« Schwester Claire machte eine Handbewegung, als wolle sie eine Stechmücke vertreiben. »Ich behandle hier Grippe, Windpocken, Magen-Darm-Infekte, solche Sachen eben. Zweimal hatten wir sogar Blinddarm.«

Sie sagte das mit einem spröden Stolz in der Stimme. Man könne meinen, sie wolle einen Wettbewerb gewinnen, dachte Holly. Ob es in diesem Landstrich so etwas gab, einen Samariter-Wettstreit, Bonuspunkte für die größte Nächstenliebe, die aufopferungsvollste Krankenpflege? Sie konnte jedenfalls keine Rotkreuz-Pokale entdecken. Holly hatte von einigen merkwürdigen Wettkämpfen gehört. Schlammschnorcheln sollte ein typisch walisischer Sport sein. Schwester Claire machte nicht den Eindruck, als wollte sie an diesen abenteuerlichen Events teilnehmen, aber sie sah so aus, als kenne sie sich mit Fieberthermometern, Wundverband und Wadenwickeln aus.

»Ich kam zufällig bei der alten Gwyn vorbei und mache mir Sorgen. Ich wollte nur Bescheid sagen, dass sie wirklich Hilfe braucht.«

»Sie kennt die Sprechzeiten hier.«

»Sie hat kein Auto und ist schlecht zu Fuß. Was ist mit dem ambulanten Pflegedienst?«

»*Ich* bin der ambulante Pflegedienst. Aber wenn man mich aus dem Haus jagt, werde ich nicht freiwillig wieder hingehen.« Claires Wangen hatten einen Rosé-Ton angenommen und sie hob das kantige Kinn noch ein wenig höher.

Dass es Unstimmigkeiten zwischen den beiden Damen gab, hatte Holly bereits vermutet. Vielleicht erwies sie der alten Gwyn einen Bärendienst, wenn sie Claire wieder zu ihr schickte. Würde eher schaden, als nützen.

»Wenn Sie das entlastet, könnte *ich* Gwyn besuchen, solange ich hier bin. Also die kommenden beiden Wochen. Ich bräuchte nur etwas von Ihrem Verbandszeug.«

»Wie stellen Sie sich das vor? Sie sind hier nicht gemeldet«, sagte die Kollegin kühl und schüttelte den Kopf.

»Ich bin examinierte Krankenschwester und darf im Rahmen von Nachbarschaftshilfe tätig werden. Sollte etwas schief gehen, wird meine Haftpflichtversicherung das abdecken.«

»Mich werden Sie hier nicht ersetzen!«

Holly bemerkte das Zittern, das sich in Claires Stimme geschlichen hatte. Offensichtlich hatte sich ihre Begabung, Kolleginnen gegen sich aufzubringen, hier in Wales auch nicht verflüchtigt. Dabei wollte sie doch nur das Richtige tun.

»Sie ersetzen? Keineswegs. Ich bin im Urlaub, Mam, ich wollte nur helfen«, sagte sie beschwichtigend.

»Nennen sie mich nicht Mam!« Claires Ärger nahm noch zu. »Oder sehe ich so aus, als sei ich über neunzig und humpele durch den Buckingham Palace?«

»Sie sehen halb so alt aus«, log Holly und strahlte sie an. »Ich verstehe natürlich, dass Sie vorsichtig sein müssen. Aber wenn Sie mich nicht als Eindringling sehen, sondern als Unterstützung …«

»Ich brauche keine Unterstützung. Ich werde doch noch meine Patienten versorgen können!«

»Verstehe«, sagte Holly und stand auf. Die Stuhlbeine knirschten über den Boden.

»Soll ich den Jungen zu Ihnen reinschicken?«

»Jetzt gleich, meinen Sie?«

Die Schwester sah sie erschöpft an. Holly nickte enthusiastisch.

»Wenn es Ihnen keine allzu großen Umstände bereitet.« Sie schaffte es nicht, ihre Ironie zu zügeln. »Er braucht *wirklich* Hilfe, das sieht man auf den ersten Blick.«

Zumindest Trost, eine Hand auf die Stirn, etwas zu trinken, dachte Holly.

»Eine Memme, das ist er«, meinte Claire. »Heute Morgen einfach umgekippt, wie ein Mädchen. Er kann noch ein paar Minuten warten. Das wird ihn lehren, die Schule zu schwänzen und sich ein Attest zu erschleichen.«

Holly hatte ein ungutes Gefühl, als sie nun aufbrach. Sie wollte zu dem Jungen hinübergehen, seine Unterlider nach unten ziehen, die Schleimhaut betrachten. Ihm eine kräftige Brühe kochen. Sie wollte ihn an einen kompetenten Arzt verweisen, um Bluttests vornehmen zu lassen. Sie wollte diesen kleinen Patienten wirklich nicht in den Fängen dieser Harpyie zurücklassen. Aber er war nicht ihr Patient und sie war nicht in ihrer Funktion als Krankenschwester hier. Sie musste die gesunde Distanz einer Urlauberin wahren.

»Farwel!«, grüßte sie im Hinausgehen.

Sie liebte den Klang des Wortes und hielt es insgeheim für möglich, dass dieser tröstlich altmodische Gruß wie ein Zauberwort die Verwandlung einer bösen Hexe in eine gute Fee bewirken könnte. Aber Claire rührte sich nicht. Stumm und stocksteif stand sie in der Tür des Behandlungszimmers und sah ihr mit ihren zusammengepressten Lippen hinterher.

Holly lief die High Street hinunter, an der Zinnen bewehrten Mauer von Cardigan Castle entlang und überquerte den River Teifi auf der schmalen Fußgängerbrücke, die wie eine unbedeutende Verwandte neben der wuchtigen alten Steinbrücke mit ihren fünf großen Bögen lag. Sie bog in die St. Dogmaels Road ein und marschierte Richtung Strand. Es war gerade Flut und die Segelboote schaukelten gemütlich im Wasser des Flusses. Holly sehnte sich nach einem kühlen Bad im Meer.

Bis zum Strand hatte sie zwar einen ziemlichen Fußmarsch vor sich, aber sie brauchte die Bewegung. Grübelte im Takt ihrer Schritte über Claire nach und darüber, was ihre Einstellung für die Menschen dieser Region bedeutete. Dachte an die alte Gwyn und an Spots und beschloss, die Sache selbst in die Hand zu nehmen.

Doch vorher würde sie schwimmen gehen.

Der Wind nahm zu, als die Flussmündung sich weitete. Holly streckte die Nase in die Luft und witterte Meersalz. Wie bei einem Bluthund, der Fährte aufgenommen hatte, beschleunigten sich ihre Schritte und ihr Herzschlag. Sie ließ die zusammengewürfelten Häuser von St. Dogmaels, die sich wie eine Herde Schafe um die Ruine der alten Abbey drängten, hinter sich, überquerte einen kleinen Seitenarm des Teifi und stand plötzlich mitten auf dem Sand.

Rucksack, Jeans und T-Shirt lagen schneller zwischen dem Strandgras, als sie *Aberystwyth* buchstabieren konnte. Sandiger Wind biss mit winzigen Zähnchen in ihre nackte Seite, Gänsehaut stemmte sich gegen den Wind, in dem Kinder bunte Drachen steigen ließen. Sie wich einigen Hunden aus, die genauso ausgelassen über den Strand tollten wie sie selbst, bevor ihre Füße auf das Wasser trafen. Kalt! Kalt! Kälter, als sie es sich vorgestellt hatte!

Holly schnappte nach Luft und rannte weiter, die Gischt spritzte in ihr lachendes Gesicht, ihr Herz machte einen übermütigen Satz, als sie sich endlich in die smaragdgrünen Fluten der Irischen See fallen ließ.

Auf dem Rückweg in die Stadt wurde ihr wieder warm. Sie musste zügig gehen und den Bus erwischen, um bald wieder im Cottage zu sein. Sie wollte Spots nicht allzu lange allein im Garten lassen. Sie würde den hinteren Rasen bereits ordentlich gemäht haben, vermutete Holly. Hoffentlich genügte ihr das und sie riss sich nicht los, sprang über die Mauer und der nächsten naiven Touristin vors Auto. Spots war nicht so wie andere Schafe. Sie war schnell und sie war nicht dumm. Und niedlich war sie auch.

Holly fragte sich, ob sie vielleicht zu viel in ihr Schaf hineininterpretierte und schüttelte über sich selbst den Kopf.

Als sie über die Cardigan-Bridge zurück Richtung High Street kam, sah sie ihn auf sich zukommen. Chris, ihr Sunny-Boy-Schwarm von letzter Nacht. Holly hatte plötzlich das Bedürfnis, sich zu verstecken, jedem Zusammentreffen auszuweichen, denn es war ihr unheimlich peinlich, wie sie sich aufgeführt hatte.

Doch Chris kam geradewegs auf sie zu, in seinen Augen noch nicht das gefürchtete Erkennen. Wenn sie eine zu plötzliche Bewegung machte, abrupt stehenbliebe, dann würde seine Aufmerksamkeit womöglich auf sie gelenkt werden. Also entschied sie sich dafür, ruhig zu bleiben, weiterzugehen und zu hoffen, er möge mit leerem Blick an ihr vorbeieilen, wie all die anderen Montags-Einkäufer auch. Sie guckte starr auf den Boden, aber ein paar himmelblaue Adidas-Sneaker blieben direkt vor ihr stehen.

Holly hob den Kopf.

»Hi Holly!«

Nicht gerade eloquent, aber ein Anfang.

»Hallo Chris.«

»Ich wäre fast an dir vorbeigegangen.«

Ja, dumm gelaufen, dachte Holly und lächelte.

»Du siehst gut aus. In Anbetracht der Umstände, unter denen wir uns zuletzt getroffen haben, meine ich.«

Er lachte ein wenig, auf die sympathische Art. Keine Spur von Schadenfreude.

»Tatsächlich?«

Holly hörte eine empörende Nüchternheit in ihrer Stimme, die sie eigentlich gar nicht empfand. Schließlich hatte Chris sie mitten in der Nacht bei Jane in Sicherheit gebracht. Das machte ihn zu einem Gentleman, immerhin. Mehr aber auch nicht. Sie durfte ihn nicht zu ihrem glänzenden Ritter hochstilisieren, Mondlicht hin oder her. Er war ein attraktiver, erwachsen gewordener Milchbubi, das war alles.

»Hör mal«, setzte sie an, »es tut mir leid. Wirklich. Ich wusste nicht–« Holly zuckte mit den Achseln. Was wusste sie nicht? Dass man von zu viel Bier betrunken wurde? Als hätte sie es nicht genau darauf angelegt.

»Nein, *mir* tut es leid. Ich wusste auch nicht, dass das passieren würde«, sagte Chris.

»Das, *was* passieren würde?«

Hatte Jane ihr irgendetwas verschwiegen? Hatte Sie womöglich etwas vergessen? Einen veritablen Filmriss? Totalen Blackout? Gab es da etwas, *irgendetwas,* das ihr noch peinlicher sein müsste als ein meeresfeuchter Kuss?

Chris guckte weg und dann schnell wieder in ihre Augen. Sie konnte seine poolblaue Iris begeistert glänzen sehen, ebenso wie die flammende Schüchternheit auf seinen Wangen. »Na ja«, er lächelte sein Sahnelächeln und der Wind wirbelte sein blondes Haar durcheinander. Verlegen strich er es sich aus der Stirn. »Dass wir uns begegnen. Ich meine, also, dass ich jemandem wie dir begegne.«

War das ein Kompliment? Hollys Gesicht glühte.

»Dann bist du nicht sauer?«

»Warum denn? Ein romantischer Kuss, matschige Sneaker und die Aussicht, dich jeden Abend sehen zu können, das ist doch super!«

»Findest du?«

»Wenn du mich so ansiehst, denke ich, du magst mich gar nicht.«

Jetzt sah er aus wie ein gescholtener Schuljunge.

»Nein, du bist süß. Ich meine, ich war gestern hin und weg von dir, ich glaube, das hast du durchaus mitgekriegt. Aber jetzt, so in nüchternem Zustand, wundere ich mich ein wenig über das Tempo, das ich vorgelegt habe. Das ist alles.«

»Keine Bange, es ist nichts passiert. Wenn man von diesem leidenschaftlichen Kuss absieht.« Lachend sah er sie an. »Vielversprechend, würde ich sagen.«

Er zwinkerte ihr sogar zu. Und da war es ihr überhaupt nicht mehr peinlich.

Nebeneinander bummelten sie die High Street entlang.

»Kommst du heute Abend wieder ins Pub?«, fragte Chris. »Nur Abendessen und ein bisschen quatschen. Keine Sorge. Ich würde dich gern näher kennen lernen.«

»Wenn ich es rechtzeitig schaffe. Ich muss zum Bus und dann erst mal Spots versorgen. Mein Schaf.«

»Ich weiß, wer Spots ist. Neben dir das Hauptgesprächsthema des Ortes.«

»Oh ja, ihr habt uns besungen.«

»Soll ich dich mitnehmen?«, bot er ihr an. »Ich fahre jetzt rüber nach Telynport, habe wieder Spätschicht.«

So saß sie kurz darauf neben Chris im offenen Mini-Cabrio und brauste die Landstraße entlang. Die Klippen westlich von Cardigan fielen atemberaubend steil in die See, es boten sich immer wieder unglaubliche Ausblicke auf die Küste von Pembrokeshire. Holly hätte jubeln können. Sie hielt ihre Haare fest und beobachtete aus dem Augenwinkel Chris' braun gebrannte, sehnige Hand am Schaltknüppel. Reiß dich zusammen, sagte sie sich und zwang den Blick wieder zum Horizont. Dennoch konnte sie sich das penetrante Grinsen einfach nicht verkneifen.

11

Als Holly ankam, lag Spots auf der ordentlich gemähten Wiese hinter dem Cottage und schob genüsslich die Kiefer übereinander. Holly hätte schwören können, unverhohlenen Stolz in den Tiefen ihrer Augen zu entdecken. Der Rasen sah ordentlicher aus als das königliche Grün in Wimbledon.

»Gut gemacht, Süße«, lobte sie und hockte sich vor Spots ins Gras. Die Naht an ihrer linken Halsseite heilte offenbar gut. Keine Rötung, keine Schwellung. Nur die Fadenreste pikten in der weichen Wolle. Holly legte ihre Stirn an Spots gepunktete Schnauze und atmete ihren würzigen Geruch ein. Dann breitete sie ihr Handtuch im Schatten der Rosensträucher neben Storchenschnabel und wippenden Akeleihütchen auf der weichen Wiese aus und schlief auf der Stelle ein.

Die Sonne stand bereits schräg über der moosigen Steinmauer, als Holly erwachte. Sie fühlte sich herrlich ausgeschlafen und erquickt. Spots war aufgestanden und zerrte an ihrem Strick.

»Okay. Zeit für einen kleinen Spaziergang.«

Spots trug noch immer Hollys verdrehtes Halstuch und sah damit sehr stylish aus. Ihre Wolle wippte hochmütig im Takt ihrer Schritte, als stolziere sie über einen Laufsteg. Sie lief erstaunlich zügig hinter ihr her. Neugierig drehte sie ihr Sommersprossengesicht mal nach rechts, mal nach links. Nur hin und wieder blieb sie stehen und zupfte huldvoll einen Löwenzahn von einem Mauervorsprung. Sie hatte den ganzen Tag gegrast, schien satt und unternehmungslustig. Genau wie Holly. Der Wind hatte aufgefrischt und Holly ließ sich gut gelaunt die Locken aus dem Gesicht pusten.

Pralle Kumuluswolken hatten sich wie riesige Sahnehäubchen auf den Horizont gesetzt. Sie boten ein dramatisches Bild, als die Sonne sie nun seitlich beleuchtete. Ihre Schatten jagten wie riesige Wale über die Oberfläche der Weiden, während die beiden an Fagins Farm vorbei trotteten. Spots gab kein Zeichen des Erkennens von sich. Ungerührt und ohne ein Blöken trabte sie an der gepflasterten Einfahrt vorüber.

Holly hatte die letzten Reste ihres Notfallsets zusammengeklaubt, die Jodsalbe und eine schmale Mullbinde. Bevor sie den Wagen zurückgegeben hatte, hatte sie den Verbandskasten vollständig geplündert, da sie damit gerechnet hatte, ohnehin für einen neuen zahlen zu müssen. Jetzt trug sie ihre rudimentäre Ausrüstung im Rucksack zur alten Gwyn. Schwester Claire, soviel war sicher, würde die Einsiedlerin nicht versorgen.

Holly fragte sich, was wohl zwischen den beiden vorgefallen war. Die Waliser schienen ein großzügiger und entspannter Menschenschlag zu sein, selbst der grässliche Fagin durfte im Pub sein Pint bestellen. Aber diese beiden nicht. Holly entschied, ihre Neugier zu zügeln. Das ging sie gar nichts an. Sie kam nur zum Verbandswechsel vorbei. Eine gute Tat, die ihr die Demütigung der erzwungenen Freistellung in London erleichtern und ihr schlechtes Gewissen beruhigen sollte.

»Kommen Sie doch herein, Liebes!«, rief die alte Gwyn und Holly kam der Verdacht, dass sie etwas schwerhörig war. Die Musik, diesmal Chopin, war wieder so laut, dass sich die langen Grashalme im Vorgarten im Walzertakt wiegten.

»Sie sehen ganz verhungert aus. Tee?«

Holly band Spots an der Bank fest und folgte ihr in das düstere Häuschen. Die Tür ließ sie sperrangelweit offen.

»Darf ich?«, fragte sie und drehte die Lautstärke des klobigen Plattenspielers herunter. Dann riss sie das Wohnzimmerfenster auf. Sofort wurde es hell im Raum. Es sah noch genauso unordentlich aus wie zuvor. Die Reste einer einsamen Mahlzeit standen auf dem Wohnzimmertisch vor dem Fernseher. Eine neue Mülltüte blockierte den Flur.

Holly entsorgte den Müll und schob die Bücher auf dem Sofa zusammen. Ein Buch über Gartenkräuter und ein geprägter Band mit Gedichten von Elizabeth Barrett Browning. Burgunderfarben mit Goldschnitt.

»Sie haben eine Schwäche für Lyrik?«, fragte sie, als Gwyn mit dem Tablett herbei humpelte.

»Oh, ich war Lehrerin für englische Literatur am College in Haverfordwest, bevor ich Howard heiratete. Ein Stadtteil davon heißt *Merlins Bridge*, ist das zu glauben? Ein anderer heißt *Prendergast*. Wenn das nicht vielversprechend für eine Englischdozentin ist. Ich meine, *Prendergast*, wie diese Figur bei Agatha Christie. Sie wissen schon.«

Holly hatte keine Ahnung, aber sie nickte und stürzte sich mit Heißhunger auf die dreieckigen Sandwiches, die überraschend schmackhaft waren.

»Bärlauchpesto mit Kleeblüten. Es gibt keine bessere Kombination«, erklärte die alte Gwyn eifrig.

»Das ist also ihr Hobby? Die Kräuterkunde?«

»Na ja, ich komme nicht mehr weit. Ich arbeite mit dem, was vor der Haustür wächst. Früher habe ich kilometerlange Spaziergänge über die Klippen gemacht und Küstenblumen und Meereskräuter gesammelt. Einer der Ställe war meine Trockenbaracke. Wir hatten nur wenig Vieh, müssen Sie wissen. Howard hat in einer der Minen gearbeitet.«

»Oh«, sagte Holly. Ihr schwante Böses.

»Nicht unter Tage, wenn Sie das denken. Er war Buchhalter und saß im Büro. Die Männer hier mochten keine gebildeten Frauen, hielten sie für eingebildet, unweiblich. Howard war da anders. Er mochte meine Bücher, las sogar selber welche. Aber, nun ja, Kinder hatten wir keine.«

Holly wappnete sich. Jetzt würde wieder die Frage aller Fragen kommen. Allerdings wollte sie gerade bei Gwyn höflich antworten. Sie war so viel netter als die blasierten Hausfrauen aus London.

»Howard ist schon lange tot. Mörderischer Magenkrebs, so nannte er es.«

»Das tut mir leid«, sagte Holly, erleichtert, dass die indiskreten Fragen ausblieben.

»Haben Sie einen Mann, Liebes?«

Zu früh gefreut.

»Nein. Keinen Mann, keinen Freund, keine Freundin.«

»Typischer Londoner Single, also?« Die alte Gwyn schien erfreut. »Ich lese die sogenannten Klatschblätter. Ich weiß Bescheid, wie es dort zugeht. Keine Sorge.« Sie zwinkerte Holly zu. »Hier werden Sie den Richtigen schon finden. Die Waliser sind gute Männer. Wenn sie nicht trinken, nicht schlagen und auch mal über etwas anderes reden als ihre Schafe.«

Holly lachte bei der Vorstellung und aß die Sandwiches bis auf den letzten Krümel auf. »Ich mache das schon«, sagte sie und räumte die Teller auf das Tablett. »Sie bleiben hier sitzen, dann erneuere ich Ihren Verband.«

»Sie waren also nicht bei der Gemeindeschwester, um sich über mich zu beschweren?« Gwyn sah auf ihre Hände und strich mechanisch den Rock über ihren Knie glatt.

»Ihre Freundin Claire lässt Sie schön grüßen. Sie schafft es zurzeit nicht.«

Gwyn hob den Blick und schnaubte, als glaube sie ihr kein Wort. Sie sah aus, als wollte sie noch etwas hinzufügen, fuhr sich aber nur mit der Hand über die Augen und seufzte.

»Ich werde mich heute um Ihren Fuß kümmern«, versicherte Holly ihr. »Aber ich bin hier im Urlaub, wissen Sie. Außerdem benötigen Sie neue Verbände, Desinfektionsmittel, ein Blutzuckermessgerät und neue Medikamente. Sie sollten wirklich Ihren Arzt aufsuchen.«

»Ach was«, winkte Gwyn ab. »Ich komme zurecht. Und ich habe Geld. Ich kann Sie bezahlen. Schreiben Sie mir auf, was ich brauche und ich schicke meinen Neffen in die Apotheke. Sie machen so wunderschöne Verbände.« Wie zum Beweis hob sie ihren Fuß hoch, an dem der Verband immer noch fest saß.

»Ich bin hier nicht zuständig. Ich mache nur Ferien hier«, widersprach Holly und begann, den drei Tage alten Verband sorgfältig abzuwickeln. Wenn sie es geschickt anstellte, konnte sie ihn sogar noch einmal verwenden.

»Sie werden doch eine alte Frau nicht hilflos zurücklassen? Sie haben ein gutes Herz und geschickte Hände. So eine Pflegerin wie Sie habe ich mir in meinen kühnsten Träumen nicht ausgedacht.«

Holly schmierte ihren letzten Rest Jodsalbe auf die Wunde, dachte an den Radfahrer und schüttelte stumm den Kopf.

»Ich zahle Ihnen ein angemessenes Honorar. Ich weiß, dass das geht«, insistierte die alte Gwyn und legte damit eine Hartnäckigkeit an den Tag, die Holly insgeheim bewunderte. »Es gibt so etwas wie private Pflegedienste. Sie haben die Ausbildung, ich habe die Krankheit. Ich weiß, dass Sie Geld brauchen, und ich gebe zu, dass ich *Sie* brauche.«

Konzentriert wickelte Holly einen frischen Ährenverband, fixierte ihn und strich sich das Haar aus den Augen.

»Win-win-Situation also?«

»Sie sagen es, Schätzchen. Ich sehe Sie also ab jetzt regelmäßig?«

Holly stand auf und sammelte ihre Utensilien ein. Sie fühlte sich ein wenig in die Ecke gedrängt. War das schon emotionale Erpressung? Oder ein selbstbewusster Hilferuf? Alles, was die Alte sagte, stimmte. Hatte Hand und Fuß.

»Na schön, aber ich darf Spots nicht vernachlässigen.«

»Sie reden schon so, als sei das ihr Kind. Das ist ein Schaf! Es braucht keine Nanny oder so etwas.«

»Da Sie sich mit Schafen so gut auskennen, wissen Sie, dass sie den ganzen Tag fressen. Über weite Weiden ziehen. Ununterbrochen kauen. Und Ihr Garten sieht, gelinde gesagt, fürchterlich vernachlässigt aus.«

»Ich weiß. Ich versuche mein Bestes.«

»Vom Löwenzahnpflücken wird es auch nicht besser, Gwyn. Aber ich hätte da eine Idee.«

»Sie wollen Spots mitbringen, ist es so? Sie können sie hier gerne weiden lassen. Aber ich habe keinen Zaun. Sie wird auf die Straße laufen oder ihre alte Herde suchen und sich hoffnungslos verirren.«

»Sie hätten nicht zufällig ein langes Seil?«

»Nur zu, meine Liebe, stellen Sie den alten Schuppen auf den Kopf. Aber achten Sie auf meine Kräuter!«

»Danke«, sagte Holly zuversichtlich. Sie war sicher, dass sie zwischen dem ganzen Schrott das eine oder andere Seil finden würde, immerhin hatte sie dort auch eins für die Not-Versorgung nach dem Unfall entdeckt.

Als sie in den Hof ging, fing es prompt an zu nieseln und sie huschte flink zum Schuppen und wieder zurück.

»Ich habe Shawn angerufen«, sagte Gwyn und hielt ihr ein Handtuch hin. »Meinen Neffen. Er soll Sie nach Hause fahren. Sie holen sich sonst eine Lungenentzündung. Und das Schaf nehmen Sie erst mal mit.«

Ausgestattet mit einem Handtuchturban schrieb Holly ihre Telefonnummer auf und alles, was Gwyn aus der Apotheke benötigte und fragte nach Name und Nummer ihres Hausarztes. Sie tippte die Zahlen in ihr Handy und hielt es der alten Frau hin.

»Sagen Sie ihm, dass er ein neues Rezept für Ihre Zuckermedikamente an die Apotheke schicken soll. Dann können Sie die gleich mitnehmen. Und machen Sie einen Termin aus.«

Die alte Gwyn zögerte noch, als es bereits läutete.

»Sonst komme ich nicht. Ich habe Ferien! Sie wissen, was das bedeutet.«

»Geben Sie schon her.«

Gwyn griff nach dem Telefon, sagte artig ihr Sprüchlein auf und verhandelte mit der Sprechstundenhilfe. Da sprang plötzlich die Haustür auf und mit einem Windstoß schob sich Spots in den Flur. Sie blökte vorwurfsvoll und hinterließ sich ausbreitende Wasserlachen auf dem Boden. Der Regen schleuderte ganze Kübelladungen Wasser gegen die Fenster, fiel in schrägen grauen Fäden auf den Boden, tanzte auf den Steinplatten. Die gespeicherte Sommerwärme verwandelte ihn in Dampf. Holly eilte zur Tür, um sie wieder zu verschließen, blieb jedoch im Flur stehen und sah fasziniert hinaus.

»Ich liebe Sommerregen«, sagte sie. »Aber das hier scheint der Weltuntergang zu sein.«

Wie aufs Stichwort rumpelte ein alter Kastenwagen der britischen Armee in den Hof. Eine untersetzte Gestalt hüpfte heraus und sprang durch die Pfützen wie ein Frosch.

»Shawn ist auch Single, wissen Sie«, sagte Gwyn und schob Holly und Spots vor die Tür.

Herrje, sie würde ihn doch nicht küssen müssen, damit er sie mitnahm?

»Hi, Holly! Schön, dich zu sehen.«

Er hatte die Kapuze seiner Wachstuchjacke über den Kopf gezogen, nahm ihr den Strick ab und bugsierte Spots hinten ins Auto.

»Na los, rein mit dir!«

Vage erinnerte sie sich daran, dass er gestern Abend auch im Pub gewesen war. Er hatte sie verteidigt. Hatte erzählt, wie sie Spots bei seiner Tante zusammengeflickt hatte. Sie fragte sich, ob er auch bis zum Ende mit ihr getrunken und gesungen hatte. Seine Stimme kam ihr definitiv bekannt vor.

»Du auch, Holly!«, rief er ihr zu und sie stieg auf der Beifahrerseite ein. Trotz der kurzen Strecke war sie dank des Sommerregens wieder triefend nass.

»Ist nicht gerade eine Limousine, ich weiß. Ich habe eine Schwäche für Oldtimer, musst du wissen«, sagte er und ließ den tuckernden Motor an.

Er schob die Kapuze zurück und schüttelte seine nassen schwarzen Strähnen wie ein Hund. Sein weiches Gesicht wirkte durch eine gebrochene Boxernase interessant, sogar ein wenig verwegen.

Shawn sah Holly scheu von der Seite an, während er den Wagen vorsichtig auf die Straße lenkte, damit Spots hinten nicht umkippte. »Du wohnst im alten Cottage von Mrs Macintosh, nicht?«

Holly nickte. Kleine Rinnsale Regenwassers suchten sich kitzelnd einen Weg ihren Rücken hinunter bis zum Steißbein.

»Kanntest du sie?«

»Sie war eine alte Freundin und die Schwägerin meiner Großtante Gwyn. Waren wie Pech und Schwefel, die beiden. Besonders, als sie verwitwet waren.«

»Deine Tante Gwyn ist jetzt wohl ziemlich einsam?«

Er hob die Schultern und seufzte.

»Ich kümmere mich ein bisschen um sie, seit Mrs Macintosh im Pflegeheim in London ist. Meine Großeltern sind beide schon gestorben, meine Eltern sind nach Haverfordwest gezogen und haben ihre eigenen Sorgen. Mein Laden ist in Fishguard, daher hab ich es nicht sehr weit.«

Auch Holly hatte es nicht sehr weit, selbst wenn sie bei diesem Regenwetter nur langsam vorankamen. Aber die

Fahrt war definitiv angenehmer, als zu Fuß durch den Weltuntergang zu tappen.

»Was verkaufst du denn?«, fragte sie mit aufrichtigem Interesse.

Holly konnte sich diesen vierschrötigen, kompakten Typen nicht hinter einem Tresen vorstellen oder einer Registrierkasse. Er sah aus, als hätte er keine Angst vor Kettensägen und könnte zur Not auch ein Schaf schlachten. Nicht, dass sie sich in seiner Gegenwart fürchtete. Im Gegenteil. Seine Ausstrahlung war unerschrocken, aber freundlich und seltsam archaisch.

»Schrotthaufen.«

»Wie bitte?«

»Ich verkaufe Gebrauchtwagen. Und Oldtimer natürlich«, er zwinkerte ihr zu. »Richte sie eigenhändig wieder her. Liebhaberobjekte, aber auch den ganz normalen Vauxhall Baujahr 2005 bekommst du bei mir fahrtüchtig. Sogar mit einjähriger Garantie.«

»Ich werde hier Fahrrad fahren, schätze ich. Habe gerade meinen Mietwagen zurückgegeben.«

»Die nächsten Tage nicht. Radfahren, meine ich.«

Shawn stellte die Scheibenwischer auf die höchste Stufe und sah dennoch nichts als Wasser. »Das Wetter soll so bleiben. Hoffentlich hat Mr Woods noch einen Regenschirm und Gummistiefel für dich.«

Shawn fuhr dicht an Hollys Gartentor heran und Spots sprang aus dem Auto, als führte sie seit ihrer Geburt ein motorisiertes Leben.

»Herrje, das arme Tier. Ich kann sie doch nicht hier draußen lassen«, sagte Holly. Sie selbst zögerte, das Auto zu verlassen.

»Die Schafe auf den Weiden suchen sich instinktiv unter Bäumen und Sträuchern einen Unterstand«, erklärte Shawn und sein Blick schweifte durch Hollys Garten. »Aber deine

Kletterrose und die Hortensienbüsche bieten nicht mal einer Taube Schutz.«

»Der Schuppen!«

Holly sprang auf, knallte die Autotür zu und rannte zum Schuppen. Dort warf sie als Erstes den grässlichen Gartenzwerg in die Büsche. Die Fahrräder schob sie nach draußen und lehnte sie an die Seitenwand. Sie stapelte einige Eimer ineinander und Shawn schob die Kisten zusammen. Spots würde zwar keine Bocksprünge machen können, hatte aber ausreichend Platz, um sich zu drehen und sich dann im Trockenen hinzulegen.

»Du solltest dir etwas Heu und Stroh bei Fagin besorgen«, schlug Shawn ihr vor.

»Dorthin bekommen mich keine zehn Pferde!«, erwiderte Holly heftig. »Der hat mich mit einer Waffe bedroht, dieser widerliche Macho.« Sie unterschlug, dass die Waffe ein Spaten gewesen war. Ein wenig schämte sie sich ihrer Schreckhaftigkeit.

»Hat er sich wieder aufgespielt? Keine Angst, der tut keiner Fliege etwas zuleide.«

»Da hatte ich aber einen völlig anderen Eindruck.«

Shawn ging nicht weiter darauf ein, sondern stand nun selbst wie ein verlegener Gartenzwerg vor ihrem Schuppen. Rinnsale aus Wasser perlten auf seiner Wachstuchjacke ab. »Kommst du später auf einen Happen mit in den Pub runter?«, fragte er.

»Ins *Dryffryn Arms*?«

Holly sah verzweifelt an sich herunter. Ihre Stoffhose klebte an ihren Oberschenkeln. Sobald ihre Haare trocken waren, würden sie extrem gekraust und fast waagerecht von ihrem Kopf abstehen. Die Wahrscheinlichkeit, dass sie sich heute noch in einen vorzeigbaren Zustand verwandeln konnte, war gleich null. Sie fröstelte und wollte so schnell wie möglich aus den nassen Klamotten raus. Außerdem brauchte sie dringend eine Tasse heißen Tee.

»Sorry, aber ich werde mich wie Spots einfach nur hinlegen. Ein andermal gerne.«

»Verstehe«, sagte Shawn und wirkte wie jemand, der in ein fürchterliches Gewitter geschickt wird, als er Holly zur Cottage-Tür begleitete. Sie huschte ins Trockene, er blieb jedoch draußen stehen. »Wenn du einen fahrbaren Untersatz brauchst oder irgendwas mit meiner alten Tante ist, also ... ich dachte, ich geb' dir meine Nummer, oder?«

»Klar.« Holly ließ sich seine Nummer ins Handy diktieren.

»Ruf mich an, wenn was ist, versprochen?«

»Ja, mache ich. Und danke noch mal.«

Shawn schenkte ihr ein Lächeln, dass sie nicht zu deuten wusste, jedoch für den Moment beiseiteschob. Endlich war sie allein und zog sich um. Und dann machte sie im Ofen Feuer und setzte sich mit ihrem Tee in den großen Sessel davor. Hörte die Flammen flüstern und den Regen auf den Dachziegeln zerplatzen und freute sich, dass im wilden Wales selbst im Sommer solch gemütliche Abende möglich waren.

12

Laila war so schlapp heute Morgen. Hat kaum gegessen, aber drei Gläser Wasser getrunken. Dabei schmeckt es scheußlich. Nach dem Gummischlauch, aus dem es kommt. »Das Wasser stinkt. Wie ungewaschene Füße, die durch den Misthaufen gelaufen sind«, beklagt sie sich ständig.

Ungewaschene Füße, das ist das Schlimmste, das sie sich vorstellen kann.

Sie ist ein unzufriedenes, glückliches Kind. Sie weiß es nicht und ich möchte sie schonen. Niemand hier scheint davon zu wissen, wieso sollte ausgerechnet ich sie in die Gräuel meiner Heimat einweihen. Soll sie lieber nur das Glück kennenlernen, auch wenn sie es nicht als solches schätzt. Das Glück fließenden Wassers. Das Glück, nicht zu hungern. Das Glück, eine Schule besuchen zu dürfen. Das Glück, keine Angst vor dem Tod zu haben.

»Bleib zuhause. Ruh dich aus. Vielleicht übertreibst du es einfach mit dem Lernen«, schlug ich ihr vor.

Trotzdem schleppte Laila sich mit ihrer Tasche durch den Regen zur Bushaltestelle. Sie hatte mir vor dem Frühstück schon mit den Eiern geholfen. Wie jeden Morgen. Sie ist ein gutes Kind. Auch wenn sie sich dafür schämt.

»Habe ich irgendwo Hühnerkacke?«

Sie dreht sich immer dreimal vor mir im Kreis. Es muss da einen Vorfall gegeben haben. Seitdem ist sie total paranoid. Heute hat sie sich nicht vor mir gedreht. Heute schien ihr alles egal zu sein.

Mittags, als wir noch am Ausmisten sind, kommt ein Krankenwagen auf den Hof. Eine streng aussehende Frau steigt mit Laila aus. Gleichzeitig fährt ein Polizeiauto vor.

»Geh zu den Strohballen!«, blafft Mister Fagin mich an. »Versteck dich!«

»Mama!«, ruft Laila. Sie steht hilflos im Regen. »Wo bist du?«

Sie kommen über den schlammigen Hof. Wenigstens trägt die Polizistin kein Gewehr. Auch keine Machete. Stattdessen ein freundliches Lächeln in ihrem fremdländischen Gesicht.

Mister Fagin schlüpft hinten aus dem Stall und ich höre ihn mit dem vierrädrigen Motorrad über den Feldweg fahren.

»Mama!«, ruft Laila wieder.

Ich renne zu ihr und schließe sie in die Arme. Irgendetwas ist etwas passiert. Ich muss bei ihr bleiben, was es auch ist.

Die andere Frau hat einen verkniffenen Mund, als ich sie zu uns hereinbitte. Es wird sehr eng und ich klappe den Plastiktisch hoch. Die Fenster beschlagen sofort. Der Besuch drängt sich auf der Bank, Laila und ich sitzen auf dem Bett, denn es gibt viel zu besprechen.

Meine wundervolle Tochter ist in der Schule zusammengebrochen. Nicht wegen der Anspannung, nicht wegen des Lernens. Niemand hat ihr etwas getan. Keiner hat sie angegriffen. Laila ist krank.

»Das ist angeboren. Sie muss ihr Leben lang Medikamente nehmen. Spritzen bekommen.«

Laila trägt es mit Fassung. Sie hat alles verstanden und fürchtet sich trotzdem nicht.

»Muss sie sterben?«, frage ich.

Das Leben ist so schnell vorbei, wie eine reife Mango fault. Das ist das Einzige, was ich weiß und ich beginne zu zittern.

»Keine Sorge. Sie braucht nur mehrmals täglich Medizin. Die bekommt sie in der Apotheke. Hier ist das Blutzuckermessgerät. Die Spritzen. Das Insulin. Haben Sie hier überhaupt einen Kühlschrank?«

Die verärgerte Frau sieht sich um und zieht mit spitzen Fingern die Kühlschranktür auf.

»Sie sollten den Bauern überprüfen, Constable«, sagt sie und die freundliche Polizistin nickt, und ihre Augen sind dabei sehr ernst. Dann fragt sie nach meinem Tag. Was ich arbeite, wie lange. Wie viele Tage in der Woche.

»Jeden Tag«, sage ich. »Ich bin fleißig. Ich verdiene Geld.«

»Gehen Sie in den Supermarkt?«

Ich schüttele den Kopf. Ich kaufe alles bei Mister Fagin. Er besorgt die Sachen und gibt mir dafür weniger Geld. Das funktioniert gut, ich traue mich nicht in die Läden. Manchmal schicke ich Laila los, wenn sie etwas außer der Reihe braucht. Oder um sie aufzuheitern. Sie kauft gerne ein. Sachen, die es auf dem Hof nicht gibt. Einmal brachte sie mir eine kleine Papaya und freute sich über mein erstauntes Gesicht.

»Haben Sie Papiere? Einen Arbeitsvertrag? Ein Konto?«

Laila erklärt unsere Situation und die verärgerte Frau nickt bloß. Sie schreit nicht und sie schlägt mich nicht und das ist mehr, als ich zu hoffen gewagt habe. Trotzdem habe ich jetzt mehr Angst als während der Flucht zehn Jahre zuvor. Ich fürchte um Lailas Leben und kann meine Tränen nicht zurückhalten. Ich bin erschöpft. Ich verstehe es nicht. Ich weiß nicht, was ich tun soll. Weiß nicht, warum das alles geschieht. Wie ich es hätte verhindern sollen. Was habe ich nur falsch gemacht. Ich bin nicht besser als eine Rattenmutter, die das eigene Junge frisst.

»Es ist nicht deine Schuld, Mama«, sagt Laila. »Es ist einfach so.«

Sie ist so ein kluges Kind. Sie versteht das Leben hier so viel besser als ich. Sie ist mutig und sie tröstet mich, ihre Mutter, wo sie doch selber Trost bekommen sollte.

Gierig trinkt Laila ein großes Glas Wasser aus und verzieht nicht einmal den Mund bei dem ekligen Geschmack.

»Das mit dem Durst sollte bald besser werden«, sagt die verärgerte Frau und sieht dabei beinahe milde aus.

13

Holly hatte eine Wanderung geplant. Sie wollte auf den Klippen Richtung Newport laufen und von dort den Bus zurücknehmen. Sie wollte den Pembrokeshire-Küstenwanderweg entlang marschieren, wie eine Touristin das eben machte. Fotos schießen und verschicken. Das Meer betrachten und an den Sandstränden ins Wasser springen. In einer Teestube die walisischen, flachen Scones probieren, die mit den Rosinen, an die sie sich noch vage erinnerte. Wind, Sonne, Klippen, Meer. Das Sommer-Programm.

Doch es regnete bereits den ganzen Vormittag.

Shawn hatte sie gewarnt, dass es noch tagelang regnen würde.

Es war also nicht gerade Wanderwetter und auf den zwei Kilometern zu Gwyn lief sie Gefahr, von den Regengüssen in den Straßengraben geschwemmt zu werden. Spots stand mit hängenden Ohren im Schuppen. Für ein Waliser Schaf schien sie recht empfindlich zu sein. Vielleicht sollte Holly wirklich etwas Heu besorgen.

Unschlüssig saß sie in ihrem Cottage und trank einen Tee nach dem anderen, als das Handy klingelte.

»Bleib, wo du bist«, rief Dolly ins Telefon. »Rühr dich nicht von der Stelle!«

»Steht eins deiner Kinder auf dem Mittelstreifen der London-Bridge?«

»Holly, du kannst dir nicht vorstellen, was hier los ist. Lawson macht Stimmung gegen dich und verbreitet fiese Lügen. Eine einzige Hexenjagd. Ich sehe ihn täglich im Gespräch mit Kollegen, den anderen Chefärzten, mit denen er Golf spielt. Dabei spitzt er auf diese widerlich arrogante Art seine schlabberigen Lippen, über die nichts als Schmutz kommt. Er sammelt die Truppen. Ich dachte, das solltest du wissen.«

Holly sah ihn direkt vor sich, seine garstigen Triefaugen und diese abstoßende Geste, mit der er sich seine schmierige Glatze polierte.

»Was soll ich nur tun, Dolly? Er wird die Anschuldigungen nicht auf sich sitzen lassen. Er ist Oberarzt, hat einen Ruf zu verlieren, seine Zulassung zu verteidigen. Ich bin nur eine dumme kleine Krankenschwester.«

Holly fing an, in der kleinen Küche auf und ab zu gehen.

»Ich habe gehört, es würde eine ordentliche Untersuchungskommission geben. Offenbar hat Lydia deine Aussagen bestätigt.«

»Die Gute! Ich dachte, sie habe nichts als Instagram im Kopf. Aber anscheinend ist sie nicht fürs Faktenverdrehen zu haben.«

»Oh, sie ist so toll. Sitzt an der Anmeldung, als wäre nichts passiert. Souverän lächelnd. Und wenn jemand sie fragt, wiederholt sie immer wieder, wie oft sie Lawson angerufen hat und ihn sogar hat ausrufen lassen.«

»Trotzdem. Diese Untersuchung kann Monate dauern.« Sie hörte selbst, wie kläglich sie klang. Aber wie sollte sie die Unsicherheit nur so lange aushalten?

»Oh, nicht so pessimistisch!«, sagte Dolly und wechselte schnell das Thema. »Wie ist es denn so bei dir?«

»Es regnet.« Holly blickte missmutig aus dem Fenster.

»Und wie geht es deinem Schaf?«

»Spots ist wohlauf und ich habe einen netten Barmann kennengelernt. Chris.«

»Barmann?« Holly konnte durch das Telefon hören, wie ihre Freundin sich aufsetzte. »Ist was gelaufen? Mensch, Holly, endlich kannst du dich austoben!«

»Austoben? Ich bin keins deiner Kinder, die du auf den Spielplatz schickst, um deine Ruhe zu haben. Du musst dir mein Gejammer über William noch ein bisschen anhören. Dafür sind Freundinnen da.«

»Aber Holly, du musst deinen Frust abbauen. Dich verabreden, dich verführen lassen.«

»Ich bin anscheinend ein hoffnungsloser Fall«, sagte Holly und erzählte von dem peinlichen Pubabend. »Und ich habe keine Lust, wieder an so einen Esel wie William zu geraten.«

»Was spricht gegen eine nette walisische Urlaubsaffäre? Zum Beispiel mit diesem Barmann.«

»Ich kenn ihn doch gar nicht. Dann springe ich auch nicht gleich mit ihm in die Kiste.« Holly ließ sich in ihren Küchensessel fallen und legte die Beine hoch. Gespräche mit Dolly fühlten sich oft so an, als läge sie beim Psychiater auf der Couch.

»Sei ein bisschen optimistischer, Holly. Man hat Sex, um die Männer zu testen.«

»Du redest, als wären sie teure Spirituosen und die Dates eine Art Wein- oder Whisky-Tasting.«

»Im Grunde sind sie es auch. Du musst wieder auf den Geschmack kommen, Holly. Das geht nur, wenn du ab und zu einen Schluck nimmst.«

»Ich weiß nicht.« Unschlüssig hieb Holly rhythmisch auf eine der dicken Armlehnen ein.

»Du sollst dich ja nicht gleich verloben. Dieser Kuss klingt doch sehr vielversprechend. Ein Mouton Rothschild entfaltet sein ganzes Aroma auch nicht beim ersten Schluck! Gib diesem Chris eine zweite Chance.«

Holly hörte im Hintergrund Lautsprecherdurchsagen und das metallische Klappern eines Spindes. Ihr Inneres zog sich zusammen, als habe sie darauf Wasserstoffperoxid verschüttet.

»Und sonst so?«, erkundigte sich Dolly besorgt und Holly erkannte das Knirschen ihres Zahlenschlosses.

»Nun ja.« Holly dachte an die alte Gwyn und ein Lächeln glättete ihr inneres Gebrodel. »Nebenbei verbinde ich hier täglich den gangränösen Fuß meiner Nachbarin.«

»Hört sich doch perfekt für dich an. Flirten und Fußpflege. Wales at its best!«

»Spar dir deine Ironie. Aber wenn das Wetter besser wird, verlängere ich vielleicht ein paar Tage.« Holly versuchte, ihre Stimme fröhlicher klingen zu lassen, als sie sich fühlte. »Bisher habe ich so gut wie nichts von dem hübschen Klippenweg gesehen.«

»Richtig so! Lass dir die Sorgen wegpusten. Die Planschkuh kommt auch noch ein paar Tage länger ohne dich aus.«

Nachdem sie aufgelegt hatte, war Hollys Stimmung nicht wirklich besser. Sie vermisste Dolly. Und sie vermisste die selbstverständliche Sicherheit, mit der sie früher Entscheidungen getroffen hatte. Doch ihr Selbstwertgefühl war zurzeit nicht größer als eine Erbse. Sie kullerte haltlos durch ihr Leben und fragte sich, in welcher Ecke sie wohl liegen bliebe. Ob jemand sie aufheben oder doch zertreten würde.

Spots blökte und stemmte die Schnauze gegen das Küchenfenster. Holly hatte Mitleid und ließ das Schaf in den Flur, wo es den Läufer volltropfte. Egal. Die Anwesenheit des Tieres empfand Holly als tröstlich. Die Eintönigkeit der Regentropfen stimmte sie melancholisch und sie vergrub die Finger in dem nassen Fell, das in der Tiefe warm, weich, trocken und ganz flauschig war.

Vielleicht sollte sie die Dinge nicht so oberflächlich beurteilen. Vielleicht war die Aufregung in der Klinik nur ein Sturm im Wasserglas. Würde vergehen, wie dieses Sommergewitter. Der Wind würde die Wolken fortblasen und am nächsten Tag herrschte wieder Sonnenschein in ihrem Leben. Vielleicht benötigte die Untersuchungskommission etwas länger, um einzusehen, dass sie sich von Lawson ablenken ließ. Vielleicht ging er sogar ungeschoren aus dieser Sache hervor. Aber ihr konnte im Grunde nicht viel passieren. Juristisch gesehen. Was ihren Stolz anging und ihre Beziehung zu William, da sah sie allerdings schwarz. Der Stolz war angeknackst, die Beziehung im Eimer. Und sie saß hier im Regen fest und grübelte.

Nach einer weiteren Tasse Tee ging es ihr schon besser. Die Kleidung von gestern war über dem Ofen getrocknet und roch nach Holzrauch und ein bisschen nach Schaf. Holly schlüpfte hinein, fühlte sich behaglich und beschloss, den Gang zum Gemischtwarenladen zu wagen. Abgesehen von den Gummistiefeln benötigte sie eindeutig mehr Tee.

Mr Woods saß (und das sicher seit den frühen Morgenstunden, wenn er überhaupt zu Hause im Obergeschoss gewesen war) an seinem Arbeitsplatz hinter dem Tresen und summte, den Kopf schräg gelegt, unmelodisch vor sich hin. Als er aufsah, zog sich seine schlaffe Gesichtshaut zu einem Melonenspalten-Lächeln auseinander.

»Guten Tag«, sagte Holly und schüttelte das Regenwasser von ihrem Schirm. Es war ein sperriger Holzstockschirm mit Tartanmuster, der Haare und Schultern erstaunlich gut geschützt hatte. Sie hatte ihn hinter der alten Flurkommode gefunden. Ihre Sneakers allerdings schmatzten bei jedem Schritt.

»Ich brauche Gummistiefel.«

Mr Woods wedelte mit der Hand in eine hintere Ecke, wo dunkelgrüne Plastikstiefel herumlagen, die nur dem Riesenkönig Bran passen würden. Er war, den Mythen zufolge, von Nordwales durch die Irische See gewandert, um seine Schwester aus Irland zu befreien und hätte damit sicher trockene Füße behalten. Holly waren die Stiefel mindestens sechs Nummern zu groß.

»Haben Sie keine Damengrößen?«, fragte sie.

»Wankelmütige Geister. Modische Sperenzchen. Wer weiß schon, was Frauen wollen? Sie fahren lieber nach Fishguard oder Cardigan oder bestellen im Internet«, brummte Mr Woods und sah gar nicht mehr fröhlich aus.

Holly legte schnell die Teepackung auf den Tresen, um ihn von seiner Entrüstung abzulenken.

»Hallo zusammen!« Constable Anne kam in diesem Moment herein und marschierte auf ihre Bürotür zu.

»Wie lief die Gürtelprüfung?«, rief Woods ihr hinterher.

Anne Hô wirbelte herum, lehnte sich in den Türrahmen und strahlte. »Prima, danke sehr. Es lief großartig.«

»Gürteltier?«, fragte Miss Peabody, die hinter einem der Regale hervorkam, und hielt eine Hand hinter ihre Ohrmuschel.

»Gürtel*prüfung*!«, korrigierte die Polizistin und reckte das Kinn vor.

»Judo oder Karate?«, erkundigte sich Holly. Sie wollte nur höflich sein. Interesse zeigen und so weiter.

»Beides«, sagte die zierliche Frau und konnte einen gewissen Triumph nicht aus ihrer Stimme verbannen. »Ich kann zwar nicht asiatisch kochen und spreche auch nicht Chinesisch, wissen Sie. Aber jeder denkt nur an Karate und Dimsum, wenn er mich sieht. Ich bin Engländerin! Aber ich möchte Ihre Erwartungen natürlich nicht enttäuschen.«

»Tut mir leid«, stotterte Holly. »Ich wollte wirklich nicht –«

»Meine Eltern flohen aus *Kambodscha.*«

Anne stemmte die Hände in ihre nicht vorhandene Taille, sodass sie aussah wie die Schnabeltasse, mit der Holly bis vor kurzen ihren sehr kranken Patienten Tee eingeflößt hatte. Für Malcolm war es manchmal auch Sherry gewesen.

Holly hatte getan, was sie konnte, um den alten Freund aufzuheitern.

»Jeder, der mich ansieht, denkt, er wüsste, wer ich bin«, fuhr Anne fort. »Aber wenn ich danach gefragt werden würde, wüsste ich es nicht einmal selbst.«

»Wirklich?«, sagte Woods peinlich berührt und zuckte zusammen, als plötzlich der Polizeistiefel an seinem Kinn vorbei sauste.

»Ich kann Ihnen mit der Ferse das Nasenbein zertrümmern, wenn Sie es nicht glauben wollen.«

Wieder schwang sie ihr Bein in einen stehenden Spagat, wobei die dunkelblaue Stoffhose gefährlich knarzte. Holly wich zurück, Woods schrie leise auf und warf vor Schreck seine Teetasse um. Miss Peabody klatschte.

»Besser als im Fernsehen!«, rief sie begeistert.

»War doch nur Spaß«, sagte Anne, vom Erfolg ihrer Demonstration selber überrascht und wischte den verschütteten Tee mit einer Serviette wieder auf. Holly half ihr dabei und konnte der jungen Polizistin nicht in die Augen sehen. Fettnäpfchen waren ihre Spezialität. Noch immer genierte sich Holly dafür, wie sie Williams Mutter bei ihrer ersten Einladung mit der Frage nach ihrem Pastetenrezept in Verlegenheit gebracht hatte.

»Du denkst tatsächlich, ich koche selbst?«, hatte Mrs Dunbridge von oben herab gesagt und ihr einen tödlichen Blick zugeworfen.

Hollys Hang zu unpassenden Bemerkungen hatte sich offensichtlich auch mit ihrer Reise nach Wales nicht geändert. Jetzt hatte sie die freundliche Polizistin beleidigt. Sie war und blieb die alte Holly.

»Ich muss los«, sagte sie und flüchtete aus dem Geschäft an die Bushaltestelle. Egal, ob nach Fishguard oder Cardigan, sie würde den ersten Bus besteigen, der kam.

Fishguard war ein trübes Städtchen hinter beschlagenen Scheiben, als Holly ausstieg. Sie richtete den Blick nach unten, um den Pfützen auf dem Pflaster auszuweichen, und rettete sich vor dem Regen in den erstbesten Laden. Dank des Historischen Heringsfangs stand hier eine beeindruckende Auswahl an Gummistiefeln in fröhlichen Farben, teilweise bis über die Oberschenkel hinauf. Sie entschied sich für ein unspektakuläres Paar in Olivgrün und ein paar frische Socken. Mit trockenen Füßen trat sie vor die Tür in einen zwischen den Wolken hervorlugenden Sonnenstrahl. *Reingelegt*, schien er ihr zuzublinzeln und Holly befürchtete, dass ihre Füße in den neuen Stiefeln bald qualmen würden.

Sie lief hinunter zum Hafen und beobachtete Linkerhand, wie eine der Fähren ablegte, die über den St. George's Channel nach Irland fuhren.

Ein Sandwich und ein Soft-Drink auf einer Bank in der Sonne vor dem *Gourmet Pig* brachten ihr ein wenig Sommerferiengefühl, als die nächste schwere Wolke sich über die Stadt legte und sie wieder mit Regen übergoss. Holly eilte über die Weststreet in die High Street und musste feststellen, dass sie gerade den Bus verpasst hatte. Ihr Handy lotste sie jedoch zu Shawns Gebrauchtwagenhandel. Sie hoffte auf eine Tasse Tee, bis der Regen wieder nachließ.

(PRE-) LOVED-CARS stand auf dem Schild in Rottönen, das über dem Eingang eines mittelgroßen Parkplatzes prangte.

»Holly!«

Shawn wirkte unverhältnismäßig glücklich, als er sie auf seinem Hof zwischen alten Vauxhalls, klapprigen Landrovern und Westfields, neben angerosteten Toyotas und Renaults entdeckte. Er schob sie in ein erstaunlich geschmackvolles Containerbüro und setzte ihr einen traumhaft starken, heißen Tee vor die Nase.

»Gerade frisch aufgebrüht!«, strahlte er. »Schön, dass du vorbeischaust!«

»Ich brauchte Gummistiefel.«

Holly hob beide Beine vom Boden, als holte sie Schwung auf einer Schaukel, und grinste.

»Wunderschön!« Shawn lächelte entzückt und sah sie unverwandt an. »Die Stiefel, meine ich.«

Er wurde doch tatsächlich rot.

»Der Regen hat mir die Shopping-Tour vermasselt. Ich dachte, ich warte hier bei dir, bis der nächste Bus kommt. Wenn das okay ist?«

»Gute Idee! Ich könnte dich aber auch fahren.«

Hoffnungsvoll beobachtete er ihre Reaktion und drehte dabei seinen Löffel geschickt zwischen den Fingern.

»Nicht nötig. Ich liebe es, Lokalkolorit im walisischen Transportsystem zu schnuppern.«

»Aber du musst doch noch zu Tante Gwyn! Ich habe alles für sie in der Apotheke besorgt und ihr gestern noch vorbeigebracht. Sogar die Sache mit den Tabletten hat hingehauen. Sie hat jetzt einen Vorrat für drei Monate und steht bei Dr. Dobson auf der Liste für Hausbesuche.«

»Die Tage werden immer länger. Wenn der Regen aufhört, mache ich mit Spots einen Abendspaziergang zu ihr.«

»Und wenn nicht? Es aufhört zu regnen, meine ich.«

Holly blickte nach draußen, weil es plötzlich still geworden war. Das Prasseln auf dem Containerdach hatte aufgehört und der Himmel lugte stellenweise blau durch sein Wolken-Visier.

»Voilà! Alles vorbei.« Holly konnte selbst kaum glauben, wie schnell hier das Wetter wechselte. Shawn sprang erschrocken auf, als sie aufstand.

»Kann ich dir noch meine Lieblinge zeigen?«, fragte er eifrig. »Ich meine die Oldtimer«, verbesserte er sich schnell, als er Hollys amüsierten Blick auffing.

»Gerne«, sagte Holly. Sie wollte nicht herzlos sein und so konnte sie sich wenigstens für den Tee bedanken.

Er führte sie in den hinteren Bereich des Parkplatzes, zu einem angerosteten Jaguar E-Type, streichelte andächtig seine Motorhaube und tätschelte zärtlich das Dach eines Aston Martin ohne Räder. Daneben stand ein alter Mercedes-Krankenwagen im Sechziger-Jahre-Design. Mit seinen runden Scheinwerfer-Augen glotzte er Holly freundlich an. Er hatte die Farbe und Statur eines Nashorns und ein Abzeichen des Roten Kreuzes auf dem Dach. Das wirkte auf Holly wie ein geheimes Signal.

»Wie hat der sich denn hierher verirrt?«

Holly ging auf den Wagen zu und schielte neugierig hinein.

»Eine deutsche Touristin hat ihn vor Jahren hier stehen lassen. Wollte mit dem Auto nach Schottland und dann nach Island übersetzen. Von dort Grönland durchqueren und weiter nach Kanada. Eine Hippie-Tante mit keinem blassen Schimmer von Autos. Ihr Kerl hat sie schon vor der Abfahrt sitzen lassen und sie wollte dann auf eigene Faust los. Sich selbst verwirklichen und dieser ganze Kram, du weißt schon.«

»Und sie hat es nur bis Wales geschafft?«

»Erbärmlich, nicht wahr? Ich habe sie auf den Hügeln von Mynydd Preseli abgeschleppt. Kolbenfresser. Sie hat nicht mal einen Kostenvoranschlag für die Reparatur haben wollen, sondern mein Kaufangebot sofort akzeptiert und ist verschwunden.«

»Er ist richtig niedlich.«

»Der Mercedes ist nach dem Verbrennungsmotor das einzig Gute, das Deutschland je hervorgebracht hat.«

»Vergiss nicht den Buchdruck!«, mahnte Holly, die für ihr Leben gern las. Mit der Hand strich sie sacht über die runden Scheinwerfer.

»Du kannst ihn fahren, wenn du willst. Er ist längst wieder fahrtüchtig. Ich meine, irgendwie musst du deine Hausbesuche bei meiner Großtante ja machen. Ich habe leider keine Zeit, jeden Tag deinen persönlichen Chauffeur zu spielen, obwohl ich mir durchaus unangenehmere Gesellschaft vorstellen kann.«

Er zwinkerte ihr zu.

»Ich fühle mich geschmeichelt«, meinte Holly peinlich berührt. Sein Angebot erschien ihr einerseits so intim, als würde er sein Netflix-Konto mit ihr teilen. Dabei kannte sie ihn gerade mal zwei Stunden. Andererseits ...

»Jetzt mal im Ernst. Ich darf dieses Schmuckstück wirklich fahren?«

Sie langte nach dem Türgriff aus Chrom, der blitzte wie neu.

Shawn legte seine Hand auf die ihre. »Der alte Kerl braucht auch mal etwas Auslauf.«

Holly trat einen Schritt zurück und steckte ihre Hände wieder in die Hosentaschen. »Ich kann mir kein Mietauto leisten.«

»Du zahlst nur das Benzin. Wenn ich weiß, dass meine Tante Gwyn versorgt ist, bin ich zufrieden, außerdem tust du mir damit einen Gefallen. Also zier dich nicht und setz dich schon mal rein.«

Der Wagen zitterte, als sie ihn anließ und versetzte Hollys Körper in aufgeregte Vibrationen. Als wäre sie nicht schon nervös genug. So einen Krankenwagen hatte sie noch nie gefahren, aber davon geträumt, seit sie ein Teenager war. Sie hatte versucht, sich gegen die Nostalgie-Strömung zu wehren, aber diese großäugigen Autos hatte sie schon als Kind geliebt, seit sie die Fotos ihrer Mutter mit VW-Bus aus der Flower-Power-Zeit Ende der Siebziger betrachtet hatte. Mum würde vor Neid erblassen, wenn sie Holly sehen könnte. Sie musste unbedingt daran denken, ihr ein Foto zu schicken.

Doch zunächst hieß es üben.

Dieses Auto war klapprig und sperrig und kam ihr riesig vor. Ihre Obstkiste von Mietwägelchen würde zweimal hineinpassen. Das Lenkrad war viel zu dünn und drohte beständig, ihr durch die Finger zu gleiten. Sie musste richtig Kraft aufwenden, wenn sie damit um die Kurve steuern wollte. Die Kurven! Dieses deutsche Modell war seitenverkehrt gebaut, sie saß links und der Schaltknüppel war rechts. Äußerst gewöhnungsbedürftig.

»Los, los!«, kommandierte Shawn und hatte seinen Spaß, als Fahrlehrer zu agieren. »Hier entlang!«

Er lotste sie auf einen angrenzenden Parkplatz, wo Holly sechs kleinere Runden drehte, mal rechts- mal links herum und auch rückwärts einparkte, bevor er die Schranke zur Straße hin öffnete.

»Und, schon sicherer im Sattel?«

Er feixte wie ein Cowboy, der gerade beim Rodeo gewonnen hat.

»Geht so. Ich denke, wir werden uns aneinander gewöhnen. Aber keine Sorge, ich fahre langsam.«

»Bloß nicht! Er schafft fünfzig Meilen die Stunde, maximal. Bist du langsamer, hetzen sie dir die Verkehrspolizei auf die Fersen. Komm doch heute Abend kurz in den Pub und berichte von deinen Abenteuern.«

Holly zögerte. Sie wollte Shawn nicht verprellen. Er schien ein liebenswerter Kauz zu sein und kümmerte sich rührend um Gwyn. Und nun schuldete sie ihm etwas. Aber leider fand sie ihn kein bisschen sexy.

»Mal sehen«, wich sie seinem Vorschlag aus. »Vielleicht mach ich mir auch einen ruhigen Leseabend mit Spots.«

Shawn verzog das Gesicht, als hätte er auf eine Chilischote gebissen.

»Du brauchst Abwechslung. Musik und jede Menge Alkohol«, sagte er und klopfte an ihre Scheibe. »Du bist im Urlaub, Holly. Es ist ungesund, die Abende allein in deinem winzigen Cottage zu verbringen. Wir seh'n uns?«

»Wir seh'n uns! Wenn nicht heute, dann die Tage bei Gwyn.«

Holly winkte kurz, umklammerte dann wieder das Lenkrad und fuhr im Schneckentempo vom Hof.

Natürlich fing es wieder an zu regnen. Die alten Scheibenwischer kämpften einen tapferen, aber nahezu aussichtslosen Kampf, und Holly kam nur langsam voran. Die Scheiben beschlugen innerhalb von Minuten und ihr blieb nichts anderes übrig, als mit ihrem Halstuch von innen eine kleine Schießscharte frei zu wischen. Als freundlich winkende Oldtimerfahrerin wurde sie zwar von anderen Autofahrern überholt, jedoch kaum aggressiv geschnitten. Manche winkten sogar zurück.

Sie brauchte beinahe eine halbe Stunde, bis sie sicher in ihrer Einfahrt stand. Aber da sie gerade so richtig im Flow war, beschloss sie, gleich zu testen, ob Spots mitfahren konnte.

Ihr Schaf begrüßte sie freundlich blökend im Schuppen und ließ sich lammfromm am Strick zum Auto führen. Als Holly die hintere Tür öffnete, zuckte Spots kurz zusammen. Dann gewann ihre tierische Neugier. Ängstlichkeit war wirklich keine von Spots Eigenschaften. Das kam Holly zugute, die eins der Regalbretter aus dem Schuppen an den Wagen legen wollte, um eine Rampe zu bauen, doch Spots sprang von allein hinein. Sie hatte genügend Platz, um sich hinzulegen, stellte sich aber hinter den Fahrersitz und begann, zu blöken.

»Hast du Hunger, kleiner Vielfraß? Ich bring dich zu Gwyns saftigen Weiden«, versprach Holly, schloss die Autotür und fuhr vorsichtig zu ihrer Patientin.

Sie verbrachte einen gemütlichen Nachmittag bei Gwyn. Es hatte so schnell aufgehört, zu regnen, wie es angefangen hatte, und Spots schaffte es, den Vorgarten zu einem Drittel abzuweiden, während Holly Gwyns Verband wechselte und ihren Blutzucker maß. Sie erklärte ihr noch einmal das Messgerät und wies sie an, den Zuckerspiegel selber regelmäßig zu kontrollieren.

Dann blieb noch Zeit für eine Tasse Tee.

»Er ist ein guter Junge. Shawn, meine ich«, sagte Gwyn. »Als Kind war er sehr schmächtig und hatte immerzu Husten. Mit meinem Spitzwegerichsirup ist das vollständig abgeklungen. Jetzt ist er putzmunter und sogar selbstständiger Unternehmer.«

Holly dachte an den Parkplatz mit den alten Autos und fühlte sich wie ein Snob, weil sie kein bisschen beeindruckt war. Sie fand es unangenehm, dass ihr ein Mann angepriesen wurde wie ein Zuchtbulle, seine vermeintlichen Statussymbole vorgeführt wurden: sein Haus, sein Auto, sein eigenes Unternehmen. Aber sie mochte Gwyn. Und ein wenig schmeichelte es ihr, dass sie hier so offensichtliche Verkupplungsversuche unternahm. Nur hatte Holly kein Interesse. Sie wollte nicht die einfache Lösung sein, die plötzlich auftauchende Traumfrau, mit der Shawn glücklich in den Sonnenuntergang fahren würde. Vorzugsweise in seinem alten Kastenwagen natürlich.

»Es ist so nett von ihm, mir den Wagen zur Verfügung zu stellen«, sagte sie scheinheilig. Sie hasste sich dafür.

»Er sorgt sich so um mich wie ein Sohn. Jetzt können Sie mich täglich besuchen, ohne viel von ihrer Urlaubszeit opfern zu müssen. Win-win-Situation!«

Sie drückte Holly, bevor sie ging, zwanzig Pfund in die Hand.

»Ich brauche keine Rechnung, meine Liebe«, sagte sie. »Machen Sie sich einen netten Abend.«

Holly verbot es sich, das Geld zurückzuweisen. Sie hatten eine geschäftliche Übereinkunft getroffen und die Scheine knisterten vielversprechend. Es war kein Judaslohn, vielmehr die freundlich geflüsterte Anerkennung ihrer professionell erbrachten Leistung. Sie wollte doch an ihrem Selbstbild arbeiten, dachte sie. Ihr Licht nicht unter den Scheffel stellen und so weiter.

Nun saß sie an der Bar und erfreute sich an Chris und seiner sprühenden Lebendigkeit. Wie schaffte er es nur, den ganzen Pub zu unterhalten und Holly gleichzeitig das Gefühl zu geben, nur für sie da zu sein?

Holly trank viel und lachte noch mehr.

Das konnte Chris wirklich gut, alle zum Lachen bringen. Er tanzte hinter der Bar herum wie ein Conférencier. Gab mit den Getränken auch witzige Anekdoten aus. Verteilte gutmütig verbale Seitenhiebe. Shawn hatte Holly zwei Pint spendiert und vergeblich versucht, sie vom Tresen und Chris' Ausstrahlungskraft wegzulotsen. Aber Holly beobachtete den jungen Barkeeper zu gern bei seiner Arbeit. Er neckte sie und zwinkerte ihr unaufhörlich zu. Es war ganz ungewohnt, das Lachen, und fühlte sich an wie eine Droge, von der sie am nächsten Morgen gewiss Kopfschmerzen haben würde. Aber Holly fühlte sich mit jedem Zwerchfellstoß leichter, als drückten die ausgeprustete Luft, das Kichern und das Glucksen einen alten, verschimmelten Korken aus ihrer Brust heraus.

Schnell war sie angeheitert, aber nicht nur vom Alkohol. Es lag an Chris und seiner Art zu reden. Und, aber das spürte sie nur undeutlich, an seiner ungewohnt weichen Ausstrahlung. Er war viel weniger muskulös gebaut als William, blickte ihr jedoch mit einer Unverfrorenheit in die Augen, die sie mit Hitze und einem inneren Licht erfüllte, das ihr das Gefühl gab, gesehen zu werden.

»Vorsicht!«, flüsterte es von hinten in ihr rechtes Ohr. Holly wandte sich vom Bartresen ab und Jane stand vor ihr.

»Lass lieber die Finger von ihm!«, raunte die Tierärztin wie ein Orakel. Packte sie am Ellenbogen und bugsierte sie an einen Tisch an der Wand.

»Er ist so heiß«, jammerte Holly.

»Du wirst dir die Finger verbrennen. Also lass es«, warnte Jane noch einmal. »Hat er dir gegenüber Alex erwähnt?«

Alex? Holly überlegte. Nebulöse Erinnerungen an ihre erste feuchte Begegnung am Strand tauchten auf.

»Er sagte, er sei mit Alex zusammen.«

»Da hast du es.« Jane sagte das bedeutungsschwer, wie eine schlechte Diagnose. »Verguck dich nicht in ihn. Ist besser, glaub mir, Holly.«

»Oh mein Gott! Er ist schwul!« Sie hieb sich gegen die Stirn. »Natürlich. Das muss es sein. Die süßen Jungs sind niemals hetero.«

»Still, Holly!« Jane packte sie an den Schultern und sah sie eindringlich an. »Hör zu. Das habe ich nicht behauptet!«

»Was für eine Verschwendung«, seufzte Holly und sah zur Bar hinüber. »Holst du uns noch zwei Bier?«

»Versprich mir, dass du dich nicht in ihn verliebst«, insistierte Jane, als sie zurück war und hielt das Pint halb spielerisch, halb ernsthaft fest.

»Versprochen«, gab Holly bierselig nach. Sie war verwirrt und womöglich zu betrunken, um ihre Freundin zu verstehen. Also würde sie ihr einfach vertrauen müssen.

»Und was liebst du?«, fragte sie nach einem tiefen Zug aus dem Glas, das Jane endlich herausgerückt hatte.

Jane lehnte sich zurück und sah Holly nachdenklich an. Als versuche sie, sich darüber klar zu werden.

»Was ich liebe?«

Eine ihrer dunkelroten Strähnen hing ihr wieder ins Gesicht. Sie holte tief Luft, strich sie zurück und musterte Holly herausfordernd.

»Meine Freiheit, meine Tiere, die weichen Flanken rassiger Pferde. Und Lady Beringfords Fesseln.«

»Lady Beringford?«, flüsterte Holly nun ihrerseits. »Sie gefällt dir?«

»Sie ist so schön wie eine Araberstute«, schwärmte Jane mit leuchtenden Augen und wurde nicht einmal rot dabei.

»Wie eine Stute?«, wunderte sich Holly.

»Zart und schnell. Und ungewöhnlich ausdauernd.«

»Eindeutig das Kompliment einer Tierärztin«, lachte Holly.

»Ich meine es ernst. Sie hat die Europameisterschaften im Military-Reiten gewonnen!« Jane schien langsam aufzutauen. Sie trank einige Schlucke und Holly wagte es, noch ein paar weitere indiskrete Fragen zu stellen.

»Aber was ist mit Lord Beringford? Den gibt es doch auch?«

»Er selbst ist kein Lord, er hat sie nur geheiratet. Arbeitet in London als konservativer Abgeordneter. Ist glücklicherweise nur selten in Wales.«

»Wie praktisch«, sagte Holly und gluckste.

»Wir sind nicht zusammen, wenn du das meinst«, sagte Jane und sah dabei gar nicht glücklich aus. »Ich meine, wie stellst du dir das vor, hier auf dem Land? Sie denkt wahrscheinlich nur an mich, wenn eins ihrer Pferde eine Kolik hat oder Hufrehe oder was weiß ich.«

»Du himmelst sie aus der Ferne an? Wie romantisch!«

»Nichts da romantisch. Kannst du dir vorstellen, wie einsam man hier ist? Manchmal frage ich mich, ob ich nicht doch lieber auf einer Rennbahn arbeiten sollte. Bei dem Personal dort findet sich bestimmt eine nette Pferdelesbe, die es mit mir versuchen will.«

Holly legte den Kopf schief und musterte das Sommersprossengesicht ihrer neuen Freundin.

»Das würdest du niemals tun.«

Dann umarmte sie sie fest und roch ihren herben Geruch nach Hund und Leder und frischem Bier. »Ich kann es sehen, Jane«, flüsterte sie in ihr Ohr. »Es hat dich total erwischt.«

14

Holly erwachte von der Stille. Ließ sich mit geschlossenen Augen in ihr treiben wie auf einer warmen Strömung. Die Abwesenheit jeglichen Verkehrslärms umgab wie ein samtiges Vakuum das kleine Cottage. Holly drehte sich zwischen den täglich gelüfteten Laken, die ein wenig nach Salz und stark nach walisischer Heide dufteten, wohlig zur Seite, um noch ein wenig weiter zu dösen. Da zerriss das Handyklingeln den behaglichen Morgen. Sie musste sich wirklich angewöhnen, es auf stumm zu schalten.

»Sie müssen noch eine Patientin betreuen!«, schnauzte eine ihr vage bekannt vorkommende Stimme.

»Sind Sie das, Claire?«, nuschelte sie erschrocken.

»Jemand muss bei dem Mädchen vorbeischauen. Ich habe das von dieser schlitzäugigen Politesse erfahren.«

Holly richtete sich empört im Bett auf und hätte am liebsten sofort wieder aufgelegt.

»Sie meinen Constable Anne«, berichtigte sie die Gemeindeschwester. Ihr Ärger über Claires Bemerkung wirkte wie eine kalte Dusche und sie war schlagartig wach. »Was hat das Kind denn?«

Bei Kindern wurde Holly jedes Mal weich. Kinder waren in ihrer Fantasie nach Marshmallows duftende, kleine Außerirdische, die dem Alltag mit Träumen und Plüschhasen und perlendem Lachen begegneten. Die gegen ihren Willen, kaum waren sie in der Realität dieses Planeten gelandet, von ihren Eltern in strampelnde, kreischende, an Handys daddelnde, kleine Monster verwandelt werden konnten. Kindern musste man einfach immer beistehen.

»Sie hat Diabetes, frisch eingestellt. Jemand muss da hin und das werde garantiert nicht ich sein. Sie wohnen doch in Telynport. Ein Nachbarschaftsdienst, wenn Sie so wollen.«

»Eigentlich habe ich Urlaub«, versuchte Holly, sich aus der Affäre zu ziehen.

»Haben Sie Ihre Hilfe angeboten oder nicht? Ich bin nicht senil, ich habe Sie schon richtig verstanden. Aber klar, jetzt machen Sie einen Rückzieher. Erzählen einen von wegen Nachbarschaftshilfe, und wenn sie einen Tee kochen sollen, sind sie schon überfordert.«

»Ich kann Tee kochen«, sagte Holly verwirrt.

»Gehen Sie nun hin?«

Holly seufzte. Sie hatte nicht die geringste Lust, dieser alten Krähe einen Gefallen zu tun.

»Ich bezahle Sie auch dafür.«

»Im Ernst?«

»Ich scherze nicht. Niemals.«

Das glaubte Holly ihr aufs Wort. Eher würde die Queen in der Öffentlichkeit einen von Prinz Andrews versauten Witzen erzählen, als dass sich Claires Mundwinkel nach oben bewegten.

»Ich erhalte also ein Honorar?«

»Kommen Sie morgen vorbei, dann machen wir einen Vertretungsvertrag. Abgemacht?«

Holly zögerte noch.

»Wenn sie zur alten Gwyn fahren, kommen Sie direkt dort vorbei«, erklärte Claire mit unaufrichtiger Plauderstimme. »Lächerlich leicht verdientes Geld, wenn Sie mich fragen. Sie brauchen erst am Nachmittag vorbeizuschauen, das Kind geht in die Schule. Es lebt in einem Wohnwagen auf Fagins Hof.«

Das war nicht gerade ein Ort, an den Holly sich zurücksehnte. Es war peinlich, aber sie fürchtete sich vor Fagin. Ein alternder Choleriker mit einem Spaten in der Hand? Das war nur eine andere Variante ihres intriganten Oberarztes, der mit seiner zweifelhaften Reputation auf sie einhieb. Warum mussten die Kerle sich immer so aufspielen?

»Okay, ich fahre hin«, sagte Holly kämpferisch und machte sich jetzt schon in die Hose.

Holly hatte sich an diesem Mittwoch eigentlich vorgenommen, einen Ausflug nach Ceibwr Bay zu machen. Mit einem eigenen Wagen war sie so flexibel wie eine Seeschwalbe und konnte endlich mit dem Sightseeing beginnen. Sie aß ihr Frühstück am offenen Fenster, denn auf der Bank und im Vorgarten glitzerte es noch feucht nach den Regengüssen der vergangenen Nacht. Dann lud sie Spots in den Wagen, der man die Vorfreude ihm gescheckten Gesicht förmlich ansah. Sie pflockte das Tier auf der Wiese hinter Gwyns Haus an, wo es sich begeistert auf Wiesenkräuter und Löwenzahn stürzte. Am Nachmittag würde sie das Schaf wieder abholen und einen Blick auf Gwyns Bein werfen. *Win-win-Situation*, würde die alte Dame sagen.

An der Straßenkreuzung hielt Holly noch kurz bei Mr Woods.

»Ist Constable Anne hier?«, fragte sie den Gemischtwarenhändler, der heute wie ein trauriger Buddha hinter seinem Tresen saß.

»Hallo Holly.«

»Was ist los? Ist was passiert?«

»Constable Anne ist traurig. Sie sagt, wir hätten Sklaverei in England.«

»Ich schätze, das ist eine unbequeme, nicht zu leugnende Realität. Ist Anne im Büro?«

Woods nickte betrübt.

»Sie wollte nicht mal ihr Lieblingseis.«

»Himbeere?«, tippte Holly, um Woods eine Freude zu machen.

»Genau!«, sagte er und seine Lippen kräuselten sich dankbar.

Holly schob sich in Annes Büro, wo die Polizistin an ihrem Schreibtisch saß und auf ihre Tastatur einhämmerte.

»Dem werde ich es zeigen!«, schimpfte sie.

»Claire hat mich angerufen. Ich soll mich um dieses Mädchen kümmern«, sagte Holly und blieb in sicherem Abstand an der Tür stehen. Die Polizistin verbreitete ausgesprochen negative Schwingungen.

»Laila«, bestätigte Anne kurz angebunden. »Sie hat Diabetes. Da muss ein Kind erst zusammenklappen, bevor jemand sich kümmert, wie es lebt. Das ist menschenunwürdig.«

Anne schien wirklich betroffen zu sein. Enttäuscht. Und wütend.

»Es tut mir leid, Constable Hô, was mir da gestern rausgerutscht ist. Es war nicht persönlich gemeint. Ich wollte Ihnen nicht zu nahetreten. Und erst recht nicht andeuten–«

»Was? Ich bin doch nicht auf *Sie* wütend!« Sie hob den Kopf und sah nicht mehr ganz so düster drein.

»Nicht?«, sagte Holly erleichtert. »Ich meine, diese Gedankenlosigkeit von mir–«

»Halt die Luft an, und nenn mich Anne. Ich lebe seit meiner Kindheit mit Alltags-Rassismus und kann eine gute Seele erkennen, wenn sie vor mir ins Stottern gerät. Alles gut. Aber dafür musst du mir helfen.« Anne wippte auf ihrem Bürostuhl zurück und sah Holly herausfordernd an. Die Freude darüber, dass die freundliche Polizistin tatsächlich richtig nett war, mischte sich mit Hollys angeborener Neugier.

»ICH muss Ihnen, ich meine *dir* helfen?«

»Ja. Ich kriege den dran. Moderne Sklavenhaltung, du weißt, dass es sowas gibt?«

»Natürlich. Kann man sich kaum vorstellen, nicht? Es ist doch so schön hier.«

»Schwer zu verstehen für ein Touristengehirn, ich weiß. Aber dies ist eine ländliche Gegend und hier gibt es die Probleme des Landlebens: angefahrenes Vieh, Betrunkene, Arbeitslosigkeit, Randalierer, Betrüger, Geldwäsche. Und jetzt also auch noch Sklavenhalter.«

»Bis auf das Vieh findest du das alles auch in London. Sogar die Sklavenhalter.«

»Ich weiß, die Welt ist schlecht. Ich wollte sie ein wenig besser machen. Und sieh nur, wohin mich das gebracht hat.«

»Auf einen dreckigen Schafhof im pittoresken Nord-Wales. Und genau da muss ich auch heute noch hin«, sagte Holly und dachte an das Mädchen. »Ich fürchte mich aber vor diesem Fagin. Kommst du mit, Wonder Woman?«

Anne lächelte Holly an und die Grübchen tanzten auf ihren Wangen.

»Klar komm ich mit. Das lasse ich mir nicht entgehen. Wann treffen wir uns?«

»Ich versuche, gegen fünf Uhr dort zu sein. Passt das?«

»In Ordnung. Bis dahin mache ich ihn hier mit Bürokratie fertig.«

Anne hieb weiter wütend auf die Tasten und Holly machte sich schnell aus dem Staub. In so einer Stimmung schien die Polizistin zu allem fähig zu sein. Immerhin, sie hatte jetzt den schwarzen Gürtel.

Die Sonne saß auf einem hohen Ross irgendwo weit hinter den Wolkentürmen, als Holly endlich auf den Klippen des Coast Path marschierte. Pinke Grasnelken wuchsen büschelweise neben dem schmalen Pfad und sahen aus wie nach einem Spiel liegengebliebene Cheerleader-Pompons. Der Weg führte am Rand der satten Wiesen entlang, häufig trennte Holly weniger als ein Meter von den steil herabstürzenden

Felswänden, die lang gestreckt in die tosende Gischt zu ihren Füßen eintauchten wie geübte Turmspringer. Es war herrlich.

Holly spürte, wie losgelöst sie sich hier von allem fühlte. Wie sie ungehindert ihre Gedanken schweifen lassen konnte. Und woran dachte sie? Männer. Sie konnte nichts dagegen tun, ihnen nicht entkommen, nicht mal auf diesen gottverlassenen, einsamen Felsen am Ende der Welt. Männer stellten die Hälfte der Menschheit und mischten auf jeder Ebene in ihrem Leben mit. Im Leben jeder Frau. Aber Männer waren auch nicht die Lösung für alles. Sie machten mehr Probleme als Komplimente, was für das eigene Selbstwertgefühl nicht gerade eine Frischzellenkur war. In Hollys Leben fand sich die Kategorie abwesender Vater, sexistischer Chef, kumpelhafter Kollege, jungenhafter Schwarm, aber keiner von ihnen erschien Holly gänzlich zufriedenstellend. Chris jedenfalls wies einen nicht zu vernachlässigenden Makel auf: Er war offensichtlich bereits vergeben. Von William ganz zu schweigen. Er gehörte in die Kategorie rücksichtsloser Ex. Wer brauchte Feinde, wenn er einen Ex-Freund wie William hatte?

William hatte sie mit Komplimenten überhäuft, mit Zärtlichkeit und Aufmerksamkeiten. Aber nur, wenn Holly seiner Vorstellung der idealen Freundin entsprach. Er hatte versucht, sie zu konditionieren. Zuckerbrot und Peitsche.

»Du siehst einfach hinreißend aus, aber könntest du es bitte sein lassen, dir ständig auf die Lippen zu beißen. Das ist sowas von Kleinkind.«

Sie blieb stehen und holte tief Luft.

Der weite Horizont zog als klare Linie durch ihre Netzhaut in ihre Seele ein und rückte etwas in ihrem Kopf zurecht. Wie eine ordnende Hand schob die Natur die unwichtigen Dinge zur Seite, schüttelte ihre Stimmung frisch auf und hängte sie in den Wind, der über die Felsen fegte.

William war sie jetzt los und das war gleichzeitig beängstigend und befreiend. Erst jetzt wurde ihr klar, wie sehr sie ihm immer hatte gefallen wollen, obwohl sie nach außen so tat, als wolle sie genau das eben nicht. Sie hatte gerne betont, sie wolle sich nicht verbiegen, er solle sie lieben, so stachelig, wie sie nun einmal war. Aber sie hatte sich regelmäßig in das kleine Schwarze gezwängt, ihr Haar geglättet und dazu gelächelt.

Jetzt ließ der Wind ihre drahtigen Locken um ihren Kopf tanzen und ein wenig fühlte sie sich wie Medusa. Könnte sie William doch durch einen Blick in Stein verwandeln! Oder, besser noch, den hinterhältigen Giftzwerg Lawson. Damit die beiden ihr keinen Ärger mehr machten, sie kein Verfahren wegen fahrlässiger Tötung angehängt bekäme und sie diesen armen Radfahrer endlich in Frieden ruhen lassen durfte.

Manchmal beneidete Holly ihre Mutter um ihren Glauben an die kosmischen Kräfte. Esoterische Konstrukte, die ihr die Dinge erklärten, die sie nicht ändern konnte, damit sie sie hinnehmen und dennoch weiterleben konnte. Ein widriger Aszendent, eine bösartige Schwingung, das würde vergehen. Die Erde drehte sich weiter und damit die Himmelskörper, die Sonne, das Leben. Die Konstellationen würden sich ändern, das Glück wäre ihr bald wieder hold.

Holly spürte plötzlich das erstaunliche Bedürfnis, ihre Mutter anzurufen. Was Handy-Empfang anging, lagen die walisischen Klippen allerdings auf dem Mond, also marschierte sie einfach weiter.

Es war ziemlich anstrengend, sich den verschlungenen Pfad hinauf und gleichzeitig durch ihre verworrenen Gedanken zu kämpfen. Aber als sie erschöpft an der Ruine der alten Kapelle hoch über dem Meer auf feuchtem Stein saß, war sie so zufrieden wie nach einem ausgiebigen Frühjahrsputz. Aufgebläht vom Sauerstoff, der wie Sekt in ihren Adern prickelte und ausgestattet mit einer neuen inneren

Kraft würde sie es als weiblicher Hulk mit den Fieslingen der Welt aufnehmen. Sogar mit Lawson und Fagin. Sie stieß einen langen, triumphierenden Schrei aus und rannte mit ausgebreiteten Armen den nächsten Klippenhügel hinunter.

Es war Punkt siebzehn Uhr, als Holly mit ihrem Krankenwagen auf Fagins Hof knatterte. Sie zog die Handbremse an und stieg auf dem staubigen Vorplatz aus, der verlassen im Sonnenlicht lag. Von Constable Anne noch keine Spur.

Rechts vom Haus sah sie den schäbigen Wohnwagen stehen, aufgebockt auf Europaletten, leicht windschief wie eine gestrandete Jacht. Natürlich viel weniger luxuriös. Sie hatte bei ihrem ersten Besuch nicht im Traum daran gedacht, dass er bewohnt sein könnte. Auch jetzt schien er ihr ebenso verlassen wie der Hof, geisterhaft menschenleer.

Unschlüssig wanderte Holly neben dem Wagen auf und ab, bis Constable Annes kleiner Polizeidienstwagen angerauscht kam. Zackig sprang sie auf das Pflaster und stemmte beide Hände in die Hüfte.

»Keiner da?«

Sie wirbelte einmal um die eigene Achse, als pirschte sich ein Angreifer von hinten an sie heran. Die Arme hielt sie dabei leicht angewinkelt vor der Brust. Holly hätte schwören können, sie würde im nächsten Moment einen Karate-Move machen. Doch so plötzlich, wie es begonnen hatte, beendete sie das Schattenboxen.

»Vielleicht ist Fagin auf seinen Weiden?«, vermutete Holly.

»Dann sehen wir mal nach Laila und ihrer Mutter«, sagte Anne und marschierte auf das Haus zu.

»Mrs Taban! Mrs Taban! Atifa! Sind Sie hier?«

Annes Glöckchenstimme war durchdringender, als Holly erwartet hatte.

Sie hörten ein Geräusch aus der großen Aluminiumscheune. Ein Scheppern, ein Rascheln. Dann schob sich die Tür kreischend auf und eine zierliche Gestalt in Gummistiefeln und mit Kopftuch kam auf sie zu. Sie hatte den Blick gesenkt und verhielt sich wie ein scheues Wildtier, dass von irgendetwas angelockt wird. Immer wieder hielt sie inne, zögerte, schlich vorsichtig weiter. Mit einem Sicherheitsabstand von zwei Metern blieb sie stehen und hob den Kopf. Ihr Lächeln war entschuldigend und so verletzlich wie ihr Kopftuch bunt. Es mussten die letzten Fetzen eines Stoffes sein, den sie noch aus Afrika mitgebracht hatte, so ein Muster gab es hier nirgends zu kaufen. Wahrscheinlich könnte man ähnliche Stoffe in den Läden im Londoner Stadtteil Brent finden. Doch London lag für diese Frau auf einem fernen Planeten.

»Mama! Mama!« Ein schlaksiges Mädchen mit dunkelbrauner Haut und sorgfältig geflochtenen Cornrows kam in den Hof gerannt und blieb abrupt neben ihrer Mutter stehen. Sie trug eine zu große Schuluniform und musterte Holly und Anne misstrauisch.

»Guten Tag?«

»Hallo, ich bin Holly«, sagte Holly und hielt dem Mädchen die Hand hin. »Ich bin Krankenschwester und wollte mal sehen, wie du so klarkommst. Wollen wir uns bei euch hinsetzen und alles in Ruhe besprechen? Ob du Probleme hast. Oder Fragen?«

»Okay«, sagte Laila und nickte. »Kommen Sie.« Sie winkte sie mit der Hand hinter sich her und führte sie zum Wohnwagen. Anne und Mrs Taban folgten ihr langsam über den Hof und blieben, in ein leises Gespräch vertieft, vor dem Hauseingang stehen.

»Ich bin übrigens Laila.«

»Schön, dich kennen zu lernen«, sagte Holly. Laila öffnete die klapprige Wohnwagentür und kletterte hinein. Als Holly ihr folgte, war sie bestürzt, wie eng es hier war. In einer

Ecke hingen noch Wassertropfen vom nächtlichen Wolkenbruch und rannen langsam in einen offenbar extra dafür vorgesehenen Plastikbecher. Es roch muffig und ein wenig nach Zimt. Eine breite Matratze im hinteren Teil war mit einem Stück Stoff abgedeckt, der akkurat gestrafft war. Die fadenscheinige Sitzbank zeigte bunt gestopfte Löcher, die jetzt die Form von Blumen hatten. Ein paar getrocknete Chilis und Knoblauchknollen hingen an Bindfäden über einer Waschschüssel aus Plastik. Daneben stand eine Kochplatte mit zwei leicht angerosteten Platten.

»Gemütlich hier«, sagte Holly. Laila lachte.

»Ich hoffe, Sie müssen nicht auf die Toilette. Die ist Schrott und stinkt, weil der Mister sie nicht regelmäßig abpumpt.«

»Keine Sorge. Mir geht's gut«, beruhigte Holly die Kleine und setzte sich auf die schmale Bank. »Und dir? Wie geht es dir denn mit der ganzen Sache?«

»Stimmt es, dass ich Inseln im Bauch habe?«

Laila sah Holly ernst, aber furchtlos ins Gesicht. Als wollte sie sich nicht die kleinste Regung entgehen lassen.

»Inselzellen, ja. Das ist richtig.«

»Und die machen zu viel Zucker?«

»Nein, der Zucker kommt von außen. Er ist in allem drin, was du isst. Deine Inselzellen sollten einen Stoff machen, der den Zucker abbaut. Aber das schaffen sie nicht so richtig.«

»Das Inselin? Das muss ich jetzt spritzen«, sagte Laila eifrig.

»Insulin, ganz recht. Und du kannst das schon?« Holly sah sich um und entdeckte ein Blutzuckermessgerät auf einem Regal.

»Spritzen? Ach, das ist nicht so schwer. Nur diese Pikserei hat am Anfang wehgetan.«

»Dann zeig mir mal, wie du das machst«, sagte Holly und beobachtete das aufgeweckte Mädchen, wie sie geschickt mit dem Messgerät und dem Pen hantierte.

»Was für ein Glück, dass wir einen Kühlschrank haben, nicht wahr?«

»Was für ein Glück.« Wenn auch sonst nicht viel, dachte Holly.

»Er ist meistens gut zu uns, der Mister. Außer wenn er zu viel getrunken hat. Dann haut er gegen die Tür vom Wohnwagen. Ziemlich laut und ziemlich lange. Aber das Schloss an der Tür, das hält noch. Zum Glück.«

Sie hat wirklich eine einmalige Begabung, das Positive zu sehen, dachte Holly. Davon könnte sie sich eine Scheibe von abschneiden, von diesem reinen Optimismus.

»Anscheinend das Einzige hier, was hält«, sagte Holly und tippte gegen den wackeligen Plastiktisch.

»Der Tisch ist nicht mal schlecht. Ich mach da immer Hausaufgaben. Und wir essen hier. Meine Mutter sitzt abends immer auf dem Bett. Im Schneidersitz. Wenn das meine Lehrerin sehen würde! Die würde Augen machen. Die stöhnt schon, wenn sie sich auf einen normalen Stuhl hinsetzt.«

»Sie hat dir geholfen, oder? Als du ohnmächtig warst?«

»Weiß ich nicht. Ich war doch ohnmächtig. Bin erst im Krankenhaus aufgewacht und da waren alle sehr besorgt. Aber nett.«

Holly bekam den Eindruck, dass Laila sehr viel Wert darauflegte, höflich zu sein. Und einen erwachsenen, verständigen Eindruck zu machen. Eine kleine Vermittlerin zwischen den Welten.

»Wir müssen uns noch darüber unterhalten, dass du jetzt immer genau aufpassen musst, was du isst.«

»Sie haben bestimmt eine Liste, oder? Für so wichtige Sachen gibt es immer eine Liste.«

Holly lächelte und holte die Unterlagen hervor, die Laila sofort eingehend begutachtete.

»Ich kaufe immer für uns ein. Die Sachen, meine ich, die der Mister nicht hat. Da ist so eine Liste super.«

Holly hörte das Tuckern eines Motors und stand auf.

»Entschuldige mich«, sagte sie und kletterte aus dem Wohnwagen. Das Tuckern kam näher und im nächsten Moment fuhr Fagin auf einem Quad, aufrecht und grimmig wie ein Feldherr, in die Mitte seines Hofs. Anne ließ Lailas Mutter stehen und ging mit Holly zu ihm hinüber. Er schaltete das Fahrzeug aus, stieg ab, als spränge er von einem Schlachtross, und zog einen dicken Stock aus einer Seitentasche. Sein Cowboyhut saß tief in der Stirn, o-beinig schritt er auf die beiden Frauen zu, den Knüppel in der rechten Hand.

»Verzieh dich, Weib!«, schrie er Lailas Mutter an.

Sie huschte verschüchtert in den Wohnwagen. Drohend kam Fagin näher und warf seinen langen, bösartigen Schatten auf Holly.

»Runter von meinem Hof!«, brüllte er.

Anne nahm ihre Schnabeltassenposition ein und machte ein böses Gesicht. Sie sah immer noch zu freundlich aus, fürchtete Holly.

»Sie haben kein Recht, hier einzudringen«, polterte Fagin.

»Wir wollten mit Mrs Taban sprechen. Sie wohnt auch hier, sie hat uns eingeladen. Dies ist kein Hausfriedensbruch.«

»Natürlich ist es das! Das ist mein Land. Verziehen Sie sich. Ich dulde es nicht, dass Sie mir hinterherschnüffeln! Ich habe nichts Unrechtes getan.«

Holly lachte kurz auf und schlug sich dann erschrocken mit der Hand auf den Mund. Wer weiß, wozu der Mann fähig war, wenn man ihn provozierte.

»Ich habe den beiden hier ein Zuhause gegeben, als niemand sie wollte. Habe ihr Arbeit, Geld und Essen besorgt, als ihr Mann verschwand. Ich habe ihr geholfen!«

Seine Selbstgerechtigkeit war beinahe so schlimm wie sein Körpergeruch. Holly fragte sich, wann er das letzte Mal unter der Dusche gestanden hatte.

»Wir werden eine Untersuchung gegen Sie einleiten«, sagte Anne sehr formell. Holly bewunderte sie für ihre Coolness. »Sie werden sich den Vorwürfen des Menschenhandels und der modernen Sklaverei stellen müssen. Mrs Taban und ihre Tochter werden in Sicherheit gebracht.«

»In Sicherheit nennen Sie das. Hinter Stacheldraht gepfercht wie Vieh?«, höhnte er.

»Das Kind ist krank.« Anne blieb streng und nüchtern. »Es kann hier nicht leben. Das ist menschenunwürdig, Mr Fagin. Das wissen Sie.«

»Ich weiß, dass dieses Land diesen Menschen keine ordentlichen Papiere bewilligt. Dass sie selber sehen müssen, wo sie bleiben. Dass sie nicht arbeiten dürfen«, sagte Fagin und machte zwei weitere Schritte auf die beiden zu. Seine Stimme wurde immer lauter. »Ich habe ihnen ein Zuhause gegeben, Arbeit und Bezahlung. Ich habe das getan, was eigentlich Aufgabe des Staates ist: Sie integriert!«

Holly fragte sich, ob sein Realitätsverlust nicht schon pathologisch war.

»Ausgebeutet haben Sie sie. Und wenn sich herausstellt, dass Sie Gewalt angewendet haben, um sie zum Bleiben zu zwingen, bekommen sie noch eine Anklage wegen Kidnapping und Körperverletzung dazu.«

»Das können Sie nicht machen, asiatische Fotze.« Jetzt wurde er richtig wütend und reckte wie ein angriffslustiger Truthahn den Hals vor. »Sie glauben wohl, hier Sheriff spielen zu können? Ihr Chinesen unterwandert also schon die Polizei, um unser Land kontrollieren! Bald werden sie wohl am High Court auf die Mao-Bibel schwören, was?«

Er hob den rechten Arm, um sich mit dem Stock den Hut aus der Stirn schieben. Aber Constable Anne war schneller. Ihr Fuß wirbelte durch die Luft, der Knüppel flog in hohem Bogen davon und der Cowboyhut trudelte in den Sand. Sie packte Fagins rechtes Handgelenk und drehte ihm den Arm auf den Rücken, sodass er vor ihr auf die Knie fiel. Sein graues Haar hing ohne den Hut in leblosen, dünnen Strähnen von seinem Schädel. Er sah geradezu erbärmlich aus.

»Ich. Bin. Keine. Chinesin.«, zischte sie wütend.

»Schwarzer Gürtel, keine Frage«, staunte Holly und hob den Knüppel auf.

15

Holly parkte das kleine Polizeiauto sorgfältig auf dem dafür reservierten Platz direkt vor dem Eingang. Im Vergleich zu ihrem Oldtimer hatte sie darin das Fahrgefühl eines Auto-Scooters, und die Servolenkung erschien ihr wie eine automatische Einparkhilfe. Sie schwenkte die elektrische Türverriegelung wie einen Zauberstab, trat in den Gemischtwarenladen und klopfte kräftig an die Tür von Annes Büro. Sie befürchtete, ihre Freundin könnte noch schlafen.

Der Vorabend war weinselig und lang gewesen. Holly hatte Anne nach der Aktion auf dem Fagin-Hof in ihr Cottage eingeladen und die einzige Flasche Wein entkorkt, die sie bisher im Gemischtwarenladen gekauft hatte. Sie war als Trostpflaster für eine einsame Nacht voller Weltschmerz gedacht gewesen. Dass sie bisher ungeöffnet geblieben war, deutete Holly als vielversprechend für ihre seelische Stabilität und Indikator für einen gelungenen Urlaub.

»Das muss gefeiert werden! Der Triumph über das Ungeheuer Addanc! Ich ernenne dich zum Ritter der Tafelrunde ehrenhalber.«

»Ja, lass mich dein Parzival sein.« Anne lachte und knallte ihr Weinglas gegen das von Holly.

Sie hatte Fagin natürlich nicht festgenommen. Kein Handschellengeklirr, keine Polizeisirene. Anne hatte dem Bauern erst aufgeholfen und anschließend gedroht.

»Wenn sie mir Scherereien machen, nehme ich Sie fest. Wegen tätlichen Angriffs auf eine Polizistin.«

»Wer hat hier wen angegriffen?«, motzte Fagin und klopfte sich den Staub von seiner vor Dreck starrenden Jeans.

»Sie haben den Knüppel gegen mich erhoben. Ich habe in Notwehr gehandelt. Da steht meine Zeugin.«

Sie deutete auf Holly, die nickte und sich das Grinsen verbeißen musste.

»Sie werden eine Anzeige bekommen und Mrs Taban und ihre Tochter werden in Sicherheit gebracht. Wir leben nicht mehr im neunzehnten Jahrhundert, Fagin. Die Zeiten von *Oliver Twist* sind lange vorbei.«

»Oliver Twist!«, jubelte Holly und goss ihnen gleich noch mal nach. »Das hat er nicht zum ersten Mal gehört. Wenn ich mir vorstelle, dass er deswegen womöglich früher gehänselt wurde. Nomen est omen und so weiter.«

»Er hat es nicht anders verdient. Rassistischer alter Drecksack!« Anne kriegte sich beinahe nicht mehr ein.

Holly hätte ihr einen derartigen Kontrollverlust gar nicht zugetraut. Anne war nicht nur ein sonniges Gemüt, sondern vertrug offensichtlich keinen Tropfen Alkohol. Gegen drei Uhr früh wollte sie dann den Fußmarsch Richtung Gemischtwarenladen angetreten.

»Nimm ein Taxi nach Hause«, sagte Holly. »Warum willst du in dem traurigen Büro auf dem harten Sofa schlafen, wenn du auch im Bett liegen kannst?«

»Ich kann nicht nach Hause. Mein Vater würde mich enterben. Beide würden nicht mehr mit mir sprechen. Sie könnten mit der Schande nicht leben.«

»Deine Eltern? Warum sollten sie Wind davon bekommen?«

»Ich wohne bei Ihnen«, gab Anne kleinlaut zu. Holly prustete los.

»Himmel, du bist dreißig Jahre alt und wohnst bei deinen Eltern?«

»Hör auf!«, rief Anne und sah sie giftig an. »Das ist eine Frage der Familie. Des Respekts. Das kannst du nicht verstehen, schon klar. Jemand, der sich über die eigene Mutter lustig macht, nicht weiß, wer sein Vater ist, findet das natürlich soo witzig.«

»Sorry, Anne«, sagte Holly schnell und legte ihr eine Hand auf den Arm. Sie wollte nicht riskieren, einen Handkantenschlag oder einen Fußtritt abzukriegen. »Du wirkst einerseits so tough und modern. Und dann stellt sich raus, dass du bei deinen Eltern wohnst, das passt einfach nicht zusammen. Es hat mich überrascht, das ist alles. Sei mir nicht böse, Parzival!«

Anne musste lächeln. Sie war anscheinend sehr gut im Verzeihen.

»Bleib einfach hier und leg dich zu mir ins Bett. Oder hau dich in den Sessel in der Küche«, ergänzte sie schnell, als sie Annes entsetzten Blick auffing.

»Nein, danke. Ich kriege den Kopf frei, wenn ich ein wenig spazieren gehe. Ideales Timing. Jetzt ist die einzige Uhrzeit, zu der kein Anwohner auf den Straßen unterwegs ist. Ich kann mich als Gesetzeshüterin doch nicht in diesem Zustand blicken lassen.«

»Du bist nicht im Dienst. Da kannst du machen, was du willst.«

»Ich trage noch meine Uniform. Ein Mädchen in Uniform darf nicht betrunken sein. Ich repräsentiere immerhin den Staat. Die englische Krone. Was weiß ich.«

Holly gab ihr eine Hose und eine Jacke, in denen sie zart und mädchenhaft wirkte und irgendwie geschrumpft. Anne krempelte die Hose hoch und hielt die Jacke über der Brust zusammen. Die Uniform legte sie sich über den Arm. Dann stapfte sie los. Am Gartentor blieb sie stehen und winkte, bevor die Dunkelheit sie verschluckte. Holly war viel zu betrunken gewesen, um sich Sorgen zu machen.

Jetzt, am Morgen danach, klopfte sie noch ein zweites Mal gegen Annes Bürotür. Sie war doch hoffentlich heil hier angenommen? Jemand hätte sie auf ihrem Rückweg gestern Nacht ausrauben, Fagin hätte ihr auflauern können. Vielleicht hatte sie ein Laster angefahren oder ein Frauenmörder überfallen. Am Wegesrand hatte sie zumindest nicht im Graben gelegen, das hätte Holly gesehen. Also blieb sie optimistisch und klopfte ein drittes Mal.

»Schon gut, schon gut, ich komm ja schon«, rief Anne endlich. Die Tür öffnete sie aber nicht.

»Hier, nehmen Sie den.« Woods saß wie immer hinter seiner Kasse neben Annes Büro und reichte ihr einen Becher Tee. »Gerade frisch gebrüht. Constable Anne braucht morgens mindestens eine halbe Stunde, wenn sie hier übernachtet hat.«

»Das kommt öfters vor?«

»Was dachten Sie denn?«, sagte Woods pikiert »Dass sie eine Heilige ist? Sie ist eine junge Frau und sie amüsiert sich gern. Also lassen Sie sie in Ruhe, Sie können sich auf die Paletten da drüben setzen. Wollen Sie eine Zeitung?«

Miss Peabody näherte sich ihr langsam, aber zielstrebig und stoppte mit ihrem Rollator, kurz bevor der Drahtkorb Holly die Schienbeine aufgeschürft hätte.

»Sie sind doch die junge Lady, die das schwarze Kindlein gerettet hat.«

»Wie bitte?« Holly setzte sich auf den Palettenstapel und zog die Beine hoch, um sie aus Miss Peabodys Reichweite zu bringen.

»Die Kleine, die hier manchmal eingekauft hat«, sagte die Alte und ihr Gesicht zeigte ein beinahe gütiges Lächeln.

»Oh nein. Ich habe sie keineswegs gerettet.« Holly wedelte mit der Hand über ihren heißen Tee, bevor sie den ersten Schluck nahm. »Das waren die Sanitäter. Ich mache jetzt Hausbesuche bei ihr, um sie im Umgang mit ihrer Krankheit zu schulen.«

»Sie sind so ein guter Mensch!«, rief Miss Peabody, ließ die Bremsen ihres Rollators mit einem Knacken einrasten und nahm auf der Sitzfläche Platz wie auf einem Thron. Sie schien ganz offenbar in Plauderstimmung zu sein und scherte sich nicht darum, dass sie den Gang fast vollständig blockierte. »Jemand wie Sie hat uns hier wirklich gefehlt. Könnten Sie sich vorstellen, auch bei mir Hausbesuche zu machen? Ich habe gesehen, Sie fahren jetzt so einen schicken Wagen mit Rotkreuzabzeichen drauf.«

Holly verschluckte sich vor Überraschung fast an ihrem Tee.

»Sind Sie krank, Miss Peabody? Soll ich Ihren Hausarzt anrufen oder der Gemeindeschwester Bescheid sagen?«

»Nein, nicht nötig. Ich fühle mich ausgezeichnet. Aber man weiß ja nie. Und im Falle des Falles hätte ich lieber Sie um mich als diese grauenvolle Claire.«

Miss Peabody klimperte mit ihren faltigen Augenlidern wie eine betagte Eule und schüttelte ihr Gefieder, bevor sie sich wieder aufrichtete, den Rollator entsperrte und umständlich an Holly vorbei aus dem Laden bugsierte.

»Das war Ihr Ritterschlag«, sagte Woods, der sich offenbar daran gewöhnt hatte, dass die alte Frau nur selten etwas kaufte.

»Mein was?«

»Wenn Miss Peabody einen ins Herz geschlossen hat, dann öffnen sich alle Türen. Sie ist wie ein Herold, das macht schneller die Runde, als sie meinen Tee ausgetrunken haben. Jetzt können Sie bleiben. Offiziell akzeptiert.«

»Ich mache nur Urlaub hier«, sagte Holly. Aber Mr Woods sah sie an, als glaube er ihr nicht.

Eine Stunde später stiegen Anne und Holly die grauen Betonstufen zum Sozialamt in Haverfordwest hinauf. Anne sah erstaunlicherweise wie frisch gebügelt aus, als sie aus ihrem

Zimmer getreten war, hatte sich ihr Polizeihütchen schief auf das Haar und sich selbst hinter das Steuer ihres Dienstwagens gesetzt. Dann war sie wie üblich losgebraust, dass der Kies nur so spritzte.

»Wenn ich dort anrufe, dauert es Wochen. Aber das Mädchen und seine Mutter müssen so schnell wie möglich dort weg. Hoffe nur, meine Uniform macht der Sachbearbeiterin Dampf, ohne dass es als Amtsmissbrauch gedeutet wird.«

»Amtsmissbrauch?«, staunte Holly. »Du engagierst dich doch bloß.«

»Ich mische mich ein. Womöglich in Angelegenheiten, die nichts mit meiner Stellenbeschreibung zu tun haben. Aber egal. Ich habe keinen so hohen Dienstgrad, als dass eine Degradierung sehr schmerzhaft wäre. Das ist der Vorteil daran, wenn man als weibliche Polizistin mit Migrationshintergrund bei den Beförderungen regelmäßig übergangen wird.«

»Du bist die smarteste Polizistin, der ich je begegnet bin«, wunderte sich Holly.

»Es gab immer einen dümmeren Kerl, der ihnen besser passte. Stallgeruch«, sagte Anne und verzog ihre Stupsnase.

Zügig gingen sie durch das Gebäude auf der Suche nach der richtigen Zimmernummer. In den Gängen roch es nach Bohnerwachs und Schweiß, es schien, als sei lange nicht mehr gelüftet worden. Die träge Sommerwärme waberte durch das ganze Gebäude. Holly fühlte das T-Shirt wie eine Last auf dem Rücken kleben, während Anne gelassen und leichtfüßig neben ihr her trabte. Als sie das Zimmer von Vera Morrison in dem Labyrinth endlich gefunden hatten, packte sie gerade zusammen.

»Sorry, bin auf dem Sprung.«

Sie steckte ihre Akten in eine dicke Ledermappe, ohne aufzusehen. Anne musste sich vorbeugen und ihr die Dienstmarke vor die Nase halten.

»Oh! Eine veritable Polizistin!« Sie richtete sich auf. »Sie kommen wirklich ungelegen.«

»Tut mir leid, das ist eine meiner Grundbegabungen«, sagte Anne freundlich. »Ein Constable, der immer nur gelegen kommt, würde doch verdächtig wirken. Ich meine, wann war die Polizei je willkommen?«

Vera Morrison stützte beide Hände auf ihrem Schreibtisch ab und schob das Kinn herausfordernd nach vorne. Glattes, blond gesträhntes Haar in einem akkuraten Bob getragen, dessen Kanten so scharf aussahen, als könne man sich daran schneiden. Runde Bonbonaugen in einem Tantengesicht über navyblauem Kostüm. Darunter kräftige Knöchel in Schuhen mit moderaten Absätzen.

»Wir sind wegen Laila Taban hier. Das Mädchen lebt mit ihrer Mutter unter erbärmlichen Umständen auf der Fagin-Farm bei Telynport. Sie haben davon gehört?«

»Habe ich. Das Ganze ist doch erst vorgestern passiert. Sie sind schneller, als die Polizei erlaubt, wenn ich so sagen darf. Worin besteht überhaupt Ihr Anliegen, Constable?«

Sie musterte erst Anne und dann Holly eingehend.

»Das liegt an mir, Madam. Ich bin die betreuende Krankenschwester des Mädchens«, sagte Holly. »Ich mache mir Sorgen um ihre Gesundheit. Sie kann da unmöglich bleiben.«

Sie dachte, es sei besser, so tun, als sei dieser Besuch ihre Idee. Womöglich müsste Anne sonst bald wieder Strafzettel verteilen.

»Sie haben die Akte bereits vorliegen?«, fragte Anne.

Mrs Morrison checkte ein paar der Aktendeckel auf ihrem Schreibtisch und nahm dann einen davon in die Hand. Blätterte kurz durch und nickte.

»Gibt es eine Möglichkeit, den Ablauf zu beschleunigen?«

Mrs Morrison senkte ein wenig den Kopf und sah sie verschlagen an.

»Sie wollen doch nicht, dass ich die Vorschriften umgehe, Constable?«

»Wie kommen Sie denn darauf? Ich möchte einfach nur wissen, wie schnell Sie tätig werden. Und ob ich irgendetwas in der Sache für Sie tun kann. Oder für die Tabans.«

Mrs Morrison schüttelte ihren Strähnchen-Bob und lächelte verlogen.

»Ich gebe Ihnen Bescheid, wenn es konkret wird. Ich kläre zunächst die Zuständigkeiten und welche Unterbringungseinheit sie aufnehmen kann.«

Unterbringungseinheit. Das klang nicht gerade nach einer fröhlichen Zukunft.

»Laila wird doch die Schule besuchen können und ausreichend medizinisch versorgt?«, fragte Holly.

»Natürlich«, sagte Mrs Morrison müde und warf den Aktendeckel wieder auf den Stapel. Dann sprang sie wie ein kleiner blauer Kobold zur Tür und riss sie auf.

»Ich werde sehen, was ich tun kann«, sagte sie und klimperte mit ihrem Schlüssel. Kaum standen Holly und Anne auf dem Gang, sahen sie auch schon ihren Rücken an sich vorbeieilen.

»Die hilft uns garantiert nicht weiter«, meinte Anne niedergeschlagen. »Es kann Monate dauern, bis sie eine einigermaßen akzeptable Lösung für die beiden gefunden haben. Solange kommen sie vielleicht in einem Container oder einem Abschiebegefängnis unter. Nur graduell besser als der Wohnwagen.«

Spots ignorierte sie, als Holly mit ihrem Krankenwagen am Nachmittag bei der alten Gwyn auf den Hof fuhr. Sie hatte seit dem Morgen ganze Arbeit geleistet und den Vorgarten rund um die Matratze sauber abgegrast. Nun lag sie zufrieden wiederkäuend im Schatten des Schuppens und strahlte die Weisheit eines wolligen Gurus aus. Holly nahm sich vor, ein Wörtchen mit Shawn zu reden, damit er den Schrott vor dem

Haus entsorgte. Das konnte doch keinem gefallen, auf so einer Mülldeponie zu leben.

Gwyn kam an die Tür, als sie den Motor ausstellte.

»Dieses Gefährt hört man schon eine Meile gegen den Wind«, sagte sie zufrieden.

»Hallo Gwyn!«

»Es steht Ihnen wirklich sehr gut.«

»Was, das Auto?«

»Ja, es ist wie für Sie gemacht.«

»Ich muss zugeben, es war tatsächlich Liebe auf den ersten Blick. Es ist ein bisschen langsam, aber diese Gemächlichkeit ist sehr entspannend und außerdem bin ich im Urlaub.« Lachend ließ Holly die Autotür zufallen und ging Richtung Haus.

»Kommen Sie, Gwyn, setzen Sie sich auf die Bank. Ich mache den Tee.«

Sie werkelte in der Küche, während Gwyn es sich in der Sonne bequem machte. Das Geschirr von gestern war noch nicht abgewaschen und der Müllsack quoll wieder über. Holly hatte den Eindruck, dass die alte Frau nicht mehr viel rauskam. Dabei war das Wetter wunderschön und ihr Garten riesig.

»Haben Sie mal darüber nachgedacht, eine Haushaltshilfe zu beantragen oder einzustellen?«, fragte Holly, als sie neben ihr auf der Bank Platz nahm.

Sie brachte den Tee in zwei Keramikbechern mit, die sie sicherheitshalber noch einmal gespült hatte. Sie vermutete, dass Gwyns Augen schlecht waren und sie den Dreck, in dem sie lebte, gar nicht wahrnahm.

»Ach, Schätzchen, die finden doch nie jemanden. Wer kommt denn zu einer alten Frau wie mir, die so abgelegen wohnt? Ich habe Shawn, der hilft mir. Ich möchte niemandem zur Last fallen.«

»Gwyn, ich möchte nicht unhöflich sein, aber kann es sein, dass mit Ihren Augen etwas nicht stimmt?«

Gwyn antwortete nicht gleich, rührte noch etwas Zucker in ihren Tee und nahm dann einen langen Schluck. Holly dachte an ihre Diabetes und erschauerte.

»Sie sind eine wirklich scharfsichtige junge Frau. Ihnen kann man einfach nichts vormachen. Ja, ich sehe sehr schlecht.«

»Die Zeitungen, die sich drinnen stapeln, haben Sie gar nicht gelesen?«

»Ich hebe sie auf, weil ich das alles nachholen will. Ich will ja zum Arzt, aber ich möchte Shawn nicht belästigen. Ich trinke täglich einen Augentrost-Tee.«

»Und, hat er was gebracht?«

Gwyn schüttelte den Kopf so verzweifelt, dass ihr Vogelnesthaar beinahe herunterfiel.

»Ich habe Angst.«

Holly griff nach ihrer Hand und drückte sie leicht.

»Das verstehe ich, Gwyn. Doch die Vogel-Strauß-Taktik macht es auch nicht besser. Ich werde mit Shawn reden.«

Sie sah Holly an mit der Miene einer Frau, die zur Schlachtbank geführt wird.

»Sie könnten mir vielleicht auch einen Gefallen tun.«

»Ich kann *Ihnen* helfen? Sie wollen doch nur nett sein, Holly.«

»Na ja, nicht mir, aber einem Mädchen, das ich betreue und seiner Mutter. Es hat auch die Zuckerkrankheit, genau wie Sie.«

»Kinder können das auch kriegen? Das arme Würmchen. Ich dachte, es träfe nur so alte Schabracken wie mich. Die ohnehin bald das Zeitliche segnen.«

»Jetzt hören Sie mal auf! Wie alt sind Sie denn? Siebzig? Ihre statistische Lebenserwartung liegt bei noch mindestens fünfzehn Jahren.«

Holly erklärte ihr die Situation.

»Fagin ist aufgeflogen und die beiden müssen da unbedingt weg.«

»Und *ich* soll ihr helfen? Ich komme selbst kaum ohne Hilfe klar, Holly.«

Gwyn schlenkerte mit ihrem verbundenen Knöchel und seufzte.

»Ich habe bemerkt, dass Sie nur die unteren Räume hier nutzen«, begann Holly vorsichtig.

»Meine Hüfte, Holly. Ich komme die Treppen nicht mehr hoch und schaffe es kaum, den Müll rauszutragen.«

»Ich weiß. Deshalb habe ich mir etwas überlegt. Ich würde Ihnen die beiden gerne einmal vorstellen. Das Mädchen ist aufgeweckt und gut in der Schule. Sie ist hier geboren, es gibt also keine Verständigungsprobleme. Ihre Mutter ist scheu und Fagin hat sie regelrecht ausgebeutet. Ich dachte, wenn sie das Haus für Sie in Ordnung halten, Gwyn, dann könnten sie womöglich oben wohnen. Nur vorübergehend, meine ich, bis etwas Anständiges für sie gefunden wurde. Was denken Sie?«

Holly wusste, dass es ein gewagter Vorstoß war. Einwanderer waren in Wales nicht gern gesehen. Die Arbeitslosigkeit war höher als in anderen Staaten des Königreichs und die Fremdenfeindlichkeit alltäglich. Gwyn war eine alte Dame mit eigenem Kopf. Holly machte sich auf eine Abfuhr gefasst.

»Das wäre wundervoll!«, rief sie zu Hollys Überraschung und ihr Gesicht nahm einen eifrigen Ausdruck an, der so rasch wieder verschwand, wie er aufgeleuchtet war. »Aber ich glaube nicht, dass sie sich hier wohlfühlen. Es ist so ein kleines Haus. Und so klapperig. Ich gebe zu, ich habe die Dinge etwas schleifen lassen.«

Holly sprang begeistert auf. Spots ruckte vor Schreck mit dem Kopf herum und hörte auf zu kauen.

»Wir sollten sie einfach fragen! Ich komme in den nächsten Tagen irgendwann mit den beiden vorbei und Sie können sie kennenlernen. Win-win-Situation?«, sagte Holly und zwinkerte der alten Gwyn zu.

Die hob begeistert ihre Hand zum High-Five.

»Win-win-Situation.«

16

»Holly!«, rief Shawn und drückte sie an sich, als sei sie eine verschollene Geliebte. Er stand am Tresen im *Dryffryn Arms* und hatte gerade seine Bestellung aufgegeben. Holly beschloss, seinen Überschwang auszunutzen.

»Hi Shawn, hast du am Wochenende schon was vor?«

Sie sah die Hoffnung in seinen Augen so heftig explodieren, dass er zu zwinkern begann.

»Nein, ich, also ja, ich hätte Zeit.«

Holly wollte nicht grausam sein, aber sie tat das hier für Gwyn.

»Prima! Dann könntest du doch den Müll aus dem Vorgarten deiner Tante abtransportieren. Dieser schimmelnde Schrott ist ein echtes Gesundheitsrisiko.«

Sein leuchtendes Gesicht verblasste, er versuchte, seine Enttäuschung zu verbergen, gute Miene zum bösen Spiel zu machen.

»Nichts lieber als das.« Er lachte matt. »Wirst du auch da sein, Holly?«

Die Hoffnung stirbt zuletzt, dachte Holly und holte tief Luft.

»Sorry, ich habe eigentlich einen Ausflug geplant. Aber am Abend hole ich Spots bei ihr ab und versorge ihren Fuß. Vielleicht sieht man sich ja?«

»Klar. Aber sicher doch!«

Er stürzte sich auf diese Brotkrume wie ein ausgezehrter Erpel. Schnappte sich sein frisches Bier und watschelte davon. Holly sah ihm nach. Aber bevor ihr ein schlechtes Gewissen den Abend verdarb, ließ sie sich einen Weißwein von Chris spendieren. Sie genoss die freundliche Atmosphäre, die hier herrschte. Chris' Zugewandtheit, seine Sprüche, sein Lachen, sein Strahlen.

Er hatte ihr nie das Gefühl gegeben, ihr weinseliger Kuss müsste ihr peinlich sein.

Im Gegenteil. Holly hatte das Gefühl, dass er heftig mit ihr flirtete und beschloss, bis zur Sperrstunde zu bleiben.

»Hast du Lust auf einen Mondscheinspaziergang am Strand?«, fragte Chris, als der Pub sich gegen Mitternacht geleert hatte.

Wie wunderbar vorhersehbar das Ganze lief, dachte Holly. Wie in einer BBC-Verfilmung von Rosamunde Pilcher. Begeistert stimmte sie zu.

Es herrschte gerade Ebbe und im Hafenbecken glänzte der Sand wie eine silberne Tanzfläche. Chris nahm wie selbstverständlich ihre Hand und schlenderte mit ihr um die Felsen herum.

»Du machst den Eindruck, als hättest du eine unglückliche Liebe hinter dir«, sagte er im Plauderton.

»William, mein Freund. Na ja, Ex-Freund. Er hat mich fallen lassen. Mich abserviert, als hätte ich Ebola oder eine andere gefährlich ansteckende Krankheit.«

Holly dachte daran, wie schnell sich William von ihrer Beziehung losgesagt hatte. Er hatte nicht mehr auf ihre Nachrichten reagiert. Hatte sie zurückschnellen lassen wie an einem Gummiband und es hatte Holly mit voller Wucht ins Nirgendwo geschleudert. Sie war zwar nicht k. o. gegangen, doch ziemlich ins Trudeln geraten.

»Der Schuft!«

Die Art, wie Chris sie ansah, gab ihr das Gefühl, keineswegs eine bedürftige, sitzengelassene Tussi zu sein. Sondern eine Prinzessin, die gerettet werden konnte.

»Man kann sich täuschen. Nicht in jedem Mann steckt der vermutete Traumprinz. War wohl nur ein fadenscheiniges Kostüm.«

»Wie alt bist du, Mädchen?«

»Ende zwanzig und vollständig erwachsen«, flunkerte sie. Sie hatte sich noch nicht so richtig an die Drei vor ihrer Null gewöhnt.

Chris' Jungsgesicht zog sich abschätzend zusammen. »Und du glaubst noch immer an den Traumprinzen. Dass es ihn gibt, irgendwo auf der Welt?« Sanft nahm er ihr Gesicht in seine Hände und sein Ausdruck wurde wieder weich. »Du hast sie dir tatsächlich bewahrt, diese Hoffnung? Diesen Traum? Wie romantisch!«

»Ach was!«

Holly schüttelte ihn ab. Sie fühlte sich albern und naiv. Sie wollte kein romantischer Teenager sein, außerdem war er Barkeeper, kein Prinz. Sie sollte sich zusammenreißen. Sie hatte das alles auf den Klippen in den Wind geschrien. »Keine Hoffnung, keine Träume. Ich bin jetzt knallharte Realistin.«

»Dann will ich dir mal von Alex erzählen.«

»Ist das dein Freund?« Holly wollte nur sichergehen.

»Wie bitte? Oh nein. So ist das nicht.« Chris lachte und strahlte noch mehr dabei. Wenn das überhaupt möglich war.

»Alex ist meine Freundin. Wir sind seit zehn Jahren zusammen. Highschool-Liebe der ganz besonderen Art. Sie ist meine – na ja – Seelenverwandte. Wir reden davon, irgendwann zu heiraten, weißt du.«

»Also was Ernstes?«

»Sehr ernst, ja«, sagte Chris und wirkte dabei überwältigt und kleinlaut zugleich.

»Aber, na ja, es prickelt nicht mehr so. Die Schmetterlinge im Bauch, das Gefühl, zu verbrennen, wenn man die andere Person berührt. Das habe ich schon so lange nicht mehr gespürt. Bis jetzt.«

»Bis jetzt? Wie meinst du das?«

Holly spürte ihre Wangen heiß werden. Ihr Herzschlag beschleunigte sich.

»Dich meine ich, Holly. Du bist hier hereinspaziert und hast alles verändert. Mein Leben vollkommen auf den Kopf gestellt.«

Er blieb stehen und drehte Holly zu sich um. Im Dunkeln konnte sie sein Gesicht nicht sehen, es war nur von den Sternen erleuchtet. Er nahm sie in den Arm, und Holly schloss kurz die Augen, um sich seinen Geruch besser einzuprägen. Diesen Duft nach Bier und Aftershave und salzigem Haar. Als sie die Augen öffnete, fiel ihr Blick auf einen Turnschuh in einer Felsnische.

»Chris, Chris! Liegt da etwa jemand?«

Sie machte sich los und stürzte Richtung Felswand. An dem Fuß hing ein Mensch und lag leicht verdreht im nassen Sand. Holly hockte sich neben den leblosen Körper und prüfte Puls und Atmung.

»Er lebt, aber seine Atmung ist ganz flach.«

»Das ist Calvin. Der Sohn meiner Chefs. Ihnen gehört auch das Hotel hier im Ort.« Chris kniete sich neben sie.

Holly klopfte dem Jungen auf die Wangen. »Hey Calvin! Calvin! Hörst du mich?«

Er rührte sich nicht. Sie zog ihm die Augenlider hoch.

»Sieht nach einer Überdosis aus. Kennst du ihn? Weißt du, ob er was nimmt, oder kann es einfach nur Alkohol sein?«

Chris sah sich um und hob eine leere Wodkaflasche auf.

»Er ist erst sechzehn. Keine Ahnung, ob er Drogen nimmt.«

»Wir müssen den Notarzt rufen, mach schon, Chris.«

Sie versuchte weiter, den Jungen aufzuwecken, aber ohne Erfolg.

»Verdammt, er ist bewusstlos. Wie lange dauert es, bis die Sanitäter hier eintreffen? Eine halbe Stunde? Nicht, dass er uns hier abschmiert. Hilf mir mal!«

Sie packte seine Beine und Chris nahm Calvin unter den Achseln und zusammen schleppten sie ihn vor den Eingang des Pubs.

»So, stabile Seitenlage. Ich suche mir ein paar Dinge zum Magenauspumpen zusammen.«

»Du willst das hier machen? Auf dem Kai?«

»Wäre es dir in der Gaststube lieber? Schließ auf, mach schon.«

Holly raste hinter den Tresen, schnappte sich einen kleinen Eimer mit Wasser, eine Packung Salz und einen Trichter. Dann riss sie eine Bierleitung unterhalb der Zapfhähne ab.

»Was zur Hölle!«, sagte Chris, aber Holly war schon wieder draußen.

»Ich mache schnell eine Salzlösung, die wir ihm einflößen und hoffentlich spukt er das Zeug dann raus.« Sie kniete neben Calvin, um ihn nicht aus den Augen zu lassen und fragte sich, ob ihr Vorhaben mit dieser improvisierten Ausstattung wirklich funktionieren konnte.

»Bis du sicher?«

»Habe ich schon tausendmal in der Klinik gemacht.« Natürlich mit professionellem Equipment, fügte sie in Gedanken hinzu. Dann drehte sie Calvin kurz auf den Rücken und schob den Bierschlauch tief in seinen Rachen und weiter bis in den Magen. Sein Würgereflex war ziemlich schwach, er wehrte sich kaum. Dann verband sie das Ende mit dem Trichter.

»Halt ihn jetzt in der Seitenlage fest. Wenn es rauskommt, läuft es gleich auf den Boden und nichts davon kommt in die Lunge.«

Langsam goss sie die salzige Flüssigkeit in den Trichter. Kaum war sie in dem Jungen versickert, begann er zu würgen und sich zu krümmen. Eine Portion halb verdauter Fish and Chips landete auf dem Kai.

»Prima!«, freute sich Holly. »Gleich noch mal.«

Sie wiederholte die Prozedur noch zweimal, dann lag Calvin stöhnend auf der Seite. Mit Papierservietten, die Chris ihr wortlos reichte, säuberte sie ihm vorsichtig Mund und Gesicht. Er war zwar nicht wach, aber auch nicht tief komatös, als der Rettungswagen mit Blaulicht den Berg hinunter kam.

»Sechzehnjähriger mit Überdosis unbekannter Substanzen. Bewusstlos, Komaindex drei. Zustand nach dreimal induziertem Erbrechen mit Magenschlauch«, berichtete sie dem Notarzt, der als Erster bei ihr war.

»Sie haben ihn hier behandelt? Im Hafen?«

»Hatte ich eine Wahl?«

»So etwas sollten Sie nicht tun, junge Frau. Das könnte auch nach hinten losgehen.«

»Ich kenne die Risiken. Ich bin Notaufnahme-Schwester und das war nicht meine erste Überdosis, das können Sie mir glauben. Aber ich bin froh, dass Sie da sind, und übergebe ihn gerne Ihrer professionellen Weiterbehandlung. Ich mache nur Urlaub hier.«

Die Sanitäter hievten den Jungen auf die Trage, nachdem der Notarzt ihm eine Infusion angehängt hatte. EKG und Sauerstoffsättigung piepsten aus dem Rettungswagen. In Hollys Ohren klang das wie fröhliches Vogelgezwitscher. Sie fühlte sich aufgedreht und sehr lebendig.

Die Sanitäter und der Arzt stiegen ein und fuhren ohne Blaulicht davon. Chris blieb vor ihr stehen und starrte Holly an.

»Wow!«

Holly merkte, wie sie allmählich aus dem Notfallmodus zurückschaltete. Ihre professionelle Distanz ließ ebenso schnell nach, wie ihr Adrenalinspiegel sank, und sie kam sich auf einmal sehr verletzlich vor. Sie wusste aus Erfahrung, dass jetzt keine Euphorie einsetzen würde, sondern Müdigkeit, und ließ sich auf eine der Holzbänke vor dem Pub sinken. Chris setzte sich neben sie und griff nach ihrer Hand. Er senkte den Blick, seine hellen Wimpern streichelten seine Wangen. Holly hätte sie gerne geküsst. Nach dieser gelungenen Rettung spürte sie das Leben plötzlich sehr intensiv. Sie wusste nicht, ob sie glücklich oder traurig war. Eine melancholische Mischung aus beidem dehnte sich wie warmes Apfelmus in ihrem Bauch aus. Was sich erstaunlich angenehm anfühlte.

»Chris–«

»Warte, Holly. Ich muss das jetzt loswerden. Denn ich habe mir den ganzen Abend überlegt, wie ich es dir sagen soll«, meinte er und wandte sich ihr zu. »Du hast mich von Anfang an einfach umgehauen. Nicht nur der Kuss, auch deine ganze Art. Und wie souverän du gerade gehandelt hast. Fürsorglich und zupackend. Total fokussiert. Das war so – sexy!«

»Das ist mein Job. Notaufnahme, so heißt der Laufsteg, auf dem ich üblicherweise flaniere.« Sie machte eine gezierte Handbewegung und ließ sich an die Hauswand hinter ihr fallen.

»Im Ernst, Holly. So etwas wie mit dir ist mir seit Jahren nicht passiert.« Er beugte sich vor und sah ihr tief in die Augen. »Ich bin verrückt nach dir.«

Sein Kuss war weich und tief und sehr, sehr zärtlich. Hollys Adrenalinspiegel, der sich gerade erst gesenkt hatte, schoss wie eine Fontäne nach oben. Ein wunderbarer Schwindel hob sie beinahe von der Bank.

»Aber du wirst Alex nicht verlassen, richtig?«, sagte sie, als sie wieder zu Atem kam.

»Ich bin nicht so ein Kerl, Holly. Ich bin treu. Ich kann das nicht tun.« Er wischte sich leicht über die Lippen. »Wir sollten nicht weitermachen. Es tut mir leid.«

Holly lächelte selig.

Hatte er ihr gerade einen Korb gegeben, weil er treu sein wollte? Weil er die Liebe seines Lebens nicht wegen eines Strohfeuers aufs Spiel setzen wollte? Was für ein Mann! Warum gab es die in diesem Landstrich nicht ebenso häufig wie die Schafe?

»Ich verstehe das. Wirklich, Chris. Kein Problem«, stammelte sie atemlos. »Alex ist wirklich eine sehr glückliche Frau.«

Die Selbstverständlichkeit, mit der er sie später nach Hause fuhr und ohne zu fragen ausstieg, faszinierte sie und Holly lachte nervös, als er sie nach einem Schlaftrunk fragte.

»Tee?«

Das war alles, was sie anzubieten hatte.

»Später«, sagte er und griff nach ihr, kaum dass sie die Tür geschlossen hatte.

Er vergrub das Gesicht in ihren Haaren.

»Holly!«

Seine Finger wanderten unter ihr T-Shirt. Es fühlte sich gut an, Holly wollte nicht, dass er jemals wieder damit aufhörte.

»Ich kann einfach nicht auf dich verzichten« stammelte er.

Das hieß wohl übersetzt: Ich will eine Affäre mit dir, aber meine Freundin werde ich nicht verlassen. Das klang furchtbar und doch hatte sie noch nie etwas Romantischeres gehört. Ein treuer Mann wollte sie. Begehrte sie. War aber an eine andere gebunden. Und weil er ein guter Mensch, also ein wirklich Guter war, würde er sie auch nicht verlassen.

Holly fand, sie waren wie zwei Königskinder, die durch einen breiten Fluss getrennt waren. Sie stellten sich Kerzen ins Fenster, himmelten sich aus der Ferne an, doch sie konnten nicht zusammenkommen. Das Wasser war viel zu tief.

Trotzdem spürte sie Chris' Zärtlichkeit und Wärme. Sehr deutlich sogar.

Das Leben schien ihr zu kurz, um sich diesen Kerl entgehen zu lassen. Sie würde ihm nicht hinterherrennen. Sie würde keinerlei Ansprüche geltend machen. Sie würde auf eine erwachsene Art und Weise eine Affäre mit ihm haben und sie genießen. Es war ohnehin kein guter Zeitpunkt für eine neue feste Beziehung.

Holly schloss die Augen und ließ sich von ihm ins Schlafzimmer drängen.

Chris war auch im Bett ganz anders als William. Experimentierfreudig und verspielt wie ein junger Welpe. Sie hatte noch nie so viel gelacht beim Sex.

Als sie später einschlief, lachte sie immer noch, ganz tief drinnen, ganz leise und still. Vor allem über sich selbst und dass sie anscheinend etwas nachzuholen hatte. Chris erschien ihr dafür ein geeigneter Kandidat.

Am nächsten Morgen war sie noch immer nicht ernüchtert. Jede Faser ihres Körpers erinnerte sich an die Ereignisse der letzten Nacht. Doch dann drehte sie sich zur Seite, um Chris vorsichtig zu wecken.

Das Bett war leer.

17

»Bähähähä!«, maulte Spots, als Holly mit Verspätung aufstand und sich mit einer Tasse Tee vor ihr Cottage setzte. Das Schaf kam gemächlich herangeschritten, stupste mit ihrer gefleckten Schnauze vorsichtig gegen Hollys Hüfte und schnüffelte an ihren Hosentaschen. Nur wenige Wolken zogen sich am türkisblauen Himmel entlang. Es hatte sich ein wenig abgekühlt, aber die Blüten der Kletterrose und Hortensien dufteten verführerisch in der dampfigen Morgenluft. Holly zog ihre Strickjacke fest um den Körper und schloss die Augen im hellen Licht des Vormittags. Sie war noch ganz erfüllt von den Ereignissen des Vorabends und spürte nicht den geringsten Appetit. Der Tee hatte eine belebende Wirkung und die anschließende Dusche – kalt! – noch mehr. Holly hatte plötzlich unendliche Energie.

Nachdem sie Spots bei Gwyn auf der Weide angepflockt hatte, fuhr sie weiter nach Cardigan. Sie benötigte einige Unterlagen und natürlich diesen Vertretungsvertrag von Claire. In so einer heiklen Angelegenheit wie mit Laila wollte sie abgesichert sein. Nicht, dass sie *noch* eine Klage an den Hals bekam.

Als sie mit ihrem Krankenwagen in den Hinterhof knatterte und einparkte, stürzte Claire aus der Tür.

»Wo um Himmelswillen haben Sie diesen Schrotthaufen denn her?«, schimpfte sie und betrachtete den Oldtimer mit einem Lächeln auf den schmalen Lippen.

»Shawn, der Neffe der alten Gwyn hat ihn mir während meines Aufenthalts hier zur Verfügung gestellt, damit ich auch bei Regen meine Besuche machen kann.«

»Wie reizend«, sagte Claire. »Mit so einem Wagen wurden in meiner Lehrzeit die Notfälle im Krankenhaus eingeliefert.«

»Ihre Lehrzeit?« Holly fiel es schwer, sich diese alte Krähe als junge Frau vorzustellen.

»Die Siebziger waren das. Hier auf dem Land bekam man nicht alle Nase lang neue Fahrzeuge. Die Fuhrparks der Sanitäter wurden nur alle fünfzehn Jahre erneuert.« Sie klopfte zärtlich gegen die runden Scheinwerfer. »Haben einen verdammt guten Job gemacht, diese Kisten.«

Es würde Holly nicht überraschen, wenn diese Frau, die sich so reserviert gegenüber den Patienten verhielt, eine Schwäche für Autos und Maschinen hatte. Die konnten weniger klagen und sich beschweren.

»Na ja, schnell ist anders«, meinte Holly und wiegte den Kopf. »Ein wirklicher Notfall wäre den Ersthelfern damals sicher unter den Händen weggestorben, bis sie endlich in Haverfordwest waren, oder?«

»Sie wissen gar nicht, wie recht Sie haben, Kindchen«, sagte Claire und sah plötzlich unendlich traurig aus. Holly hätte beinahe vergessen, dass auch Claire schlimme Erfahrungen in ihrem Beruf gemacht haben musste. Wodurch sie sich ihr erstaunlicherweise ein bisschen näher fühlte. Aber Claire räusperte sich schnell und setzte ihre gewohnt bissige Miene auf. »Heutzutage gibt es natürlich Hubschrauber, die Verunglückte von den Klippen direkt nach Cardiff fliegen. Meistens Touristen oder Selbstmörder.«

Abrupt wandte sie sich ab und marschierte in die Ambulanz. Holly folgte ihr.

In dem tristen Wartebereich saß eine alte hutzelige Frau mit einer gekrümmten Wirbelsäule, buckelig wie eine Hexe im Märchen. Holly wusste, dass dies eine fortgeschrittene

Form der Osteoporose war und die Frau sich kaum noch aufrichten konnte.

»Warten Sie hier, ich mache Ihre Papiere fertig«, wies Claire sie schroff an. Holly lehnte sich gegen die graue Rauputzwand, als ihr Handy vibrierte.

»Wie war er?«, fragte Dolly. Ihre Stimme überschlug sich beinahe vor Neugier und sie grinste sensationslüstern vom Handybildschirm in die Ambulanz herein. Holly hatte ihr am Morgen eine kurze Sprachnachricht hinterlassen.

»Ich fühle mich wie ein Flittchen«, bekannte Holly.

»Flittchen!«, krähte die gebeugte alte Frau, deren Strickjacke beinahe am Boden schleifte. Sie schien alles andere als schwerhörig zu sein.

»Ihr habt es also getan.«

In diesem Moment rauschte Claire aus ihrem Zimmer und legte vor Holly einen Din-A4-Bogen auf den Empfangstresen. »Das ist Ihr Vertrag. Zeitlich begrenzt und auf Honorarbasis.«

»Sollten wir darüber reden?«, fragte Holly und drückte Dolly weg.

»Unterschreiben Sie einfach«, knurrte Claire. »Ich sage Ihnen Bescheid, wenn ich weitere Patienten für Sie habe.«

Sie stand wie eine Statue neben Holly am Empfang, bis sie gelesen und unterschrieben hatte. Dann schnappte sie sich ohne ein weiteres Wort ihre Ausfertigung und die nächste Akte.

»Mrs Whitfield!«

Die alte Frau stand auf und wurde dabei nur unwesentlich größer. Ihr Witwenbuckel war wirklich mitleiderregend. Claire warf einen schnellen Blick darauf.

»Ich sollte Sie besser zum Orthopäden schicken«, meinte sie.

»Zu weit!«, krähte Mrs Whitfield.

»Nun gut. Kommen Sie rein«, sagte Claire hoheitsvoll.

Holly nahm wortlos ihren Vertrag an sich und ging zurück auf den Hof. Draußen lehnte sie sich an die warme Backsteinwand des Nebengebäudes und rief Dolly zurück.

»Sieh dich nur an, Holly. Du bist alles andere als ein Flittchen«, sagte Dolly, nahtlos an ihr Video-Gespräch anknüpfend und in bester Ratgeber-Manier. »Du bist eine moderne Frau! Und was ist das überhaupt für ein altmodisches Wort? Flittchen. Ziemlich Fünfzigerjahre, wenn du mich fragst. Das passt *gar* nicht zu dir.«

»Na ja, so fühle ich mich eben. Irgendwie unmoralisch.«

Dolly grinste.

»Es hat also Spaß gemacht?«

Holly nickte vorsichtig in ihr Handy.

»Jeder sollte moralisch handeln, wenn es um Mülltrennung oder die Steuererklärung geht«, verkündete Dolly. »Aber im Liebesleben ist Moral einfach nur sterbenslangweilig.«

Sie hatte recht, dachte Holly.

»Eine kleine Schwärmerei macht das Leben reicher«, fügte Dolly mit einem Lachen hinzu. »Sie ist eine kalorienarme, kostenlose Süßigkeit. Äußerst gesund, vegan sogar.«

Ihr Elfenbeingrinsen leuchtete durch das Display und munterte Holly auf. Sie sollte auf ihre Freundin hören, dachte Holly. War sie nicht schon früher die andere Seite ihrer Medaille gewesen? Das Yang zu ihrem Yin?

»Ich vermisse dich, Dolly! Was würde ich nur ohne dich machen?«

»Du würdest recht elisabethanisch vereinsamen, eine Glatze kriegen und irgendwann deine Großnichte köpfen.«

Holly lachte und warf der Freundin eine Kusshand ins Telefon.

Dann schlenderte sie zur Brücke über den Teifi und gönnte sich ein köstliches *Welsh Rarebit.* Die Mischung aus Käse und Gewürzen, mit einem Hauch Bier auf Kartoffelhälften schmeckte einfach nur köstlich und stillte ihr Verlangen nach einer deftigen Mahlzeit. Gestärkt setzte sie sich wieder hinter das Steuer ihres Rotkreuz-Wagens und fuhr an den Strand von Llangrannog. Es war gerade Ebbe und sie konnte zu Fuß auf den beeindruckend einsamen Felsen am nördlichen Ende des weiten Sandstrandes zulaufen. Wilde Böen pusteten ihr das Haar aus dem Gesicht. Die einzige Macht, die ihre Locken zu bändigen verstand, war der walisische Wind.

Der Felsen ragte gefährlich gezackt in Richtung des Meeres. Der Legende nach war es der faule Zahn des Berg-Riesen Bica, der an Zahnschmerzen litt. Er wanderte auf Anraten des Mannes Lochtyn an die Küste und formte dabei mit seinem ersten Schritt den Strand von Llangrannog, mit dem zweiten Schritt den Strand von Cilborth. Als er den Kopf senkte, fiel sein fauler Zahn heraus, genau zwischen seine Füße. Zum Dank schenkte er dem Mann eine eigene Insel, die er mit dem Fingernagel von der Küste abschälte: die Insel Lochtyn.

Das Wetter zeigte sich heute von seiner Lämmleinseite. Die flauschigen Wölkchen luden Holly geradezu ein, ihren Spaziergang auszudehnen. Sie wanderte um den Bica-Felsen herum zum Cilborth-Strand, kletterte zum Coast-Path hoch und lief solange weiter, bis sie die winzige, grasbedeckte Insel Lochtyn sehen konnte. Der Wind wurde immer heftiger, Seevögel, die in den Klippen wohnten, schwirrten um sie herum.

Holly hatte sich noch nie so frei gefühlt. Wenn es ein Leben jenseits der Enge, der Schnelllebigkeit und der Lautstärke von London gab, dann war das hier in Wales, dachte sie. Sie konnte die Aussteiger verstehen, die es an diese raue Westküste zog. Vielleicht, überlegte sie, gab es auch für sie ein Alternativprogramm?

Holly dachte an die Nacht mit Chris. Sie dachte bei jedem ihrer Schritte daran. Sie musste nicht einmal die Augen schließen, um das alles noch einmal zu erleben, wieder und wieder. Das Mondlicht am Strand, seinen Geruch und seinen charmant schiefen Eckzahn. Und das Drama mit dem armen Calvin hatte diese Erfahrung nur intensiviert. Sie hatten Hand in Hand gearbeitet, wie ein eingespieltes Team. Das musste etwas zu bedeuten haben. Kein Wunder, dachte sie, dass sie zusammen im Bett gelandet sind.

Heute Morgen hatte sie sich allerdings vor sich selbst gefürchtet. Und vor der Tatsache, dass dies alles womöglich nur Einbildung war. In gewisser Weise war sie sogar erleichtert gewesen, dass Chris fort gewesen war. Sie wäre überfordert damit gewesen, ganz unverfänglich mit ihm zu reden. Den richtigen Ton zu treffen zwischen plaudernder Neckerei, Glücksgefühl und schlechtem Gewissen gegenüber Alex. Nun hing sie ihren Erinnerungen nach und fragte sich, warum er sich einfach davongeschlichen und sich heute noch nicht bei ihr gemeldet hatte.

Sie beschloss, abends in den Pub zu gehen und genau das herauszufinden.

»Da kommt ja unsere Heldin!«, rief Shawn, als sie eintrat, und das übliche Pubgespräch schwoll an.

»Auf Holly! Die Notfall-Fee und Lebensretterin!«, erschallte es hinter dem Tresen und Chris hob sein Glas. Einige der anderen Pub-Besucher taten es ihm gleich.

»Hoch soll sie leben!«, tönte Shawn und gab ihr ein Pint aus.

»Danke, Shawn. Aber ich habe nur meinen Job gemacht«, sagte sie und klickte ihr Glas gegen seins.

Holly war der Aufruhr mehr als peinlich. Gleichzeitig wurde sie endlich einmal nicht dafür abgekanzelt, Erste Hilfe geleistet zu haben. Obwohl es ihr seltsam vorkam, genoss sie diese Minuten des kleinen öffentlichen Ruhms und der Anerkennung in vollen Zügen.

»Miss Peabody hat es auf den ersten Blick gesehen, was für ein Juwel Sie sind«, sagte Woods mit feuchten Lippen. Er hatte offenbar schon einiges intus und ein Ende war nicht abzusehen.

Chris winkte Holly zu sich hinter die Bar und gab ihr einen Kuss.

»Sieh an, sieh an! Das Lebensretter-Pärchen!«, kommentierte Woods und Shawn wandte sich ab.

»Alles klar bei dir?«, flüsterte Chris in ihr Haar und drückte sie an sich. »Ich war heute Mittag im Krankenhaus bei Calvin. Sie haben ihn am Nachmittag entlassen und seine Eltern sind stinksauer auf ihn. Aber gleichzeitig auch überglücklich. Du kennst seine Mum noch nicht, sie ist eine beängstigende Mischung aus Königin Victoria und Margaret Thatcher. Ein mitfühlender Familiendrachen.«

Er lächelte sein samtig-süßes Milchshake-Lächeln und Hollys Bedenken schmolzen dahin.

»Sie möchte dich unbedingt kennenlernen.«

Bevor Holly protestieren konnte, hatte er schon sein Handy gezückt und Calvins Mutter benachrichtigt.

Kurze Zeit später öffnete sich die Tür und eine stattliche Person in dunkelrotem Kostüm kam herein. Augenblicklich wurde es still im Pub.

»Das ist sie«, flüsterte Chris ihr zu und schob Holly in den Raum auf seine Chefin zu. »Das ist Calvins Mum. Mrs Carrington.«

Die Hotelchefin sah aus wie ein weiches, gut aufgeschütteltes Sofakissen. Keine Spur von Thatcher-Stahl blitzte in ihren Augen auf. Zahlreiche Ringe schnitten in ihre Finger und ihr Dreifachkinn umgab sie mit einer weichen, elisabethanisch wirkenden Halskrause. Sie strahlte Freundlichkeit aus, Holly mochte sie sofort.

»Ich kann Ihnen gar nicht sagen, wie dankbar ich Ihnen bin!«, sagte Mrs Carrington und umschloss Hollys rechte Hand mit beiden Händen. Sie drückte sie leicht und sah ihr dabei unablässig in die Augen. Holly hatte den Eindruck, diese Frau könnte jeden dazu bringen, ihr einen Gefallen zu tun. Auf die freundliche Art. Sie selbst jedenfalls würde sofort wieder zum Bierschlauch greifen und einem ihrer Angehörigen den Magen auspumpen, so gut fühlte sich ihre Anerkennung und ihre geradezu liebevolle Zuwendung an.

»Ich würde sie gerne zu einem Abendessen einladen, Holly. Und Chris natürlich auch.« Sie drehte sich leichtfüßig zu dem Barmann um. »Natürlich erst, wenn Calvin wieder vorzeigbar ist und sich von seiner Schmach erholt hat. Würde es am Samstag passen?«

Holly nickte.

»Das wäre wunderbar. Vielen Dank. Wir kommen gern«, sagte sie begeistert. Im selben Moment fiel ihr ein, dass Chris vielleicht etwas mit Alex vorhatte. Dass sie nicht einfach so über ihn bestimmen sollte. Dass er ein Leben mit einer anderen Frau führte und dass sie nicht wirklich zusammengehörten. Sie drehte sich schnell zu ihm um und sah ein aufgeräumtes Lächeln. »Natürlich komme ich gern. Es passt sehr gut.«

18

Freitagnachmittag fuhr Holly wie jeden Tag nach der Schule auf Fagins Hof vorbei. Laila kam schon gut ohne sie zurecht. Sie hatte auch ihrer Mutter die Krankheit erklärt und trug immer einen Insulin-PEN sowie Traubenzucker mit sich. Holly bezweifelte, dass sie je wieder in eine Zuckerkrise geraten würde. Sie legte im Umgang mit ihrer Diabeteserkrankung die Akribie einer zukünftigen Medizinnobelpreisträgerin an den Tag.

Holly hatte sich angewöhnt, vor der Hofeinfahrt an der Straße zu parken, um Fagins Aufmerksamkeit nicht auf sich zu lenken. Sie fühlte sich jedes Mal wie eine Diebin, wenn sie über den Hof und zum Wohnwagen schlich. Doch eine weitere Konfrontation mit dem jähzornigen Bauern wollte sie gerne vermeiden. Ohne den schwarzen Gürtel von Anne fühlte sie sich erschreckend schutzlos.

Aber heute sah sie Janes Landrover auf dem schmutzigen Pflaster stehen und bog mutig mit ihrem Wagen ein. Sie wollte Laila und ihre Mutter nachher noch mit zur alten Gwyn nehmen.

Holly stieg aus und ging hinüber zu Jane, die sie auf einer der angrenzenden Weiden neben dem Wasserwagen erspäht hatte. Sie kniete neben einem alten Schafbock und kratzte Maden aus einer Wunde an seinem Hinterlauf.

»Igitt!«, sagte Holly und trat näher. Sie dachte an all die Maden, die sie aus Obdachlosenbeinen gepult hatte. Großer Fehler. Sofort war sie wieder bei Lawson, William und dem ganzen unerfreulichen Kuddelmuddel in London. Ihre

Schuldgefühle wegen des toten Radfahrers poppten in ihrem Gewissen auf wie Signalbojen und sie wünschte, sie könnte diese eiternde Wunde aus Wut und Scham ebenso radikal säubern wie Jane die Verletzung des Schafs.

»Hübsches Gewimmel, nicht?«, sagte Jane. »Auf mikroskopischer Ebene ist es gar nicht so einsam hier, wie es mir manchmal vorkommt.«

»Ich fahre jetzt mit den beiden zur alten Gwyn. Willst du mitkommen? Sie hat fantastischen Tee. Und wenn sie sich verstehen, dann können sie dort vielleicht wohnen. Vorübergehend, bis ihr Status geklärt ist.«

»Und du hältst das wirklich für eine gute Idee?«, fragte Jane und verabreichte dem Tier einen Sprühverband.

»Wieso nicht?«, wunderte sich Holly und sah die Freundin erstaunt an.

»Sie kommen aus Afrika«, sagte Jane, als würde das irgendetwas erklären.

»Aus dem Sudan, ganz richtig.«

»Ist das nicht schrecklich kompliziert?«, fragte Jane und packte ihre Arzttasche zusammen.

Holly fielen mindestens zwanzig Gründe ein, aus denen sie das kompliziert fand. Jeder davon hatte mit dem Sudan zu tun.

»Ganz richtig. Und darum helfe ich ihnen. Und Gwyn helfe ich auch. Zwei Fliegen mit einer Klappe und so weiter. Oder ist das *zu* kompliziert für einen walisischen Schädel?«

Sie machte auf dem Absatz kehrt und stampfte davon.

»Warte, Holly. So habe ich das nicht gemeint. Nur, wir Waliser können ziemlich stur sein. Und auch Gwyn wird ihre Gewohnheiten haben. Ich möchte nur nicht, dass Mrs Taban und ihre Tochter enttäuscht werden.«

Holly drehte sich um und winkte Jane kurz zu. Sie wollte sich nicht mit ihr streiten. Sie war ja selbst nicht sicher, ob die Sache klappen würde. Aber wenn nicht mal ihre Freundin daran glaubte, wie sollte dieses Land dann seine Probleme in den Griff bekommen?

Aufgewühlt ging sie zum Wohnwagen und rief nach Laila. Ihre Mutter trug ein abgetragenes, sauberes Kleid, das etwas zu groß von ihren Schultern hing. Sie hatte ein Kopftuch im Nacken verknotet und sah Holly mit einem panischen Blick an. Laila hatte die Schuluniform bereits gegen eine Jeans und T-Shirt getauscht, sprang vor ihnen her und lachte, als sie hinten in den Oldtimer stieg.

Shawn hatte die Matratze und den anderen Müll natürlich noch nicht abgeholt. Gwyn saß auf der Bank in der Sonne wie hinter einer Mauer aus Schaumstoff und Draht. Holly fing einen skeptischen Blick von Laila auf, als sie ausstiegen. Ihre Mutter hielt sich im Hintergrund, ergriff Lailas Hand und zog sie an sich. In einem Abstand von drei Metern blieben die beiden vor der Bank stehen.

»Scheu wie eine Ricke mit ihrem Kitz. Na, kommen Sie schon, keine Angst, ich tue Ihnen nichts«, sagte die alte Gwyn und winkte sie heran. »Sie sollten nicht alles glauben, was Sie über mich hören. Vor allem nicht, dass ich eine Hexe bin.«

Holly bemerkte, dass Lailas Mutter zusammenzuckte. Das fing ja nicht gerade gut an, dachte sie.

»Hexe?«, fragte Laila und ihr kleines Akademikergesicht verzog sich skeptisch.

»Ich habe einen guten Kuchen gebacken, der Tee ist auch schon fertig«, lockte die alte Gwyn weiter mit sanfter Stimme.

»Wissen Sie, Mrs Taban, ältere Menschen werden in unserer Gesellschaft nicht sehr respektiert«, versuchte Holly, etwas Vertrauen aufzubauen. »Es werden unwahre Dinge über sie verbreitet, Gerüchte.«

»Dann sind Sie also keine Schamanin?« Laila klang ein wenig enttäuscht.

»Nicht in dem Sinn, den du vielleicht kennst. Allerdings ist Heilkräuterwissen mein Steckenpferd.«

»Mums auch«, sagte Laila und drehte sich zu ihrer Mutter um. »Sie kennt die Wirkungen von Kurkuma und rotem Lehm, von Papayakernen und ...«

»Wie reizend!« Gwyns Gesicht legte sich in freudige Plisseefalten. »Darüber müssen wir uns ausführlich unterhalten.« Sie nickte Lailas Mutter zu. »Ich denke, ich kann noch viel von Ihnen lernen, Mrs Taban.«

Sie stemmte sich von der Bank hoch und schlurfte ins Haus. Den anderen blieb nichts anderes übrig, als zu folgen.

»Stimmt es, dass Sie auch zuckerkrank sind?«, fragte Laila mit Blick auf den Kuchen, als sie drinnen am Tisch der geräumigen Küche saßen. Alle Schüchternheit schien wie verflogen.

»Natürlich, aber davon lass ich mir nicht den Appetit verderben!«, sagte Gwyn und schenkte Tee ein.

Laila sah zu Holly hinüber. Die zwinkerte und nickte ihr zu.

Laila nahm sich ein Stück und strahlte. »Kuchen esse ich viel zu selten. Aber für diesen hier lohnt sich das Zwischenspritzen«, sagte sie kauend. Lailas Mutter probierte einen kleinen Happen von ihrem Kuchen und sah sich vorsichtig in der Küche um.

»Du musst auch zwischendurch spritzen? Armes Ding. Und ich beklage mich über meine Tabletten.«

Laila zuckte mit den Schultern. »Hab mich schon daran gewöhnt, irgendwie.«

Sie aßen schweigend ihren Kuchen. Holly bemerkte bedrückt, dass sich Lailas Mutter nur wenig entspannte. Gwyn stand auf und schlurfte zur Anrichte. Dabei stieß sie das Milchkännchen um.

»Himmel noch mal. Das habe ich gar nicht gesehen. Meine Augen, wissen Sie. Adlerauge, das war einmal. Jetzt hilft auch meine Brille mit Gläsern so dick wie Eiswürfel kaum noch.«

Lailas Mutter sprang auf, griff flink nach einem Lappen in der Spüle und wischte die Pfütze auf. Dabei schien ihre Unsicherheit von ihr abzufallen. Sie spülte den Lappen wieder aus und wischte noch einmal kräftig über Anrichte und Spüle, bevor sie sich wieder hinsetzte.

»Danke, Mrs Taban. Ich weiß, es ist unordentlich und schmutzig hier, das hat Holly mir schon deutlich zu verstehen gegeben. Ich könnte wirklich Hilfe gebrauchen.«

Sie schlurfte zu ihrem Stuhl zurück, der verzweifelt knarzte, als sie sich setzte. Ihre grauen Haare glänzten wie polierter Speckstein und lösten sich bereits aus der verrutschten Hochsteckfrisur.

»Ich brauche jemanden, der jünger ist und diesen Haushalt schmeißen kann. Es ist viel Arbeit, aber vielleicht ist sie weniger hart als auf Fagins Hof. Wenn Sie sie übernehmen wollen, wäre ich Ihnen sehr dankbar. Und ich bezahle natürlich ihre Arbeitsstunden.«

»Sie darf offiziell nicht arbeiten, Gwyn«, sagte Holly.

»Dann bekommt sie eben ein Taschengeld. Das wird ja wohl erlaubt sein. Ich lasse mir von der Regierung nicht vorschreiben, wem ich wie viel von meinem Geld abgebe.«

Lailas Mutter ließ die Kuchengabel sinken und starrte die alte Gwyn an.

»Glauben Sie mir, ich würde mich freuen, wenn Sie und Laila bei mir wohnen wollen«, fuhr diese fort. »Sie hätten hier jede ein eigenes Zimmer und das obere Bad ganz für sich. Ein Walross mit kaputter Hüfte kommt nicht mehr in den ersten Stock. Sie hätten dort Ihr eigenes Reich und könnten sich die Arbeit selber einteilen.«

Auf Mrs Tabans Gesicht lag ein geradezu kindlicher Ausdruck von Ungläubigkeit. Als hätte sie gerade ein Schaf vorbeifliegen sehen.

»Was sagen Sie dazu?«, fragte Gwyn und lächelte unsicher.

»Sie wollen mir ein Zimmer geben? Und Geld?« Mrs Tabans Stimme war kaum zu hören.

»Ja, Mum, zwei Zimmer sogar, hat sie doch gerade erklärt«, sagte Laila ungeduldig und sah von Gwyn zu ihrer Mutter und wieder zurück.

»Und die Mahlzeiten sind auch dabei«, ergänzte Gwyn. »Aber einkaufen und kochen müssen Sie selber, wenn Sie nicht wie ich nur von Käsetoast und Spiegelei leben wollen.«

»Eine Wassertoilette, wie in der Schule?« Laila sah begeistert aus.

»Und eine Badewanne mit Dusche und fließend warmem Wasser«, ergänzte Gwyn.

Laila strahlte und sprang auf. »Bitte Mum, lass uns umziehen. Bitte, bitte, bitte.« Aufgeregt trippelte sie um den Stuhl ihrer Mutter herum. Mrs Taban beugte sich über den Tisch, nahm die knorrigen Hände der alten Gwyn und wog sie leicht auf und ab.

»Vielen Dank. Gute Frau«, sagte sie leise.

»Ach was, reiner Eigennutz«, meinte Gwyn knapp. In ihren Augen schimmerte es verdächtig.

Der Abend war mild und die gespeicherte Wärme der Steinmauern legte sich wie ein weiches Schultertuch um Holly, als sie sich vor ihrem Cottage auf die Bank setzte. Die Rosenbüsche blühten prächtig, ihr Duft schwebte wie ein unsichtbarer Zauber in der Luft und Holly schloss die Augen. Das rhythmische Zupfgeräusch von Spots hatte einen äußerst meditativen Effekt auf sie. Wenn sie zuhause war, ließ sie das Schaf bei geschlossener Gartenpforte frei herumlaufen. Sie mochte es, wenn Spots hin und wieder ihre weiche Wolle gegen ihre Waden drückte oder wiederkäuend neben ihr lag, wie eine große, unhörbar schnurrende Katze. Sie bedauerte, dass es keine Möglichkeit gab, Spots mit nach London zu nehmen. So sehr hatte sie sich in dieser Woche an das warme, freundliche Tier gewohnt, dass sie es in der Ein samkeit ihres alten Lebens vermissen würde.

Entschlossen rief Holly Mr Macintosh an, um ihren Aufenthalt um zwei Wochen zu verlängern. Das würde sie sich mit dem Pflege-Honorar von Claire und Gwyn gerade so leisten können. Zufrieden und erstaunlich glücklich lehnte sie den Kopf wieder an die warme Hauswand und fühlte sich mit sich im Reinen. Das erste Mal seit Langem.

Plötzlich drängte sich Hufgetrappel in ihre Wahrnehmung und als sie die Augen aufschlug, sah sie eine junge Reiterin vor dem Gartentor anhalten. Sie hatte wilde blaue Locken, trug weder Helm noch Reitstiefel und saß wie eine Amazone auf dem bloßen Rücken ihres eindrucksvollen Rappen.

»Hallo!«, rief Holly. Das Mädchen winkte und sprang ab. Ein kleiner Lederrucksack hüpfte dabei um ihre Schultern.

»Hi, ich bin Cassy. Ich habe gehört, Sie sind die neue Gemeindeschwester?«, fragte sie und band die Zügel ihres Pferdes an einem Pfosten des Gartentürchens fest. »Darf ich reinkommen?«

Holly fühlte sich etwas überrumpelt. Das junge Mädchen stand vor ihr wie ein Fragezeichen, trat von einem Turnschuh auf den anderen und zwirbelte eine ihrer blauen Locken um den linken Zeigefinger.

»Ich vertrete Claire nur in einigen Ausnahmefällen. Eigentlich bin ich hier im Urlaub. Aber falls es ein akutes Problem gibt, helfe ich dir gerne.« Holly rutschte zur Seite und klopfte neben sich auf die Holzbank. »Möchtest du dich setzen?«

Zögernd und mit gesenktem Blick nahm Cassy mit halbem Hintern Platz. Sie holte tief Luft, drehte sich dann ein wenig entschlossener zu Holly und verkündete:

»Ich glaube, ich bin schwanger.«

In ihrer Aussprache schwang der pointierte BBC-Klang einer Privatschule.

»Und?«, fragte Holly vorsichtig. »Ist das eine gute oder eine schlechte Nachricht?«

»Wieso sollte das eine gute Nachricht sein?« Cassy sprang wieder auf. »Wie alt glauben Sie denn, dass ich bin? Sehe ich etwa aus wie ein Hausmütterchen?« Sie wies empört auf ihr Outfit.

»Um ehrlich zu sein, wirkst du auf mich wie eine aufgebrachte Schülerin, schätzungsweise ein Jahr vor dem Abschluss.«

»Ja, ganz genau. Ich gehe noch zur Schule und ich bekomme ein Kind.«

Sie zog das weiße Stäbchen eines Schwangerschaftstests aus ihrem Rucksack und hielt es Holly anklagend vor die Nase. Die zuckte ein wenig zurück, nahm dem Mädchen dann den Test aus der Hand und betrachtete ihn.

»Scheint eindeutig zu sein. Sorry. Was hast du jetzt vor?«

»Deshalb bin ich doch hier. Ich meine, woher soll ich das denn wissen?«, rief sie. »Ich bin sechzehn. Ich habe keine Ahnung, was ich tun soll«, fügte sie kleinlaut hinzu und setzte sich wieder hin.

»Hast du schon mit deinen Eltern geredet?«

»Meine Eltern? Die reden weder miteinander noch mit mir. Mein Vater würde ausrasten, der ist Politiker und meistens in London. Meine Mutter hat nur ihre Pferde im Kopf.«

Holly dämmerte es allmählich.

»Du bist die Tochter von Lady Beringford?« Das erstaunte sie nun doch. Sie erinnerte sich nicht daran, dass Jane eine Tochter erwähnt hatte. Eine Beinahe-Erwachsene noch dazu.

»Sie kennen Mum?« Das Mädchen sprang wieder auf. »Sagen Sie ihr bloß kein Wort! Und ich dachte, ich könnte Ihnen vertrauen!« Sie wollte sich zum Gehen wenden, aber Holly hielt sie zurück und sah sie eindringlich an.

»Das kannst du, Cassy. Ich kenne deine Mutter nicht persönlich, ich habe nur von ihr gehört. Wie das in kleinen Dörfern halt so ist. Ich bin mit Jane Simmons befreundet, eurer Tierärztin. Aber ich verpetze dich nicht. Ich wüsste gar nicht, bei wem. Also, was möchtest du genau wissen?«

Cassy setzte sich zum dritten Mal neben sie, beugte sich ein wenig vor und fragte leiser: »Wie geht das? So ein Abbruch, meine ich. Kann ich das machen, ohne dass meine Eltern davon erfahren?«

Holly sah in ihre ernsten, graugestreiften Augen.

»Bist du dir denn ganz sicher? Was sagt dein Freund dazu?«

»Wir sind nicht so richtig zusammen. Ich meine, er ist süß, aber er ist so unsicher. Hat einen Haufen eigene Probleme. Ich weiß gar nicht, wie ich ihm das sagen soll.«

Holly verstand sie total. Sie hatte auch keine Kinder gewollt, obwohl sie mit William sogar fest zusammen gewesen war. Was sich erledigt hatte, offensichtlich. Ein Glück, dass ihre Trennung nicht auch noch durch Nachwuchs verkompliziert wurde.

Und bei Teenagern ... na ja, die große Liebe hielt dann meist nur eine winzige Ewigkeit.

»Okay, verstehe. Du musst wissen, dass ein Abbruch in England bis zur vierundzwanzigsten Woche legal ist. Du hast also noch Zeit, dir die Sache gut zu überlegen. Dann gehst du zu zwei verschiedenen Ärzten, die dir eine Bescheinigung ausfüllen und dir die Adressen geben, wo der Eingriff erfolgen kann. Du brauchst keine Einverständniserklärung deiner Eltern, da du schon sechzehn bist. Also keine Panik. Aber vielleicht versuchst du doch noch, mit deiner Mutter zu reden?«

Cassy schüttelte heftig den Kopf und Holly bemerkte erschrocken, dass sie weinte. Vorsichtig nahm sie das Mädchen in den Arm, woraufhin die Schluchzer erst recht anschwollen.

»Ist ja gut. Keine Angst, das wird schon wieder.« Holly wiegte Cassy wie ein Kleinkind hin und her. Die Schluchzer verebbten langsam. Ein tiefer Seufzer und Cassy spannte sich wieder an. Richtete sich auf und sah sie mit dem traurigen Waschbärblick verlaufener Wimperntusche an.

»Ich muss da also ganz allein durch?«, fragte sie.

»So ist das, wenn man erwachsen wird. In manchen Fällen kann man nicht darauf hoffen, dass einen die Eltern von der Schaukel heben. Aber du schaffst das, Cassy. Und mein Tipp: Versuch, zumindest mit deinem Freund zu reden. Und wenn es nur dafür ist, das Wissen zu teilen.«

Cassy stand zögernd auf.

»Warte kurz.« Holly eilte ins Haus und kam mit einem Küchentuch in der Hand zurück. »Hier. Du solltest dir die Waschbärtränen abwischen, um keine neugierigen Fragen zu provozieren.«

Cassy richtete sich vor dem kleinen Flurspiegel wieder her und sah Holly dann forschend an.

»Sie finden nicht, dass ich eine Hure bin oder unmoralisch oder so?«

Holly seufzte.

»Du bist eine junge Frau, die offensichtlich nicht gut aufgeklärt ist. Dass du eine Beziehung hast, ohne für Verhütung zu sorgen, ist offen gesagt ziemlich naiv.«

Cassy funkelte sie an.

»Vielen Dank auch. Da hätte ich genauso gut mit meiner Mum reden können.« Sie drehte sich um und stapfte in den Garten. »Verdammte Scheiße. Mein Freund hat sich auch nicht darum gekümmert und ihm macht niemand Vorhaltungen«, schrie sie über ihre Schulter hinweg Holly an, als hätte sie die Regeln gemacht. »Das ist so ungerecht!«

Holly sah ihr nach, wie sie wütend an Spots vorbeirauschte, sodass das träge Schaf erschrocken aufsprang. Sie schmiss das Gartentor hinter sich zu und saß mit einem Sprung auf dem Rücken ihres Pferdes. Holly liebte dieses Mädchen für seine Wut, seine Unbändigkeit und seinen Eigensinn. Und sie fühlte sich schrecklich, weil sie es hatte sein müssen, die ihr die Augen für die Realitäten eines Frauenlebens hatte öffnen müssen.

19

Als die Sonne an diesem Samstagmorgen aufging, fuhr Holly direkt in ihr Leuchten hinein. Sie bewunderte den aufsteigenden Energiewirbel vor sich und fühlte sich so aufgedreht, als sei sie direkt an dieses riesige, glühende Gestirn angeschlossen. Was womöglich auch daran lag, dass Chris neben ihr saß und seinen Mini steuerte.

»Lust auf ein Frühstück auf dem Foel Drygarn?«, hatte er gefragt, bevor er am Abend den Pub abschloss. »Alex ist bei einem Wochenendseminar«, ergänzte er, als er Hollys erstaunten Blick auffing.

Was so abgedroschen klang, hatte auf Holly die Wirkung eines Aphrodisiakums. Ihre Gewissensbisse verdampften unter seinem sonnigen Lächeln so rasch wie Sommerregen auf heißen Steinplatten. Zurück blieb ein inneres Beben und das Bedürfnis, sich unbekleidet an ihn zu schmiegen. Was sie in seinem erstaunlich kargen Einzimmerappartement in Cardigan dann ausgiebig tun durfte. Irgendwie hatte Holly angenommen, er wohne mit seiner Freundin zusammen. Sie hatte befürchtet, zwischen ihrem Duschgel und ihren Lieblingsbüchern eine Unbefangenheit vortäuschen zu müssen, die sie nicht empfand. Erleichtert ließ sie sich in sein Bett fallen und kickte die Schuhe von den Füßen.

»Sie ist emanzipiert und braucht ein Zimmer für sich allein«, erklärte Chris auf ihre Nachfrage und Holly wurde die Frau tatsächlich sympathisch.

Weil Chris aber schon seit Längerem eine Wanderung auf der Golden Road im Naturpark Mynydd Preseli geplant hatte, waren sie im Morgengrauen aufgestanden.

»Das Licht ist zu dieser Zeit einfach unbeschreiblich. Und wir werden eine touristenfreie Einsamkeit genießen können.«

In großen Windungen wiegte sie die Straße nun durch die sagenumwobene Hügellandschaft, die haufenweise neolithische Steine und eine ganze Reihe von Mythen und Legenden hervorgebracht hatte.

»Ein alter kleiner Steinkreis in der Form eines Auges liegt hier gleich neben dem Weg. Soll das Grab des Königs Artus sein. Eins von vielen«, erklärte Chris, als sie an einem kleinen Parkplatz anhielten und ausstiegen. Er schulterte seinen Rucksack und stapfte unternehmungslustig voran.

Vogelgezwitscher und prächtiges Weidengrün umgaben sie auf ihrem Weg, dazwischen Inseln bordeauxblühenden Heidekrauts.

Chris brach die letzten Krusten von den verheilenden Wunden in Hollys Seele, als er die Hände nach ihr ausstreckte und sie auf einen der großen Felsen zog. Es bot sich ein atemberaubender Ausblick. Holly meinte, nur einen weiteren Schritt tun zu müssen, um über die ihnen zu Füßen liegende Landschaft wie über einen grünen Flickenteppich tanzen zu können. Ein Gefühl von Schwerelosigkeit drang ihr ins Rückgrat, kletterte jeden Wirbel einzeln hinauf und stieg ihr zu Kopf.

»Was für ein Tag!«, jauchzte sie und frische Energie durchfuhr sie, die sie übermütig vom Felsen springen ließ.

»Wir nehmen den Rundwanderweg hier entlang«, sagte Chris, »an diesem Hang ist die meiste Sonne.«

Der Wind war noch ziemlich kühl und Holly zog sich das Halstuch über die Ohren. Es war eine belebte Stille um sie, als sie eine Weile einträchtig schweigend nebeneinander hergingen. Ein erschrockenes junges Welsh-Pony hob den

Kopf und sprang davon zu seiner Mutter. Es sah rührend schlaksig aus, wie es davonstürmte, und erinnerte Holly an Laila. An einer Stelle hatten die Regenfälle einen Bach anschwellen lassen und sie mussten über Steinbrocken balancieren, um trockenen Fußes hinüberzugelangen.

Sie marschierte im Gleichschritt neben Chris, was sie veranlasste, nach seiner Hand greifen zu wollen. Doch sie unterdrückte diesen Impuls. Irgendetwas an ihm signalisierte ihr, dass er wie ein Luftgeist war. Jemand, der sich nicht einengen lassen wollte. Aber dieser gemeinsame Ausflug erschien ihr wie ein Geschenk an sie und Holly fühlte sich, als würden sie sich schon lange kennen. Eine Form der Vertrautheit, die sie zuletzt bei William gespürt hatte. Doch die hatte getrogen, dachte sie bitter und sah Chris von der Seite an.

»Ist Alex häufig am Wochenende auf Dienstreise?«, hakte sie nach. Ob aus Misstrauen oder doch in der Hoffnung, Chris öfters einen ganzen Tag nur für sich zu haben, wusste sie selber nicht genau.

Im rhythmischen Takt ihrer Schritte, den Blick starr geradeaus auf die Unebenheiten des Weges gerichtet, ging das Reden leichter. Für Geständnisse aller Art wäre dies der richtige Zeitpunkt, fand Holly.

»Kommt ganz auf die Projekte an, die sie betreut«, wich Chris jedoch aus und Holly war sich nicht sicher, was er ihr bereits von Alex' Beruf erzählt hatte. Vermutlich nichts. Bis auf ihren Namen wusste sie nicht das Geringste über sie.

»Du musst nicht denken, dass ich dir etwas verheimliche, Holly«, sagte er, während sie weiter den Hügel hinaufgingen. »Ich war von Anfang an offen dir gegenüber, was Alex angeht. Seit dem Tod ihrer Mutter sind wir uns noch näher. Waise zu sein, das schweißt zusammen.«

»Deine Mutter ist auch tot?«, fragte Holly und blieb abrupt unterhalb des Gipfels stehen. Sie dachte an ihre eigene Mum, die wahrscheinlich gerade ihr Wochenhoroskop studierte oder den Mondkalender befragte, wann der beste Tag zum Ernten und Einmachen sein würde. Sie war egozentrisch und definitiv durchgeknallt. Aber sie war am Leben, zumindest das.

»Leider. Lymphdrüsenkrebs«, erklärte Chris.

»Das tut mir leid«, sagte Holly und nahm ihn in den Arm. Über seine Schulter hinweg ließ sie den Blick über das Land schweifen und spürte eine Form der Erhabenheit, die keineswegs kompatibel mit kleinbürgerlichen Eifersuchtsgefühlen war. Sie ermahnte sich, den Augenblick zu genießen und großzügig angesichts der beiden toten Mütter zu sein. Das letzte Stück stiegen sie schweigend bis zu dem Steinkegel hinauf, der den höchsten Punkt markierte. Chris packte auf einem der Gipfelfelsen das Picknick aus und Holly schlürfte dankbar den heißen Tee, den er ihr in einem Thermobecher reichte. Er hatte sogar an zwei Pasteten gedacht und zum Abschluss teilten sie sich eine Banane. Sie saßen auf dem Felsen und ließen die Beine baumeln.

»Komm schon, Holly, lass uns fliegen«, rief Chris, als sie wieder zusammengepackt hatten, und lief mit ausgebreiteten Armen den Hügel hinunter. Holly stürzte hinterher, wie ein Vogeljunges, das den Nestrand verließ. Gleich würde sie abheben, dachte sie selig und streckte das Gesicht in den Wind. Zu spät sah sie ein Kaninchenloch vor sich im Boden und halb fiel, halb sprang sie in einen Busch des überraschend harten, struppigen Heidekrauts. »Chris!«, schrie sie und versuchte, nicht in Tränen auszubrechen.

Er hielt an, lief den Hügel wieder hinauf und zu ihr zurück.

»Ist dir was passiert?«

Holly saß im Heidekraut und betrachtete ihre aufgeschürften Hände. Ihr rechtes Knie schmerzte leicht, sie hatte es sich anscheinend an einem Stein gestoßen.

»Geht schon«, murmelte sie und versuchte, ihre Würde wieder zusammenzusetzen.

»Gib mir deine Hand«, sagte Chris, zog sie hoch, in seine Arme und schwenkte sie gleich noch einmal im Kreis herum. Anschließend küsste er sie so lange, bis ein einsamer Wanderer, der plötzlich den Abhang heraufkam, zu pfeifen anfing.

»Du bist mir einer, die Wehrlosigkeit einer gestrauchelten Frau auszunutzen!«, scherzte Holly, als sie wieder zu Atem kam. Lachte und hatte den Rest der Wanderung das Gefühl, zwei Zentimeter über dem Boden zu schweben.

Das Hotel *Wicklow House* lag auf der anderen Seite der kleinen Bucht von Telynport, genau gegenüber des Pubs. Es klemmte wie ein riesiges Möwennest in der unteren Hälfte des steilen Hanges und Holly brauchte nur auf halber Strecke hinunter zum Hafen nach links zwischen zwei großen, flechtenbewachsenen Steinsäulen einzubiegen, auf denen die Marmorstatuen großer Seevögel mit den Flügeln schlugen. Das Hauptgebäude war ein rechteckiger Kasten aus rotem Backstein, das Dach wurde von einem geschwungenen Steingeländer gekrönt und zahlreiche alte Kamine streckten sich pittoresk in den Abendhimmel. Es zeigte auf sehr elegante Art gewollte Patina. Im Inneren herrschte dagegen moderner Schick mit geradlinigem Design und Orchideen-Gläsern vor. Das Licht in der hohen Eingangshalle war gedämpft, die Musik leise und unaufdringlich. Dies war eindeutig eine Hotelkategorie, die Holly niemals in ihrem Leben buchen könnte. Wahrscheinlich kostete der Garagenstellplatz für eine Nacht schon mehr als die Wochenmiete ihres Cottages.

»Holly! Wie schön, Sie zu sehen!«, rief Mrs Carrington aus und eilte ihr behände in einem eleganten, schwarzen Einteiler mit Smokingkragen entgegen. Das Oberteil fiel locker wie ein Blouson um ihren ausladenden Oberkörper, die Keilhosen betonten ihre überraschend schmalen Beine.

Mit beiden Händen ergriff sie Hollys Hand und zog sie in eine angedeutete Umarmung. Holly stieg teures Parfum in die Nase.

»Kommen Sie, hier entlang. Chris ist bereits eingetroffen.«

Ganz die zugewandte Hotelchefin führte sie Holly durch eine Glasflügeltür hinaus auf eine große Steinterrasse. Es bot sich ein atemberaubender Blick auf das Meer und die Küste nördlich von Telynport. Die Klippen erstreckten sich, vom Sonnenuntergang flammend beleuchtet, beinahe bis zum Horizont. Es sah aus, als hätte ein Heer großer Nagetiere an Südwales genascht, wie an einer riesigen, rosa glasierten Geburtstagstorte.

Chris kam frisch geduscht, in einem gebügelten Hemd und mit einem Champagnerglas in der Hand auf sie zu und küsste sie auf den Mund. Auch Holly hatte sich mit Seidenbluse und heller Tuchhose ein wenig in Schale geworfen. Mrs Carrington sah amüsiert von einem zum anderen und winkte einen Kellner heran, der ihnen beiden ebenfalls Champagner in die Hand drückte. Auf der großzügigen Terrasse saßen mehrere Paare an weit auseinanderliegenden Tischen und unterhielten sich dezent murmelnd. Die meisten Herren waren ergraut, die Damen stramm gefärbt, aber nicht mehr ganz knitterfrei. Anscheinend bot dieses Hotel eine Art Honeymoon für Silverager. Wohlhabende Silverager. Das kernigste männliche Exemplar, ein braun gebrannter, athletischer Sean-Connery-Typ in königsblauem Zweireiher, gesellte sich jovial lächelnd und ebenfalls ein Glas vor sich hertragend zu ihrem Dreiergrüppchen.

»Darf ich vorstellen, mein Ehemann Daniel«, sagte Mrs Carrington und lächelte mit ihrem Dreifachkinn, aber nicht mit den Augen.

»Sehr erfreut«, sagte Daniel, schüttelte Holly und Chris die Hand und sah sich dann suchend um. »Natürlich ist Calvin noch nicht da. Ich dachte, er würde mit dir kommen?«

Mrs Carrington ignorierte den leicht vorwurfsvollen Ton ihres Mannes und zuckte entschuldigend, aber gut gelaunt die Achseln.

»Teenager!«, sagte sie mit nachsichtigem Lachen. »Meine Söhne sind anscheinend alle etwas länger in der Trotzphase.«

»Söhne?«, fragte Holly artig interessiert nach.

»Unser Zweiter ist nach Neuseeland ausgewandert. Der Älteste, Gareth, ist nur bis London gekommen. Er ist dieses Wochenende zufällig hier. Wenn man vom Teufel spricht.«

Ein Mann durchschnittlicher Größe, mit braunem Kurzhaarschnitt, dunklen Augen und weichem Kinn kam auf die Terrasse geschlendert.

»Das ist Gareth. Er arbeitet als Ingenieur in London«, stellte Mrs Carrington vor.

»Hi. Ich bin Holly.« Sie lächelte und strich sich eine Strähne hinters Ohr. Irgendetwas an der Situation machte sie verlegen. Womöglich lag es an seinem offenen Blick.

»Er ist der Einzige, der noch irgendwie an Calvin herankommt. Nur ist er nie da.«

»Hören Sie nicht auf meine Mutter. Ich komme regelmäßig her, auch wenn ich natürlich mein Leben in London habe.«

Holly sah sofort eine blonde Frau und tobende Kinder vor ihrem inneren Auge. Gareth strahlte die Art von Rechtschaffenheit und solider Lebensweise aus, die Holly als Klischeebild des Spießers erschien. Dabei war er höchstens drei Jahre älter als sie selbst.

»Calvin steckt in einer schwierigen Phase, das ist offensichtlich«, sagte er entspannt. »Auch ein Grund, warum ich heute hier bin. Wir haben einen Angelausflug gemacht. Er kommt sicher sofort.«

»Spätestens zum Dessert wird er anwesend sein«, meinte Mrs Carrington und führte sie zu einem der schönsten Tische auf der Terrasse. »Den Kreationen von Angelo konnte er noch nie widerstehen. Setzen wir uns doch.«

Was folgte, war ein für Holly weitgehend unverständlicher Vortrag über das Abendmenü, von einem Kellner in Livree vorgetragen wie eine Hymne. Sicherheitshalber bestellte sie dasselbe wie Chris. Er machte den Eindruck, als habe er einen bodenständigen Geschmack und wüsste, was er tat.

»Wir sind Ihnen so dankbar für das, was sie für Calvin getan haben. Sie scheinen eine wirklich fähige Krankenschwester zu sein, was man so hört. So mutig und zupackend. So empathisch und jung!«

Mrs Carrington schwenkte bei diesem Lobgesang ihr Rotweinglas hin und her und Holly fühlte sich, als sei sie einer ihrer edlen Tropfen.

»Gutes Personal im medizinischen Dienst ist einfach Gold wert«, nickte Mr Carrington und musterte Holly wie ein Investitionsobjekt. Sie kam sich vor wie bei einem Vorstellungsgespräch und war froh, als Chris einen Witz über seine Rolle als Barkeeper und Alkohol als Medizin riss. Sie selbst fühlte sich wie auf einer Streckbank zwischen der freundlichen Güte von Mrs Carrington und dem taxierenden Blick ihres Mannes. Gareth lockerte das Gespräch mit ein paar Bemerkungen zu *Arsenal* auf und Holly, die bei Fußballthemen nicht wirklich mithalten konnte, registrierte erleichtert, dass Chris darauf einging.

Als Calvin tatsächlich zur Nachspeise erschien, konnte sie nicht anders, als ihn zu bewundern und gleichermaßen zu bemitleiden. Und sie fragte sich, wie seine Eltern ihn dazu gezwungen hatten, gegen seinen offensichtlichen Willen hier zu erscheinen.

»Hi Calvin, was läuft?«, fragte Chris und hob die Hand locker zum Gruß.

Calvin fläzte sich demonstrativ auf den sechsten Stuhl, ignorierte seine Eltern und sah Holly errötend an.

»Ich wollte mich bei Ihnen für Ihre Hilfe bedanken«, sagte er schnell und wandte dann seine Aufmerksamkeit vollständig der Crème brulée zu, die der Kellner unbemerkt vor ihm platziert hatte. Seine Ohren glühten.

»Calvin!«, dröhnte Mr Carrington.

»Lass ihn«, zischte seine Frau und lächelte Holly und Chris um Nachsicht heischend an. Holly konnte Calvins Scham körperlich spüren und sie fragte sich, warum seine Eltern hier so eine Show veranstalten mussten.

»Kein Problem«, grinste Holly ihn aufmunternd an. »Solange ausreichend Zapfschläuche zur Verfügung stehen, würde ich es jederzeit wieder tun.«

»Und ich habe eine anschauliche Fortbildung in Sachen Magenauspumpen erhalten«, sagte Chris. »Nicht jeder würde sich dafür als Versuchskaninchen zur Verfügung stellen.«

Calvin kratzte sein Schälchen geräuschvoll aus und sah seine Eltern trotzig an.

»Also, ich muss dann los.«

Er stand auf und machte einen ironischen Mini-Kotau vor Holly. »Danke noch mal.« Dann boxte er seinen Bruder Gareth zum Abschied kurz gegen die Schulter.

»Calvin!«, rief Mr Carrington hinter ihm her, als er die Steinstufen der Terrasse in den Garten hinunterrannte und durch ein Seitentor Richtung Strand verschwand. Mrs Carrington legte ihre Hand auf seine Pranke.

»Café?«, fragte sie höflich. Ihr Kinn zitterte nur unmerklich.

Der Mond hing als Sichel aus Tausendundeiner Nacht über der Bucht, als Holly und Chris sich endlich von den Carringtons verabschiedet hatten. Der Pub war geschlossen, die Boote schaukelten im silbrig-schwarzen Meer und in ihrer

Hosentasche knisterte die letzte freundliche Irritation des Abends.

»Eine außerordentliche Leistung muss entsprechend honoriert werden«, hatte Mr Carrington gesagt und Holly einen Umschlag hingehalten, als sie sich gerade verabschiedeten.

»Geld?«, fragte Holly überrumpelt. Sie sah zu Mrs Carrington hinüber und dann hilfesuchend zu Chris. Der grinste nur. Gareth studierte seine Schuhspitzen.

»Ich weiß, dass sie auch für die alte Gwyn gegen Honorar arbeiten und ich vermute, Sie können eine Finanzspritze brauchen. Junge Leute brauchen immer Geld, das ist eine der Regeln des Lebens.« Er schob den Umschlag in ihre Hand und legte seine Pranke noch einmal darüber.

»Nicht jeder hätte so gehandelt. Das hat mit Ihrer Professionalität zu tun«, sagte Mrs Carrington auf ihre warme Art. »Wir wollen Sie nicht beleidigen, sondern Ihre professionelle Tätigkeit honorieren. Und ich hoffe, Sie nehmen es an.«

Holly, deren erster Impuls es gewesen war, den Umschlag abzulehnen, überlegte es sich bei diesen Worten anders. Das hatte sie sich doch immer gewünscht, die Anerkennung ihrer Arbeit. Und wenn diese sich als warmer Geldregen entpuppte, umso besser.

»Danke!«, sagte sie lächelnd zu Mr Carrington.

Gareth hob seine Hand freundlich zum Abschied und Mrs Carrington umarmte sie mit Tränen in den Augen. Holly war von ihrem Überschwang tatsächlich auch ein wenig gerührt gewesen.

Nun stand sie Arm in Arm mit Chris unter den glitzernden Sternen der Milchstraße und staunte. Kühle Luft wehte unmerklich vom Wasser zu ihnen herüber und Holly fühlte eine innere Symmetrie, als habe sich alles in ihr an den richtigen Platz geschoben. Denken und Fühlen im Gleichklang, Herz und Hirn in perfekter Harmonie. Das war wie Honig in den Adern und Rosenduft im Kopf. Das Leben hatte sich plötzlich zu einem gelungenen Puzzle zusammengesetzt, ausgerechnet hier in Wales. War das zu glauben.

Es kam ihr vor, als kenne sie nun die Antworten auf alles, durchdrungen vom Universum, während sie so auf die mondbeschienen Klippen sah und sich das erste Mal wie fühlte?

Glücklich!

20

Chris rekelte sich noch in ihrem Vintage-Eisenbett, als Holly am nächsten Morgen auf nackten Füßen den Tee aufsetzte. Die Sonne schien fröhlich ins Küchenfenster, bevor sie sich wieder hinter eine Wolkenwand kuschelte. Holly duschte, während der Tee zog und hörte dabei im Radio die walisischen Charts. Das war schräg und amüsant und beschwingt ließ sie zwei aufgeschlagene Eier in das sprudelnde Wasser gleiten. Dann röstete sie das Toastbrot. Mit Chris in ihrem Cottage fühlte sie sich wie in einem anderen, neuen Leben. Erst die Anklage durch Oberarzt Lawson und das Verfahren wegen fahrlässiger Tötung hatten sie aus ihrer Komfortzone geholt und sich in dieses walisische Abenteuer stürzen lassen. Dass dabei eine romantische Liebe und ein kleiner Nebenjob heraussprangen, damit hätte sie nie gerechnet. Dazu auch noch saubere Luft, freundliche Menschen und natürlich Spots, an die sie nun wirklich ihr Herz gehängt hatte! Sie war die Heldin ihres eigenen Lebens und sie würde gleich am Montagmorgen zu Claire fahren, beschloss Holly. Sie würde ihr anbieten, fest für sie zu arbeiten und auch Ambulanztage zu übernehmen, wenn sie das wollte.

All das, was sie in den letzten Tagen gewonnen hatte, würde ihr erhalten bleiben, wenn sie ihren Lebensmittelpunkt hierher nach Telynport verlegte. Dieser Gedanke kam Holly plötzlich unglaublich reizvoll vor.

Zwei lebensnotwendige Dinge konnte sie bereits perfekt: In jeder Situation einen Magen auspumpen. Das ideale pochierte Ei zaubern. Alles andere würde sich finden, sagte sich Holly und stupste Chris mit ihrem nackten Fuß in die Seite, während sie das Tablett über ihm balancierte. Er rutschte schnaufend zur Seite, als Holly das Frühstück im Bett servierte, und gemeinsam stürzten sie sich auf die Eier und den Tee. Schöner konnte kein Tag beginnen!

»Holly, du bist die Beste!«, schmatzte Chris ein wenig Eigelb auf ihre Wange.

»Schmierfink!«, schimpfte sie und bewarf ihn mit dem Kissen. Statt einer Kissenschlacht liebten sie sich noch einmal genüsslich, doch dann trug Chris schneller, als ihr lieb war, das Tablett zurück in die Küche.

»Ich würde bleiben, wenn ich könnte«, sagte er dann und warf sich seine Jacke über die Schulter. »Aber ich muss los. Mach's gut, meine Königin!«

Holly überlegte kurz, was Alex wohl für ihn war. Seine Kaiserin?

Sie zwang sich zu einem innerlichen Schulterzucken und warf ihm eine Kusshand zu. Als sie seinen Mini abfahren hörte, knüllte sie das Kissen in ihren Armen zusammen, warf es gegen die Wand und stand auf.

Später lief Holly hinunter zu dem kleinen Strand unterhalb des Hotels, um in der geschützten Bucht bei Flut zu schwimmen. Die Fischerboote hatten heute frei und schliefen mit eingezogenen Masten unter der grauen Wolkendecke. Die vormittägliche Trägheit des Sonntags lag über den Felsen und als Holly zum zweiten Mal hinausschwamm, setzte ein leichter Nieselregen ein. Holly liebte es, im Regen zu schwimmen. Doch fürchtete sie die Gewitter, die sich hier an der Küste innerhalb von Minuten zusammenbrauten und wie zornige Götter mit Blitzen um sich warfen. Sie wollte lieber nicht als Grillwürstchen in der Brandung zurückgelassen werden, trocknete sich ab und schlenderte entspannt nach Hause. Nasser als nach dem Bad konnte ihr Haar nicht mehr werden.

Als sie an Woods Gemischtwarenladen vorbeikam, wunderte sie sich über die weit offenstehende Tür. Den Öffnungszeiten nach war der Laden eigentlich geschlossen. Holly wusste, dass die Bewohner Telynports jeden Sonntag in die malerische alte Steinkirche pilgerten, die am Ortsausgang in Richtung Cardigan inmitten eines Friedhofs voller alter und ein wenig schiefstehender Grabsteine kauerte. Dort richtete Pater Hamson das Wort an seine Schäfchen, baute sie mit Bibeltexten auf oder kanzelte sie ab. Miss Peabody freute sich bereits die ganze Woche darauf, wie Holly aus ihren Bemerkungen bei ihren Einkaufsausflügen aufgeschnappt hatte.

Sie blieb stehen und sah durch die Tür. In Annes Büro klapperte es.

»Anne!«, rief Holly. »Du bist selbst am Sonntag hier?«

»Hi, Holly. Lust auf Tee? Du bist ja ganz durchnässt!«

Ihre Freundin steckte in Sportklamotten. Ihre knallgelbe Funktionsjacke ließ ihre Augen leuchten, passend dazu trug sie kükengelbe Sneaker, die wie Entenfüße an ihren kurzen Beinen wirkten.

»Du willst laufen gehen?«, fragte Holly. »Bei dem Wetter?«

Sie stellte sich in den Eingangsbereich des Ladens, widerstand dem Drang, wie Spots ihr Haar zu schütteln, und strich nur schnell die nassen Strähnen zurück. Der Tee, den Anne ihr reichte, war dünn und grün.

»Ich trainiere für den Marathon.«

»Du läufst zweiundvierzig Kilometern in diesen Schuhen?«

»Es sind nur 35 Kilometer und man läuft gegen ein Pferd.«

»Ein Pferd«, sagte Holly skeptisch. »Alles klar.«

»*Man versus Horse* heißt die Veranstaltung. Vor fünfzehn Jahren hat das erste Mal ein Mann das Pferd besiegt.«

»Und jetzt soll eine Frau gewinnen?«

Holly sah skeptisch auf Annes Beine, die bestimmt keine Siebenmeilenschritte machten.

»Mitmachen ist alles. Bisher schaffe ich es gerade nach Newport zu meinen Eltern und zurück.« Anne nippte an ihrer Tasse. »Danke übrigens für die Vermittlung im Fall von Laila und ihrer Mutter. Sie wollen wirklich bei der alten Gwyn wohnen. Shawn fährt sie heute rüber, glaube ich. Sie sind jedenfalls nicht mehr beim grässlichen Fagin gemeldet. Der hat jetzt ein Verfahren am Hals.«

»Er wird nicht verhaftet?«

»Gar nicht so einfach, Sklaverei nachzuweisen, wenn die Leute nicht reden wollen.«

»Lailas Mutter hat sich nicht über ihn beschwert?«

»Ich befürchte, sie hat bereits Schlimmeres erlebt.«

»Bei der alten Gwyn werden sie es gut haben. Wenn das Haus erst mal aufgeräumt ist, gibt es Platz ohne Ende, einen Garten und ich glaube sogar alte Bienenstöcke.«

Anne trat mit ihrer Teetasse ans Fenster und wurde unruhig.

»Der Regen hat aufgehört. Ich muss los, wenn ich bis zum Abendessen bei meinen Eltern wieder vorzeigbar sein will.«

Holly beneidete Anne um die innige Beziehung zu ihren Eltern. Aber allein die Vorstellung, dass ihre Mum ihr beim Frühstücken zusehen, ihre Essgewohnheiten und ihren Kleidungsstil wie in ihren Teenagerjahren kommentieren würde – und das würde sie, sie hatte noch nie ein Blatt vor den Mund genommen – ließ ihren Blutdruck ansteigen. Sie verabschiedete sich und machte sich auf den Heimweg. Anne schloss die Tür ab und rannte los. Holly sah ihren gelben Füßen nach, die wie Leuchtsignale abwechselnd über die Straße huschten.

Regentropfen hingen wie Glasperlen in den Hecken am Wegesrand. Es roch nach frischem Grün, feuchtem Sandstein und dampfendem Holz. Ein Geruch, der als liebster Sommergeruch in Hollys Gehirn eingeschrieben war. Wenn sie die Augen schloss, sah sie sich auf einem feuchten Holzsteg in der Sonne sitzen. Bereit zum Sprung in das Meer zu ihren Füßen. Es mussten alte Erinnerungen an ihre Wales-Sommer bei Tante Marge sein, und sie setzten sich wie kleine, feste Nägel auf ihren Entschluss, hier in Wales neu anzufangen.

Den Nachmittag verbrachte Holly mit Spots im Garten. Sie holte ihre fehlenden Stunden Schlaf auf der Liege unter den Rosenbüschen nach, schlürfte Tee und kraulte Spots hinter den Ohren, die hin und wieder an ihren Taschen schnüffelte. Das Wetter hielt und lag träge und diesig über dem Land. Nach einem kalten Abendessen wollte Holly sich mit Jane treffen. Chris hatte Schicht im Pub und Holly fühlte sich nicht in der Lage, auch nur eine Sekunde die Finger von ihm zu lassen, solange er in Reichweite war. Sie würde ihm ständig in die Quere kommen, er würde nicht arbeiten können und sie wäre ein peinliches Anhängsel. Dabei hatte sie sich doch vorgenommen, auf keinen Fall zu kletten. Also mied sie den Pub und würde den Abend mit ihrer neuen Freundin verbringen. Vielleicht würde sie Chris nach Feierabend abholen, wenn sie es gar nicht mehr ohne ihn aushielt. Montag kam Alex zurück.

»Hier ist eine Stelle, wo man bei Ebbe gut ein Feuer machen kann. Die Flut löscht die Glut später immer aus.«

Jane kletterte mit Holly über die runden Felsen, die weit jenseits der Stelle lagen, wo Holly und Chris den armen Calvin gefunden hatten. Direkt unterhalb der Klippe gab es eine kleine Höhle mit sandigem Grund, in der Jane nur gebückt stehen konnte. Sie öffnete ihren Rucksack und holte mehrere Scheite trockenen Holzes hervor, sowie zwei Thermositzkissen und zwei Bier. Das Feuer loderte warm und malerisch, als sie die Bierflaschen gegeneinanderprallen ließen.

»Iechyd da!«, rief Jane.

»Prost!«, antwortete Holly.

»Dein Stammplatz in einsamen Sommernächten?«, fragte sie nach einem langen Schluck.

»Mach dich ruhig lustig«, sagte Jane und wischte sich mit der Hand über den Mund.

»Schon gut. Verstehe. Lieber den Mond anheulen als sich selbst die Augen aus dem Kopf.«

»Ein bisschen Romantik wird doch wohl erlaubt sein.«

Jane sah sehnsüchtig in die Weite.

»Hier in Wales ist jeder romantisch. Nostalgisch und melancholisch. Wie nennen sie das noch gleich?«

»Hiraeth.«

»Genau. Hat dich ganz schön erwischt dieses Hiraeth.«

Jane nickte nur.

»Denkst du oft an sie?«

Sie wussten beide, dass Lady Beringford gemeint war.

»Na ja. Mehr als notwendig. Ich meine, heute war ich wieder in ihrem Stall. Eins der Pferde hatte eine Blasenentzündung.«

»Blasenentzündung? Woran merkt man das denn?«

»Das Pferd wird unruhig, läuft hin und her, hat erhöhte Temperatur.«

»Und was machst du dann?«

»Urin-Stix. Ganz einfach.«

»Ach so«, sagte Holly enttäuscht. Das klang nach ihrer eigenen Krankenhaus-Routine.

»Hattest du irgendeinen spektakulären Hokuspokus erwartet?«

»Na ja, irgendwie schon.«

»Ein Kollege in London hält kranken Pferden homöopathische Kügelchen hin. Verschiedene Arten, in jeder Hand ein Fläschchen. Und die Hand, an die das Pferd mit seinen Nüstern stupst, die Kügelchen darin werden gegeben.«

»Also Biofeedback bei Pferden? DAS nenne ich Hokuspokus.«

»Mein Kollege schwört drauf.«

»Ist der Single?«, fragte Holly. Das hörte sich nach einem Kandidaten an, der ihre Mutter glücklich machen könnte.

»Die Lady steht nicht auf so esoterische Sachen«, sagte Jane in leicht verärgertem Ton.

»Oh nein, nicht das, was du denkst! Ich dachte dabei an meine Mum. Die trinkt nur energetisiertes Wasser, musst du wissen.«

Jane grinste, wurde aber schnell wieder ernst.

»Weißt du, wenn ich bei ihr bin, dann spüre ich diese Verbindung. Einen Tanz der Moleküle. In mir, in der Luft zwischen uns und, ich könnte es schwören, in ihren Fingern, wenn sie mich berührt. Wenn sie mir eine Decke reicht oder wir gleichzeitig über die warme Pferdeflanke streichen und sich unsere Hände treffen.«

»Das klingt magisch! Hast du versucht, sie zu küssen?«

»Nein! Das ist nicht wie bei dir und Chris. Dass er es einfach versuchen kann, weil die Mehrheit der Menschen eben hetero ist.«

»Ich habe *ihn* geküsst, schon vergessen? Manchmal muss man eben die Initiative ergreifen. Und ich hatte sogar überlegt, ob er schwul sei.«

»Schwul? Chris?« Jane lachte laut und amüsiert.

»Du meintest doch, ich solle mich auf keinen Fall in ihn verlieben. Das klang, als sei es total aussichtslos, weil schwul oder todkrank.« Holly nahm noch einen Schluck Bier und grinste glücklich vor sich hin. »Aber du hattest unrecht. Ich bin jetzt mit Chris zusammen. Wir waren die letzten Tage quasi unzertrennlich. Und Shawn hat es auch endlich kapiert, dass er keine Chance bei mir hat. Zum Trost werde ich ihm einen Mietpreis für den Krankenwagen zahlen müssen.«

»Du glaubst, du bist mit Chris zusammen?« Jane schüttelte den Kopf und zog die Augenbrauen zusammen. »Holly, es tut mir leid, aber da gibt es etwas, das du wissen solltest.«

»Dass er eine Freundin hat. Alex. Ich weiß. Er spielt mit offenen Karten.«

»Das tut er nicht. Holly, ich kenne ihn.«

In diesem Moment klingelte Janes Handy. Holly sah einen wunderschönen Pferdekopf aufleuchten und wusste sofort, dass es Lady Beringford war. Jane hob hilflos die Schultern und nahm das Gespräch lächelnd entgegen.

Im nächsten Moment richtete sie sich besorgt auf. Schluchzen, Stottern, Laute der Verzweiflung und der Scham drangen aus dem Telefon zu Holly hinüber.

»Lady Beringford, hören Sie!«, versuchte Jane, sie zu beruhigen und stand auf. »Ist ja gut. Schon gut. Der Reihe nach.«

Sie machte Holly ein Zeichen, zusammenzupacken und schippte mit ihrem Lederstiefel Sand auf das Feuer.

»Charlotte! Beruhigen Sie sich. Was genau ist passiert?«

Holly packte den Rucksack fertig und warf mit beiden Händen so viel Sand auf das Feuer, dass die Glut vollständig bedeckt war. Sie schulterte den Rucksack und jagte Jane hinterher, die bereits mit ihren langen Beinen und Riesenschritten zurück zum Hafen lief.

»Ich bin sofort bei Ihnen. Keine Sorge, wir finden sie.«

Jane rannte in ihr Haus, das direkt neben dem *Dryffryn Arms* lag, kam mit dem Autoschlüssel heraus und sprang in den Wagen. Atemlos kam Holly neben ihr und dem Landrover am Kai zum Stehen.

»Cassy ist weg?«, fragte sie durch das Autofenster und dachte an die blauhaarige Amazone. »Sie war vorgestern bei mir.«

Jane würgte grob den Gang rein und drehte sich aufgebracht zu Holly um. »Du hast mit ihr gesprochen? Was war los?«

Holly fühlte das Unbehagen wie eine Magenverstimmung in ihren Eingeweiden rumoren.

»Das kann ich nicht sagen«, stieß sie schließlich hervor.

Die Tür des Landrovers flog auf und traf Holly beinahe am Kinn.

»Steig ein! Du kommst mit. Cassys Mutter ist völlig fertig. Also mach schon.«

Mit quietschenden Reifen fuhr Jane los. Holly fühlte sich wie in einem James Bond-Film, als das Auto die schmale, steile Straße zur Klippe hinaufjagte. Dort oben, etwas außerhalb der Bucht, residierte die Familie Beringford in ihrem Schloss.

»Sie ist nicht so taff, wie sie reitet, weißt du.«

Jane raste durch das steinerne Tor und den Kiesweg zum Anwesen hinauf. Holly konnte nur einen kurzen Blick auf die Stallungen erhaschen, die geduckt links vom Hof unter zwei riesigen, uralten Platanen standen.

»Cassy ist Langschläferin. Sie geht gerne mal aus, trifft sich mit Freundinnen in Cardigan und kommt dann mit dem Taxi wieder nach Hause. Ich lasse ihr ihre Freiheit, und ich weiß, dass ich ihr vertrauen kann. Heute Morgen habe ich sie nicht wecken wollen, bin in den Stall gegangen und lange ausgeritten. Camelots Blasenentzündung scheint wirklich besser zu sein«, sagte sie mit einem Anflug von Freude zu Jane, als sie beiden durch den Hintereingang in einen langen Flur ließ. Dann zog die Angst ihr Gesicht wieder zusammen.

»Als ich nachmittags zurückkam, war es immer noch sehr still. Ich bin in Cassys Zimmer gegangen, um nach ihr zu sehen. Vielleicht hatte sie zu viel Wein erwischt, dachte ich, und vielleicht war ihr noch übel ...«

»Schon gut«, sagte Jane und tätschelte unbeholfen Lady Beringfords Schulter. Holly konnte die Anstrengung spüren, die es sie kostete, die Frau nicht in den Arm zu nehmen.

»Das Zimmer war leer! Ich meine, sie war überhaupt nicht zuhause gewesen. Die ganze Nacht!«

»Sie ist vielleicht bei einer Freundin«, sagte Holly lahm.

»Ich habe überall angerufen. Alle ihre Freundinnen. Keine hat sie gestern Abend gesehen. Und ihr Handy ist anscheinend aus.«

Sie führte Jane und Holly durch eine riesige Eingangshalle über eine breite Marmortreppe nach oben. Holly hatte den Eindruck, als beträte sie einen Laden ausrangierter, toter Gegenstände, die an den Wänden aufgereiht standen und nicht wirklich Teil eines Teenagerlebens waren. Riesige Ölschinken und Köpfe stattlicher toter Hirsche hingen an den Wänden. Im oberen Stockwerk schien es beinahe so, als hielten die Zimmer die Luft an. Als sie in Cassys Reich kamen, spürte sie ihre Abwesenheit sofort. Dieses Zimmer hatte keinen Puls.

»Cassy!«, rief Lady Beringford, lockend, als habe sich ihre Tochter nur versteckt. Als sei sie acht Jahre alt und säße im Schrank zwischen ihren Jacken, oder hinter der Tür. Sie hob sogar das Bettzeug hoch und auch das Kissen. Natürlich war da nichts.

»Und wenn sie gekidnappt wurde?«

Ihre Stimme klang rau und alt. Als sie sich abwandte und zurück in den Flur ging, schien sie eine plötzliche Schwäche zu überfallen, die sie in die Hocke gehen ließ. Sie hielt sich mit einer Hand den Bauch, die andere fuhr an den Mund, als Faust zwischen die Zähne, wie um den Angstschrei zu ersticken, der ihr in der Kehle saß. Sie keuchte.

»Cassy! Wo bist du?«, flüsterte sie, kippte um und lag hilflos und zusammengekrümmt wie ein Embryo auf der Seite.

Jane hockte sich neben sie, hob sie an und nahm sie in den Arm.

Holly entfernte sich leise. Den Verlust eines Menschen konnte sie nur schwer ertragen. Offenbar befürchtete Lady Beringford das Schlimmste. Sie selbst hatte glücklicherweise nur einmal Trauer empfunden. Als Lawson sie für den Tod des Radfahrers verantwortlich machte. Ein Gefühl, dass den Körper in Alarmbereitschaft versetzte, das Herz rasen, den Blutdruck hochschnellen, die Beine nachgeben ließ. Es verursachte Übelkeit, manchmal Würgereflexe und nicht selten plötzliche Herzschmerzen. Sie fürchtete dieses Gefühl und was es mit den Menschen anstellen konnte. Sie beneidete Lady Beringford wirklich nicht.

Holly ging wieder zurück in Cassys Zimmer und griff nach dem Sommernachthemdchen in Rot, das noch auf dem Bett lag. Hielt es kurz von sich, als stecke Cassy noch darin und sie könne sie in aller Ruhe von Kopf bis Fuß mustern. Der weiche Stoff roch nach Nüssen und Schläfrigkeit und erwachsen werdendem Schweiß. Sie seufzte. Langsam faltete sie es wieder zusammen, legte es unter das Kopfkissen und strich dann den Jersey-Bezug glatt. Sie spürte die verzweifelte Mutterliebe in Wellen leiser Schluchzer aus dem Flur hereinschwappen.

Sie zog eine zerknüllte Jogginghose unter dem Bett hervor und stieß dabei auf eine Jugendzeitschrift. Na, so was, dachte sie und blätterte versonnen darin herum, stierte auf die Fotolovestory, die ihr kitschig vorkam.

Vielleicht hatte die Lady einfach noch nicht daran gedacht. Sich nicht vorstellen können, dass eines Tages der Zeitpunkt käme, an dem Cassy sich nicht mehr allein für ihr Pferd interessieren würde.

»Kennen Sie Cassys Freund?«, fragte Holly und lehnte sich in den Türrahmen.

»Sie hat keinen Freund.« Das Schluchzen ebbte ab.

»Sicher?«

»Das wüsste ich doch. Ich meine, wir hatten immer ein wirklich gutes Verhältnis.« Lady Beringford schniefte ein bisschen und zog die Nase hoch. Jane zauberte ein Taschentuch aus einer ihrer Westentaschen. »Dachte ich zumindest.«

»Sie war vor zwei Tagen bei mir«, sagte Holly leise und hockte sich auch auf den pfirsichfarbenen Teppich. Jane warf ihr einen warnenden Blick zu.

»Was? Bei Ihnen?«

Die Lady sah irritiert auf und hörte vollständig auf zu weinen.

»Sie hat sich zu Verhütung und Schwangerschaft und so weiter erkundigt. Deshalb dachte ich, nun ja, sie hätte einen Freund.«

»Oh nein!«, rief Cassys Mutter und schlug die Hände vors Gesicht.

»Sie ist sechzehn. Das ist normal in dem Alter«, versuchte Holly zu beruhigen und war sich der groben Auslassung von Informationen bewusst. Schweigepflicht nannte man das. Nur bei Kindern unter vierzehn musste sie den Eltern detailliert Auskunft geben. Eine ungewollte Schwangerschaft war definitiv etwas, das Cassy ihrer Mutter nicht hatte sagen wollen. Holly biss sich auf die Unterlippe.

»Aber es wäre meine Aufgabe, sie darauf vorzubereiten. Liebeskummer? Himmel, hoffentlich hat sie keine Dummheiten gemacht.«

»Sie erweckte nicht gerade einen depressiven Eindruck«, sagte Holly in dem verzweifelten Versuch, irgendwie zu helfen.

»Wenn es nur möglich wäre, sie vor den Enttäuschungen der Liebe zu schützen«, sagte Lady Beringford und streichelte eins von Cassys Halstüchern in ihrer Hand. »Ist es absurd, dass ich Argwohn gegenüber all ihren zukünftigen Freunden empfinde, die sie noch gar nicht hat, die sie deshalb noch gar nicht enttäuschen können, es aber ohne mit der Wimper zu zucken in Zukunft tun werden: Ihr das Herz herausreißen.«

»Das geht allen Müttern so«, sagte Holly. Nur der meinen nicht, dachte sie. Aber sie wurde nervös und stand auf. Selbstmord, Abtreibung, das waren alles Szenarien, die durchaus möglich waren, die sie aber nicht erwähnen konnte, ohne die Privatsphäre des Mädchens zu verletzen. Außer die Polizei würde sie befragen.

»Wollen Sie Cassy nicht offiziell als vermisst melden?«, fragte Jane, als habe sie ihre Gedanken erraten und zog die Lady vom Boden hoch. »Sie ist ziemlich genau vierundzwanzig Stunden lang verschwunden, oder?«

Lady Beringford nickte und sah sich suchend um.

»Mein Telefon. Wo ist mein Telefon?« Sie wirkte noch immer ziemlich aufgelöst.

»Tief atmen!«, sagte Holly, holte tief Luft und hob die Arme über den Kopf.

Lady Beringford tat es ihr gleich und fixierte sie hilfesuchend mit ihrem hellen Forellen-Blick.

»Und aus!«, kommandierte Holly und senkte die Arme wieder.

»Und ein. Und wieder aus.«

Sie wiederholten diese Prozedur dreimal, bis das Zittern nachließ.

Dann gingen sie die Treppe hinunter in den Salon, wo das Handy auf dem Sideboard aus Mahagoni lag. Etwas gefasster wählte die Lady die Nummer der Polizei. Doch ihre Stimme bebte gefährlich, sie wollte das Schluchzen unterdrücken und erzählte umständlich von Cassy, lauschte lange und legte schnell wieder auf.

Mit einem erschreckend tierischen Gebrüll warf sie das Telefon gegen die Wand und sich selbst auf das Sofa. Nicht nur die Fassade ihres alten Schlosses schien zu bröckeln.

»Was?«, fauchte sie wild und fuhr zu Holly herum. »Was zum Teufel soll man tun in dieser Situation, die man nur aus dem Fernsehen kennt? Wenn man die ganze Energie darauf verwenden muss, das Schicksal zu überzeugen, dass es sich geirrt haben muss.«

Holly fühlte sich irgendwie fehl am Platz und überlegte, ob sie vielleicht einen Tee machen sollte. Jane dagegen setzte sich neben Charlotte Beringford auf das Sofa und fing einfach an zu singen. Ihre schöne, tiefe Stimme tropfte wie warme Schokolade in ihre Seelen und beruhigte sie. Die Lady legte ihren Kopf an Janes Schulter. Es war eine ruhige, irgendwie tröstliche Hymne und Holly verstand kein Wort. Das ist Walisisch, dachte Holly, setzte sich auf eine Sesselkante und versuchte nachzudenken.

Zehn Minuten später klingelte es an der Tür, und Anne stand davor.

»Cassy wird vermisst, also muss ich zuerst das Haus durchsuchen. Vorgehensprotokoll und so weiter«, sagte sie, nahm ihre Mütze ab und tappte langsam herein. Die harten Sohlen ihrer Polizeiboots klackten auf den schwarz-weißen Fliesen der Eingangshalle wie High-Heels.

»Soll ich Sie begleiten, Constable Hô?«, fragte Lady Beringford. Sie sah jetzt aus wie ein schmales Insekt, das von der nächsten Brise davongetragen würde, und zitterte bis in die Flügel.

»Ich kann mitgehen und Anne helfen. Brauchen wir irgendwelche Schlüssel?«, sagte Holly.

Jane nickte und führte Lady Beringford zurück in den Salon. Mit Sicherheit würde sie ihr einen Drink einschenken, denn die Lady sah ganz danach aus, als brauchte sie ein wenig innere Wärme.

Holly und Anne gingen in den Keller und fanden nichts. Sie stiegen auf den Trockenboden und niesten, denn außer Staub gab es dort nur durchhängende Wäscheleinen. Später fragten sie Lady Beringford im Salon nach besten Freundinnen (Lucy und Marie), nach der Schule und Cassys Feinden. Ihren täglichen Wegen und der Route, die sie nahm, wenn sie abends nach Cardigan fuhr (mit dem Bus hin, mit dem Taxi zurück).

»Jährlich werden über dreißigtausend Kinder und Jugendliche als vermisst gemeldet, die alle nach kurzer Zeit von allein wiederauftauchen«, sagte Anne mit dem ihr eigenen Optimismus und nahm ein Foto an sich, das Lady Beringford ihr reichte. »Also bleiben wir erst mal cool. Trotzdem gebe ich eine Vermisstenmeldung raus.«

Das Foto zeigte Cassy hoch zu Ross in einer traumhaften Schneelandschaft und Hollys Herz schlug schmerzhaft heftig, als sie es kurz ansah. Die fröhliche, lockige, junge Amazone, noch blond und definitiv nicht schwanger. Dann ging Anne kurz zu ihrem Dienstfahrzeug, um die Funk-Fahndung einzuleiten, bevor sie zurückkam, um sich zu verabschieden.

»Morgen gehen wir in die Schule. Wenn Sie bis dahin etwas hören, melden Sie sich bitte bei mir.«

Constable Anne legte die Hand auf die Schulter der Lady und machte ein freundliches Gesicht. Sie war so professionell zuversichtlich, dass Holly sofort an ihren eigenen Job dachte. Daran, dass auch die Kranken und ihre Familien für sie immer nur ein Fall unter vielen waren. Ebenso wie auch Cassy nur eine von zahlreichen vermissten Jugendlichen war. Vielleicht eins der Kinder, die zurückkamen, vielleicht aber auch eines derjenigen, die verschwunden blieben. Wie es weiterging, das wusste niemand und Holly fragte sich, wie Cassys Mutter diese Unsicherheit ertragen sollte.

»*Warum* sollte sie hier wegwollen?«, rief Lady Beringford aufgeregt, beinahe empört, als Anne gegangen war. Sie saß noch immer wie gelähmt auf dem Chintz bezogenen Sofa und hielt ein schweres, leeres Kristallglas auf dem Schoß.

»Ich weiß nicht, was schlimmer ist«, fügte sie leiser hinzu. »Dass sie freiwillig abgehauen ist und mich hasst. Oder dass sie aufgehalten worden ist.« Sie holte tief Luft. »Oder entführt.«

21

Holly schlief schlecht und wälzte sich die ganze Nacht, sodass das Eisengestell ihres Bettes sich knarzend beschwerte. Morgens blökte Spots ausdauernd und durchdringend und weckte sie aus einem seltsamen Traum. Sie erinnerte sich nicht mehr, doch ein Angstgefühl blieb zurück, das den strahlenden Morgen, die trägen Hummeln und sogar ihr stoisch kauendes Schaf zu bedrücken schien. Holly blieb lethargisch im Schlafanzug und schaffte es gerade noch, sich einen Tee zu machen.

Sie hatte es am Vorabend nicht mehr zum Pub geschafft. Chris hatte ihr geschrieben, dass er nicht warten könne und ein Herz geschickt, was sie gerührt hatte. Als sie jetzt daran dachte, wurde ihr warm in der Brust und sie checkte ihr Handy nach weiteren, aufmunternden Nachrichten. Als sie keinen Guten-Morgen-Gruß finden konnte, schickte sie ein Kuss-Emoji und knallte die leere Teetasse in die Spüle. Dann eben nicht. Sie sollte weniger empfindlich sein.

Nach einer Blitzdusche schnappte sie sich Spots und fuhr zu Gwyn. Sie hatte die alte Dame am Wochenende etwas vernachlässigt und das schlechte Gewissen nagte an ihr. Nachdem sie Spots hinten in den Wagen geschoben hatte, setzte sie sich hinter das Steuer und fuhr doch nicht los.

Sie hätte fröhlich sein müssen. Frei, unbeschwert. Urlaub! Stattdessen plagte sie sich mit Gedanken an eine alte Dame und ihren diabetischen Fuß. An das Schicksal einer Geflüchteten und ihrer Tochter. An die Schwangerschaft einer Minderjährigen und ihr Verschwinden. Wieso war sie wieder in all diese Geschichten verwickelt? Warum, um Himmels willen, mischte sie sich immer ein? Sie schien die Probleme anderer geradezu anzuziehen, als hätte sie nicht genug eigene. Sie wäre beinahe aus ihrem Job geflogen, es lief eine Untersuchung wegen fahrlässiger Tötung und sie meinte noch immer, den Menschen helfen zu können?

Was *tust* du hier eigentlich, Holly, fragte sie sich und legte die Stirn auf das wagenradgroße Lenkrad. Sie fühlte sich erschöpft wie nach einem Kampf mit Rhitta Gawr, dem furchterregenden Riesen vom Snowdon, dem höchsten Gipfel von Wales. Sie hatte kürzlich erst die Sage gelesen, in der es König Artus als einzigem von sechsundzwanzig Königen gelang, diesen Riesen zu besiegen. Holly hatte weder die Unterstützung von Excalibur noch einen Ritter Lancelot, der ihr zu Hilfe eilte. Nur Spots stupste sie von hinten in den Rücken und versuchte, an ihren Rucksack zu kommen.

»Kleiner Fresssack«, schalt Holly, richtete sich wieder auf und sah ihr Schaf dankbar an. Solange es grünes Gras und frisches Wasser gab, würde dieses Tier wohl zufrieden sein. Warum sich mehr wünschen? Warum nicht mit dem, was man hatte, zufrieden sein?

Holly startete den Wagen und tuckerte die schmale Straße zur alten Gwyn entlang. Was Gwyn betraf, hatten sie zumindest eine klare Abmachung. Alles andere würde sich fügen. Aber sie musste sich entscheiden, wie mit sie Cassys Geschichte umging. Wenn schon nicht ihre Mutter, dann sollte sie wenigstens Anne in das einweihen, was sie wusste.

»Sie ist eine Teufelin!«

Gwyn kam an die Tür geschlurft und winkte begeistert. Ein breites Lächeln spannte sich von ihrem faltigen Gesicht durch den gesamten schweren Körper und richtete die alte Dame auf.

»Was ist passiert?«

Holly sprang aus dem Wagen. Die Frage schien ihr überflüssig, als sie sich anschließend in Ruhe umsah. Die Matratze war verschwunden und der Schrott, der zerbrochene Stuhl, die schimmelnden Kräuter – alles weg. Es lag ein sauber gefegter Hof vor ihr, der zu Hollys Überraschung aus hübsch behauenen Pflastersteinen zusammengefügt war. Neben der Bank vor dem Haus stand ein Schaukelstuhl, mit einem aufgeschüttelten Kissen und einer karierten Decke ausstaffiert.

»Sie haben meinen alten Lesesessel heruntergeschleppt und sagen, ich muss immer draußen sitzen, wenn es nicht regnet.«

»Laila und ihre Mutter?«

»Atifa spricht nicht sehr viel, aber Laila hat es mir erklärt. Vitamine im Sonnenlicht oder so ähnlich. Na ja, frische Luft hat noch niemandem geschadet. Ich vermute, ihre Mutter will mich nur aus dem Weg haben.«

»Sie fühlen sich doch hoffentlich nicht aus Ihren eigenen vier Wänden vertrieben?«, erkundigte Holly sich besorgt.

Vielleicht hatte sie die Situation falsch eingeschätzt. Womöglich ging dieses Arrangement so richtig in die Hose. Warum sollte auch nur einmal etwas funktionieren, was sie anpackte?

»Im Gegenteil, meine Liebe. Ich habe den Haushalt doch ziemlich vernachlässigt in letzter Zeit.«

Die Untertreibung des Jahrhunderts, dachte Holly.

»Und Atifa ist wie ein frischer Wind. Neue Besen kehren gut, also das muss man ihr lassen. Mit Staub kann sie umgehen. Das Obergeschoss hat sie gestern den ganzen Tag lang geschrubbt. Dabei war doch Sonntag. Ein Eimer Dreckwasser nach dem anderen spritzte aus den oberen Fenstern. Nein, keine Angst. Nach hinten auf das Gestrüpp hat sie alles gegossen. Sie will dort einen Garten anlegen, meint Laila.«

Holly bugsierte Spots aus dem Oldtimer und stellte sie hinter dem Haus auf die Weide. Dort hingen vier Wäscheleinen voll Kleidungsstücke. Sie erkannte die alten Seile aus dem Schuppen wieder, die zwischen Bäumen, Zäunen und Fensterläden gespannt waren. Daran riesige Büstenhalter und weite Hosen, daneben schmale Röcke aus bunt bedruckter Baumwolle, Bettwäsche, Pullis und viele farbenfrohe Socken, die wie eine Partygirlande wirkten.

»Sie haben die Wäsche hoffentlich nicht selber gemacht?«, fragte Holly, als sie wieder zu Gwyn vors Haus kam. Die Alte saß zufrieden in ihrem Schaukelstuhl und lachte.

»Wo denken Sie hin! Atifa ist wie eine Furie durch das Haus gerannt, hat Wäschestücke vom Boden und den Stühlen gefischt und durch die Waschmaschine gejagt. Ich musste es ihr nur einmal zeigen, dann hatte sie es raus. Danach hat sie schüchtern gefragt, ob sie mit der Maschine auch die eigene Wäsche waschen darf«, erzählte Gwyn heiter. »Morgen früh werde ich nicht wissen, was ich anziehen soll. Zuviel Auswahl! Dieses Luxusproblem hatte ich seit Monaten nicht.«

Holly vermutete, dass es Atifa recht ähnlich erging. Beim grässlichen Fagin hatte sie die Wäsche vermutlich mit der Hand in der verbeulten Zinkwanne gewaschen und das Wasser dafür auf der kleinen Kochplatte erwärmt.

»Zweites Frühstück!«

Atifa trug ein voll beladenes Tablett heraus und setzte es auf dem runden Tisch ab, der dort auch neu etabliert worden war.

»Sie müssten mal sehen, wie gesund es hier zugeht«, sagte die alte Gwyn. »In aller Frühe war sie noch mit Laila einkaufen. Woods liegt ja direkt auf dem Schulweg. Davor gab es so eine gesunde Haferpampe. Keine Marmelade, kein Toast. Angeblich schlecht für den Zucker.«

»Ich weiß das jetzt.« Atifa lachte ein strahlendes Elfenbeinlächeln. »Was für Laila gut ist, ist gut für Gwyn.«

Sie trug ein gelb-rot gemustertes Tuch um den Kopf wie einen Turban und sah nicht mehr nach alter Bäuerin aus. Ihre Bluse war gebügelt, darüber trug sie eine saubere Kittelschürze der alten Gwyn.

»Hier ist Ei und Toast. Vollkorn!«, sagte Atifa in einem Tonfall, der keine Widerrede duldete. Sie schenkte beiden aus der bauchigen Teekanne ein, die keine Spur von Teerändern mehr aufwies, und stellte das blank polierte silberne Döschen daneben.

»Nur ein Löffel. Nicht wahr?«, fragte Atifa und sah Holly an.

»Oh ja! Sie haben das sehr gut im Griff. Und die Eier sehen grandios aus.«

Holly bemerkte plötzlich ihren Appetit, da sie noch nicht gefrühstückt hatte.

Es waren pochierte Eier, wie Holly sie liebte. Doch etwas Kurkuma und frisch gemahlener grüner Pfeffer gaben dem sämigen Geschmack eine erstaunlich schmackhafte Note. Der Tee war kräftig und belebend.

»Holen Sie sich einen Teller und essen Sie auch etwas, Atifa«, sagte die alte Gwyn. »Nur nicht so schüchtern. Sonst denke ich noch, etwas stimmt nicht mit den Eiern.«

Atifas Miene erstarrte, sie sah plötzlich erschrocken aus. Gwyn zwinkerte ihr zu.

»Kleiner Scherz, meine Liebe, kleiner Scherz. Also machen Sie schon und setzen sich zu Holly auf die Bank. Man muss auch essen, wenn man arbeiten will.«

»Viel zu warm für ein Mädchen in Uniform!«

Anne ließ sich schwer auf einen Drehstuhl in ihrem Büro fallen. Sie wischte sich die feuchten Fransen aus der Stirn, sodass sie wie schwarze Spikes von ihrem Kopf abstanden.

»Das reinste Fort Knox, diese Sozialwohnungen. Bis man an den selbst ernannten Türstehern in den Gebäudeeingängen vorbei ist!« Sie öffnete den gurgelnden Minikühlschrank, nahm eine gekühlte Wasserflasche und trank sie, ohne abzusetzen, zur Hälfte aus.

»Wieder einen Arm verdreht oder gleich die Tür mit *Kiai!* eingetreten?«, fragte Holly, die frisches Brot bei Mr Woods geholt hatte und sich bei Anne nach Cassy erkundigen wollte.

»War nicht nötig. Dienstmarke genügte. Aber die Wohnungen sind hoffnungslos überfüllt. Und Fremde wollen sie da auch nicht haben. Sie scheinen total paranoid zu sein.«

»Ich hätte auch Angst. Neues Land, fremde Sprache. Skeptische Gesichter«, meinte Holly und lehnte sich an den Türrahmen. »Und wer weiß, was sie auf der Flucht erlebt haben.«

»Der böse Blick ist ihr Problem, habe ich gehört. Um ihn abzuwenden oder unschädlich zu machen, nutzen sie Zaubersprüche, Talismane und Zaubertränke«, warf Miss Peabody ein, die neben der Tür an der Kasse stand und heftig über einer Dose grüne Erbsen nickte.

»Um den Zauberkessel rund! Giftgekrös in seinen Schlund!«, skandierte Woods laut hinter seinem Tresen.

»Heißen Sie Miraculix, oder was?«, spottete Anne, die von ihrem Schreibtisch aufgestanden war, um nachzusehen, was da los war.

»Das ist Macbeth. Shakespeare, seine Hexen und Zauberer. Es ist ja nicht so, als sei uns Angelsachsen die Hexerei völlig fremd«, verteidigte sich Woods. Holly hätte nicht gerade den Klassikleser in ihm vermutet.

»Verstehe! Oberon, Merlin, *Voldemort*!« Anne spreizte ihre verschwitzten Hände und sah aus, als ließe sie gleich ihre Wasserflasche verschwinden.

»McGonagall, Lady Melisandre. Du hast die Frauen vergessen«, ergänzte Holly und kreiselte die rechte Hand, als wollte sie den Gemischtwarenhändler mit einem unsichtbaren Zauberstab in ein Fabelwesen verwandeln.

Miss Peabody sah erstaunt von einer zur anderen. Dann stellte sie die Erbsen auf den Tresen und verschwand wieder zwischen den Regalen.

Anne steckte die leere Flasche in die Pfandmaschine bei Mr Woods, die direkt vor ihrer Bürotür stand.

»Du musst dich nicht weiter mit der Sozialarbeiterin oder mit den Bewohnern herumstreiten«, sagte Holly zu ihr. »Ich kann dir von der erfolgreichen WG-Gründung der alten Gwyn mit Laila und Atifa berichten.«

»Bleibt also die Frage der Fragen: Wo ist Cassy?«

»Sie hat sich nicht bei ihren Eltern gemeldet?«, fragte Holly, die insgeheim gehofft hatte, dass sich das Problem über Nacht von allein gelöst hätte.

Anne schüttelte den Kopf. »Vielleicht wurde sie wirklich entführt«, sagte sie.

»Wir sind von Perversen umzingelt!« Woods deutete auf die Schlagzeilen der *Sun*, kratzte seinen kahlen Koboldschädel und machte ein besorgtes Gesicht.

»Ich habe darüber gelesen«, sagte Miss Peabody, die wieder aus den Tiefen des Ladens auftauchte, und knallte ihren Rollator gegen den Tresen. Sie musste ein Gehör haben wie eine Fledermaus, dachte Holly.

»Sie fesseln die jungen Mädchen an die Heizung, wochenlang, und missbrauchen sie. Manchmal ziehen sie ihnen auch die Haut ab.«

»Das ist ein Film, Miss Peabody«, sagte Anne nachsichtig.

»Und wenn sie die Kleine mitgenommen haben, um ihr ein Organ zu rauben? Ihr bei lebendigem Leib das Herz herauszuschneiden?«

»Wir sind in Wales, nicht bei den Azteken«, protestierte Woods.

»Vielleicht brauchen sie auch nur eine Niere oder einen Teil der Leber«, insistierte Miss Peabody. Sie schien sich wirklich Gedanken zu dem Thema gemacht zu haben. Womöglich trug sie sogar einen Organspendeausweis mit sich, dachte Holly. Die Frau war für jede Überraschung gut.

»Wissen Sie, die Leber wächst mit ihren Aufgaben«, dozierte die alte Dame und fuchtelte mit ihrem dürren Reisigfinger Woods vor der Nase herum. Dann knallte sie eine Flasche teuren Scotch auf den Tresen neben die Erbsen-Konserve.

»Zahlen, bitte!«

Gegen Mittag standen Anne und Holly vor der hohen, hölzernen Doppeltür des *Private Castle College* in Haverfordwest. Sie schien nur zu einem einzigen Zweck zwischen die steinernen Säulen eingefügt worden zu sein: Angreifer, welcher Art auch immer, vom Eindringen in diesen Hort des Wissens und der Lehre abzuhalten. Ihnen ein Bollwerk aus englischer Eiche und schottischer Schmiedekunst entgegenzusetzen. Ein Hort, aus dem durch die halb offenstehende Tür der Geruch von nassen Jacken, vergorenem Obst und Schweißfüßen drang.

Die Art, wie Anne neben ihr die Stufen zur Eingangstür hinaufstolperte, ließ Holly auf eine schwere, wenn nicht traumatische Schulzeit schließen.

»Komm schon, Anne«, versuchte sie, die Freundin aufzumuntern. »Du bist Polizistin und nicht auf dem Weg in eine Matheklausur.«

»Mit Mathe hatte ich niemals Schwierigkeiten!«, protestierte Anne. »Es war die Reckstange und natürlich Conan McMillan, der mich das Fürchten lehrte. Meine Beine waren zu kurz, die Stange zu hoch und er hat meine Brille geklaut, die dabei regelmäßig auf die Matte fiel.«

Holly verkniff es sich, nach der Brille zu fragen.

»Die Turnhalle ist in einem anderen Gebäude und dein Conan sitzt wahrscheinlich hinter schwedischen Gardinen«, meinte sie nur.

»Ich denke eher, er ist einer dieser Verbrecher im Finanzministerium«, bemerkte Anne trocken und folgte Holly in die Höhle des Löwen.

Die gefliesten Wände kühlten die Hitze auf ihren Gesichtern, als sie auf der Suche nach dem Büro von Mrs Walker, der Direktorin, durch den Hauptgang liefen. Metallspinde in Olivgrün standen entlang der Wände, die eine wunderschöne alte Kassettendecke trugen. Holly fühlte sich wohl in diesem ehrwürdigen Privatcollege. Sie selbst hatte eine unspektakuläre Schulzeit auf einem unspektakulären öffentlichen College in einem bescheidenen, flachen Gebäude mit Containeranbauten verbracht. Hier war das Büro der Direktorin gar nicht zu verfehlen. Allerdings war die kunstvoll geschnitzte Holztür abgeschlossen und die Milchglasscheibe undurchdringlich.

»Wir haben keinen Termin?«, fragte Holly.

»Haben wir nicht«, gab Anne widerstrebend zu und machte auf dem Absatz kehrt. Optimistisch wie sie nun einmal war, ging sie zurück und wuselte schnell wie ein Terrier die breite Holztreppe hinauf, wo ein Schild zum Lehrerzimmer wies.

Sie klopften an und als niemand öffnete, ging Anne zügig hinein. An einem großen Eichentisch in der Mitte des Raums saß eine steife alte Jungfer von grünlicher Gesichtsfarbe in einer langen, kuriosen Robe von Kleid und blätterte in einem Stapel Klassenarbeiten.

»Ich bin Miss Primerose«, sagte sie herablassend. »Und wer sind Sie?«

»Ich bin Constable Anne Hô und wollte Sie zu einer ihrer Schülerinnen befragen.«

Miss Primerose unterrichtete Biologie und Annes Befragung ergab, dass sie in heftigem Streit mit Mr Claridge, dem

Sportlehrer, lag. Sie hatten wohl äußerst unterschiedliche Auffassungen, wie mit der erwachenden Libido ihrer Sprösslinge umzugehen war. Es stand ein Sexualkundeunterricht von eher edwardianischer Natur gegen die körperlichen Demonstrationen und Studienmöglichkeiten eines gemischtgeschlechtlichen Schwimmunterrichtes.

Holly drehte sich derweil im Lehrerzimmer einmal um die eigene Achse. Mrs Walker war auch hier nicht anwesend.

»Sie isst zu Mittag«, sagte Miss Primerose verächtlich, während sie sich eine Zigarette drehte, mit reichlich Speichel zuklebte und sich in den linken Mundwinkel steckte.

»Und die Klassenlehrerin? Mrs Bertram?«

Anne hatte sich offenbar gut informiert.

»Klassenausflug zu einer der Minen.«

»Dann sind auch keine Mitschüler von Cassiopeia Beringford im Haus, die wir befragen könnten?«

»Nope«, sagte Miss Primerose voller Desinteresse. Sie schmatzte genüsslich auf einigen Tabakkrümeln herum, klopfte ihre Papiere aus, stand auf und schlurfte hinaus. Offenbar ernährte sie sich mittags nur von den fettgeschwängerten Gerüchen, die aus der Schulkantine drangen, und ungefiltertem Zigarettenrauch.

»Lass uns das Klassenzimmer durchsuchen. Vielleicht finden wir was«, sagte Holly, kaum dass sie zurück im Treppenhaus waren.

»Die GPS-Daten eines Geheimverstecks? Einen zerknüllten Liebesbrief im Mülleimer? Du hast zu viel Enid Blyton gelesen, Holly«, lästerte Anne, ging aber weiter den Gang im ersten Stock entlang, wo die Unterrichtsräume der Oberstufenschüler lagen. Sie fanden das Klassenzimmer sofort, die Tür stand sperrangelweit auf. Stühle mit Stahlrohrkufen waren verkehrt herum auf die Holztische gestellt. Es sah aus, als säße eine Klasse stummer, stabförmiger Außerirdischer im Raum. Bunte Plakate mit biologischen oder geografischen Abbildungen hingen an den Wänden. Der Mülleimer war leer.

»Apropos Liebesbrief«, setzte Holly an, als sie wieder auf den Gang traten. »Ich muss dir was zu Cassy sagen.«

Da schrillte ein Gong und das Chaos brach aus.

22

»Sie ist schwanger?«

Anne hatte sie angesehen, als sei Prinz Harry von seinem Polo-Pferd gefallen, nachdem Holly ihr erzählt hatte, was sie wusste. Sie waren gerade dabei, die Schule zu verlassen und gingen die Eingangstreppe hinab.

»Und das hast du gewusst? Ich meine, du hast es die *ganze Zeit* gewusst und mir nichts gesagt?« Sie blieb mitten auf dem Schulhof stehen und stemmte die Hände auf ihre unnachahmliche Art in die Hüften.

»Sie hat mich nur um Rat gefragt. Hast du noch nie von Schweigepflicht gehört?«

»Auch der Polizei gegenüber? MIR gegenüber? Ich dachte, wir sind jetzt so etwas wie Freundinnen.«

»Anne, ich sage es dir doch jetzt. Und es ist nur ein privates Detail.« Holly wusste, dass sie schamlos untertrieb. Euphemismen hatten immer eine beruhigende Wirkung auf sie. Aber offensichtlich nicht auf Anne.

»So privat, dass es den Fokus weg von einem Gewaltverbrechen und hin zu einem Suizid verschiebt!«, kanzelte die junge Polizistin Holly unter der alten Eiche ab und raufte sich ihren schwarzen Pony.

»Sie ist nicht gefährdet, wenn du das meinst. Wahrscheinlich ist sie auf der Suche nach einer Abtreibungsklinik.«

»Abtreibung! Holly! Du hast dich doch hoffentlich nicht eingemischt?«

»Sie war total unsicher. Ich habe mit ihr über die Möglichkeiten gesprochen. Sie ist sechzehn und konnte mit niemandem reden. Dieses Dorf ist für Teenager eine Art viktorianischer Albtraum.«

»Und wer ist der Vater des Kindes?«

»Das hat sie natürlich nicht gesagt. Anscheinend weiß er gar nichts davon.«

»Sie hatte also niemand zum Reden und war wirklich verzweifelt?«

Holly nickte. So wie Anne das ausdrückte, klang es gar nicht gut. Hatte sie mal wieder mit einer Einschätzung danebengelegen?

»Ich lasse die Klippen absuchen«, zischte Anne. »Und danke für gar nichts!«

Damit war sie in ihr Auto gehüpft und losgebraust. Holly hatte den Bus zurück nehmen müssen.

Jetzt stand Holly vor dem Haus eines gewissen Tony Tredwell in Newport. Er wohnte in einer Sackgasse, im Souterrain eines schäbigen Reihenhauses. Claire hatte Holly noch am Vorabend angerufen und ihr die Adresse durchgegeben.

»Er braucht eine Antibiotika-Infusion. Ich schaffe das morgen nicht«, hatte sie atemlos am Telefon erklärt und sie gebeten, das zu übernehmen.

Nach ihrem Streit mit Anne war Holly froh, dass sie etwas Sinnvolles tun konnte, und hatte zugesagt.

Die schlierigen Fenster waren vergittert und düster. Holly musste heftig gegen die Tür hämmern, bis Tony Tredwell sich bequemte, zu öffnen. Seine Abneigung gegen Störenfriede drang aus jeder Pore seines Körpers. Sein Gesicht war aufgequollen und sah aus, als habe er einen Säureangriff überlebt, so gerötet und zerfurcht war seine Haut. Er hatte ein fliehendes Kinn und eine kurze, platte Nase, was ihm das Aussehen eines Komodowarans gab. Warane waren Fleischfresser, das wusste Holly, und sie vertilgten gerne Ziegen. Wahlweise auch Kinder.

»Was soll der Stress?«, nuschelte Tredwell.

Seine Alkoholfahne hätte ganz Kensington Garden zum Verwelken gebracht. Er ließ sich auf ein abgewetztes Sofa in undefinierbarer Farbe fallen und lehnte sich demonstrativ zurück. Die bläulichen Beine, die unter seiner Boxer-Short herausragten, sahen aus wie Gorgonzolakäse und schienen genauso wenig belastbar. Nicht gerade der athletische Typ. An seiner linken Hand vermutete Holly die Kanüle unter einem speckigen Verband.

»Ich bin hier, um Ihnen das Antibiotikum anzuhängen«, sagte Holly.

»Mir hängst du nichts an, du dämliche Schlampe. Nicht schon wieder!«

Tredwell stand wieder auf und hatte plötzlich ein Messer in der Hand. Eines mit gezackter Klinge und fuchtelte damit durch die Luft. Holly erkannte die Panik eines Psychoten auf den ersten Blick und hätte alles für Annes schwarzen Gürtel gegeben. Mit einem gezielten Tritt würde sie Tredwell das Messer aus der Hand treten und dann die Situation professionell deeskalieren. Aber im nächsten Moment flog das Messer durch die Luft und blieb zitternd im Holz der Eingangstür stecken. Holly warf sich rückwärts aus der Wohnung und knallte die Tür hinter sich zu. Dann rannte sie zurück zu ihrem Wagen, geduckt und im Zickzack, als sei sie in ein Feuergefecht geraten.

Von wegen Blutvergiftung! Agoraphobie und schwere psychische Störung, das wären vermutlich die richtigen Diagnosen. Womöglich saß auch ein Apfelgroßer Tumor in Tredwells Frontalhirn. Holly hatte schon einige Patienten in der Notaufnahme ausflippen sehen, aber noch nie war ein Messer nach ihr geworfen worden. Das war alles andere als eine witzige Anekdote, die man als lustige Zirkuseinlage verpacken und an bierseligen Pubabenden zum Besten geben konnte. Das war, gelinde gesagt, beängstigend gewesen.

Claire musste davon gewusst haben, wie schlecht es diesem Mann ging. Warum hatte sie nicht die geringste, die winzigste Andeutung gemacht? Was führte sie bloß im Schilde?

Holly sprang gehetzt in ihren Krankenwagen. In seinem Metallkörper fühlte sie sich sicher, wie im Bauch eines Riesenwals. Aber noch war sie zu zittrig, um loszufahren. Langsam atmete sie ein und wieder aus.

Sich um kranke Menschen zu kümmern, hatte ihrem Leben bisher Sinn und Struktur gegeben. Das war es, was sie konnte, sogar sehr gut konnte, wenn man ihrer Beurteilung *vor* dem Radler-Zwischenfall Glauben schenkte. Doch dann hatte Lawson sie verleumdet und ihr Selbstbewusstsein damit schwer erschüttert. Doch sie wusste, sie hatte nichts falsch gemacht. Sie wusste, sie machte einen guten Job. Dagegen war diese Sache hier eindeutig eine Nummer zu groß für sie.

Sie wollte ja gerne tun, worum Claire sie bat. Wenn sie hier eine Zukunft haben wollte, dann müsste sie sich unentbehrlich machen. Aber warum hatte Claire sie nicht gewarnt? Sie im wahrsten Sinne des Wortes ins offene Messer rennen lassen? Wollte sie Holly doch rausekeln?

Sie würde mit ihr unter vier Augen sprechen müssen. Und genau das hatte sie vor, als sie ihren Mercedes, noch immer aufgewühlt, aber in gemütlichem Tempo, um die Kurven, an den Klippen entlang, in Richtung Cardigan steuerte.

Sie warf immer wieder einen Blick auf das graue, heute sehr wütende Meer. Cassy war verunsichert gewesen. Das schon. Aber sie hatte eine Kraft und einen inneren Trotz ausgestrahlt, der Holly sagte, dass sie sich niemals von einer dieser Klippen stürzen würde. Ein uneheliches Kind, eine Teenagerschwangerschaft, das war heutzutage nichts Ungewöhnliches mehr und schon gar kein Weltuntergang. Zugegeben, in alten adligen Familien sah es womöglich anders aus. Aber wenn sie Jane glauben konnte, dann war Cassys

Mutter eine sensible Frau. Sie würde ihre Tochter nicht so gefährlich unter Druck setzen. Oder doch?

Holly musste die Scheibenwischer einschalten, denn ein Nieselregen ging in feinen Tröpfchen auf das Land herab und hüllte es in einen grauen, verwaschenen Schleier. Die Frontscheibe beschlug im Nu und Holly wischte mit einem Taschentuch ununterbrochen die Sicht frei, während sie einhändig am Steuerrad kurbelte. Sie drosselte das Tempo auf der High Street von Cardigan und rollte langsam in den Hinterhof von Claires Ambulanz.

Sie hatte sich genau zurechtgelegt, was sie zu Claire sagen würde. Sie würde freundlich bleiben und versuchen, ihre Überraschung und ihre Angst zu schildern, bevor sie sie fragte, warum sie sie nicht vor Mr Tredwell gewarnt hatte.

Entschlossen stieg sie aus und stapfte mit gesenktem Kopf durch den stärker gewordenen Regen. Dicke Tropfen klatschten auf Hollys Nasenrücken, den Schirm hatte sie natürlich im Cottage vergessen.

Beinahe wäre sie mit der Stirn gegen die Scheibe geknallt.

Denn als sie versuchte, vor dem Regen in die Ambulanz zu flüchten, ließ sich die Tür nicht öffnen und Holly prallte mit ihrem Körper dagegen.

Es war abgeschlossen. Durch die Glastür konnte sie den leeren Wartebereich sehen. Das Licht war aus, die Tür zum Behandlungszimmer stand sperrangelweit weit auf. Gähnende Leere und Verlassenheit auch dort. Die Einrichtung wirkte schäbig und gespenstisch, als sei hier schon seit Jahren niemand mehr gewesen und Holly fragte sich, ob sie sich Claire nur eingebildet hatte.

Sie trat einen Schritt zurück und sah einen handgeschriebenen Zettel, der von innen an die Tür geklebt worden war. Heute und morgen war offiziell geschlossen. Dann eben nicht, sagte sie sich und sprang durch die Pfützen zu ihrem Oldtimer zurück. Keine Auseinandersetzung mit Claire, keine neuen Patienten. Und sie war einer Messerattacke gesund und munter entkommen.

So gesehen ein richtig guter Tag.

Auf dem Heimweg hielt Holly noch kurz bei Mr Woods Laden. Sie brauchte Eier und Haferflocken. Morgen würde sie sich ein großes Frühstück gönnen, jetzt, da sie bis auf Gwyn keine Verpflichtungen hatte, konnte der Urlaub beginnen. Sie hatte zwar keine Ahnung, was sie bei Regenwetter tun würde, aber das würde sich finden. Womöglich ließ sich ein skurriles Museum in der näheren Umgebung ausmachen. Oder sie würde Chris im Pub besuchen. In den ruhigeren Nachmittagsstunden hätten sie vielleicht ein wenig Zeit für sich. Ein Gespräch, ein bisschen Händchenhalten. Ein Kuss. Mehr brauchte sie gar nicht. Sie wusste ja, was sie ihm bedeutete. Sie waren Königskinder. Sie hatte beschlossen, die Rolle der tragisch Liebenden zu akzeptieren und sogar zu genießen.

»Papperlapapp!«

An den vier Rollen von Miss Peabodys Rollator hatten sich silberne Wasserlachen gebildet, während sie anscheinend Volksreden schwang. Holly musste aufpassen, dass sie auf dem gefliesten Boden nicht ausrutschte.

»Ich finde, wir sollten einen Suchtrupp organisieren. Das sind wir als Dorfgemeinschaft der Familie von Lady Beringford schuldig.«

»Mit Hunden und Taschenlampen in breiten Reihen durch die Felder stapfen? Rufen und rasseln? Wie stellen Sie sich das vor, mit Rollator?«, fragte Woods, der offensichtlich nur ungern hinter seinem Tresen hervorkäme.

»Ich könnte die Koordination übernehmen«, sagte Miss Peabody und reckte ihren Hühnerhals. Holly sah sie schon mit Megafon an der Kreuzung stehen und Befehle hineinbellen. Das würde ihr gefallen.

»Aber vielleicht ist das auch unnötig«, erklärte die Alte in einer überraschenden Kehrtwende und setzte ein Miss-Marple-Gesicht auf. »Denken Sie doch mal nach. Wenn ein junges Mädchen aus gutem Hause verschwindet und keine Lösegeldforderung eintrifft, dann ist sie durchgebrannt! Wahrscheinlich mit dem Stallburschen oder dem Sohn einer ihrer Dienstboten.«

»Wir sind nicht bei *Pride und Prejudice*«, sagte Holly, um von der Beziehungsproblematik abzulenken.

»Romane spiegeln nur das wirkliche Leben, meine Liebe. *Warum* sollte ein Mädchen aus guter Familie also durchbrennen? Natürlich, weil sie schwanger ist. Nichts Neues unter der Sonne, wenn Sie mich fragen.«

»Miss Peabody, das sind nur Spekulationen.« Holly seufzte.

»Junge Frau, ausgerechnet Sie müssten es doch am besten wissen«, die Alte ließ sich nicht beirren. »Ich habe gesehen, wie Cassy aus Ihrer Einfahrt geritten kam. Das war am Samstag, da holt mich meine Tochter Ellen immer mit dem Auto ab, und Cassy kam uns entgegen. Ellen ist eine von diesen modernen Frauen. Leitet die Lloyds-Bank in Cardigan.«

»Sie müssen sehr stolz auf sie sein.«

Holly war dankbar für den Themenwechsel und zückte ihr Portemonnaie. Sie wollte dem Kreuzverhör so schnell wie möglich entkommen.

»Was hat Cassy denn von Ihnen gewollt, wenn nicht einen medizinischen Rat?« Miss Peabody gab so leicht nicht auf. »Sie sah nicht im landläufigen Sinn krank aus, wenn man von ihrer ungesunden Haarfarbe absieht, meine ich«, hakte sie nach und schien Holly mit Blicken zu durchbohren. »So eine ungewollte Schwangerschaft ist zwar anfangs unsichtbar, aber für jede Frau ein Problem. Das war schon in meiner Jugend so und da gab es kein Recht auf Abtreibung und so.«

»Abtreibung?«, fragte Mr Woods und in seinen Augen blitzte bereits eine Schlagzeile auf.

»Lassen Sie bitte das Mädchen in Frieden. Ich kann Ihnen nichts dazu sagen, warum sie bei mir war.«

»Sie werden sie doch nicht zu so einer neumodischen Tagesklinik geschickt haben? Soll ja so schnell gehen wie eine Zahnreinigung.« Miss Peabody legte den Kopf schief und musterte Holly weiterhin mit Falkenblick.

Holly schüttelte nur den Kopf und entschied, dass sie die Alte am besten ignorierte. Wenn sie ihr auch nur einen Funken Information gäbe, würde sie damit sofort eine Feuersbrunst entfachen. Sie sollte wirklich vorsichtig sein und sich bedeckt halten.

»Ich nehme vier von den frischen Eiern, bitte«, sagte sie zu Mr Woods, der mit gespitzten Ohren ihrer Unterhaltung gefolgt war.

»Sie leugnen es also nicht. Hab ich's doch gewusst!«, rief Miss Peabody und schob ihren Rollator wie einen siegreichen Streitwagen aus dem Laden. »Mir macht eben keiner was vor.«

Holly sah ihr besorgt nach.

Als sie Spots abgeholt hatte und zuhause im Cottage ankam, hatte der Wind den Regen vertrieben. Die Wolken galoppierten wie eine riesige Schafherde tief über das Land und die milde Abendsonne zwinkerte auf den nassen Halmen und Sträuchern.

Holly beschloss, zu Fuß zum Essen in den Pub zu gehen. Sie sehnte sich nach unbeschwerten Gesprächen, Lachen und der Zärtlichkeit von Chris.

Doch hinter dem Tresen stand eine Aushilfe. Es lief grauenvolle Westernmusik und Holly erkannte keinen der Gäste. Was ein netter Abend hätte werden sollen wurde zu einem einsamen Albtraum. Müde stürzte sie das Bier in einem Zug hinunter und verließ den Pub so bald wie möglich. Sie würde ein wenig den Kai entlangschlendern und die schlafenden Möwen betrachten, den Sommerabend genießen. Doch als sie aus der Tür trat, regnete es wieder.

Holly wollte sich gerade fluchend auf den Heimweg machen, da sah sie Licht in Janes kleinem Haus nebenan.

»Ich wollte in den Pub, aber es ist irgendwie komisch dort.«

Holly fühlte sich, als sei sie sechs, wie sie da bettelnd in Janes niedriger Holztür stand.

»Country-Abend«, sagte Jane und duckte sich in ihrem Türrahmen. »Das ist ein völlig anderes Klientel. Komm rein.«

»Ach, das machen die regelmäßig?«

»Jeden Dienstagabend, wenn Chris frei hat.«

Das erklärte wenigstens seine Abwesenheit. Hätte er ihr auch sagen können. Wozu gab es Handys? Zum Fotografieren? Holly fühlte sich hilflos und allein.

»Hast du Hunger?«

Jane ging in die kleine Küche hinüber, wo es heftig zu brutzeln begonnen hatte.

»Ich mache gerade *Welsh Rarebit*, walisischer Käsetoast, sozusagen«, sagte sie und kippte etwas Bier in die Pfanne.

»Hast du irgendwelche Neuigkeiten zu Cassy gehört? In der Schule war niemand anzutreffen. Ist sie vielleicht reumütig zurückgekommen?«, fragte Holly und folgte in die Küche.

»Leider nicht. Cassys Vater ist der Einzige, der zurückgekommen ist und macht jeden, der nicht schnell genug aus seinem Blickfeld flüchtet, verantwortlich für Cassys Verschwinden. Er brüllt Anne am Telefon an und macht sie mit seinen Forderungen ganz verrückt. Und Lady Beringford ist so nervös wie eine Vollblutstute in ihrer Rennbox. Es ist herzzerreißend.«

Holly hängte ihre feuchte Jacke über einen Stuhl und setzte sich an den Küchentisch. Kurz darauf trug Jane zwei Teller mit selbst gebackenen Brotscheiben auf, auf denen zerlassener und gewürzter Käse glänzte. Die Krusten knirschten verheißungsvoll zwischen Hollys Zähnen, gebratene Tomaten rundeten die Mahlzeit ab. Zwei Toasts später fühlte sie sich satt und zufrieden.

»Du kannst wirklich gut kochen«, staunte sie und wischte sich über den Mund.

»Ich kann kochen, backen, meine Strümpfe stopfen und sie sogar selbst stricken, wenn es sein muss. Ich singe gern und du solltest mich erst mal tanzen sehen.«

Jane zwinkerte ihr gut gelaunt zu.

»Da fragt man sich, warum eine so gute Partie mit derart häuslichen Tugenden noch immer nicht unter der Haube ist.«

»Holly, lass gut sein. Das hatten wir doch schon. Du bist nicht hier, um den Amor zu spielen. Fass dich lieber an die eigene Nase.«

Holly nahm einen großen Schluck Rotwein.

»Weil ich eine hinterlistige Geliebte bin, die einer armen Frau den Freund ausspannt? Ich weiß, es ist schäbig, aber er wird sie nicht verlassen. Und ich habe im Urlaub zumindest ein wenig Spaß. Das ist alles.«

Jane sagte nichts und sah sie tiefgründig an.

»Was?«, fragte Holly genervt. »Darf ich mein Glück nicht genießen?«

»Dein Glück ist ein abgekartetes Spiel, Holly. Alle wissen das, nur du nicht.«

»Ein Spiel? Was für ein Spiel? Chris und ich sind verliebt. Wir genießen die gemeinsame Zeit, das ist alles.«

Jane schenkte Holly nach, nahm selber einen großen Schluck Rotwein und drehte das Glas unschlüssig in den Fingern. Sie sah sehr ernst aus.

»Freundinnen sollten aufrichtig zueinander sein, Holly. Deshalb muss ich dir leider sagen, dass Chris ein Schwindler ist.«

»Ein Schwindler?« Sie hatte sich verhört, oder?

»Ganz genau.«

»Du machst ihn doch nur schlecht, weil du neidisch bist.«

Jane reagierte wie ein geschlagenes Bärenjunges.

»Merkst du eigentlich gar nicht, wie arrogant das wirkt? Du tust so, als hätten wir alle nur auf dich gewartet. Als sei mit deinem Auftauchen hier das Kapitel *wunderschönes Telynport* gerade erst aufgeschlagen worden. Dabei gab es bereits viele, viele Sommer vor dir, Jahrtausende lang, wenn du bis zur Tafelrunde zurückgehen willst. Und in den letzten Jahren, die ich hier verbracht habe, gab es ein immer wiederkehrendes Thema: Chris und seine Sommerlieben.«

»Er hat Alex also nicht zum ersten Mal betrogen. Was kann ich dafür?«, verteidigte sich Holly.

»Es gibt keine Alex. Er hat sie erfunden, um sich rar zu machen. Jeden Sommer sucht er sich eine Touristin aus, mit der er ein Verhältnis anfängt. Sie wandern in den Bergen, schwimmen, fahren Boot und beobachten Delfine. Sowas von romantisch. Und die Mädels lieben ihn und fahren mit gebrochenen Herzen nach Hause. Aber sie wissen, er ist ein gebundener, treuer Freund, er würde seine Alex oder Rosie oder wie er sie gerade nennt, niemals verlassen. Und sie lieben ihn gerade deshalb noch mehr, leiden noch mehr und er stolziert überall herum, dieser kleine, walisische Casanova, und prahlt mit seinen Eroberungen.«

Jane zuckte mit den Schultern, als sei es ihr egal, dass mit ihrer Anschuldigung Hollys Kartenhäuschen zusammenstürzen würde, in dem sie sich seit ihrer Flucht aus London verkrochen hatte.

»Ich glaube dir kein Wort, Jane.«

Hollys Stimme wurde schneidend und unter ihrer Schädeldecke pochte es unangenehm und heiß. Nach all dem ganzen Mist, der in London passiert war, war sie hier das erste Mal seit Langem glücklich. Und jetzt wollte Jane es ihr madig machen? Sie hatte sie für eine Freundin gehalten! Ihre Wut auf Lawson, William, Honeysuckle und jetzt auch auf

Jane loderte in Hollys Hirn auf und jede Selbstkontrolle verglühte.

»Du bist neidisch, das ist alles. Sieh dich doch an. Eine rührselige Tierärztin, die lieber aus der Ferne schmachtet, als dafür zu sorgen, dass sich ihre Träume erfüllen.«

Holly sprang auf und knallte das leere Weinglas auf den Tisch. »Ich habe nicht vor, so eine einsame alte Jungfer zu werden, wie du.« Sie schnappte sich ihre Jacke und stürmte aus dem Haus. Der walisische Himmel schüttete höhnisch seinen Eimer über ihr aus.

23

»Es muss ja nicht unbedingt Madagaskar sein. Aber ich hab keinen Bock mehr auf meine Mutter. Auf die Menschen im Hotel. Die sind immer wichtiger als alles andere. Und auf die Schule auch nicht. Nur auf dich!«

Calvin hatte gelacht und mir einen schnappenden Kuss auf den Hals gegeben. Meine blauen Haare hatten ihn nicht abgeschreckt und mein Hals scheint eine merkwürdige Anziehungskraft auf ihn auszuüben. Was gut ist, denn er ist eine meiner wichtigsten erogenen Zonen. Hälse werden grandios unterschätzt. Beinahe hätte ich mal einen Orgasmus gekriegt, als er stundenlang an meinem Hals und Ohrläppchen geknabbert hat. Und davon steht kein verdammter Satz in diesem hippen Aufklärungsbuch. Ich meine, Hallo! Da soll man seine eigene Sexualität erkunden und sie erklären noch nicht einmal, wie man es sicher vermeidet, schwanger zu werden. Dumm gelaufen. Jetzt habe ich einen kleinen Mitbewohner in mir drin und Calvin weiß noch immer nichts davon.

Es war einfach zu romantisch, als er seine Idee mit dem Abhauen brachte. Ein echtes Roadmovie. Und in keinem Drehbuch steht was davon, dass Emma Stone in *Lala Land* schwanger ist. Ich will mit Calvin durchs Leben tanzen und uns den Spaß nicht verderben.

»Wohin wollen wir also?«

»Wir könnten uns in den Zug setzen und bis ans Ende Europas fahren. Soweit es eben geht, ohne Passkontrollen.«

»Wenn ich geschminkt bin, geh ich als 18 durch und die Fahrkartenkontrolleure stellen keine dummen Fragen.«

Wir sind natürlich nicht mit dem Zug gefahren. Wir konnten uns auf kein Ziel einigen, hatten zu wenig Geld und haben kurzerhand in der alten Ruine auf den Klippen übernachtet. Die Sterne wie ein schützendes LED-Netz über uns, warme Abendluft und das unglaublich antörnende Gefühl, dass keiner von unseren Plänen wusste.

Heute Morgen segeln die Möwen in großspurigen Bahnen durch das Himmelblau. Sie haben mich mit ihren Schreien geweckt, die klingen, als riefen Babys nach ihren Müttern. Ich krieg Gänsehaut und werde verrückt, wenn ich diese erbärmlichen Hilferufe noch länger hören muss. Die machen mich so nervös, dass ich glatt mein Handy fallen lasse, als ich ein Selfie mit Calvin schießen will. Ausgerechnet in so ein verdammtes Scheiß-Loch in der Ruine, aus dem es wohl nur ein Bagger holen könnte. Auf den Knien angele ich zwischen den Steinquadern herum, brech mir fast den Arm und könnte platzen vor Wut.

»Hier, nimm meins.« Calvin hält mir sein Handy hin und setzt sich neben mich. »Wir könnten in Zukunft doch immer gemeinsam posten.«

Was so süß ist, echt jetzt! Nur leider ist sein Akku fast leer. Er hat sein Ladekabel vergessen, der Schussel, und meins passt natürlich nicht und die Stimmung ist irgendwie nicht mehr ganz so toll.

»Guck nicht so traurig. Ich hab einfach nur Hunger«, sagt Calvin. Männer scheinen manchmal echt einfach gestrickt zu sein. Aber er hat recht. Mein Magen knurrt auch.

»In Swansea kennt uns keiner. Da klauen wir uns was zu essen und sehen uns dann ein bisschen im Süden um. Da gibt es wunderbare Strände und alle denken, wir sind Touristenkids. Was meinst du?«, fragt er noch mal.

»Klingt nach einem Plan«, sage ich, stehe auf und klopfe mir das feuchte Gras vom Hintern. Wir tätscheln uns gegenseitig die Blätter vom Rücken, was in heftiges Knutschen ausartet, bis wir bereit sind, uns an die Straße zu stellen. Es ist sehr früh und wir haben Glück. Ein Fischtransporter nimmt uns die ganze Strecke mit.

»Bye-bye!«, ruft Calvin begeistert, als wir die A484 in Richtung Swansea entlangtuckern. Ich schaue aus dem Fenster und kann meine Gedanken nicht stoppen. Ich muss es ihm sagen.

Aber wie lässt man eine Bombe in das Leben eines Menschen fallen, den man mehr als alle anderen auf der Welt mag? Seine Träume und Pläne werden auseinanderspritzen wie geborstene Fensterscheiben. Vielleicht sogar seine Gefühle für mich.

Ich selbst bin ein Wunschkind gewesen, das hat Mum mir mehr als einmal versichert. Ein Lottogewinn, wenn man es kritisch betrachtet, denn aus meinem dämlichen Aufklärungsbuch weiß ich, dass Eizellen nur zwei, drei Tage im Monat befruchtungsfähig sind. Mums tapferer Eizelle verdanke ich mein Leben.

Doch ich bin feige. Ich weiß, was ich anstelle der Eizelle getan hätte, wären drei Millionen wild gewordener Spermien auf mich zugerast. Wahrscheinlich hätte ich die Beine in die Hand genommen (was für Beine hat eine Eizelle?) und mich verdünnisiert. Und es wäre nix geworden mit einem Baby. Aber meine eigenen Eizellen scheinen ebenso tough zu sein wie die meiner Mum. Liegt wohl in der Familie. Tapferkeit im Angesicht des Feindes wurde einigen meiner Urgroßahnen bescheinigt und jetzt sieh sich einer meine Wenigkeit an. Sitze schlotternd auf einem nach Fisch stinkenden, abgewetzten Transportersitz und mach mir ins Hemd wegen Wahrheit oder Pflicht in der Baby-Edition. Wenigstens muss ich nicht andauernd kotzen und das ist doch schon was.

Mum ist, soweit ich das beurteilen kann, eine gute Mutter. Immer gewesen. Und sie hat es auch nicht leicht. Vor allem nicht, seitdem Pa mit seiner Geliebten ein Doppelleben in London führt. Aber sie ist wenigstens nicht dem Alkohol verfallen und sie liegt auch nicht tagelang depressiv auf dem Sofa herum. Sie arbeitet im Stall, im Garten und macht irgendwelches ehrenamtliches Zeug, das von reichen Ladys eben erwartet wird.

Mum hat mich bisher nicht davon abgehalten, das zu tun, was ich tun wollte und würde es wohl auch nicht in Zukunft tun. Es liegt ganz allein an Pa.

Seine blasierten Mundwinkel. Sein enttäuschter, angeekelter Blick, wenn er davon erfahren würde. Er würde den Kontakt abbrechen und das will ich nicht. Ich meine, er ist ein Arsch, aber er ist mein Arsch. Ich habe sein Kinn und offensichtlich auch seine Konfliktscheu geerbt. Er flieht nach London und ich mit meinem Freund auf die Klippen. Freundlicherweise scheint das Wetter mitzuspielen bei unserem kleinen Camping-Trip.

»Sieh mal, das Meer!«, ruft Calvin, als wir runter in den Süden kommen und öffnet jubelnd das Fenster, sodass mir die Haare wie feine Stahlseile um die Augen schnüren.

»Yippie!«, stimme ich ein. Der Fahrer grinst und sieht mich nachsichtig an.

Besser ich verschiebe meine Gedanken und das Problemgespräch auf später. Jetzt bin ich eine flatternde Sirene, ein wilder Tramp. Jetzt können mir Flügel wachsen, am Rücken oder an den Fersen. Ich kann von Klippe zu Klippe springen und auf den Wellen reiten.

Ich brauche nur einen Kuss von Calvin dazu.

24

»Jetzt ist auch noch Calvin verschwunden!«

Es klang wie ein Vorwurf, war aber offenbar als Friedensangebot gemeint. Anne stand am nächsten Morgen bei Holly auf der Matte. »Hättest du einen Tee?«

»Komm rein«, sagte Holly, schlurfte in die Küche, setzte den Wasserkessel auf und rieb sich die Augen.

»Seine Mutter rief mich an. Kann es sein, dass er der Vater von Cassys Baby ist?«, schnatterte die junge Polizistin, wieder ganz der frühe Vogel.

»Keine Ahnung«, sagte Holly verschlafen, es war immerhin sieben Uhr morgens. Die Weinflasche, die sie am Abend zuvor noch allein geleert hatte, lag auf dem Boden. Als Holly sie verstohlen ankickte, rollte sie brav unter die Spüle. Anne tat so, als hätte sie nichts gesehen.

Holly war aufgebracht von Jane zurückgekehrt und wütend auf sich selbst gewesen. Aber sie hatte sich einfach nicht bremsen können in ihrer Empörung über Janes Behauptungen. Sie war verletzt und hatte ihrerseits unfair reagiert, zugegeben. In letzter Zeit passierte ihr das öfter, als ihr lieb war. Sie musste nur an die Szene in Mrs Honeysuckles Büro denken und wäre am liebsten im Boden versunken. In solchen Momenten kam es ihr vor, als sehe sie ihrem eigenen Leben zu, wie einem Film. Völlig unfähig, in die Handlungen der Hauptfigur auf der Leinwand einzugreifen. Sie hatte sich wirklich erbärmlich schlecht im Griff. Warum nur wirkten die anderen immer so ausgeglichen?

Sie reichte Anne einen Becher frisch überbrühten Tee und lächelte sie an. Die Freundin lächelte zurück und ließ ihre Grübchen tanzen.

Ein Stein so groß wie ein Findling purzelte Holly vom Herzen, weil Anne ihr die Verschwiegenheit um Cassy offenbar verziehen hatte.

»Hast du mit Chris gesprochen?«, fragte Anne. »Hat er Calvin vielleicht mal wieder im Pub gesehen?«

Holly gab nur ungern zu, dass sie seit dem wunderschönen Wander-Wochenende nur Textnachrichten mit Chris getauscht hatte. Keinen einzigen realen Kuss. Sie schüttelte den Kopf.

»Alex ist wieder zurück.«

Es fiel ihr immer noch schwer, Janes Beteuerungen Glauben zu schenken. Ihre Freundin musste da irgendetwas missverstanden haben. Denn warum sollte ausgerechnet Jane Expertin für Chris' Liebesleben sein, wo sie doch nur Augen für die Fesseln rassiger Stuten hatte. Und wozu sollte Chris sich eine Freundin *ausdenken*? Er war siebenundzwanzig, verdammt, und hatte Fantasiefreunde wirklich nicht mehr nötig.

»Wer ist Alex?«, fragte Anne.

»Seine Freundin.« Holly hatte sich entschieden. Sie würde loyal sein und ihrem Freund glauben.

»Chris hat keine Freundin.«

»Hat er doch. Und wie kommt es, dass du mehr über seinen Beziehungsstatus zu wissen scheinst als ich?«

»Ich bin Polizistin, Holly. Und mein Büro liegt im Nachbarhaus von Miss Peabody. Sozusagen direkt an der MI6-Zentrale. Ich weiß alles. Ob du's glaubst, oder nicht. Also, kommst du jetzt mit?«

Holly beschloss, das Thema Chris ruhen zu lassen. Sie hatte es sich gestern schwer mit Jane verscherzt, da war sie sich sicher. Dieses Friedensangebot von Anne wollte sie unbedingt annehmen und die ganze Alex-Geschichte später mit Chris in Ruhe besprechen. Sie verschwand kurz ins Bad und zog sich an. Innerhalb von Minuten saß sie neben Anne im Polizeiauto.

»Und die Klippen?«, fragte sie vorsichtig, als sie auf die Küstenstraße einbogen.

»Vom Helikopter aus war nichts zu finden.«

»Helikopter!«, sagte Holly, schwer beeindruckt.

»Hamish ist ein Freund von mir von der Polizeihochschule. So ein Rundflug dauert knapp fünfzehn Minuten und er arbeitet mit der Küstenwache zusammen. Auf ihrem letzten Flug haben sie einfach einen Schlenker mehr gemacht.«

»Du hast wirklich tolle Freunde«, sagte Holly.

»Das will ich hoffen«, sagte Anne und sah sie von der Seite an.

Um halb acht standen Anne und Holly vor Cassys Klassenzimmer und hielten die grauhaarige Lehrerin auf, die auf Storchenbeinen flink über den Flur wuselte.

»Frau Bertram?«

»Ja?«

»Ich bin Constable Hô und das ist–«

»Die Krankenschwester, ich weiß«, sagte Frau Bertram mit einem eisigen Lehrerinnenblick auf Holly. »Sie sollen für das Verschwinden von Cassiopeia verantwortlich sein, habe ich gehört. Und jetzt auch noch Calvin?«

Holly schluckte. Sie hatte die nachrichtendienstlichen Fähigkeiten von Miss Peabody gefährlich unterschätzt. Offenbar wusste ganz Pembrokeshire von Cassys Verschwinden und ihrer Rolle dabei.

»Ich bin nicht–«, begann Holly, aber Anne packte sie am Arm.

»Mrs Higgins begleitet mich in ihrer Funktion als Krankenschwester. Sie wird gleich die Schulschwester befragen. Wie heißt sie noch gleich?«

»Miss Dawson.«

Anne schlug den verbindlichen, doch unnachgiebigen Ton an, den Holly so an ihr bewunderte. Ihr Gesicht eine freundliche, aber undurchdringliche Maske. »Also, was ist nun mit Calvin? Was können Sie uns über ihn sagen? Über sein Elternhaus?«

Mrs Bertram gab sich geschlagen, bat sie in das leere Klassenzimmer und setzte sich hinter das Pult. Anne und Holly blieben stehen.

»Den Vater kenne ich nicht. Ich habe nur Mrs Carrington – Ada heißt sie, glaube ich – ein paar Mal bei Elternabenden getroffen. Sie machte immer einen ziemlich überheblichen Eindruck auf mich. Kamelhaarmantel, Seidentuch, perfekt geschminkt und manikürt. Sie kennen den Typ. Sie hat jedem, der nicht bei drei im nächsten Schulklo verschwunden ist, ihre Hotel-Karte in die Hand gedrückt. Sehr edel, hochwertiges Papier mit Goldprint. Wahrscheinlich kommen ihre Gäste aus Häusern in Kensington und Mayfair, deren Toilettenschüsseln aus Gold sind. Das wäre genau ihre Zielgruppe.«

Holly wunderte sich, dass die Lehrerin Mrs Carrington offensichtlich nicht mochte. Ihr war sie sehr sympathisch gewesen.

»Ist Ihnen im Unterricht irgendetwas an Calvin aufgefallen?«, begann Anne die Befragung.

»Ich kann das immer noch nicht glauben, dass Calvin auch weggelaufen ist …!«

»Haben sie denn irgendeine Veränderung an ihm bemerkt?«

»Und so unerwartet. Ich meine, ich habe der Direktorin bereits alles gesagt, was ich weiß.«

»Und das wäre?« Anne wurde langsam ungeduldig.

»Nichts. Mir ist rein gar nichts an ihm aufgefallen. Er sitzt da immer an seinem Pult in der vorletzten Reihe und wippt unablässig mit den Füßen. Hin und wieder meldet er sich und was er sagt, das stimmt. Es gibt allerdings Momente, da bin ich mir nicht sicher, ob er geistig anwesend ist. Teenager eben. Es tut mir wirklich so leid!«

»Und seine Freundin? Was ist mit einer Freundin?«

Mrs Bertram zog die Augenbrauen hoch und zwinkerte. Dann schob sie ihre Brille mit dem Mittelfinger hinterher. »Welche Freundin?«

»Das sollen Sie uns doch sagen. Mit welchen Mädchen hatte er zu tun?«

»Sie meinen Leonie?«

»Leonie?« Anne guckte verwirrt.

Was für ein Schwerenöter, dachte Holly. Zwei Freundinnen hatte der Junge? Kein Wunder, dass Cassy ihm nichts sagen wollte, ihm nicht vertraute. Niemandem vertraute, außer einer fremden Krankenschwester, die nur Urlaub machte. Wie verzweifelt musste das arme Mädchen gewesen sein? Dabei hatte Calvin bei diesem Abendessen zwar trotzig gewirkt – aber auch irgendwie bemitleidenswert.

»Leonie wer?«, fragte Anne mit ihrer freundlichen Stahlklingen-Stimme. »Die Adresse, bitte!«

»Ich weiß nicht recht. Ich habe sie nicht.« Mrs Bertram wand sich wie eine Blindschleiche. »Nicht hier, bei mir, meine ich. Und ob wir die einfach so herausgeben dürfen, weiß ich auch nicht.«

»Ich denke, ich wende mich ans Direktorat«, sagte Anne kühl. »Vielen Dank auch.«

»Komisch, ihr Eindruck von Mrs Carrington. Ich fand Calvins Mutter wirklich nett«, sagte Holly, als sie im Treppenhaus wieder hinunter schlenderten. Das alte Holzgeländer war von Tausenden von Schülerhänden auf Hochglanz poliert, sodass es weich und glatt durch ihre Handflächen glitt wie ein Seidenschal.

»Du hast ihren Sohn gerettet. Und sie ist mittlerweile erfolgreich, da kann man großzügig sein. Früher war sie auch nur eine kleine Kosmetikerin.«

»Auch?«, fragte Holly erbost »Du meinst, weil ich *auch nur* eine kleine Krankenschwester bin?«

»Holly, meine Liebe, es geht hier doch nicht um dich.«

Mit versöhnlichem Grinsen und legte sie ihre schmale Kinderhand auf Hollys Unterarm. »Es ist ungerecht, dieses System, das wissen wir beide. Du bist eine arme, unterbezahlte Krankenschwester, zugegeben. Und Mrs Carrington ist vermutlich auch nicht mit dem Silberlöffel im Mund geboren worden, den sie nun neben ihre Dessertschälchen legt. Wenn Sie es tatsächlich geschafft hat, einen Stöckelschuh in die Haustüren der Londoner Upper Class zu bekommen, erklärt das ihren Kokainkonsum.«

»Sie nimmt Drogen?« Holly blieb überrascht auf der untersten Treppenstufe stehen und Anne wäre beinahe in sie reingerannt.

»Wer tut das nicht?«, seufzte sie. »Ist aber schon lange her. Da war das Hotel noch nicht so edel und die Gäste etwas wilder, wenn du verstehst, was ich meine. Sänger, Musiker, Schauspieler aus London. So eine selbst ernannte Künstlertruppe.«

»Woher weißt du das denn? Da warst du bestimmt noch in der Grundschule.«

»Aktenstudium. Ich bin zwar nicht alt genug, um damals bei den Razzien dabei gewesen zu sein, aber ich bin fleißig. Habe letzte Nacht kaum geschlafen.«

Holly blies die Wangen auf.

»Willst du andeuten, dass Calvin womöglich auch …? War er ein Dealer? Meinst du das?«

Holly hatte vergessen, Mrs Carrington bei dem vertrauten Abendessen nach den Einzelheiten der Befunde und dem routinemäßigen Drogenscreening zu fragen. Wenn es eben nicht nur Alkohol gewesen war, der Calvin so abgeschossen hat, als sie ihn ohnmächtig am Strand gefunden hatte? Doch Mrs Carrington würde, bei allem, was sie jetzt über ihre Vorgeschichte wussten, niemals zugeben, wenn Drogen im Spiel waren.

»Dealer? Interessante Idee«, meinte Anne auf dem Weg ins Direktorat, und Holly sorgte sich gleich noch ein wenig mehr um Cassy und ihr Baby. »Aber so weit war ich noch gar nicht. Ich versuche nur, mir ein Bild zu machen.«

Anne und Holly mussten viermal klingeln, bevor sich die Tür des kleinen Hexenhauses öffnete, in dem Leonie wohnte. Die verlebte Frau mit ungekämmtem Haar und verschmierten Smokey Eyes musste ihre Mutter sein.

»Ist Leonie da?«, erkundigte sich Anne.

»Es ist Mittwoch«, nuschelte sie. »Sie ist in der Schule.«

Auf die Frage nach Calvin schüttelte sie nur schwer den Kopf.

»Meine Tochter hat keinen Freund.«

Sie warf böse Blicke um sich und einen Augenblick später sah es so aus, als würde sie gleich die Tür zuschlagen.

»Tut mir leid, sie ist nicht in der Schule«, sagte Anne. »Wann haben Sie Leonie zuletzt gesehen? Wollen Sie auch eine Vermisstenanzeige aufgeben?«

»Ach was.« Leonies Mutter schüttelte den Kopf. »Die ist noch jedes Mal wieder aus der Spielhalle nach Hause gekommen. Schönen Tag auch!«

»Spielhalle?«, hakte Anne nach, aber die Tür schloss sich bereits mit einem satten Schlürfen.

»Und jetzt?« Holly sah ratlos zu Anne.

»Ich fahre nach Cardigan. Dort ist die nächste größere Spielhalle. Und du solltest nach Hause fahren. Oder an einen unserer wunderbaren Strände. Genieße ein bisschen deine Ferien. Oder tu zumindest so, als ob.«

Urlaub? Das klang wie ein Fremdwort. Wenn Holly daran dachte, hatte sie die Vorstellung, auf einem Strand aus Treibsand zu laufen, in dem sie immer tiefer versank, während sie versuchte, in die kühlen Wellen zu gelangen, sich freizuschwimmen. Wenn sie nicht aufpasste, würde sie der walisische Sand vollkommen verschlucken. Eine minderjährige Schwangere, die sich um Rat an sie gewandt hatte, war womöglich mit ihrem Dealer verschwunden und Holly hatte sie beide gekannt. Wo wollten sie hin? Nahm Cassy auch Drogen? Und was würde aus dem Baby werden? Jeder hier würde diese Fragen stellen, nicht zuletzt sie selbst. Wie konnte das nur passieren? Wie konnte aus einer wunderschönen Auszeit ein solches Drama werden? Es hatte doch alles so vielversprechend angefangen.

Holly ließ sich von Anne an ihrem Cottage absetzen, aber es war nicht der geeignete Tag für Sonnenbäder oder genussvolle Lektüre auf der Liege. Sie würde Mrs Carrington anrufen und ihre Hilfe anbieten. Sie war so eine freundliche, weltoffene Frau. Großzügig und warmherzig. Man konnte ihr in dieser schwierigen Situation doch nicht ihren Erfolg und ihre Jugendsünden vorwerfen, wie diese grässliche Lehrerin es tat. Sie hatte Unterstützung verdient.

»Was wollen Sie von mir?«

Holly hielt erschrocken das Handy von ihrem Ohr weg. Sie konnte die ungeheure Anstrengung in ihrer Stimme hören, die es Calvins Mutter kostete, sie nicht anzubrüllen. Mit ihrer stets frisch aufgebügelten Contenance war es nicht mehr weit her.

»Mrs Carrington, ich möchte Ihnen helfen. Ich kann mir gar nicht vorstellen, was Sie durchmachen, aber ich weiß, dass es etwas mit Cassy zu tun hat.«

»Sie sind tatsächlich der Meinung, Calvin und Cassy seien zusammen abgehauen? Warum verbreiten sie diese Fantasiegeschichte eines *kleines Liebesabenteuers,* wie Woods sich ausdrückte. Er soll Cassy geschwängert haben? Mein Sohn?!«

Holly hörte sie nach Luft schnappen.

»So etwas habe ich niemals behauptet«, sagte Holly in einem, wie sie hoffte, beruhigendem Tonfall. Sie versuchte, exakt die Tonlage zu treffen, die bei den Eltern in der Kinderambulanz so erfolgreich war. »Ich dachte nur, wir beide könnten uns vielleicht zusammensetzen und Brainstorming machen. Da gibt es womöglich etwas, das keiner bisher beachtet hat. Heimliche Schulwege, Abkürzungen, Lieblingsplätze seit seiner Kindheit. Auf den ersten Blick unbedeutende Einzelheiten. Aber vielleicht doch eine Brotkrume im Wald.«

»Im Wald? Welchem Wald?«, schnaubte Mrs Carrington.

»Nur so ein Spruch, Entschuldigung. Ich meine, sollen wir uns treffen? Möchten Sie, dass ich vorbeikomme oder soll ich–«

»Auf keinen Fall. Sie haben schon genug angerichtet. Mein Sohn und Cassy sind nicht einmal in derselben Klasse. Das arme Ding! Ich meine, ein junges Mädchen zur Abtreibung zu drängen, wie konnten Sie nur!«

»Ich habe was?«, fragte Holly erschrocken, aber Mrs Carrington hatte schon aufgelegt.

25

»Hallo, meine Königin!«

Chris breitete seine Arme und sein Lächeln aus und im Pub drehten sich alle nach Holly um. Einige fingen an zu tuscheln, doch sie lächelte zurück und war sich mit einem Mal sicher, dass Anne und Jane sich irrten. Konnten diese Augen lügen? Diese Augen, die ihr folgten wie die Kamera von Channel4 einer Filmdiva, um keine ihrer Bewegungen zu verpassen? Die sie adelten mit Aufmerksamkeit und offener Bewunderung. Sie war eine Königin in ihrem höchsteigenen Märchen und sie würde es verdammt noch mal genießen.

Holly warf ihre Jacke über den einzig freien Barhocker und beugte sich über den Tresen. Sein Kuss war intensiv und weich und schmeckte nach Bier und Zigaretten. Eine erstaunliche Tatsache, sie hatte ihn noch nie rauchen sehen. Jemand pfiff, einer lachte und dann wandten die Gäste sich wieder ihren eigenen Gesprächen zu.

»Alex ist Raucherin?«

Chris wich leicht zurück und sah sie erstaunt an. »Wie kommst du denn darauf?«

»Alex ist wieder da und du schmeckst nach Rauch, obwohl wir noch nie eine geraucht haben. Schlussfolgerung: Du rauchst mit Alex.«

»Ich habe dich und deinen Scharfsinn vermisst«, sagte Chris und schloss die Augen, um sie noch einmal zu küssen.

»Du hast meine Frage nicht beantwortet«, sagte Holly und wich nun ihrerseits ein wenig zurück. Jane und Anne saßen wie böse Geister in ihrem Hinterkopf und zischten: *Frag ihn, frag ihn!*

»Ja, sie ist Raucherin«, gab er widerstrebend zu und öffnete die Augen.

»Wann ist sie angekommen? Wie lange wird sie bleiben? Wann können wir uns wieder treffen?«

»Wow, wow, wow, Moment mal!« Er hob lachend beide Hände. »Was soll das Kreuzverhör?«

»Ich hab dich vermisst, das ist alles«, sagte Holly, während Chris erst mal drei Pint Bier zapfte, die er über die Theke schob und anschließend abkassierte. Kein guter Zeitpunkt für eine Aussprache, das war klar, aber irgendetwas an seinem Verhalten schien Holly steif und unecht. Als habe sie ihn mit ihren Nachfragen aufgestört.

»Also, was ist mit Alex?«, insistierte sie.

»Ja, was ist mit ihr?«, nuschelte Shawn hinter ihr und legte Holly überraschend den Arm um die Schultern. Er war ziemlich betrunken, auf die leutselige Art. »Du musst wissen, Holly, dass ICH dir niemals etwas vorflunkern würde. Niemals. Ich mein's ernst.«

»Er hat nicht geflunkert. Er hat mir von Alex erzählt.«

»Eben.«

»Hier dein Bier, Shawn. Mach', dass du weiterkommst, die anderen wollen auch noch was«, sagte Chris und kam hinter dem Tresen vor, um Shawn in Richtung Flipperautomaten zu schieben.

»Geflunkert! Geflunkert!«, trällerte der weiter, drehte den Kopf zurück zu Holly und warf ihr einen Luftkuss zu.

»Was meint er damit, Chris?«, fragte sie, als er sich wieder hinter die Zapfhähne stellte. »Jane und Anne haben auch so etwas angedeutet.«

»Holly, du brauchst dir keine Sorgen zu machen. Alles ist gut. Wir reden später, ja?«

Holly sah, dass Chris wirklich viel um die Ohren hatte. Also nahm sie ihr Bier, setzte sich raus und wurde mit einem verschämten Sonnenuntergang abgespeist. Diesige Wolken am Horizont saugten die Strahlen auf, wie ein grauer Wischmopp, bevor sie ihren roséfarbenen Zauber entfalten konnten. Sie kickte die Schuhe von den Füßen und planschte barfuß ein wenig in der seichten Brandung des sich zurückziehenden Meeres. Setzte sich dann auf die Kaimauer, wartete weiter, trank noch ein Bier, sah auf die Bucht und plauderte mit einigen Gästen, bis endlich Sperrstunde war.

»Und was ist jetzt mit Alex?«, fragte Holly, als Chris abgeschlossen hatte und sich mit einer halb vollen Flasche Wein auf der Kaimauer neben ihr niederließ.

»Alex schon wieder?«

»Du hast sie dir doch nicht etwa ausgedacht?«

Sie wollte ihn provozieren. Seinen Widerspruch herausfordern, damit er sie dementierte, diese Zweifel, die bösartig an ihrem Königskinder-Gefühl sägten. Damit sie weiterhin ihre Verliebtheit hegen und pflegen könnte. Die kleine Bemerkung von Shawn war der Tropfen, der das Fass zum Überlaufen gebracht hatte. Das mit dem Rauchen war auch so eine Sache. Als besäße Chris eine andere, ihr völlig unbekannte Persönlichkeit. Sie sah ihn von der Seite an. Unter seiner gebräunten Haut vermutete sie plötzlich reinsten Edelstahl. Hinter seinen Augen Unersättlichkeit. Trotz der guten Tarnung. Holly wollte sich nicht leichtgläubig hinters Licht führen lassen. Kein X für ein U und so weiter. Und fühlte sich schmerzhaft hin und her gerissen. Vielleicht sollte sie wirklich ihren Freundinnen vertrauen, denn sie war sich plötzlich nicht mehr sicher, was Chris anging. Sie kannte ihn doch kaum.

Sie schnappte sich die Weinflasche und ließ mehrere große Schlucke durch ihre Kehle laufen.

»Und wenn schon.«

Oh Gott. Sie musste sich verhört haben.

»Dann bist also wirklich Single?« Sie wollte nur ganz sicher gehen.

»Ja, sieht ganz danach aus. Gute Nachrichten, was dich angeht, oder?«, sagte er und zog eine Schachtel Zigaretten aus der Tasche seiner Jeansjacke. Holte eine davon heraus und steckte sie an.

»Diese Alex gibt es also wirklich nicht? Nirgendwo auf der Welt?« Sie nahm noch einen großen Schluck Wein.

Chris zuckte mit den Schultern und inhalierte tief. »Weißt du, ich bin einfach noch nicht bereit für eine feste Beziehung«, erklärte er mit großer Geste und stieß den Rauch durch die Nase aus. »Und deshalb erwähne ich Alex immer gleich am Anfang. Ich bin sehr sensibel, musst du wissen. Mir fällt es schwer, Schluss zu machen. Ich möchte einfach niemanden verletzen und so schaffe ich sofort klare Verhältnisse.«

Holly stellte sich all seine Verflossenen vor, die ihm ebenfalls auf den Leim gegangen waren. Die ihn für seine Treue bewundert hatten. Selbstlos zurücksteckten und seine Liebesbekundungen wie edle Geschenke ehrfürchtig entgegennahmen. Wie Schmuckstücke, die sie daheim im kalten London an den Herbsttagen herausholen und betrachten konnten. Ihr Herz an der Erinnerung ihrer glühenden Leidenschaft wärmen würden. Wie erbärmlich.

»Du möchtest niemanden verletzen und denkst dir eine Fantasie-Freundin aus? Tut mir leid, aber das klingt ziemlich schräg.«

»Wieso? Damit ist die Sache doch klar.« Chris hatte ein so überzeugend freundliches Gesicht. Darin war nichts Berechnendes zu finden. Konnte er wirklich so naiv sein? Oder war er einfach nur ein fantastischer Schauspieler?

»Eine ernsthafte Beziehung ist von Anfang an ausgeschlossen und alle haben was davon. Wir verbringen wundervolle Sommermonate, unvergessliche Ferien. Und niemand hat ein schlechtes Gewissen.«

Was war er nur für ein Idiot!

»Du vielleicht nicht, aber *ich* hatte ein schlechtes Gewissen wegen Alex! Du hast mich verarscht, Chris, nach Strich und Faden. Und alle wussten davon. Kannst du dir nicht vorstellen, wie demütigend das ist?« Holly knallte ihm die Weinflasche vor die Brust, sprang auf und wandte sich ab.

»Komm schon, Holly, gib jetzt nicht mir die Schuld.«

Chris trat neben sie und fasste sie vorsichtig an der Schulter.

»Warum nicht? Alle zerreißen sich gerade das Maul über mich«, fuhr sie ihn an.

Er hob abwehrend die Hände »Nicht wegen mir, Prinzessin, nicht wegen mir.«

»Das kann einfach nicht wahr sein.« Sie kam sich wirklich dämlich vor. Und für diesen berechnenden kleinen Schwindler hatte sie ihre Freundschaft zu Jane und Anne aufs Spiel gesetzt? Sie schämte sich auf einmal ganz fürchterlich.

»Holly, glaub mir. Ich will niemanden verletzen, schon gar nicht dich. Meine Mutter hat mir beigebracht, Frauen zu respektieren.«

»Deine Mutter? Apropos ... Was *ist* mit deiner Mutter? Stimmt diese Story etwa auch nicht? Ist sie am Ende gar nicht tot?«

Er schüttelte den Kopf.

»Echt jetzt?«

»Sie betreibt einen Friseursalon in Cardiff. Wir haben keinen Kontakt.«

»Du sagst, sie sei tot, weil du nicht gut auf sie zu sprechen bist?«

Holly war sprachlos. Aber natürlich sahnte Chris dadurch Mitleidspunkte bei seinen diversen Freundinnen ab.

Anscheinend erwartete sie zu viel von den Männern. Echte Gefühle, wahre Liebe? Fehlanzeige. Es war ernüchternd, aber auch eine unendliche Erleichterung, als Holly es endlich einsah: Das Glück, wie sie es sich vorstellte, existierte nicht. Es war das Einhorn ihrer Mädchenfantasien und sie würde es auch hier in Wales nicht finden. Hier gab es Schafe und sonst nichts.

Immerhin hatte Chris ihr ein neues Selbstbewusstsein gegeben. Sie hatte wieder gespürt, dass sie für Männer attraktiv war. Dass der gute William nichts weiter als eine Episode in *ihrem* Leben war. *Er* war der Fehler. Nicht umgekehrt.

»Du hast so traurig ausgesehen, als du von deiner Trennung sprachst. Ich kann kein hübsches Mädchen weinen sehen, musst du wissen.«

Anscheinend konnte Chris Gedanken lesen.

»Dann war es also nur Mitleidssex? Soll ich auch noch glücklich darüber sein? Dankbar? Was stimmt eigentlich nicht mit dir?«

Holly spürte schon wieder Schießpulver in ihren Adern prickeln, bereit zu Explosion.

»Holly, hör mir zu. Es stimmt, sowas wie mit dir, das ist mir noch nie passiert. Du bist wirklich etwas Besonderes.«

Sie traute ihren Ohren nicht und dennoch gab es nichts, was sie lieber hören würde.

»Die Platte kenne ich schon, Chris. Denk dir was Neues aus.«

»Aber es stimmt doch. Diesmal ist alles anders.«

Chris machte einen so ernsthaften, einen so bemühten Eindruck, dass ihr beinahe zum Lachen zumute war. Das war wirklich zu absurd. Aber sie glaubte ihm nicht mehr und es kam nur ein Schnauben aus ihrem Mund.

»Du denkst doch nicht ernsthaft, wir könnten einfach so weitermachen wie bisher?«

Er stand vor ihr und ließ seine jungenhaft schlaksigen Arme neben den schmalen Hüften schwingen, als schäme er sich ganz fürchterlich. Diese absichtliche Zerknirschung erboste sie noch mehr. Das war doch nur Show, reine Masche.

»Warum denn nicht?«

Sein Angebot schien halbherzig und so, als rechne er nicht damit, dass sie wirklich darauf einging. Es war nur wieder einer seiner manipulativen Tricks. Eine Rückzugsscharade, um nicht das Gesicht zu verlieren und weiterhin vor sich selbst als der gute Kerl dazustehen.

»Schätze, das war's dann wohl«, sagte sie und beobachtete Chris' Reaktion genau. Er ging ein paar Schritte von ihr weg, fuhr sich mit beiden Händen durch die Haare und drehte sich wieder zu ihr um. »Das war Anne, habe ich recht? Sie tut es immer noch!«

»Sie tut was, Chris?«, fragte Holly verwirrt und wartete gespannt auf weitere fantasievolle Ausflüchte.

»Mich anschwärzen, meine ich. Zu Unrecht beschuldigen.«

»Du hattest was mit Anne? Sag, dass das nicht wahr ist. Sie ist nicht mal eine Touristin!«, fuhr sie ihn an.

Chris wich zurück, plötzlich stumm, und ließ den Streit auf die Straße fallen wie seine abgebrannte Zigarette.

»Okay, okay«, sagte er und ging zu seinem Auto. Stieg ein und gab Gas.

Holly bückte sich nach ihren Schuhen und atmete tief durch. Sie fühlte sich merkwürdig verloren, wie sie ihm barfuß mit verrutschtem Rock nachschaute. Ein trauriges Sterntalerkind, dass erkennen musste, dass das, was es für ein Goldstück gehalten hatte, nichts als ein dreckiger, harter Brocken war.

Sie trottete auf bloßen Füßen die Straße hinauf in Richtung Cottage, als ihr Handy vibrierte.

»Sorry, dass ich so spät noch störe. Ich habe vorhin Leonie gefunden, das wollte ich dir noch schnell sagen«, sagte Anne atemlos. »Total bekifft am helllichten Tag. Strandpromenade Cardigan. Sie hat Calvin hin und wieder Gras verkauft. Keine härteren Drogen. Anscheinend dealt sie in ihrer

Freizeit ein bisschen, aber Calvin tut das nicht. Der scheint sauber zu sein. Hörst du mir überhaupt zu, Holly?«

»Hast du sie festgenommen?«, nuschelte Holly ins Handy und ließ einen ihrer Schuhe fallen.

»Sie hatte nichts bei sich, also habe ich sie stoned, wie sie war, zuhause abgesetzt. Sie hat mich angebettelt, sie lieber in die Ausnüchterungszelle zu stecken. Ihre Mutter hättest du hören sollen. Ich möchte nicht in Leonies Haut stecken.«

»Mmh.« Holly kippte beinahe vornüber, als sie nach ihrem Schuh griff.

»Was ist los, Holly? Irgendetwas stimmt doch nicht mit dir. Bist du betrunken?«

»Natürlich bin ich betrunken. Ich komme gerade aus dem Pub. *Dryffryn Arms*, du weißt schon. Hattest du auch mal was mit Chris?«

»Mit Chris? Deinem Freund, dem Barmann?«

»Sei ehrlich, bitte.«

»Äh, ja. Klar. Ich habe hier vor einigen Jahren hospitiert, bevor ich den Job bekommen habe. Damals bin ich mit ihm ausgegangen. Ich meine, er ist süß und ich hatte Appetit auf Süßes.«

»Du wurdest nicht ausgenutzt oder angelogen?« Holly ließ sich vorsichtshalber auf eine niedrige Gartenmauer fallen, um wieder in ihre Espadrilles hineinzuschlüpfen.

»Ich verliebe mich nicht. Niemals«, behauptete Anne. »Ich sage das den Typen, aber sie glauben mir nicht. Ich denke, Chris war ziemlich überrascht, als ich ihn abserviert habe und mich trotzdem auf den Posten hier bewarb. Das hatte nichts mit ihm zu tun, aber anscheinend hat er mir das übel genommen. Das mit dieser Phantom-Alex hat jedenfalls direkt nach meiner Zeit begonnen.«

»Dann hast *du* mir diesen ganzen Mist eingebrockt?« Holly drückte sich wieder hoch und schob sich weiter den Berg hinauf.

»Sorry, Babe, alle hier wissen, dass er schon zahlreiche Affären hatte. Jedes Jahr eine Sommerliebe und manchmal noch parallel dazu kleine Abenteuer. Jede Friseurin und Fußpflegerin in Cardigan und die Hausdame der Lords. Wie man munkelt, hatte auch die Hotelbesitzerin schon das Vergnügen.«

»Mrs Carrington auch?«

Holly stolperte vor Schreck über einen Stein, ruderte mit den Armen und wäre um ein Haar in eine Hecke gefallen.

»Er ist ein egozentrischer, smarter Bastard, dieser Chris«, meinte Anne auf ihre geradlinige Art. »Aber ich bin darüber hinweg.«

»Über die Liebe? Oder über Chris?«

»Über die Erwartungshaltung, dass jemand anderer für mein Glück verantwortlich ist. Wenn wir eine gute Zeit haben, perfekt! Aber ich mache mein Glück nicht mehr von anderen abhängig.«

»Wow. Und, bist du's?«

»Was?«

»Glücklich?«

Anne blieb eine Weile still. Holly blieb stehen, legte den Kopf in den Nacken und suchte den Himmel vergeblich nach Sternen ab.

»Wenn Glück die Abwesenheit von Schmerz und Enttäuschung ist, dann ja. Ungestörte Zufriedenheit. Keine Angst vor Gewalt. Ja, dann bin ich glücklich.«

Holly war nicht wirklich überzeugt.

»Und wenn dir jemand blöd kommt, machst du Kiai?«

»Du hast es erfasst.«

Es war halb zwölf, als Holly endlich ihr quietschendes Gartentürchen öffnete. Spots stand an der Mauer und sah ihr entgegen, hell im Mondschein leuchtend, wie ein zu klein geratenes, dickes Gespenst.

Holly kniete sich vor sie hin, umarmte das Tier und drückte ihr Gesicht in den weichen Hals. Einige Fadenenden piksten in ihrer Wange und erinnerten Holly daran, dass sie bald die Fäden an der Wunde würde ziehen müssen. Sie rappelte sich auf und zog Spots mit sich ins Cottage. Neugierig sah sich das Schaf um, trappelte mit klackenden Hufen ins Schlafzimmer und riss den winzigen Blumenstrauß vom Nachttisch. Holly ignorierte die Scherben und schob das Schaf in den Flur, wo es sich zweimal um sich selbst drehte, bevor es sich hinlegte. Holly bettete sich auf eine Decke auf den Boden neben Spots und kuschelte sich in die würzige Wolle ihres Bauches. Das Mümmeln wiegte sie in einen unruhigen Schlaf, in dem sie versuchte, über eine Herde Schafrücken zu laufen, abstürzte und in ein tiefes, dunkles Loch fiel.

26

Holly schrak auf, als Spots aufgestanden und sie mit dem Kopf auf den harten Boden gerutscht war. Innen vor der Eingangstür lagen einige Kotköttel. Sie musste sich eingestehen, dass ein Schaf doch kein Kuscheltier war, dass sie seinen Lebensraum und seine Bedürfnisse zu respektieren hatte. Es machte keinen Sinn, sich über Spots zu ärgern, nur über sich selbst. Ihr Blick fiel auf die zerbrochene Blumenvase im Schlafzimmer. Scherben und Schafskacke, so sah ihr Leben augenblicklich aus. Sie ließ eine Welle Selbstmitleid über sich hinweg rollen, als sie Spots in den Garten ließ und sich daran machte, die Bude zu putzen. Es hielt sie nun nichts mehr hier.

Die Dorfgemeinschaft hatte sie verdammt, ihr Lover verarscht. Wenn sie also demnächst wieder abreisen würde, musste sie das Cottage besenrein zurücklassen. Müde führte sie die gleichförmigen Fege- und Wischbewegungen durch. Eine erfreulich stumpfsinnige Tätigkeit, die perfekt ihrer Gemütsverfassung entsprach.

Anschließend setzte sie sich mit einem Becher Tee in den Garten. Sie wollte das kleine Cottage, das ihr so ans Herz gewachsen war, noch bis zur letzten Minute genießen und sog den Frühsommerduft in ihre Seele.

Dass jedes Jahr wieder die Rosen erblühten, erschien Holly an diesem Morgen wie ein Wunder. Dieser jährliche Neuanfang verblüffte sie und erfüllte sie gleichzeitig mit ungläubigem Neid. Woher nur nahm die Natur diese Kraft und diese Energie. Woher die Fantasie, gelbe, rote, weiße und pinkfarbene Blüten in stachelige Rosenbüsche zu setzen, wenn doch vorauszusehen war, dass sie ein paar Wochen später verblüht sein würden. Diese ganze optimistische Vergeblichkeit!

Holly wusste nicht, wie sie nach diesem Reinfall wieder neu anfangen, sie je wieder eine Beziehung führen sollte. Sie hatte das Gefühl, ihre Verbindung zu den Männern sei endgültig abgerissen wie ein abgeschabtes, durchgescheuertes Tau, und sie war aus dem Hafen getrieben und nun allein auf hoher See. Wieder jemanden zu finden, das stellte sie sich schwierig vor. Noch schwieriger allerdings, *falls* sie ihn gefunden hatte, ihn für sich zu gewinnen. Welcome, lonelyness! Da war sie wieder, die Einsamkeit. Sie war ihr mittlerweile so vertraut, wie die alten Songs von Simon&Garfunkel, die ihre Mutter früher in Dauerschleife gehört hatte. Als sie an ihre Mum dachte, kamen ihr beinahe die Tränen. Wie konnte es sein, dass sie diese Schreckschraube plötzlich so schmerzhaft vermisste?

Als Holly gerade überlegte, zurück ins Bett zu gehen, sich die Decke über den Kopf zu ziehen und zu hoffen, dass sich alles von allein lösen würde, klingelte ihr Telefon.

»Dolly!«

Vor Erleichterung, dass ihre Freundin an sie dachte, als habe sie gespürt, dass Holly sie brauchte, als habe sie jene telepathischen Fähigkeiten, denen Hollys Mutter vergeblich nachjagte, musste sie lachen.

»Wie läuft es im Armenhaus, alte Stechpalme? Noch mehr Schafe adoptiert?«

Wie hatte sie ihre Frechheiten vermisst!

»Es gibt sie noch, die gute alte Hexenjagd. Wenn nicht bald ein Wunder geschieht, ende ich auf dem Scheiterhaufen.«

Sie erzählte ihr das ganze Drama um Cassys Verschwinden.

»Klingt ja echt nach Mittelalter. Du Arme.«

»Ist der Ruf erst ruiniert und so weiter. Warum sollte ich mein altes, gut eingetragenes Motto ändern? Und bei dir so?«, versuchte sie abzulenken.

»Alles beruhigend normal. Heute hat mir ein Patient auf die Füße gekotzt, als ich ihm gerade die Entlassungspapiere überreichen wollte.«

»Du Glückliche! Um ihn hat sich bestimmt sofort jemand gekümmert«, sagte Holly und dachte an ihren vernachlässigten Radfahrer.

»Kannst du glauben. Schädel-MRT. Hirnblutung. Und ein kleiner Flirt mit diesem unwiderstehlichen Hirnchirurgen.«

Holly hörte das gurrende Lachen ihrer Freundin und fühlte sich sofort besser.

»Ich glaube, ich komme bald wieder zurück. Lieber eine Mörderin in London als eine Hexe in Wales.«

»Und es gibt keinen freundlichen Exorzisten? Was ist mit diesem niedlichen Barmann?«

»Hör mir mit dem auf. Er ist ein Scharlatan. Ein Blender schlimmster Sorte!«

Holly umarmte ihre Knie, während sie erzählte. Alles an ihr roch nach Schaf. Und dann musste sie natürlich doch weinen.

»So schlimm? Ach, Holly, wie kommt es nur, dass du immer in einen üblen Schlamassel gerätst, wohin du auch deine tapsigen Schritte lenkst?«

»Sag du es mir, Doyita«, schniefte sie. »Sag du es mir.«

Als sie sich endlich aufraffen konnte, um einkaufen zu gehen, war es bereits Mittag. Sie fuhr Spots zur alten Gwyn und stellte sie hinter dem Haus auf die Weide. Glücklicherweise war keine der Frauen anzutreffen, Holly würde am

Nachmittag die Zuckerwerte überprüfen und der Verband konnte bestimmt auch bald ab. Zunächst brauchte sie ihre ganze Kraft, um den Einkauf bei Woods hinter sich zu bringen.

Als sie ihren Krankenwagen vor dem Gemischtwarenladen geparkt hatte, holte sie tief Luft, als wolle sie durch einen Tunnel tauchen. Wenn sie in London das King's College Hospital nach ihrer Schicht verließ, verschwand sie in der Anonymität der Großstadt. Niemanden interessierte es, was sie den ganzen Tag über getrieben hatte, wenn sie sich ein Brot holen ging oder ein Essen beim indischen Take-away. Hier hingegen kannte sie jeder, und dass Miss Peabody Gerüchte über sie verbreitete, fühlte sich an wie ein veritabler Shitstorm auf Instagram. Sie fürchtete diesen Tag der hochgezogenen Augenbrauen und vernichtenden Blicke. Doch als sie eintrat, war der Tresen verwaist. Nur in Annes Büro raschelte es eifrig. Erleichtert trat Holly ein.

»Wieder unter den Lebenden?«, fragte die junge Polizistin und ihre schwarzen Augen blitzten schalkhaft.

»Nicht so richtig«, stöhnte Holly und ließ sich auf Annes Sofa fallen.

»Vielleicht kann ich dich mit der Nachricht ablenken, dass die Handys von Calvin und Cassy zuletzt an der alten Ruine auf den Klippen geortet wurden. Anscheinend haben sie dort übernachtet.«

»Wow.« Es fehlte ihr die Kraft zu einer angemessen enthusiastischen Reaktion.

»Doch jetzt fehlt jede Spur von ihnen.«

Holly seufzte. »Weißt du, irgendwie komme ich mir vor wie in einem Albtraum. Nicht nur, was das Verschwinden von Cassy und Calvin angeht. Auch in Bezug auf Chris. Ein merkwürdiger Albtraum, in dem sich herausstellt, dass nichts so ist, wie es scheint.«

»Das hier ist die Realität, Baby. Auch ein Frosch kann aussehen wie ein ganz normaler Typ.« Anne versuchte sich an einem Grinsen. Holly lächelte gequält zurück. »Chris ist eben *nicht* die große Liebe gewesen, sondern schlicht und einfach eine Bettgeschichte. So what? Du wirst drüber hinwegkommen, Holly.«

»Aber wie? Im Moment bin ich empört und blamiert und möchte mich eigentlich nur eingraben, wie so ein Wattwurm.«

»Und was tun Sie dann hier?«

Miss Peabody stolzierte in Annes Büro, den Rollator wie einen Bulldozer vor sich herschiebend, um jedes Hindernis aus dem Weg zu räumen. »Unruhe stiften, denke ich mir«, fuhr sie fort. »Was denken Sie sich eigentlich dabei, Ihr chaotisches, amoralisches Leben in unser beschauliches Dorf mitzubringen und sich überall einzumischen? Sie sollten sich was schämen. Die Lady ist ganz krank vor Sorge um Cassy und ehrlich gesagt verstehe ich nicht, wie Sie es wagen können, hier so schamlos aufzukreuzen. Kaufen Sie Ihre Milch doch im Supermarkt. Nicht genug, dass Sie die junge Frau ins Verderben geschickt haben, Sie schrecken nicht einmal vor Ehebruch zurück, wie ich höre.«

»Chris ist nicht verheiratet«, wehrte sich Holly matt. »Er hat nicht mal eine Freundin. Die war nur vorgetäuscht.«

»Was *Sie* aber nicht wussten und was Sie trotzdem nicht abschreckte. Pater Hamson wird dazu einiges zu sagen haben. Herr im Himmel! Telynport entwickelt sich noch zu einem gefährlichen Sündenpfuhl!«

Anne rollte mit den Augen und versteckte sich hinter ihrem Computerbildschirm.

»Kommen Sie, kommen Sie, Miss Peabody. Sie wollen bestimmt ihr vorbestelltes Brot holen.« Woods trat zuvorkommend hinter seinem Tresen hervor und lotste die alte Dame gewandt in den hinteren Teil des Ladens. Holly ignorierte er. Sie hätte auch einer der vergessen und verstaubt im Eingang stehenden alten Regenschirme sein können. Sie wagte nicht, trotzdem etwas zu kaufen, stemmte sich von Annes Sofa hoch, winkte ihr zu und trat den Rückzug an.

Holly saß eine Weile in ihrem Oldtimer und wusste nicht, wohin mit sich. Sie hätte ihre Vergangenheit gern abgelegt wie einen alten Mantel, aber sie klebte an ihr wie eine zweite Haut. Sie fragte sich, wie sie es schaffen sollte, solche bornierten Menschen davon zu überzeugen, dass sie weder eine Hexe noch ein Flittchen war, sondern einfach eine junge Frau mit modernen Einstellungen, die versuchte, das Beste aus ihrem Leben zu machen und gleichzeitig auch noch anderen zu helfen. Wieso erwartete die ganze Welt, Krankenschwestern sollten Heilige sein? Warum wurde *sie* für Promiskuität angeklagt und nicht Chris, der dieses Lebensmodell seit Jahren perfektioniert hatte?

Sie wünschte sich plötzlich ganz weit weg. Und sie sollte sich wirklich auf den Weg machen. Denn Miss Peabody würde jede Minute den Laden verlassen und sie wollte nicht riskieren, dass sie in ihrer Empörung Shawns schönen alten Krankenwagen mit ihrem Rollator rammte und ihm eine Schramme verpasste. Aber zuhause würde Holly auch keine Ruhe finden, so viel war klar. Sie musste sich mit Jane versöhnen und versuchen zu retten, was zu retten war. Ihre Freundin hatte sie als arrogant bezeichnet und das hatte sie furchtbar aufgeregt – einfach, weil es stimmte. Sie war als Londonerin hier nur im Urlaub, kritisierte die Gemeindeschwester, fing eine Affäre mit dem Barmann an und bezichtigte ihre neuen Freundinnen der Lüge. Holly fragte sich, wie viel in ihrem Leben noch in Scherben gehen müsste, bis ihr die ruhige Ausgeglichenheit der Waliser vergönnt sein würde und hoffte, dass Jane so gutmütig war, ihr zu verzeihen. Sie musste sie unbedingt sehen, dachte sie und wählte ihre Nummer.

»Jane, es tut mir so leid!«

»Ich kann jetzt nicht. Schwere Lammgeburt auf Fagins Hof«, ächzte die Tierärztin und dann war das Handy tot.

Okay. Sie würde sich in die Höhle des Löwen begeben müssen, wenn sie die Sache mit Jane heute noch bereinigen wollte. Solche Lammgeburten verliefen bestimmt zügiger als die bei Menschen. Holly erinnerte sich noch gut an die anstrengenden Stunden, die sie während ihrer Ausbildung im Kreißsaal verbracht hatte, während die werdenden Mütter in Badewannen, auf Pezibällen oder in Gebärtüchern hängend mehr oder weniger schreiend darauf warteten, endlich pressen zu dürfen. In den Augen der Entbindenden hatte sie kalte Angst aufpoppen sehen. Die Männer hingegen hatten einmal Spaß und neun Monate später drückte ihnen jemand lächelnd den Nachwuchs in den Arm, wie beim Lieferdienst bestellt. Es war so ungerecht.

Der einzige Grund, warum Holly sich vorstellen konnte, eine Lammgeburt sei weniger traumatisch oder lebensverändernd, war die Tatsache, dass die frisch geschlüpften Lämmlein spätestens nach einer Stunde laufen konnten. Das bedeutete, sie würde sich bald mit Jane aussprechen können.

Sie fuhr mitten auf den Hof, denn heute würde sie Fagin nicht aus dem Weg gehen können. Er würde jeden von Janes Handgriffen überwachen, soviel war sicher. Holly beneidete ihre Freundin nicht gerade um ihren Job.

Sie ging in den Stall links vom Haupthaus und hörte bereits Janes melodiöse Stimme, die beruhigend auf Tier und Besitzer einredete. Der Stall war heruntergekommen und hatte seit Jahren keine Pferde mehr gesehen, soviel stand fest. Im Emaillewaschbecken an der Mauer wanden sich graue Schlieren und die Seife sah so verschmutzt aus wie eine ertrunkene Ratte. Es roch nach Hoffnungslosigkeit und Verwesung und Holly fragte sich, ob Fagin hier wohl seine

Schlachtungen durchführte. Hygienisch war das nicht gerade.

Jane saß in einer geräumigen alten Pferdebox, die mit erstaunlich sauberem Stroh ausgelegt war. Fagin hockte neben ihr.

»Was wollen Sie denn hier?«, grummelte er.

»Ich habe sie dazugebeten«, sagte Jane, immun gegen seine schlechte Laune. Fagin stand auf und wanderte den verdreckten Stallgang auf und ab. Ganz das Klischee des werdenden Vaters. Holly stellte sich hinter Jane. Ein Schaf, das aussah, als sei es Spots Zwillingsschwester, drehte sich unruhig in der Box im Kreis und scharrte immer wieder mit den Hufen.

»Es ist gerade die zweite Fruchtblase geplatzt«, erklärte Jane.

Um sie herum lag ein Sammelsurium aus Stricken, Einmalhandschuhen, Gleitgel und sauberen Handtüchern. Holly konnte auch ein Desinfektionsspray, Bindfaden und eine Schere entdecken.

»Und, läuft es nach Plan?«

»Na ja, sie ist gerade wieder aufgestanden. Das machen manche Schafe zwischen den Wehen.«

Jane beugte sich vor und tastete das Schaf von innen ab.

»Verdammt. Das klemmt hinten und vorne.«

Fagin war wieder zurückgekommen.

»Ich werde dich haftbar machen, wenn eine meiner besten Auen krepiert«, schimpfte er. »Wenn du nichts tust, sterben sie beide. Also mach endlich, Jane. Kein Lamm, kein Honorar!«

Sein Speichel spritzte, während er breitbeinig neben seinem Schaf stand und Gesten machte, als wolle er das Universum verschieben.

»Normalerweise kommen die Vorderbeine zuerst«, erklärte Jane Holly und ignorierte seine Drohungen. »Die Sohlen sollten nach unten zeigen. Die Nase folgt eng auf den Vorderbeinen liegend. Das tut sie hier aber nicht.«

»Und es ist keine Beckenendlage?«, fragte Holly.

»Wir nennen das Hinterendlage. Und nein, das ist nicht das Problem. Die Vorderbeine liegen richtig, aber hier ist der Kopf des Lammes nach hinten gedreht.«

Holly versuchte, sich das vorzustellen, aber die Mechanik schien gegen eine normale Geburt zu sprechen.

»Machst du dann einen Kaiserschnitt? Bei einem Schaf?«

Jane lachte, obwohl ihr Gesicht äußerste Konzentration zeigte, während sie neben der Aue kniete, ihre rechte Hand, die in einem Handschuh bis zum Oberarm steckte, fuhr langsam in ihren Geburtskanal.

»Ich versuche, das Lamm zurückzuschieben. Es in eine richtige Position zu bringen. Aber die Aue ist müde und die Kontraktionen lassen nach.«

Sie hielt die Luft an und stemmte sich mit dem Arm gegen das Schafsinnere. Es sah aus, als wollte sie die Innereien des Tiers einmal im Uhrzeigersinn umdrehen. Stöhnend machte sie eine kurze Pause.

»Tut mir leid, Fagin, ich glaube, das wird nichts mehr.«

»Wag es nicht, jetzt aufzugeben, Jane«, knurrte der und bleckte die Zähne.

Jane blieb ruhig, holte tief Luft und versuchte es weiter.

»Uff. Geschafft. Die Nase ist vorn«, sagte sie nach einer Weile. »Aber es geht trotzdem nicht voran. Reich mir mal den sauberen Strick da, Holly.«

Fagin schubste Holly zur Seite und übernahm. Kleine Schweißperlen standen auf seiner Stirn, er wirkte fahrig.

»Und Gleitmittel«, kommandierte Jane.

Fagin ließ die Tube erst mal fallen, bevor Jane sie ihm aus den Händen riss.

»Braves Mädchen«, sagte sie leise zu der Aue. »Und jetzt ganz langsam.«

Sie zog den Strick, den sie in das Schaf eingebracht hatte, wieder heraus. Wie zwei fahle Äste schoben sich die zarten Vorderbeine in voller Länge hervor, darauf ein zartes rosa Schnäuzchen. Kurz darauf plumpste das Lamm ins saubere Stroh. Es bewegte sich nicht.

Fagin ergriff es flink, rubbelte es auf seinem Schoß mit einem Handtuch ab und pustete ihm in die Nüstern. Ganz leicht begann es, sich zu regen. Und Holly staunte, als sie eine Träne von Fagins Nasenspitze tropfen sah.

»Puh, gerade noch mal gut gegangen«, zischte Jane Holly zu, strich sich mit dem Ellenbogen eine dunkelrote Locke aus der Stirn und ließ sich gegen die Bretter der Boxenwand plumpsen.

»Und die Nachgeburt?«, fragte Holly und hockte sich neben sie.

»Das dauert noch mal vier bis sechs Stunden.«

Holly seufzte.

»Genug Zeit also, um mich bei dir zu entschuldigen, Jane.« Sie holte tief Luft. »Ich habe mit Chris gesprochen. Du hattest natürlich in allem recht, und ich war einfach zu vernagelt und selbstgerecht, um das zu erkennen. Es tut mir so leid, was ich dir an den Kopf geworfen habe. Ich bin jähzornig, eingebildet, aufbrausend und ungerecht und alles in allem die schlechteste Freundin, die man sich nur wünschen kann. Aber ich bin auf dich angewiesen, du bist mein Fels in der Brandung. Was soll ich mit einem Schwindler wie Chris, wenn ich die aufrichtigste, sanftmütigste und loyalste Person, die ich je getroffen habe, zu meiner Freundin zählen könnte? Von der deren Ausgeglichenheit ich mir eine fette Scheibe abschneiden sollte.« Holly schluckte schwer. »Was ich mit diesem Geschwafel eigentlich sagen möchte: Bitte, Jane, kannst du mir verzeihen? Ich habe es wirklich nicht so gemeint.«

Jane sah Holly lange an. Im dämmrigen Licht des Stalls war ihre Miene nur schwer zu deuten.

»Das hat keiner von uns«, sagte sie dann, gab Holly einen Klaps aufs Knie und richtete sich auf. »Wir Waliser tragen das Herz auf der Zunge und explodieren auch gerne mal, da passt du sehr gut rein. Aber wir sind nicht nachtragend. Ganz und gar nicht.«

Janes Handy klingelte, als sie sich gerade die Hände mit Kernseife wusch.

»Gehst du für mich ran?«, fragte sie.

Holly sah das Vollblut auf dem Display und reichte das Telefon weiter.

»Lady Beringford! Was ist passiert?«

Holly konnte nicht verstehen, was gesprochen wurde. Aber die Stimme klang alarmiert.

»Ich bin gleich bei dir«, sagte Jane, legte auf und wandte sich an Holly. »Sie hat Cassy gefunden.«

»Geht es ihr gut?«, fragte sie sofort.

»Es hörte sich nicht danach an. Am besten kommst du gleich mit.«

»Wohin fahren wir?«, fragte Holly. »Ich meine, wo wurde Cassy gefunden?«

»Im Pferdestall«, kam die knappe Antwort. Jane warf ihre Utensilien hektisch in die geräumige Ledertasche. »Die Nachgeburt sollte Routine für Sie sein, Fagin. Kommen Sie klar?«

Der Bauer nickte nur und setzte das Lamm vorsichtig neben seine Mutter. Sein Gesichtsausdruck glatt und glücklich, als sei er zehn Jahre jünger.

27

Das Schloss war ein grauer Kasten, nach Süden ausgerichtet, und residierte auf einer der Klippen östlich der Stadt. Kasernengrau und unwirtlich ragte es hoch am Küstenrand auf, wie das Heck eines untergehenden Schiffes. Von Westen her drängte sich ein Wald bis an die hohe Gartenmauer heran, durch dessen schmiedeeisernes Tor Janes Landrover preschte. Der Kasten schien funktional erbaut und einzig dazu gedacht, mehrere Generationen britischer Gutsherren mit ihren Frauen und zahlreichen Kindern, Horden von Jagdhunden sowie alten, verwitweten Müttern und Schwiegermüttern, unverheirateten Tanten und deren Hausdamen und natürlich das gesamte Personal unterzubringen. Sie vor den Stürmen zu schützen und dem eisigen Wind, der über die Klippen peitschte.

Jane riss das Steuer hart nach links und hielt auf ein spärlich beleuchtetes, eingeschossiges Seitengebäude zu, das der Pferdestall sein musste. Es war aus rotem Ziegelstein erbaut und trug ein Türmchen über dem hohen, bogenförmigen Eingang. Die seitlichen Fenster waren schmal und romanisch, wie bei einer historischen Kapelle. Auf der anderen Seite konnte man die oberen Teile der äußeren Boxentüren öffnen. Offenbar hatten die Pferde der Lords und Ladys hier einen wichtigeren Stellenwert als im Leben eines Großbauern. Der zugige Ort, wo Fagins Vorgänger seine Zugpferde untergestellt und Jane und Holly gerade das Lamm entbunden hatten, unterschied sich von dem Stall dieser Vollblüter wie eine Jugendherberge vom Claridge Hotel.

»Lady Beringford! Charlotte! Wo sind Sie!«

Jane lief mit langen Schritten durch das Tor, und Holly folgte ihr in die Stallgasse nach rechts. Gedämpftes Licht fiel aus gelblichen Birnen, die in Metalllaternen auf die Boxenecken geschraubt waren. Der alte Steinboden aus großen Fliesen war sauber gefegt, es roch nach Heu und malzigem Kraftfutter.

»Hier hinten!«, hörten sie eine nervöse Stimme zwischen den Holzwänden am Ende der Stallgasse. In der vorletzten Box lief ein Rappe unruhig hin und her. Ab und zu schnaubte er.

Lady Beringford saß in der letzten Box neben Cassy, die dort still im Heu lag und augenscheinlich schlief. Ihre Mutter stand auf und ging ihnen entgegen, die Erleichterung ins Gesicht geschrieben.

»Wie geht es ihr?«, fragte Jane und ergriff ihre Hand.

»Ich weiß nicht. Ich glaube nicht so gut.«

»Warum hast du keinen Krankenwagen gerufen?«, fragte Jane und die Anspannung, die mit der Verantwortung einherging, die Lady Beringford ihr übertragen hatte, schien ihre Sommersprossen in Unordnung zu bringen.

»Ich dachte, sie schläft. So ein Abenteuer ist doch bestimmt sehr anstrengend.«

»Du hast nicht versucht, sie zu wecken?« Jane hatte Mühe, ihre Besorgnis zu kaschieren.

»Sie sieht aus, als wäre sie wieder sechs Jahre alt. So friedlich. Ich habe es immer geliebt, ihr beim Schlafen zuzusehen. Ich wollte sie nicht stören.«

Holly kniete bereits neben dem Mädchen im Stroh. Ihr Gesicht war bleich wie der Mond, ihr Atem ging flach und schnell.

Sie rüttelte sie an der Schulter.

»Cassy! Cassy, hörst du mich? Wach auf, Cassy!«

Aber ihre Augen blieben geschlossen. Wie ein Dornröschen im Zauberschlaf, ließ sie sich nicht wecken, verloren in ihrer weit entfernten Traumwelt und Holly hoffte nur, sie würden sie wieder zurückholen können. Sie drehte Cassy auf den Rücken und fühlte ihren Puls.

»Der Puls ist zu schnell, fadenförmig. Was ist bloß los mit ihr?«

Vorsichtig zog sie die Decke von dem schlanken Körper. Die Jeans hatte im Schritt einen großen, dunkelbraunen Fleck, der feucht glänzte.

»Sie blutet! Wer weiß, wie lange schon. Vielleicht war das der Grund, dass sie überhaupt zurückkam.«

»Sie blutet?«, fragte Lady Beringford.

»Sie hat offenbar eine Fehlgeburt.«

»Eine Fehlgeburt?«

Augenscheinlich hatte Cassys Mutter noch nichts von den Gerüchten um die Schwangerschaft und vermeintliche Abtreibung mitgekommen. So isoliert und entfernt sie hier auf ihrer Klippe saß, abgeschnitten von der Tratsch-Welt einer Miss Peabody. Eine einsame Königin in ihrem Schloss.

»Ja, sie war schwanger«, sagte Holly und verzichtete bewusst auf weitere Erklärungen. Jetzt war nicht die Zeit für irgendwelche Diskussionen. »Manchmal kommt es bei Fehlgeburten zu sehr starken Blutungen, die nicht von allein aufhören. Wenn Sie sie nicht gefunden hätten, wäre sie vielleicht verblutet.«

»Oh Gott!«, rief Lady Beringford und sah aus, als würde sie selber gleich ohnmächtig werden. Aber sie riss sich zusammen. Holly sah förmlich, wie ihr schierer Wille sie wieder aufrichtete, ihre Mimik eisern wurde. »Dann rufe ich jetzt einen Krankenwagen.«

»Der benötigt mindestens eine halbe Stunde und wir müssen ihren Kreislauf stabilisieren«, meinte Holly. »Jane, hast du so etwas wie einen Venenkatheter und eine Kochsalzlösung in deiner Tierarzt-Ausrüstung?«

»Müsste alles im Landrover sein«, sagte Jane und sprintete los.

Holly versuchte noch einmal, Cassy zu wecken. Lady Beringford saß auf einem umgedrehten Futtereimer und starrte sie ohne zu blinzeln an.

»Es war merkwürdig. Ich meine, ich war mittags ausgeritten, die Pferde waren versorgt und trotzdem hatte ich den Drang, abends noch einmal im Stall nach dem Rechten zu sehen. Ich hörte Idaho unruhig in seiner Box rumoren und fürchtete schon, er habe eine Kolik.«

Holly hörte nur halb zu. Sie zog vorsichtig Cassys rechten Arm aus ihrer Jacke und schob den Ärmel hoch. Da saß auch schon Jane wieder neben ihr. Hand in Hand behandelten sie das Mädchen, desinfizierten den Arm und lagerten die Beine hoch. Doch anders als bei Chris, der nicht viel mehr als ein Handlanger gewesen war, spürte Holly hier echtes Vertrauen. Und die Bereitschaft, sie uneingeschränkt zu unterstützen. Sie dachte daran, wie verlassen sie sich mit dem sterbenden Radfahrer gefühlt hatte, als niemand kam und sie ganz allein für eine Situation zuständig war, die weit über ihre Kompetenz hinausging. Und sie merkte wieder, wie wichtig ihr Jane geworden war und was es hieß, wirklich füreinander da zu sein. Jane reichte Holly den Venenkatheter, aber die schüttelte den Kopf.

»Du bist die Ärztin, Jane. Mach du es lieber.«

»Ich kann nicht. Sie ist doch kein Schaf.«

Holly sah in ihrem Blick, dass es die Anwesenheit und die Angst von Lady Beringford waren, die ihre Freundin lähmten. Sie spürte, wie sie in ihren Notaufnahme-Modus schaltete und griff nach der Nadel. Sie dachte nicht mehr an den verbluteten Radfahrer, sie sah nur noch auf den schmalen Cassys Unterarm, ihre zarte Cubitalvene. Der Venenkatheter sah genauso aus wie der für Menschen, Holly schob ihn zügig und sicher in Cassys Arm und klebte ihn fest. Jane hatte bereits die Infusion vorbereitet und ließ die Flüssigkeit im Schuss einlaufen.

»Ich fahre sie in die Klinik, die Sitze habe ich schon umgeklappt«, sagte Jane. »Könntest du hinten bitte einige Pferdedecken auslegen?«, wandte sie sich an die Lady und drückte ihre Schulter.

Cassys Mutter fuhr sich kurz, aber entschlossen mit der Hand über die Augen. Dann marschierte sie auf eine große Holzkiste am Stalleingang zu, klappte sie auf und warf sich drei der schweren Pferdedecken über die Schulter. Der Landrover war hinten offen und gut ausgepolstert, als Jane und Holly Cassy hineinlegten. Lady Beringford lief nebenher, die Infusionsflasche hoch erhoben, als trage sie die olympische Fackel.

»Ich nehme das jetzt«, sagte Holly, die sich hinten neben Cassy kauerte, und griff nach der Flasche. Jane sprang auf den Vordersitz und die Lady stieg neben ihr ein. Der Kies spritzte, die Bäume ächzten. Die Straße Richtung Haverfordwest schnurrte unter ihnen wie ein durchdrehendes Laufband.

»Ich hätte sie dort sterben lassen! Ich wäre beinahe wieder hinaus gegangen, als ich gesehen hatte, dass Idahos Bauch nicht aufgebläht war, sein Heu trocken und seine Äpfel frisch. Ich hätte sie liegen lassen in ihrem Blut und sie wäre nie wieder aufgewacht.«

Lady Beringford sprach leise und ungläubig, als traue sie sich selbst nicht mehr über den Weg. Holly tat die Frau leid. Sie wusste, wie es war, sich mit Schuldgefühlen zu quälen.

»Ich hätte mich in mein Bett gelegt und überlegt, wann die richtige Uhrzeit wäre, wieder nach ihm zu sehen. Aber Idaho hat keine Ruhe gegeben. Er tänzelte weiter und scheute vor der hinteren Box. Das ist die Box, wo wir die Heuballen stapeln, bevor sie verteilt werden. Also bin ich zurückgegangen und habe noch einen Blick hineingeworfen. Vielleicht, dachte ich, hat dort eine Katze ihre Jungen versteckt. Schwalben hatten wir auch schon, aber glücklicherweise noch niemals Ratten. Dann habe ich ihre Schuhe gesehen, nur die Schuhe, und beinahe hätte ich mich übergeben vor Erleichterung und Angst.«

Sie konnte gar nicht mehr aufhören zu reden und Jane legte ihre gebräunte Hand auf ihren Arm, ohne das Tempo zu drosseln. Holly musste sich an der Kopfstütze vor ihr festhalten, um in den Kurven nicht hin und her geschleudert zu werden, und war froh, als sie endlich auf der Hauptstraße waren.

»Nid wy`n gofyn bywyd moethus
Aur y byd na`i berlauu man,
Gofyn rwyf am galon hapus
Calon onest, calon lân«

Jane sang. Ihre Stimme hatte wirklich etwas Magisches. Sie klang wie eine Druidin, die Monsterwellen besänftigen konnte, dachte Holly. Die Dunkelheit zerrinnen und Töne wie bunte Schmetterlinge in eine Seele flattern ließ und man lächeln musste, auch wenn man gerade neben jemandem saß, der beinahe verblutete. Verbluten war ein stiller Tod. Ein langsames Verlöschen, das auch übersehen werden konnte, wie sie bei ihrem Fahrradkurier auf die harte Tour hatte lernen müssen. Deshalb machte es ihr viel mehr Angst, hier unbeweglich neben der bewusstlosen Cassy zu sitzen, als Calvin in einem Anfall von Aktionismus den Magen auszupumpen.

Holly dachte an ihre Ausbildung zurück und daran, dass sie immer schon Krankenschwester hatte werden wollen. Als Zehnjährige hatte sie eine halb tote Amsel mit nach Hause geschleppt, die am nächsten Morgen steif war. Eine Maus, die sie aus den Klauen der Nachbarskatze befreit hatte. Sie hatte lernen wollen, wie man das Leben bewahrte und das war noch immer, was sie antrieb. Dieses Bedürfnis, Leben zu ermöglichen. Weiterleben sicherzustellen. Damit ihre Patienten gesund wurden, nicht starben. Dieser unbändige Wille, zu helfen, das musste doch etwas bedeuten. Etwas aussagen, über sie, Holly. Wieso sahen das die Leute hier nicht, diese angeblich so gutmütigen Waliser, die ihr, genau wie Chris, erst das Herz stahlen und sie dann fallen ließen?

Holly nahm Cassys zartes Handgelenk wieder zwischen die Finger. Es pulsierte noch, das Leben. Pochte ihr zart und beruhigend gegen die Kuppe ihrer Zeige- und Mittelfinger. Immer wieder, ein Morsezeichen des Überlebenswillens.

»Sie schafft das«, sagte sie.

»Was?«, rief Jane.

»Sie wird es schaffen!«, brüllte Holly zwischen die Ohren von Jane und der Lady und als sie sich beide erstaunt zu ihr umdrehten, wusste sie, ganz tief drinnen in ihrem Herzen, dass sie diesmal recht hatte.

Haverfordwest hatte kein großes Krankenhaus.

Jane bremste mit quietschenden Reifen vor dem Eingang der Notaufnahme und sprang aus dem Landrover.

»Hilfe! Wir brauchen hier Hilfe, jemand verblutet in meinem Wagen!«

Eine Rolltrage, auf die sechs kräftige Arme Cassy betteten und ins Innere der Untersuchungsräume lotsten, eine Ärztin, die sich anhörte, was Holly zu sagen hatte.

»Sie sind Gemeindeschwester in Cardigan?«

Sie zog die rechte Augenbraue ein wenig hoch.

»Ihre Vertretung, ja.«

Beinahe wäre Holly ins Stottern geraten. Sich noch als Claires Vertretung auszugeben, schien ihr richtig, da sie noch nicht mit ihr gesprochen hatte. Wo steckte Claire überhaupt? Sie hatten keinen Kontakt mehr gehabt, seit Holly vor der verschlossenen Ambulanz gestanden war. Holly musste ihr noch sagen, dass sich ihre Pläne geändert hatten. Dass sie abreisen würde, da sie nicht an einem Ort leben konnte, wo alle sie für eine der neun Hexen von Gloucester hielten.

»Originelle Infusion«, bemerkte die Ärztin.

»Äh, sorry, wir hatten nur die Ausrüstung für ein Schaf dabei. Sie ist Tierärztin.«

Holly deutete mit dem Kopf auf Jane und kam sich idiotisch vor.

»Hier in Wales machen wir da keinen großen Unterschied. Gut gemacht.«

Die Ärztin zwinkerte Holly zu, verschwand hinter einem Vorhang und tat, was getan werden musste, um Cassy zu stabilisieren. Jane stand mit Lady Beringford am Aufnahmeschalter und diktierte der Schwester die wichtigsten Daten. Grelles Neonlicht schnitt wie ein Skalpell tiefe Furchen in ihre angespannten Gesichter.

Holly ließ sich auf einen Plastikstuhl nieder und stützte den Kopf in die Hände. Sie kannte nur die andere Seite, den Aktivismus der Helfer. Nur dazusitzen und zu warten, kam ihr unmöglich und gleichzeitig außerordentlich entspannend vor. Es lag nicht mehr in ihren Händen. Sie hatte getan, was sie konnte. Mal wieder. Und es blieb nur, zu hoffen, dass es diesmal genug war.

28

Die alte Frau ist krank, aber wenigstens nicht dünn. Hier gibt es genug zu essen. Mehr als genug. Laila und ich dürfen einkaufen, was wir wollen. Und natürlich das, was Mrs Gwyn will. Aber manche Sachen, die sie uns aufschreibt, besorge ich ihr nicht. Ich weiß es inzwischen besser als sie, was gesund ist und was nicht. Zu viele Kekse zwischendurch verbiete ich ihr. Traubensaft auch.

Ich bin so streng mit ihr wie mit Laila. Und wenn ich es ihr erkläre, lacht sie. Sie lacht freundlich, nicht so böse wie Mister Fagin und sie tut, was ich ihr sage. Und sie redet ununterbrochen. Ich frage mich, ob sie früher mit dem Tisch gesprochen hat oder den Vorhängen.

Sie war doch ganz alleine hier.

Es ist schön in diesem Haus. So schön. Es ist jetzt hell und sauber und ich sorge dafür, dass es so bleibt. Dieser Garten ist grün, so grün. Kein bisschen staubig. Ich pflanze Kräuter mit Mrs Gwyn und ich pflanze Gemüse.

»Bio-Essen!«, ruft Laila, wenn sie die Blätter wachsen sieht und freut sich auf Kartoffeln im Herbst. Das sind Wurzelknollen wie Maniok, nur rund und viel kleiner. Ich koche jeden Tag für Mrs Gwyn und habe bei Mr Woods schon viele Gewürze bestellt. Irgendwann mache ich ihr Maniok, wenn sie möchte. Oder Kochbananen. Die wird sie lieben. Mrs Gwyn liebt alles, was frittiert ist, aber das gibt es nur selten.

Mrs Gwyn spricht mit mir den ganzen Tag. Ihre Stimme füllt das Haus mit einem andauernden Murmeln. Es wirkt beruhigend. Und ich frage, wenn ich etwas nicht verstehe. Sie ist nicht böse, wenn ich einen Fehler mache. Sie lacht, wenn ich mich verspreche. Sogar, wenn mir etwas herunterfällt. Oder ein Pulli viel zu klein ist nach dem Waschen.

»Alleine hätte ich die Wäsche erst recht nicht hingekriegt«, sagt sie dann, gibt den Pulli an mich weiter und bedankt sich. Für den Fehler! Mister Fagin hätte gebrüllt und den Stock gehoben. Geschlagen hat er mich nur einmal. Das hat gereicht, danach habe mich angestrengt, dass es nicht wieder passiert.

Aber nicht alle weißen Männer sind wütend und böse.

Mr Shawn hat mich schon zum Einkaufen gefahren und Laila zur Schule. Er besucht Mrs Gwyn ziemlich oft und ihm schmeckt mein Essen sehr. Er nimmt immer zwei Portionen und lobt mich und lächelt zufrieden. Ich mag es, wenn die Menschen essen und dadurch fröhlich werden. Das geht mir genauso.

Jetzt, wo ich essen kann, so viel und was ich möchte, habe ich ein Polster auf meiner Seele. Und das wächst, wenn Mrs Gwyn zu mir sagt: »Danke, Atifa.«

29

Freitagmorgen fuhr Holly wieder ins Krankenhaus. Am Vorabend hatte sie ein Taxi zurück genommen, da Lady Beringford noch bleiben wollte und Jane ihr nicht von der Seite wich. Das fünfte Rad am Wagen wollte Holly nun wirklich nicht sein. Doch eine Nachricht von Jane hatte sie noch in der Nacht informiert, dass es Cassy nach einem kleinen Eingriff besser ging, die Blutung zum Stillstand gekommen war. Erst danach war Holly eingeschlafen.

Äußerlich zerknittert und seelisch leicht verbeult stieg sie aus ihrem Krankenwagen, den einige Krankenhausangestellte neugierig beäugten. Mit weichen Knien nahm sie den Aufzug. Kurz dachte sie, die aufrechte Gestalt von Claire aus dem Nachbaraufzug aussteigen zu sehen, doch dann schloss sich die Tür. Auf der Station roch es vertraut nach Bohnerwachs und Desinfektionsmitteln. Im Gang huschten Schwestern in bunten Kasaks an ihr vorbei, Ärztinnen ließen ihre weißen Kittel im Vorübergehen flattern wie Signalflaggen: Achtung, jetzt komme ich!

»Hallo Cassy«, sagte Holly und näherte sich langsam dem Bett. Das Mädchen sah sehr bleich aus mit dem blauen Haar, das einen Stich ins Türkise hatte. Wie eine auf weißen Kissenbergen gestrandete Meerjungfrau. Sie lag in einem Einzelzimmer, Jane und Lady Beringford waren gerade nicht da.

»Wie ich höre, haben Sie mich gerettet.«

Sie streckte Holly eine schmale Hand an einem zerbrechlichen Handgelenk entgegen. »Danke.«

Holly war gerührt und schüttelte die Kinderhand.

»Wir konnten dich doch nicht liegen lassen. Idaho hätte Kleinholz aus dem Stall gemacht. Du hättest ihn hören sollen.«

Cassy lächelte zum ersten Mal.

»Eigentlich hat *er* dich gerettet. Und Jane. Sie hatte die Ausrüstung und den Wagen, und sie hat Gas gegeben.«

»Aber Sie wussten, was zu tun ist.«

»Weil du dich mir anvertraut hast. Es tut mir leid, dass du von unserem Gespräch neulich so enttäuscht warst, dass du abhauen wolltest.«

»Oh, das war nicht Ihre Schuld. Calvin wollte von zuhause weg und ich fand es romantisch. Und ich hatte Schiss vor meinem Vater, das stimmt.«

»Deine Mutter hat sich solche Sorgen gemacht.«

Cassy zog die Augenbrauen zusammen und sah erstaunlich grimmig aus.

»Das tut mir auch leid und so weiter. Aber dieses ganze Leben als höhere Tochter, dieses grauenvolle Schloss! Da hängen blutige Waffen an der Wand! Tote Tiere! Ich kann da nicht bleiben.«

Die Verzweiflung von Cassy war wie eine Klaue, die Holly das Herz zerquetschen wollte. Sie griff nach Cassys anderer Hand, die schlaff auf dem Bettlaken lag.

»Wenn mein Vater da ist, wird es auch nicht besser, sondern schlimmer. Sie streiten sich nicht, aber sie hassen sich. Gehen sich immer aus dem Weg und Mum treffe ich dann nur im Stall.«

»Ist dir schon mal der Gedanke gekommen, dass deine Mutter auch unglücklich ist? Dass sie nur mit deinem Vater zusammen ist, wegen der Familie, seiner Reputation und dem, was die Leute sagen könnten?«

»Scheiß auf die Reputation. Scheiß auf den Dorfklatsch!«

»Vielleicht solltest du das deiner Mutter sagen. Vielleicht möchte sie auch raus aus ihrer Haut und traut sich nicht.«

Wie kam sie eigentlich dazu, Ratschläge für den Umgang mit Müttern zu verteilen? Ihr eigenes Verhältnis war quasi nicht existent. Eine schmerzende Leerstelle, die sie immer wieder nur halbherzig zu füllen versuchte.

»Sie ist erwachsen. Sie sollte *mir* helfen, nicht andersherum.«

»Man ist nie erwachsen genug für diese Welt«, sagte Holly.

»Haben Sie Kinder?«

»Für wie alt hältst du mich eigentlich?«, fragte Holly und lachte. »Nein, ich habe nur Spots, mein Schaf. Und das werde ich zurücklassen müssen, wenn ich wieder nach London gehe.«

»Sie gehen fort?«

»Ich bin nur eine Touristin«, sagte Holly.

»Für mich sind sie mehr. Viel mehr. Ich glaube, sie sind so etwas wie meine gute Fee.«

»Und du bist schwer in Ordnung, kleine Meerjungfrau«, sagte Holly.

»Meerjungfrau? Mann, wir sind eindeutig Disney-verseucht.«

»Alte Märchen, walisische Sagen! Wer redet von Disney?«

»Meerjungfrau ist Meilen besser als Prinzessin«, grinste Cassy. »Damit kann ich leben.«

Holly stand auf.

»Bleib, wie du bist. Ich sollte langsam los.«

»Dann sehen wir uns nie wieder? Und ich werde Ihnen nicht ein einziges Mal auch das Leben retten können? Stehe lebenslang in Ihrer Schuld und Sie vergessen das einfach?«

»Ich werde dich nicht vergessen, Cassy.«

Holly winkte dem zarten Blauschopf zu, der ihr großäugig hinterherstarrte. Diese chaotische Ausreißerin hatte ihr das Vertrauen in sich selbst zurückgegeben. Das Gefühl, zu wissen, was sie tat. Dafür würde sie ihr lebenslang dankbar sein.

»In gewisser Weise hast du mich bereits gerettet.«

»Wir sind also quitt?« Ihr Gesicht strahlte.

»Quitt!«

Auf dem Flur traf sie Jane und Lady Beringford, die zwei duftende Kaffeebecher aus der Cafeteria vor sich hertrugen. Lady Beringford drängte sich an Janes Schulter. In ihren kräftigen Rotschopf mischten sich weißblonde Strähnen, die sich aus dem zarten Zopf von Charlotte Beringford lösten. Welsh Cake mit Marmelade.

Janes Hand lag auf ihrer Hüfte.

»Ist sie wach?«, fragte die Lady und löste sich von Jane.

»Ja, das ist sie und ziemlich munter.«

»Sie haben ihr gestern Nacht noch zwei Blutkonserven gegeben«, erklärte Jane.

»Dafür ist sie aber noch immer etwas blass.«

Lady Beringford huschte ins Zimmer. Jane blieb auf dem Flur zurück und grinste.

»Honigkuchenpferd ist nichts gegen deinen Gesichtsausdruck, Jane.« Holly schmunzelte. »Glücklich?«

»Ach, es ist kompliziert. Aber ja, die Elektronen summen wie verrückt. Bei uns beiden. Auf ein und derselben Wellenlänge.«

»Das nenne ich Glück.«

»Ich nenne es Magie«, sagte Jane verträumt. Holly stupste die Freundin in die Seite.

»Hör mal, ich dachte, ich hätte vorhin Claire hier auf dem Flur gesehen. Sind ihre Angehörigen vielleicht krank? Oder hat sie hier jemanden besucht?«

»Claire?« Jane schnaubte amüsiert. »Die mag niemanden und würde lieber eine Kröte fressen, als eine ihrer Patientinnen zu besuchen. Vielleicht musste sie beruflich zu einer Sitzung des NHS?«

»Keine Ahnung«, sagte Holly.

»Oder sie hat diese Frauengeschichten, von denen Miss Peabody neulich sprach.«

»Wechseljahre? Viel zu alt, würde ich meinen.«

»Sie hat so etwas in der Art erwähnt.« Jane schien sich nicht sicher.

»Warum sollte Claire Miss Peabody in ihre Frauengeheimnisse einweihen?« Holly konnte sich nicht vorstellen, dass Claire Miss Peabody irgendetwas anvertrauen würde.

»Vielleicht, um deren Neugier von anderen Dingen abzulenken. Ich glaube, da gab es diese Geschichte. Große Liebe und enttäuschte Liebe und so weiter.«

»Miss Peabody war verliebt?«

Das schien so wahrscheinlich wie eine Homo-Ehe im Buckingham-Palast.

»Nein, Claire und Gwyn.«

»Die beiden? Ineinander?« Holly prustete los. Die Frauenliebe stand in Wales offensichtlich hoch im Kurs.

»Ach was! In den Bruder von Mrs Macintosh.«

»Der Mrs Macintosh, der mein Cottage gehört?« Das waren ja mal interessante Neuigkeiten.

»Sieht ganz danach aus«, sagte Jane.

»Aber das muss Jahrhunderte her sein!« Holly hätte gerne noch mehr darüber spekuliert, wer hier wen liebte und warum und wie vergeblich. Aber Jane wurde unruhig.

»Ich geh dann mal zu Charlotte und Cassy«, sagte sie.

»Ist gut. Ich melde mich, bevor ich nach London abfahre«, meinte Holly und umarmte die Freundin kurz.

»Du meinst es also wirklich ernst? Keine zweite Chance für die wilden Waliser?«

Jane hielt sie mit ausgestreckten Armen von sich und sah ihr prüfend ins Gesicht.

Holly zuckte mit den Schultern und wandte sich ab. Sie wollte nicht, dass Jane ihre Enttäuschung über das Ende ihres Urlaubs sah.

»Bis dann«, sagte sie knapp über die Schulter. Doch die Krankenzimmertür schloss sich bereits.

Im Hinausgehen dachte sie über Jane und Lady Beringford nach. Überraschend und doch so eindeutig richtig. Wann war das nur passiert? Gestern Abend? Gerade noch hatten sie steif im Krankenhausflur nebeneinander gestanden und fünf Minuten später, so schien es, waren sie ein Paar. Wie machten sie das nur? Da konnte man wirklich neidisch werden. Lag es daran, dass sie zwei Frauen waren? Dass sie bessere Antennen hatten und sich gegenseitig spürten, sich vertrauten, ohne es aussprechen zu müssen. Es *wussten*?

Holly hätte Claire beinahe nicht erkannt.

Sie schlich langsam aus der Apotheke gegenüber dem Krankenhaus, grau und schlaff wie der alte Mantel, den sie fest vor dem Leib zusammenhielt.

»Claire?«

Das Erschrecken wich dem Erkennen und dann ihrem verkniffenen Lächeln, das so wenig wärmte wie immer.

»Ich fahre gleich zurück nach Telynport. Soll ich Sie mitnehmen?«

Claire sah sie nur mit glasigem Blick an. Alle Borsten ihrer Kratzbürste schienen ausgefallen zu sein. Holly zog sie mit sich wie ein wehrloses Kind und bugsierte sie zu ihrem Krankenwagen, den sie auf dem weitläufigen Parkplatz abgestellt hatte.

»Bitte sehr, einmal Freifahrt nach Cardigan!«

Irgendetwas in ihr hatte in den Fröhliche-Krankenschwester-Modus geschaltet und sie erschrak, als sie merkte, dass es Claires Hilflosigkeit war. Sie schnallte die Gemeindeschwester an und fuhr langsam los.

»Es sind nicht die Wechseljahre«, stellte Holly fest.

Sie waren eine Weile schweigend gefahren, dann hatte sie es nicht mehr ausgehalten.

»Nein.«

»Es ist schlimmer.«

»Ich möchte nicht darüber sprechen.«

»Ist es Krebs?«

Claire zuckte nicht einmal zusammen.

»Seien Sie so gut und erzählen niemandem davon. Und ja, ich wehre mich, so gut ich kann. Ich hatte gerade meine erste Chemo.«

Einen Kilometer weiter war sie eingenickt. Sie schnarchte leise und zuckte mit den Händen wie eine träumende Katze.

Als sie an Woods Kreuzung ankamen, hielt Holly kurz an der Bushaltestelle. Vorsichtig stupste sie Claire an der Schulter. »Hey, aufwachen ... Wir sind bei Woods Gemischtwarenladen. Brauchen Sie noch etwas?«

Claire sah sich desorientiert um. Im Gesicht ein gequälter Ausdruck.

»Mir ist schlecht«, sagte sie leise und öffnete die Autotür.

Dann kotzte sie in einem bewundernswert runden Strahl in den nächsten Ginsterbusch.

30

Na toll. Alles klar. Chemotherapie, dachte Holly.

Sie stieg aus und half Claire wieder auf den Sitz. Die zitterte wie ein dürres Blatt im Wind, der über die Weiden pfiff. Holly befürchtete, sie würde gleich davonsegeln oder vor ihren Augen zerbröseln.

»Kommen Sie, ich habe Ingwertee zuhause«, sagte sie besorgt und fuhr wieder los. »Und in der Ambulanz holen wir Ihnen nachher noch ein wenig Vomex oder so.«

Als sie vor der Gartenmauer parkte, legte die Sonne einen dramatischen Auftritt zwischen tiefen Wolken hin. Holly holte eine warme Wolldecke und ein Kissen, die sie auf die Bank legte. Dann parkte sie Claire an der frischen Luft und hoffte, ihr würde nicht gleich wieder alles hoch kommen. Schnell setzte sie den Ingwer-Tee auf.

»Ich könnte Ihren Vertrag erweitern, Holly.«

Claire blies auf den heißen Tee, Holly setzte sich neben sie. Sie zögerte mit der Antwort. Eigentlich war es genau das, was sie sich vorgestellt hatte. Ein Traum, von dem sie gedacht hatte, dass Claire ihn um alles in der Welt würde verhindern wollen. Aber nun war ausgerechnet sie es, die sie bat, zu bleiben. Stattdessen sah Holly sich nun mit einer aufgebrachten Miss Peabody, einem von der Kanzel wetterndem Pfarrer und der wütenden Mrs Carrington konfrontiert. Den Meinungsmachern, den Säulen dieser kleinen Gesellschaft. Und Chris hatte sie abserviert, der Pub war tabu. Was war ein walisisches Dorfleben ohne Pubbesuch?

»Die wollen mich hier nicht«, sagte Holly und ärgerte sich darüber, wie kläglich sie klang. »Ich habe alle gegen mich aufgebracht.«

»Ach was, die alte Peabody verzapft andauernd Unsinn. Und die anderen freuen sich über jeden Aufreger und hängen ihr Fähnchen nach dem Wind. Passiert halt sonst nicht viel in diesem verschlafenen Nest.«

»Ich werde mich nicht zum Sündenbock machen lassen. Am Wochenende reise ich ab.«

So ausgesprochen klang es nach einem Plan. Einer Entscheidung, die bereits getroffen wurde. Jetzt musste sie nur noch Anne darüber informieren.

Claire atmete tief durch und reckte die spitze Nase in die Sonne.

»Könnten Sie mir dann heute noch einen letzten Hausbesuch abnehmen? Oder sind Sie zu beschäftigt damit, ihre Weste wieder reinzuwaschen?«

Das war die Claire, wie sie sie kannte, dachte Holly erleichtert.

»Okay. Aber schicken Sie mich nicht wieder zu einem lebensgefährlichen Komodowaran!«

»Komodowaran?«

»Na dieser gestörte Typ, der aussieht wie eine Riesenechse und mit Messern um sich wirft. Tony Tredwell, kennen Sie ihn? Ich bin Krankenschwester, aber nicht lebensmüde.«

»Ist gut, ist gut. Ich werde die Leitung darüber informieren, dass wir den Fall abgeben müssen.«

»Vielleicht sollte sich die Polizei um ihn kümmern.«

»Er hat psychische Probleme, sagte ich das nicht?«

»Nein.«

»Wollen Sie ihn anzeigen?«

»Nein.«

Claire nickte. Sie hatte ihren Becher geleert und sah immer noch so elend aus, als würde ein Zwerg in ihren Eingeweiden sitzen und sie langsam durch den Fleischwolf drehen. Sie hielt sich den Bauch, aber davon wurde es, das wussten sie beide, niemals besser.

»Könnten Sie vielleicht nach dem Hausbesuch auch die Nachmittagssprechstunde in der Ambulanz für mich übernehmen?«, ächzte sie.

Holly wandte den Kopf.

»Heute?«

Sie war überrascht, dass Claire ihr so spontan und umstandslos ihren Platz anbot. Es schien ihr ganz und gar nicht gut zu gehen. Dass sie sie überhaupt um Hilfe bat, grenzte an ein Wunder.

»Ich denke, Montag werde ich wieder auf dem Damm sein«, sagte Claire tapfer um Hochnäsigkeit bemüht.

Wider Erwarten tat sie ihr leid, und Holly sagte zu.

Der Hausbesuch war nicht der Rede wert. Sie gab einem frisch operierten Achtzigjährigen eine Thrombosespritze und fuhr anschließend in die Ambulanz.

In der Sprechstunde musste sie dann einen wütenden Witwer beruhigen, dem eine Assistenzärztin die Frage nach einer Hornhautspende am Bett seiner sterbenden Ehefrau gestellt hatte.

»Hornhaut? Habe ich massenhaft. Vor allem an den Füßen. Gebe ich gerne was von ab. Aber Pfoten weg von den Augen meiner Frau!«

Später hatte sie mehrere Ausschläge behandelt und ein EKG geschrieben.

Nun trat Holly vor die Glastür in den Hinterhof der Ambulanz und war kein bisschen müde. Der Abend war eher ruhig gewesen. Eine seltsam ehrfürchtige Feierabendstille hatte sich zu ihr in den beleuchteten, leeren Wartebereich gesetzt. Kein Vergleich zu den Wochenenddiensten, die sie früher in London auf der Geburtshilflichen geleistet hatte.

Die Kinder kamen dort so eng getaktet an wie die Flugzeuge in Heathrow. Da konnte sie von Glück sagen, wenn sie es zwischendurch noch aufs Klo schaffte.

Sie schloss die Ambulanztür ab und setzte sich in ihren Oldtimer. Sie würde diesen röhrenden Retro-Krankenwagen vermissen, wenn sie zurück in London war, dachte sie. Verdrängte das aufkeimende Gefühl der Verzweiflung aber schnell wieder.

Der Mann draußen am Gartentor kam ihr irgendwie bekannt vor.

»Calvin ist wieder da!«, rief er enthusiastisch. Erst in diesem Moment erkannte Holly seinen großen Bruder Gareth. Der Ingenieur aus London, der bei dem prunkvollen Abendessen so zurückhaltend zuvorkommend gewesen war, dass sie ihn sofort wieder vergessen hatte.

»Ach ja? Cassy auch.«

Holly fragte sich, warum dieser Kerl hier auftauchte, und ihren gemütlichen Feierabend störte, den sie mit Spots und ihrem Tee in Ruhe genießen wollte. Sie hatte die empörte Stimme von Mrs Carrington noch im Ohr.

»Hören Sie, ich weiß, dass meine Mutter unhöflich zu Ihnen war. Das haben Sie nicht verdient. Mit Calvins Verschwinden hatten Sie nichts zu tun, das habe ich ihr auch am Telefon schon gesagt.«

»Danke sehr, wie reizend von Ihnen«, sagte Holly und konnte ihre Ironie nicht zügeln. Ihre Wut auf diese wankelmütige Tratsch-Gesellschaft auch nicht. »Sie sind also der Goldjunge. Ein Musterexemplar von Sohn. Telefonieren Sie täglich mit ihrer Mutter?«

Sie dachte an die Gespräche mit ihrer eigenen Mum und fand das einfach lächerlich. Und beneidenswert.

»Sie hat mich natürlich informiert, als Calvin am Sonntag nicht nach Hause kam, ja.« Gareth blieb gelassen und grinste sogar ein wenig. »Ich meine, von London aus kann ich nicht viel machen, außer Calvins Mailbox vollquatschen.«

»Sie haben also ihr Bestes gegeben. Wirklich beeindruckend.«

»Sarkasmus steht Ihnen.«

»Sehe ich so aus, als interessierte es mich, was Sie über mich denken, Mr Carrington?«

»Wir waren doch schon bei *Gareth.*«

Holly zuckte mit den Schultern.

»Ich bin gekommen, um die Sache wieder ins Lot zu bringen.«

Er hielt eine Flasche Rotwein hoch, die richtig teuer aussah. Musste aus einer schicken Enoteca in Soho stammen.

»Machen Sie sich damit einen netten Abend mit Ihren Freundinnen, Holly. Und ich wollte fragen, ob ich mir Ihren Boiler ansehen soll? Ich meine, duschen Sie immer noch kalt?«

»Wie ich dusche, geht Sie gar nichts an, verdammt.«

»Nein, natürlich nicht, ich meinte ...«

Jetzt stotterte er und wurde doch tatsächlich rot. Holly blieb hart. Sie konnte dieses Auf und Ab der Gefühle nicht mehr ertragen. Warum musste dieser dahergelaufene Durchschnittstyp auf einmal die Gutmütigkeit in Person sein, wo sie die Waliser gerade aus ihrem Herzen reißen wollte.

»Nicht nötig«, sagte sie so blasiert wie möglich und musste dem Bedürfnis widerstehen, einen Finger von ihrem Teebecher abzuspreizen. »Ich reise morgen ab. Mr Macintosh wird einen Handwerker finden, wenn er es für nötig hält, vielen Dank.«

Lächelnd verharrte er an Ort und Stelle. Er ließ sich anscheinend nicht so schnell in die Flucht schlagen. »Wissen Sie, ich selbst war nie so ein Schwerenöter wie Calvin. Komasaufen. Ausreißen. Damit habe ich keine Erfahrung. Und irgendwie beneide ich ihn um seine wilde Jugend.«

Holly betrachtete sein winziges Bäuchlein und war nicht wirklich überrascht.

»Ist es Ihnen je in den Sinn gekommen, dass er unglücklich sein könnte?«

»Calvin? Unglücklich?«

Nun sah Gareth wirklich bestürzt aus und Holly beneidete ihn um sein Bilderbuchleben. Seine freundliche Naivität. Wahrscheinlich saß er heute Abend wieder bei seiner netten Frau in einem Einfamilienhaus eines schicken Londoner Vorortes. Ein wohlerzogener Pudel läge vor einem alten Kamin und sie prosteten sich mit einem kühlen Schaumwein zu. Sie würden sich zum Steigen ihrer Aktien und dem Kauf des neuen Sprachassistenten beglückwünschen und danach hätten sie gefühlvollen Blümchensex zwischen gestärkten, cremefarbenen Laken.

Wie kam sie dazu, genau jetzt an Sex zu denken? Mann, Holly, reiß dich zusammen. Er hat einen Bauch!

»Sehe ich aus wie eine Familientherapeutin? Er ist *ihr* Bruder, Mann.«

Sie war es leid, immer die Gute sein zu wollen.

»Ja, also ... tut mir leid, Sie zu stören. Dann gute Fahrt. Und danke noch mal. Für alles.«

Für alles?

»Schon gut.«

Sie dachte gar nicht daran, freundliche Grüße an die Mutter ausrichten zu lassen. Sie wünschte ihm auch kein Glück für sein wundervolles Leben.

Stattdessen knallte ihm die Tür vor der Nase zu.

31

»Mach nicht so ein langes Gesicht!«, fuhr sie Spots an, die den Kopf zum Küchenfenster hereinsteckte. Das Schaf konnte nichts dafür. Schafe hatten von Natur aus lange Gesichter, das wusste sie. Und dennoch.

»Bäh!«

Spots ließ sich nicht einschüchtern und knabberte am Vorhang, der ein wenig nach draußen flatterte, als wollte er nichts wie weg. Das war genau das Gefühl, das Holly an diesem frühen Samstagmorgen überkommen hatte: nichts wie weg hier!

Keine Anschuldigungen, Entschuldigungen, Richtigstellungen mehr. Keine Diskussionen. Nicht diese schnelle Empörung, die Stichflamme der Verurteilung, der flüchtige Applaus. Diese sonderbare Form der Kommunikation – oder Nicht-Kommunikation. Diese sofortigen Urteile, die immer gleich zur Hand waren.

»Bäh!«

»Sei doch still! Du weißt gar nicht, wovon ich spreche.«

Holly knallte Spots das Fenster vor der Nase zu.

Schrubbte weiter wie besessen den Herd. Ihr Koffer stand gepackt im Flur, sie musste nur noch das Geschirr, das sie heute benutzen würde, am Abend abwaschen. Dann konnte sie ihn zurücklassen, diesen zerbrochenen Traum, den sie gerade zusammenkehrte, um dieses Cottage besenrein zu hinterlassen. Mr Macintosh würde es nicht mal bemerken, wenn hier Fledermäuse hausten, aber sie spürte sich selbst in jeder Fuge, jeder Ritze oder Vorhangfalte. Sie hatte so gern hierbleiben wollen und nun konnte sie es nicht ertragen, ein einziges Molekül von sich zurückzulassen. Nicht die kleinste Hautschuppe, denn das würde zu schmerzhaft sein. Diesen Traum aufzugeben, kostete sie alle Kraft, die sie hatte und das ging nur, wenn nichts von ihr zurückblieb, das sie zurückrufen konnte.

»Bäh!«, insistierte Spots, als lachte sie über Hollys putzteufelige Besessenheit. Mit klackenden Hufen trat das Schaf auf die Türschwelle.

»Nicht!«, rief Holly. »Wag es ja nicht, hier hereinzukommen und alles wieder durcheinanderzubringen«, sagte sie schroff und versuchte, Spots mit den Oberschenkeln nach draußen zu drängen. Das Schaf blieb standhaft im Eingang stehen, Holly verlor das Gleichgewicht und sackte neben Spots auf die Schwelle. Legte beide Arme um ihren flauschig-kratzigen Hals und vergrub das Gesicht in ihrer Wolle.

»Sie haben doch hoffentlich nicht geweint, meine Liebe?«

Gwyn stand mit ausgebreiteten Armen vor dem Haus und musterte Holly kritisch. Ihre Haare waren gewaschen und in zwei geflochtenen Zöpfen hochgesteckt. Sie trug eine gebügelte Bluse, die Holly noch nie an ihr gesehen hatte und eine bequeme Stoffhose mit akkuraten Bügelfalten. Die Strickjacke darüber war sauber und fusselfrei.

Holly schüttelte den Kopf. »Nur schlecht geschlafen. Davon bekomme ich Augenringe, Sie nicht?«

»Ich habe seit mehr als dreißig Jahren Augenringe so groß wie Teeuntersetzer. Darüber mache ich mir keine Gedanken mehr. Ist irgendwas passiert?«

Die alte Gwyn setzte sich in ihren Schaukelstuhl und streckte die Beine von sich. Ihren Verband trug sie nicht mehr, die Wunde war vollständig abgeheilt.

»So gut gepflegte Haut!«, rief Holly begeistert und pikste sie in die Fingerkuppe. »Und Ihre Zuckerwerte haben sich auch deutlich verbessert.«

»Das ist allein Atifas Verdienst. Sie kümmert sich so gut! Sie ist so geschickt in allem und hat auch ein Händchen für den Garten. Tatsächlich sprießt bereits der Salat und sie hat auch Mais und Tomaten angepflanzt. Und sie hat mir geholfen, wieder einen Kräutergarten anzulegen.«

»Sie werden aber doch nicht wieder Breitwegerichverbände machen?«

Holly drohte ihr mit dem Finger und grinste.

»Nein, nein. Aber Lavendelöl und Rosmarinöl für Einreibungen, Thymiansirup gegen Husten. Auch der Holundersirup ist schon angesetzt. Laila ist über die Wiesen gesprungen und hat einen ganzen Beutel voll Holunderblüten gesammelt.«

Gwyns Gesicht sah um Jahrzehnte jünger aus, als sie von Laila erzählte. Ihre Augen leuchteten.

»Fantastisch. Ich wollte Sie nämlich um einen Gefallen bitten«, sagte Holly und wurde ernst.

»Wenn es kein Flickflack sein soll, tue ich Ihnen gerne jeden Gefallen.« Gwyn lächelte und ihre Augenfältchen strebten wie freundliche Sonnenstrahlen in alle Richtungen.

»Könnten Sie womöglich Spots bei sich aufnehmen? Ich weiß, ich weiß, ich lade hier nacheinander erst eine Mutter mit Kind und jetzt ein zusammengeflicktes Schaf ab. Natürlich kann ich es auch Fagin zurückgeben ...«

Die alte Gwyn schnellte mit ihrem Schaukelstuhl nach vorne.

»Dem grässlichen Fagin? Nein! Wir haben uns schon an Spots gewöhnt. Offen gestanden fand ich es ohnehin merkwürdig, dass Sie das Schaf immer hin- und hergefahren haben wie ein Kleinkind. Aber ich wollte es Ihnen auch nicht wegnehmen. Ich meine, so allein in einem Cottage. Ich weiß, wie sich das anfühlt. Deshalb habe ich nichts gesagt. Aber ich freue mich, wenn dieser wollige Rasenmäher nun auch bei mir einzieht. Im Schuppen ist Platz genug, seit Shawn mit Atifa da umgeräumt hat.«

Sie legte den Kopf schief und die Hand vor die Augen.

»Sagen Sie, Holly, Sie wollen uns doch nicht verlassen?«

Der Kloß in ihrem Hals hinderte Holly fast an einer Antwort. Sie räusperte sich, doch ihr Rachen fühlte sich an wie Sandpapier.

»Dürfte ich uns vielleicht eine Tasse Tee machen?«

Die alte Gwyn musterte sie mit einem Blick, der wie ein Laser in ihr Herz drang und winkte sie dann an sich vorbei. »Nur zu, meine Liebe, nur zu. Sie wissen ja, wo alles steht.« Sie setzte sich den alten Sonnenhut auf die Augen. »Und bringen Sie die Scones mit. Hat Laila gebacken, ich habe es ihr gezeigt.«

Lächelnd lehnte sie sich wieder in ihrem Stuhl zurück.

Aus dem hinteren Küchenfenster sah Holly, wie Laila zusammen mit Atifa hinten im Garten saß. Atifa schien zu nähen, Laila flocht einen Kranz aus Blüten. Sie sprachen schnell und leise in einer samtigen Sprache. Hin und wieder lachte Laila und Holly fühlte eine Woge der Dankbarkeit ihre Stimmung heben. Wenigstens eine Sache hatte sie hier richtig gemacht.

Sie stellte das voll beladene Tablett neben der Bank ab und goss Gwyn und sich je eine Tasse Tee ein. Vorsichtig nahm sie den ersten Schluck und pustete über den Rand.

»Sie haben recht, Gwyn, ich werde morgen abreisen«, sagte sie zu der Tasse.

Sie konnte der alten Frau nicht in die Augen sehen.

»Und ich dachte, Sie bleiben den ganzen Sommer.« Gwyn verschüttete etwas Tee, als sie die Tasse forsch wieder absetzte. »Hat Claire sie etwa rausgeekelt? Das sähe ihr ähnlich!«

Holly hob erstaunt den Kopf.

»Was stimmt denn nicht zwischen Ihnen beiden?«, fragte sie, während sie sich einen halben Löffel Zucker in die Tasse rührte. »Sie tun geradezu so, als sei sie eine feindliche Agentin, um wie Miss Peabody zu sprechen.«

»Sie ist keine Agentin, sie ist meine Schwester«, sagte Gwyn leise.

»Claire ist Ihre Schwester?« Das war nun wirklich eine Überraschung.

»Aber warum hassen Sie sie denn so?«

»Ich hasse sie nicht. Sie hasst *mich*, das ist das Problem.«

Das musste Holly erst mal verdauen.

Gwyn nahm ihren Ehering ab. Er schien schwer in ihrer Hand zu liegen, ein Gewicht, das sie mit einer tieferen Wirklichkeit verband. Er zog ihre Stimmung nach unten. Richtig traurig sah sie aus.

»Vor vielen, vielen Jahren, als ich noch jung war«, sagte sie und Holly fühlte sich wie eine Fünfjährige, der ein Märchen erzählt wurde. »Da besuchte ich mit meiner Schwester die Schule in Cardigan.«

Ihre Stimme klang plötzlich fremd und dunkel.

»Ich bin zwei Jahre älter als Claire und Howard war in meiner Klasse. Claire himmelte ihn an, seit sie sechzehn war. Nach meinem Abschluss ging ich an die Universität von Aberystwyth. Ich wollte Lehrerin werden. Claire setzte sich zwei Jahre später direkt nach London ab. Es war Ende der Sechziger, Claire trug knallige Miniröcke, rauchte und redete viel von der freien Liebe. Von Demos, Sit-ins. In London traf sie Howard wieder und sie wurden ein Paar. Sie verdiente als Sekretärin das Geld für ihre Drinks und Lippenstifte, er politisierte sich. Als der Bürgerkrieg im Sudan 1972 ausbrach, wollte er humanitäre Hilfe leisten. Er blieb über ein Jahr dort und kam vollkommen verändert zurück. Claire kam ihm frivol und oberflächlich vor, sagte er mir später.«

»Claire frivol?« Das erschien Holly ebenso abwegig wie Tilda Swinton in der Rolle von *Pretty Woman*. Gwyn stand auf und kramte im Haus herum. Dann kam sie wieder heraus, blinzelte in die Sonne und reichte ihr ein altes Fotoalbum. Holly konnte Claires scharf geschnittene Züge wiedererkennen, in der Aufmachung einer Emma Peele. Das kurze Kleid mit den Stiefeln ließ sie tatsächlich mondän aussehen.

»Howard ist dann Buchhalter geworden und wollte zurück nach Wales. *Zahlen*, sagte er immer, *Zahlen lügen nicht*. Als er bei der Minengesellschaft in Haverfordwest anfing, sind wir uns irgendwann begegnet. Was soll ich sagen, ich fand ihn schon immer toll.«

»Und Claire?«

»Claire sagt, ich hätte ihn ihr ausgespannt. Was vollkommener Unsinn ist, denn sie waren schon seit Jahren getrennt. Ich habe das erst nach seinem Tod erfahren, aber Claire war schwanger von ihm, als er im Sudan war, und hat das Kind abgetrieben. Eine unverheiratete Mutter, das wollte sie nicht sein. Sie hat es ihm nie verziehen. Mir auch nicht. Dass ich keine Kinder bekommen konnte, schien ihr zu gefallen.«

Himmel, dachte Holly, das schien eine Tragödie von shakespearschen Ausmaßen zu sein. Und alles hier im kleinsten, abgelegensten Kaff von Wales.

»Als unsere Eltern vor zwanzig Jahren kurz nacheinander starben, habe ich mit Howard den Hof übernommen. Claire hatte nach Howards Rückkehr eine Ausbildung zur Krankenschwester gemacht und war im Ausland unterwegs. Humanitäre Hilfe auf der ganzen Welt. Ärzte ohne Grenzen, Sie wissen schon. Natürlich auch Sudan. Sie musste sich und Howard etwas beweisen, ihr Leben lang. Erst als Howard starb, kam sie zurück nach Cardigan. Ich habe sie anfangs eingeladen, aber sie scheint unversöhnlich.«

»Das ist hart«, sagte Holly.

»*Sie* ist hart. Verknöchert durch und durch. Wie kann sie so verbissen an einer Vorstellung von Howard festhalten? Wie kann sie mich dafür verantwortlich machen, dass sie ihr Kind nicht haben wollte?«

»Sie tut mir leid.«

»Sie ist unversöhnlich und gemein. Ich verstehe nicht, wie sie den Job als Krankenschwester überhaupt ausüben kann.«

»Kann sie auch nicht. Sie ist krank. Vielleicht sollten Sie noch einmal den ersten Schritt machen.«

»Ich habe schon so viele erste Schritte gemacht, dass ich bis nach Timbuktu gekommen wäre. Irgendwann ist es auch mal gut. Sie hat sich das alles selbst zuzuschreiben.«

»Wie alt sind Sie Gwyn? Dem Trotzalter dürften Sie doch längst entwachsen sein. Geben Sie sich einen Ruck. Womöglich bereuen Sie es, wenn es erst mal zu spät ist.«

Gwyn hielt in dem Furor inne, mit dem sie ihre Geschichte erzählt hatte. Drehte den Kopf zu Holly und machte große Augen.

32

Die Abendstimmung lag wie ein Zauberspruch über der Bucht und vergoldete die Klippen. Holly hatte gerade ihre rollende Ambulanz bei Shawn auf dem Hof abgestellt und war mit dem Taxi zurückgefahren. Sie hatte einen kleinen Umschlag innen an die Windschutzscheibe geklemmt mit einem Dankesbrief und einigen Scheinen. Symbolische Leihgebühr hatte sie es genannt. Auch Shawn war niemand, der aus goldenen Bechern trank. Als sie den Schlüssel in den Briefkasten seines Büros geworfen hatte, merkte sie, wie froh sie war, dass sie sich nicht auch vor ihm rechtfertigen musste. Sie war es leid, eine Entscheidung zu verteidigen, die ihr selbst außerordentlich schwergefallen war. Beim Abschied von Gwyn, Atifa und Laila war ihr das Herz schrecklich schwer geworden. Am liebsten hätte sie gekniffen, hätte sich in ihrem Cottage verschanzt und wäre nicht nach London zurückgekehrt. Diese Stadt hatte allen Glanz für sie verloren. Aber es musste sein. Sie hatte noch am Freitag per Mail eine Anfrage von Mrs Honeysuckle bekommen, wie lange sie noch Urlaub nehmen wolle. Von einer weiteren Freistellung kein Wort. Und sie konnte es sich wirklich nicht leisten, unbegrenzt Ferien zu machen. Ihre Londoner Miete musste bezahlt werden und das kleine Honorar von Gwyn und Claire reichte natürlich hinten und vorne nicht aus. Sie konnte ihre Stelle im King's College Hospital nicht kündigen, sie musste in den Moloch zurück.

Holly atmete die Seeluft ein und beobachtete die Möwen, die satt und zufrieden im Hafenbecken zwischen den Booten schaukelten. Sie lebten hier jahrein, jahraus, hatten den Winter über ausgeharrt, waren nicht vor der Kälte und der sterbenden Natur geflohen. Denn sie hatten, das wurde Holly klar, als sie sie länger betrachtete, ein ganz besonderes Federkleid. Gefettete Daunen, mit denen sie auch im eisigen Wasser schwimmen konnten. Besäße sie selbst doch auch eine solche Ausstattung, wünschte sie, gut geölte innere Triebfedern, die sie stets obenauf schwimmen ließen.

Holly merkte, wie sich mit jedem der letzten, müden Sonnenstrahlen, der auf ihr Gesicht fiel, ihre leicht welke Stimmung straffte, sich spannte wie eine neue Haut, die unter dem Schorf ihrer Niedergeschlagenheit hervorkam. Vielleicht lag es an ihrer Begabung, trotzig zu sein, oder, was wahrscheinlicher war, an ihren Freundinnen, die mit Weinflasche und funkelnden Gläsern in den Händen aus Janes Haus traten und auf sie zu kamen.

»Schickes Kleid, Holly!«, rief Anne.

»Seit wann trägst du Laura Ashley?«, fragte Jane, die sie nur in Jeans kannte.

Sie setzten sich neben sie auf die Kaimauer ganz am Ende des Hafens. Weit entfernt vom Pub und von Chris und beinahe schon im Meer, das erstaunlich zahm, geradezu leutselig um sie herum schwappte.

Holly hatte es extra ausgewählt, das Kleid. Seine leichte Luftigkeit. Ein richtiges Sommerkleid eben. Sie hatte es in einem Laden in Cardigan gekauft, wo sie ihr stolz mitgeteilt hatten, dass Laura Ashley aus Wales stammte. Sie wollte die letzten Augenblicke des Urlaubs mit ihren Freundinnen genießen, den Abendwind an den Waden spüren, den Stoff an den Knien flatternd. Unbeschwert.

Ein Kleid zum Feiern.

Ein Kleid für den Abschied.

Stilvoll sollte es sein. Und romantisch. Wenn sie schon den Prinzen verschmähte, konnte sie dennoch die Prinzessin geben. Die nichts bereut und auf der Mole tanzt.

Überschwänglich stieß Holly mit den Freundinnen an. Dann erzählte sie ihnen die überraschende Dreiecksgeschichte von Gwyn und Claire und Howard.

»Diese Claire! Hat es anscheinend faustdick hinter den Ohren«, sagte Jane.

»Stille Wasser sind tief und so weiter«, meinte Anne und Holly wusste genau, dass das auch auf sie selbst zutraf.

»Aber als Howard starb, hatte Claire ihn seit fünfunddreißig Jahren nicht mehr gesehen«, stellte Jane fest. »Und sie liebte ihn immer noch?«

»Sie liebte ihr Bild von ihm«, meinte Anne.

»Man muss sich frei machen von diesen Vorstellungen. Wem bitte schön hat ein gebrochenes Herz je irgendetwas anderes eingebracht als Schlaflosigkeit, Falten und Tränensäcke?«, sagte Holly. Selbst am Ende der sehr mageren Anzahl ihrer eigenen Liebesgeschichten hatte sie niemals wirkliche Trauer empfunden. Bedauern ja, und vor allem Wut. Denn im Grunde ihres Herzens war sie eine treue Seele, anhänglich und gutmütig. Wenn jemand sie verarschte, konnte es dauern, bis sie davon Wind bekam. Aber dann. Dann wurde sie echt zornig. Und ihren Zorn liebte sie. Er war wie eine Rüstung, die sie sich umlegte, um in die Auseinandersetzungen zu ziehen. Er hielt ihn in Schach, ließ ihn niemals hochkommen, diesen alles vernichtenden Herzschmerz. Sie war auch nach ihrer peinlichen Episode mit Chris fest entschlossen, positiv zu bleiben.

»Aber Claire kommt mir so emanzipiert vor. So selbstbewusst, selbstständig und unabhängig«, fand Anne.

»Geradezu furchteinflößend emotional unabhängig«, meinte Holly.

»Kein menschliches Individuum ist emotional unabhängig, wir brauchen Liebe, Zuneigung und Freundschaft. Und

Claire erst recht, nach allem, was wir jetzt wissen.« Jane hob ihr Glas.

»Auf die Zuneigung. Und die Liebe. In welcher Form auch immer!«, rief Holly. Sie zwinkerte Jane zu und ließ ihr Weinglas wieder gegen die der beiden Freundinnen klirren.

»Sollen wir die Finger einhaken und uns ewige Freundschaft schwören?«

»Lass es, Anne!«, sagte Jane.

»Aber sie hat recht. Ich meine, wir bleiben doch in Kontakt?«, fragte Holly ängstlich.

Jane nickte.

Anne ließ ihren noch immer hakenförmigen rechten Zeigefinger sinken.

»Ihr kommt mich doch in London besuchen, oder?«

»Klar!«, strahlte Anne und hob noch mal ihr Weinglas.

»Hoch die Tassen!«, röhrte auch Jane und Holly wurde Angst und bange. Sie konnte sich die Freundinnen überall vorstellen: im schottischen Hochland, auf den riesigen Ölraffinerien von Aberdeen, in den Spielhallen von Blackpool, den Docks von Southampton oder auf Cornwalls Klippen. Aber nach London, zwischen rote Doppeldeckerbusse und Trafalgar Square, ins schicke Soho oder nach Peckham passten die beiden wirklich nicht.

»Ich würde ja hierbleiben, wenn ich nicht befürchten würde, durch eine Agentenlist von Miss Peabody zur Strecke gebracht zu werden. Gift an der Hutnadel. Revolver im Rollatorgriff.«

Jane gluckste und legte ihr einen Arm um die Schulter.

»Nun übertreibst du aber.«

»Und Mrs Carrington hasst mich auch. Dabei habe ich Calvin gerettet.«

»Undankbarkeit ist der Welt Lohn«, sagte Anne. »Ich bin Polizistin. Ich werde gerufen, um nach der verwirrten Großmutter zu fahnden und am nächsten Tag mit Steinen beworfen, weil das Parlament ein unbeliebtes Gesetz verabschiedet hat. Und wenn man mich nur als Schlitzauge beschimpft, ist das ein guter Tag.«

»Auf die guten Tage«, sagte Jane und Holly und Anne stimmten ihr zu.

Mit steigendem Alkoholpegel gewann allerdings eine seltsame Weinerlichkeit die Oberhand über Hollys Stimmung. Sie fragte sich, ob es ihr nur um das Schaf ging, das sie angefahren hatte, oder den Radfahrer. Um Chris oder um Cassy. Um Woods und Miss Peabody oder um Lawson. Alles wirbelte auf einmal durcheinander in einem sich schwindelerregend schnell drehenden Kaleidoskop und immer wieder poppte das Gesicht des schlafenden Fauns wie eine Halluzination vor ihrem inneren Auge auf. Holly brach in Tränen aus.

»Nicht doch!«, sagte Jane väterlich.

»Nicht weinen!«, zirpte Anne leise und drückte ihre Hand.

»Ich bin ein guter Mensch. Warum sieht das hier keiner? Ich mache Fehler, aber tut das nicht jeder? Ich habe Calvin gerettet und Gwyn und Laila versorgt. Aber plötzlich fallen alle über mich her, wie die Hyänen«, jammerte Holly.

»Wärst du kein Einzelkind, dann wäre dir womöglich aufgefallen, dass sich die lieben Dorfbewohner wie Angehörige einer großen Familie gebärden. Pack schlägt sich, Pack verträgt sich. Du solltest das nicht alles so persönlich nehmen«, versuchte Jane zu trösten.

»Aber ich kann dieses Getuschel einfach nicht ertragen«, schluchzte Holly.

»Frag mich mal«, sagte Jane, ließ Holly los und breitete die Arme aus.

»Oder mich!« Anne versetzte der Luft einen Karateschlag und ließ ihr Glöckchenlachen erklingen.

»Ich weiß wirklich nicht, wie du hier leben kannst, Jane.« Holly schüttelte den Kopf und sammelte ihre Selbstachtung wieder auf.

»Sie mögen mich. Sie haben natürlich immer wieder gefragt, warum ich keinen Mann habe. Keine Kinder. Immerhin bin ich schon Mitte dreißig. Aber sie haben Vertrauen gefasst.«

»Ist dir denn nie ein Schaf gestorben?«

»Natürlich ist es das. Das Leben geht weiter.«

»Ich bewundere dich für dein dickes Fell.«

»Gute walisische Wolle. Sehr dicht und wetterbeständig«, sagte Jane und lachte wieder.

»Und Lady Beringford? Werdet ihr es geheim halten?«

»Natürlich nicht. Wenn man sich versteckt, dann lernen die Menschen nicht, dass es auch anders geht. Dass Variationen die Gesellschaft bereichern.«

»Egal, ob Hautfarbe oder Liebesleben«, warf Anne ein.

»Charlotte hat ihr Leben lang auf Konventionen Rücksicht genommen. Sie werden sich schon daran gewöhnen, uns zusammen zu sehen. Das ist wie in der Mode. Am Anfang fanden alle Hüfthosen grauenvoll und am Ende quoll hier der Bauchspeck jeder Hausfrau über den tiefen Bund.«

»Du bist also der Bauchspeck, alles klar«, sagte Holly und stupste Jane an. »Und Cassy?«

»Sie hat es kaum zur Kenntnis genommen. Ist sehr mit sich selbst beschäftigt, nehme ich an. Aber sie scheint froh zu sein, dass ihr Vater nicht zurückkommen wird und sie ihn nun in London besuchen kann. Das bringt Ruhe in die ganze Geschichte.«

»Werden sie sich scheiden lassen?«, fragte Anne.

»Scheidung ist sowas von altmodisch. Außerdem hat die offene Ehe eine lange Tradition im englischen Adel. Vita Sackville-West liebte Frauen, hatte Mann und Kinder, bewohnte ein Schloss und ist eine britische Ikone der Gartenkunst. Unterschätze nicht die Toleranz deiner Landsleute.«

»Das ist es ja gerade. Das sind die coolen Briten. Ich fürchte die Schwerfälligkeit der *Waliser*«, meinte Holly.

»Ach was. Wir sind Schafe, keine Elefanten. Wir vergessen schnell und stürzen uns begeistert auf jeden frischen Grashalm.«

»Du meinst, ich kann zurückkommen, wenn Gras über die Sache gewachsen ist?«

»Du wirst morgen schon die Heldin sein, wenn Cassy entlassen wird und sich rumspricht, dass du sie gerettet hast.«

»Im Ernst, Holly. Überleg es dir noch einmal«, sagte Anne. »Du wirfst die Chance auf eine lebenslange Freundschaft mit Karate-Anne weg.«

Sie sprang von der Kaimauer auf, trat mit ihrem Fuß, der zur Abwechslung nicht in dem klobigen Polizeitreter steckte, sondern einer zierlichen Ballerina, in die Luft über Hollys rechter Schulter.

Holly stand auf und imitierte ihren Karate-Angriff.

»Kiai!«, rief sie und fühlte sich befreit und mutig genug, nach London zurückzukehren. Aber Anne packte ihren vorschnellenden Arm, drehte ihn und lenkte die Energie zurück und Holly um sich herum. Holly taumelte, lachte und klammerte sich an Anne fest. Der Schwung riss die Polizistin mit.

»Oh nein!«

Zusammen kippten sie in das dunkle Hafenbecken. Die Möwen zogen verschlafen die Schnäbel aus den Federn, als das Wasser um sie aufspritzte. Holly und Anne lachten so sehr, dass sie beinahe wieder untergingen.

»Achtung!«, rief Jane und sprang mit einer Wasserbombe hinterher.

Und während die Freundinnen sich prustend aneinander festhielten, flogen die Möwen wie ein Schwarm großer, weißer Schmetterlinge auf und davon.

33

Idaho schnaubt und drängelt und scheint das einzige Lebewesen zu sein, das mich irgendwie normal behandelt. Er stupst mit den Nüstern gegen meine Hosentasche, um ein Leckerli zu schnorren. Scharrt ungeduldig mit den Hufen, möchte ausreiten. Der Arzt sagt, ich darf wieder alles machen, außer schwimmen und Sex. Neben dem Reiten die einzigen Dinge, die im Leben wirklich zählen. Wie gut, dass es Idaho gibt. Es ist eine staubige, strohige Welt, dieser Stall. Meine zweite Heimat. Mein Zufluchtsort. Ich würde immer wieder hierher flüchten trotz Mums besorgter Fragen.

»Warum bist du in der Nacht nicht gleich zu mir gekommen?«

»Ich wollte erst nach Idaho sehen. Da muss ich wohl eingeschlafen sein.«

»Du weißt, du kannst mir alles sagen. Ich helfe dir in jeder Situation. Ich bin auf deiner Seite. Immer!«

Aber ich wusste doch nicht, welche Seite ich selber wählen sollte.

Jetzt fühle ich mich wieder kräftig genug, um mit Idaho über die Klippen zu preschen. Soll nur einer versuchen, mich aufzuhalten.

»Cassy, bist du da?«

Ich habe die Fensterklappe von Idahos Box geöffnet, er dreht sich um und streckt neugierig seinen Kopf nach draußen. Schnell ducke ich mich. Calvin soll mich nicht sehen.

»Hau ab.«

»Cassy, bitte. Ich muss dir was sagen.«

»Verpiss dich!«

Ich meine das eigentlich gar nicht so. Das ist mein Standard-Satz, den ich immer von mir schleudere, wenn ich nicht mehr weiter weiß. Hoffentlich hört er nicht auf mich.

»Du hättest es mir sagen sollen.«

Seine Stimme klingt leise und sehr nah. Wahrscheinlich sitzt er mit dem Rücken gegen die Holzwand gelehnt. Er lässt sich nicht so schnell verjagen und seine Stimme ist so vertraut, da scharrt mein Herz schon mit den Hufen. Ich will ja mit ihm reden, aber was sagt man denn, wenn man jemand angelogen hat, ihm was vorgemacht hat und damit eine Dorfkatastrophe auslöst. Jetzt wissen alle, wirklich alle davon und zerreißen sich die Mäuler.

Ich habe Calvin einfach stehen lassen, als die Blutung einsetzte und ich Panik kriegte. Bin in den nächsten Bus gesprungen, so, als hätte ich mit ihm Schluss gemacht. Verdammte Scheiße.

Plötzlich fliegen die Köpfe von Mohnblumen durch das Boxenfenster herein. Eine Blüte nach der anderen trudelt ins Stroh, fällt mir in den Schoß.

»Hey, hör auf!«

Ich höre, wie er aufsteht und herumläuft, um weitere Blumen zu pflücken.

»Was soll das?«

Ich fühle mich schon ein bisschen milder gestimmt. Er hat mindestens ein Dutzend Blumenköpfe geworfen, als ihm der Mohn ausgeht und er auf Gänseblümchen umsteigen muss. Danach nimmt er die breit gefächerten Blüten der Holunderbüsche, die hinter dem Stall ein wildes Dickicht bilden. Die lassen sich besser werfen und fliegen weiter.

»Hilfe, ein Blütenstängel hat mich aufgespießt! Willst du mich umbringen?«, kichere ich.

Da sitzt er plötzlich auf dem Fensterbrett und sieht auf mich hinunter.

Und ich inmitten eines Meeres aus Blütenköpfen. Die roten und weißen, großen und kleinen Blüten liegen wie bunte Edelsteine um mich im Stroh verstreut. Idaho schnappt sich ein Gänseblümchen und ich neige huldvoll den Kopf. Und bin plötzlich ganz froh.

»Soll ich dich aus deinem Turm befreien?«, fragt Calvin.

Er sitzt noch immer auf Idahos Boxfenster und grinst. Ich schiebe mit den Händen einen Teil der Blumen zu einem Häufchen zusammen, stehe auf, und werfe sie hoch in die Luft. Unter dem Blütenregen drehe ich mich mit ausgestreckten Armen und zurückgelegten Kopf.

Die Augen geschlossen.

»Nein, mein Prinz.«

Aber weil er mir nicht glaubt, weil er sich nur zu gern von meinem Übermut anstecken lässt und weil es einfach keinen Sinn macht, jetzt noch zu kneifen, springt Calvin mit einem Satz zu mir hinunter.

Und küsst mich.

Endlich.

34

Holly hatte die Wiederaufnahme ihrer Tätigkeit per E-Mail mit Mrs Honeysuckle vereinbart. Sie wollte nicht nur dieser Planschkuh aus dem Weg gehen, sondern auch William. Wie gut, dass sie Dolly hatte! Wenigstens eine Verbündete, die sie gleich nach ihrer Rückkehr zu einem Curry einlud, das aromatisch und extrem scharf sämtliche verqueren Gedanken wie ein Hochdruckreiniger aus ihr herausputzte und sie schwer atmend, aber glücklich auf dem weichen Sofa zurückließ.

»Und nun? Wirst du wieder arbeiten?«

Holly schmeckte gerade noch dem letzten Bissen hinterher, da kam Dolly schon zur Sache.

»Muss ich wohl«, sagte sie und zuckte lustlos mit den Achseln. Sie wollte weder Oberarzt Lawson sehen noch die mitleidigen Kolleginnen, die sich alle in ihrer Abwesenheit das Maul über sie zerrissen hatten. Doch der Tratsch auf ihre Kosten war so unausweichlich wie die Berichterstattung über das Königshaus in der Boulevardpresse.

»Wir haben noch immer eine Stelle frei.«

»Ich weiß. Honeysuckle lässt mich aber nicht mehr in die Notaufnahme.«

»Ich werde dich vermissen, aber anders als im wilden Wales kann ich dich täglich auf Station besuchen kommen.«

»Das ist der einzige Grund, warum ich zugesagt habe.«

Holly lächelte ihre Freundin an. Es stimmte. Doyita war ihr rettender Anker. Eine gut gelaunte Lotsin, die ihr den Weg durch das Haifischbecken der Klinik zeigen wollte. Sie an der Hand nahm und ihr beibrachte, wie man innerlich wuchs und mit Demütigungen umging.

»Du darfst die Bemerkungen nicht an dich heranlassen. Sie haben nichts mit dir persönlich zu tun. Sie zeigen nur, dass die anderen ein Problem haben. Also scheiß drauf!«

Holly hatte Dolly schon immer für ihren leichthändigen Umgang mit dem unvermeidlichen, alltäglichen Rassismus bewundert. Sie hatte sich einen Panzer aus Sarkasmus und Ironie und frechen, feministischen Slogans zurechtgelegt und war mittlerweile in der ganzen Klinik gefürchtet. Dabei lächelte sie unentwegt und klimperte mit den Wimpern. Nur die Neulinge wagten es noch, in ihrem Beisein abfällige Bemerkungen zu machen. Dolly zeigte ihnen mit unschuldigem Augenaufschlag, wo der Hammer hing, egal ob Oberarzt oder MTA.

Glücklicherweise war Holly auf die Wöchnerinnenstation versetzt worden.

Nicht, dass sie sich darauf gefreut hatte, wieder im King's College zu arbeiten. Es war eine Notwendigkeit und der hatte sie sich zu beugen. Doch der kurze Ausflug nach Wales hatte sie auf Distanz gehen lassen, zu sich selbst und ihrem früheren Leben. Man steigt nie zweimal in denselben Fluss, und so weiter, dachte sie, während sie die gleiche U-Bahnlinie nahm, die ausgetretenen Pfade beschritt, als wäre nichts gewesen. Doch als sie durch die Schiebetür in die Klinik trat, saß die Demütigung wie eine unsichtbare Last auf ihren Schultern und drückte sie nieder.

Die Babys, da hatte Dolly recht behalten, waren ihre tägliche Dosis Freude, von der sie abhängig war, wie ein Junkie vom Heroin. Jeweils zu Beginn und zum Ende der Schicht lief sie in den Raum, in dem die Kleinen auf ihre Untersuchung warteten. Sie nahm sie weder hoch noch fasste sie sie an. Es war einzig der Anblick dieser winzigen, unschuldigen

Wesen, der sie beruhigte und sie besänftigt nach Hause trotten ließ.

Seit einer Woche war sie zurück und lebte zurückgezogen in ihrem abgeschabten Appartement. Sie fühlte sich einsam und schämte sich wegen der leicht heruntergekommenen und innerlich provisorischen Umstände ihres umgetopften Lebens. Dazu kam eine neue Unsicherheit, die ihre früher so selbstsicheren Schritte verlangsamte. Anders als Dolly war Holly bisher ziemlich unbehelligt durch diese Klinik gelaufen, abgesehen vom unvermeidlichen Sexismus des Medizinsystems. Es war ein neues Gefühl, sich nach ihrer Rückkehr wie auf dem Präsentierteller zu fühlen. Die Blicke auf sich zu ziehen, die sich schnell abwandten. Das Wissen, dass über sie getuschelt wurde.

Wenn jemand laut wurde im Zimmer, stieg der Patientenpuls. Das hatte Holly schon öfters beobachtet. Mäße sie den eigenen Herzschlag, es würde sie nicht überraschen, wenn auch sie heute eine plötzliche Tachykardie bekäme. Das Herzklopfen der Antipathie. Ein Trommelwirbel der Angst. Denn heute war sie aus ihrem satten, sicheren Refugium der Wöchnerinnen und Neugeborenen abberufen worden. Sie musste auf der Chirurgischen einspringen und hatte Visite mit ihrem Erzfeind Lawson.

Der chirurgische Oberarzt stand wie ein mürrischer Mönch neben ihr und kommandierte die Schwestern mit der Stimme eines schlecht gelaunten Reitlehrers alter Schule herum. Er hatte Holly angesehen, als sei sie Ungeziefer, als er sie am Morgen neben dem Visitenwagen entdeckt hatte. In seinen Augen konnte sie Verachtung erkennen und, sie erschauerte, blanken Hass.

Was hast du denn erwartet?, rügte sie sich. Dass er dir um den Hals fällt wie einer alten Bekannten? Lässigen Small-Talk vom Stapel lässt?

Sie hatte ihre Beschuldigung gegen ihn nicht zurückgezogen. Aus purem Selbstschutz. Sie wusste, sie würde nicht an seinem Stuhl sägen können. Aber sie musste sich von dem Vorwurf reinwaschen, den Tod des Radfahrers verschuldet zu haben. Das Verfahren lief noch und niemand hielt es für nötig, sie darüber auf dem Laufenden zu halten.

Holly spürte, dass sie während der Visite nicht bei der Sache war. Sie waren losgezogen, über den Flur und in die Zimmer, und sie hörte dem Oberarzt zu, ohne etwas zu verstehen. Sein Mund schien sich tonlos zu bewegen, bis er sie endlich anbrüllte: »Handschuhe, hab ich gesagt!«

Der halb nackte Patient vor ihnen im Bett zuckte genauso erschrocken zusammen wie sie selbst. Holly reichte ihrem Kontrahenten wortlos die sterilen Handschuhe; Größe sieben. Es fühlte sich an, als werfe sie ihm einen Fehdehandschuh hin.

»Die Naht sieht gut aus«, brummte Lawson und hörte dann die frisch bandagierte Brust ab. Seine Stimme wurde laut.

»Mann, Mann, Mann! Das Lungenödem wird sein Herz aber nicht mehr lange mitmachen. Ich habe den doch nicht operiert, damit er mir jetzt hier wegstirbt. Mist, verdammter.«

Das Piepen des Monitors beschleunigte sich, aber Lawson schien davon nichts zu bemerken. Der verängstigte Patient warf ihr einen Blick zu, während Lawson etwas in die Krankenkurve kritzelte. Seine Handschrift sah aus wie Hieroglyphen, doch er ließ sich nicht dazu herab, ihr seine Verordnungen persönlich mitzuteilen. Insgeheim hoffte er wohl, sie würde sie nicht lesen können und einen Fehler machen. Noch einen. Doch diesen Gefallen würde sie diesem Ekel um nichts in der Welt tun.

Er knallte Holly die Akte vor die Brust und stürmte aus dem Zimmer. Holly lächelte den erschütterten Patienten schwach an und nickte die restliche Zeit wie aufgezogen. Sie spürte ihren unkontrollierten Atem und ein inneres Zittern sorgte dafür, dass sie gar nicht mehr aufhören konnte zu nicken. Und sie tappte der Assistenten-Truppe stumm hinterher, von Bett zu Bett zu Bett, immer in Alarmbereitschaft und doch gelähmt durch die schweren Gewichte der Angst. Als die Ärzte zum Schluss weiß wogend im Besprechungsraum verschwanden, blieb sie auf dem Flur zurück, wie ein altes Stück Treibholz.

»Geht's dir nicht gut?«, fragte Keira, die Schwester hinter dem Tresen auf der Geburtshilflichen, als Holly zurück auf ihre Station flüchtete.

»Was?«

»Ist alles in Ordnung?«

In mitfühlender Ungeduld kaute Keira auf einem verbotenen Kaugummi herum. Die unablässigen Mahlbewegungen ihres breiten Kiefers erinnerten Holly an Spots und sie fühlte sich noch elender.

»Ja«, antwortete sie und schaute schnell weg.

Holly benötigte die nächsten beiden Wochen, um sich von diesem Zusammentreffen mit Lawson zu erholen. Sie übernahm die anstrengenden Nacht- und Wochenendschichten, um so wenig wie möglich mit dem Tagesbetrieb zu tun zu haben. In den schwach vom grünen Notlicht beleuchteten Gängen fühlte Holly sich am wohlsten. Sie führte das Leben einer Untoten, die am Morgen die Vorhänge zuzog und sich ins Bett legte, wenn die Nachbarn die Treppen zur Arbeit hinunter stampften. Die nachts wach am Stationsfenster stand, vielleicht eins der schreienden Babys im Arm, und sich selbst mit dem Schaukeln und dem Blick hinaus in die blinkende Stadt beruhigte. Sie fühlte sich wie ein Zombie und dadurch entrückt, weit entfernt, in Sicherheit. Dieses Leben in einer Art Zwischenwelt forderte ihre ganze Kraft.

Ihr blieb keine Zeit und sie war viel zu müde, um sich Gedanken zu machen. Und das war es, worauf es ankam.

Sie mied noch immer die Notaufnahme und benutzte den Liefereingang und die Hintertreppe, um auf die Geburtsstation zu gelangen. Sie wusste, dass weiterhin über sie getuschelt wurde, und versuchte vergeblich, es zu ignorieren.

Eines Morgens näherte sich eine Praktikantin ihr schüchtern und so vorsichtig, als sei Holly eine tickende Bombe.

»Tee?«

Sie streckte Holly eine gut gefüllte Tasse mit herrlich duftendem, kräftigen Assam entgegen wie eine Opfergabe. Holly griff reflexartig danach, der Teebeuteltee im Stationszimmer war eine Zumutung, kein Heißgetränk.

»Ist es wahr, dass du den Lawson angezeigt hast?«

»Ich glaube, *er* hat *mich* angezeigt. Und eines Vorfalls bezichtigt, den er selbst verursacht hat.«

»Aber es läuft eine Untersuchung gegen ihn. Das weiß hier jeder. Ich bin so stolz darauf, mit dir zu arbeiten. Endlich eine, die sich nicht alles gefallen lässt! Eine, die den Mund aufmacht. Du bist so ein Vorbild für mich!«

»Aber warum denn? Er will mich fertig machen. Und wie es aussieht, schafft er das auch.«

»Du bist nicht allein, das sollst du wissen. Jenny aus der Chirurgischen hat sich ebenfalls gemeldet und eine Assistenzärztin hat er auch belästigt. Eine der anderen Praktikantinnen soll er beinahe vergewaltigt haben. Na ja, genötigt und bedrängt zumindest. Es ist so gut, zu wissen, dass wir zusammenstehen!«

Sie sah aus, als wollte sie Holly auf die Schulter klopfen oder sie, Gott behüte, in den Arm nehmen. Holly wich zurück und verschanzte sich hinter ihrer heißen Teetasse, über die sie der jungen Frau verunsicherte Blicke zuwarf. Das nannte man wohl Ironie des Schicksals: Da wurde sie zur Heldin einer Krankenhaus-MeToo-Bewegung, dabei lief ein Verfahren gegen sie wegen fahrlässiger Tötung!

»Doyita Bhatti, steckst du etwa dahinter?!«

Holly war sich sicher, dass ihre Freundin irgendetwas mit dieser Aktion zu tun hatte. Vielleicht war das einer ihrer Kreuzzüge, die sie hin und wieder startete. Mal gegen das schlechte Kantinenessen, mal gegen die Ausbeutung der Putzhilfen. Dolly hatte anscheinend die Energie, jegliches Problem zu ihrem eigenen zu machen. Holly vermutete, dass Lawson ihr gegenüber eine seiner unverzeihlichen Bemerkungen gemacht hatte, die den Stein ins Rollen brachte, und dass ihre Freundin die Initiatorin dieser Kampagne war.

Sie stürmte die Treppen hinunter, direkt in die Notaufnahme. Das erste Mal seit dem Vorfall vor sechs Wochen befand sie sich in diesen unheiligen Hallen und fühlte weder Angst noch Schuld, nur heftige Empörung. Die bösen Geister ihrer gescheiterten Radler-Reanimation hatten sich offenbar verflüchtigt. Hier saßen nur die üblichen traurigen Gestalten und kreischenden Kinder, demütige Alte und hilflose Verletzte herum. Nichts, wovor sie sich fürchten musste.

Niemand nahm Notiz von Holly, die hinter sämtliche Behandlungsvorhänge sah, bevor sie Dolly im Vorratsraum fand. Sie war damit beschäftigt, Kartons auszuräumen, in die irgendwer wahllos verschiedene Größen von Infusionsbestecken, Moltexunterlagen und Gesichtsmasken durcheinandergeworfen hatte. Die Regale waren leer, die Kisten voll. Eine Sisyphos-Aufgabe.

»MeToo? Doyita! Ist das dein Ernst? Lawson würde mich noch nicht mal mit doppelten sterilen Handschuhen und langem OP-Besteck anfassen!«

»Es geht nicht um dich!«

»Worum dann? Was hat das zu bedeuten?«

»Es geht nicht, dass wir weiterhin vom patriarchalen System unterdrückt werden. Genug ist genug.«

Das ließ Holly aufhorchen. »Was ist passiert?«

»Er hat Waris angegriffen. Das ist eine neue Schwesternschülerin aus Somalia. Gegen die Wand gedrückt, Hände auf die Titten, Zunge im Hals, das volle Programm. Sie konnte nicht mal schreien. Und als er weiterging, als sei nichts gewesen, ist sie zusammengeklappt und bei mir in der Notaufnahme gelandet.«

»Und deshalb hat sie ihn angezeigt?«

»*Ich* habe das getan, sie hat unterschrieben. Du hättest sehen sollen, wie ihre Hände zitterten.«

»Mensch, Dolly! Wieder ganz die Rachegöttin Kali?«

Holly wusste, wie sehr ihre Freundin diese hinduistische Figur des Zorns und der Erneuerung liebte.

»Kannst du glauben! Ich habe auch eine eigene Aussage gemacht, eine lange Liste mit Lawsons Frechheiten mir gegenüber.«

»Und was sagt Peter dazu?«

»Peter war sowas von wilder Bulle, sage ich dir. Von ihm grell-grünes Licht. Ab auf die Barrikaden! Sogar ein wenig von Lawsons Fehlverhalten Patientinnen gegenüber habe ich einfließen lassen. Und dass es Methode hat, wie Lawson Frauen, die ihm nicht zu Willen sind, erpresst oder in Misskredit bringt. Habe deinen Fall als Beispiel zitiert.«

»Also doch!«

»Du hast dich vollkommen richtig verhalten, das hat Lydias Aussage bewiesen. Es ist einfach folgerichtig, dass er es dir angehängt hat, um dich dafür zu bestrafen, dass du ihn hast abblitzen lassen.«

»Aber das stimmt gar nicht. Er will sich nur selber schützen.«

»Argumentativ ist es von Vorteil. Es wird ihm niemand glauben, dass er dich *nicht* belästigt hat, wenn noch zahlreiche andere ihn wegen sexueller Übergriffe anzeigen. Sogar der Fliegenpilz macht mit.«

»Das bedeutet, er kann ungehindert einen Patienten umbringen, aber für sexuelle Belästigung wird er vielleicht belangt?«

»Moderne Zeiten, Holly! Das ist das Gute daran, dass wir nicht mehr im neunzehnten Jahrhundert leben. Wir Frauen können uns wehren, wir müssen uns nur trauen.«

Holly dachte daran, mit welchem Enthusiasmus Dolly mit ihrer Tochter den Selbstverteidigungskurs für Kinder besuchte, und musste lächeln.

»Und wenn wir zusammenhalten, dann sind wir stärker als gedacht«, erkannte sie nun selbst und umarmte ihre Freundin ganz fest. »Du bist einfach genial!«

»Jetzt nur nicht durchdrehen«, sagte Dolly und feixte. »Gib mir lieber mal die Packung mit den Männerkathetern!«

Wenn sie schon mal hier unten in der Notaufnahme war, dann könnte sie sich auch bei Lydia bedanken, dachte Holly, als sie Dolly in dem unordentlichen Materialdepot zurückließ. Lydias Standhaftigkeit war keine Selbstverständlichkeit. Natürlich gab es die Aufzeichnungen des Ausrufs und der Telefonate sowie die wiederholten Versuche, Lawson anzupiepen. All das waren deutliche Hinweise, die Lydia mit ihrer gepflegten Aussprache, den unschuldigen blauen Augen und dem Ringen ihrer perfekt manikürten Hände überzeugend präsentieren konnte. Hundertprozentige Authentizität einer aufrichtigen Mitarbeiterin. Genau das, was die Krankenhausverwaltung liebte. Für Lawson sah es allerdings weniger gut aus, dachte Holly zufrieden und schlenderte hinüber zur Anmeldung.

»Hi Lydia!«

»Holly! Lange nicht gesehen! Wie geht es dir?«

Lydias Gesicht leuchtete auf und sie schloss schnell ihren Instagram-Account. Wie immer schien sie sich gern ablenken zu lassen.

»Gut. Sehr gut sogar. Hatte kürzlich ein wenig Urlaub.«

Sie dachte an Wales und hätte gerne ein wenig in Erinnerungen geschwelgt, hatte aber das Gefühl, dass Lydia ihr nicht richtig zuhörte.

»Ich wollte mich noch bei dir für deine Unterstützung bedanken. Ich meine deine Aussage wegen der Nacht ... Du weißt schon.«

Wieso schaffte sie es noch immer nicht, unbefangen über diesen Vorfall zu sprechen? Herrgott noch mal. *Es war nicht meine Schuld!*, ermahnte sie sich.

»Aber klar doch. Ich meine, ich habe gesagt, wie es war und wie sehr du dich bemüht hast. Nur die Wahrheit eben.«

Nur die Wahrheit eben war mehr, als viele andere angeboten hätten, dachte Holly und beschloss, ihr morgen einen von Mr Panwars schönen Sommersträußen mitzubringen. Sie wandte sich gerade zum Treppenhaus, um wieder auf Station zu gehen, da strahlte Lydia jemanden über Hollys Schulter hinweg an.

»Hallo Schatz!«

Holly drehte sich um und sah William auf sich zukommen.

»Oh, hallo!«

Eine Mischung aus Bestürzung und Scham huschte über seine Züge, die er schnell beiseitezuschieben versuchte, als Lydia ihm um den Hals fiel.

»Darf ich dir Holly vorstellen? Krisengeschüttelte Krankenschwester. Und das ist William. Einer der heimlichen guten Geister in der Krankenhausverwaltung und: mein neuer Freund!«

William hatte sie nicht angerufen. Nicht ein einziges Mal. Holly hatte damals ein paarmal versucht, ihn zu erreichen und war immer nur auf der Mailbox gelandet.

»Hallo, Holly«, sagte er auf artige Schwiegersohn-Manier, und klang dabei wie seine Mutter. Er hielt ihr doch tatsächlich die Hand hin.

Holly zögerte, sie zu nehmen. Das hieße, seine Scharade mitzuspielen. Es wäre das Eingeständnis seiner Überlegenheit und ihrer Schwäche. Die Rechtfertigung ihrer Nicht-Beziehung. Und warum sollte sie das tun?

Nach seiner Pfeife tanzen, nach seinen Regeln spielen?

Warum hatte sie das überhaupt *jemals* getan?

Sie hätte sich dafür ohrfeigen können, was sie sich in ihrer Naivität von ihm alles hatte gefallen lassen. Und sie spürte einen Sturm in ihrem Inneren aufsteigen, ein wildes Prickeln, das wie Kohlensäurebläschen in einer geschüttelten Sprudelflasche nach oben strebte. Sie sah ihm ins Gesicht und prustete los.

»Echt jetzt, Will? Du willst weiterhin so tun, als ob du mich nicht kennst?«

»Wie bitte?«

Seine herablassende Stimme war kaum zu ertragen. Er klang nicht nach dem William, an den sie sich erinnerte. Seine Stimme war heller, im Klang schneidender, als wolle er jede Erinnerung an Holly ausmerzen, eifrig bemüht um eine weiße Weste. Er würde niemals zugeben, dass er sie auch nur wahrgenommen hatte.

»Als ob du nie, deine Zunge in meinem Ohr, die Nase in meiner Mähne und die Hände auf meinem Hintern, deine Mittagspause im Vorratsraum verbracht hast? Als ob du mich nicht auf der Geburtstagsparty deiner Mutter wie ein Nummern-Girl vorgeführt hast.«

»William?«, fragte Lydia mit alarmiertem Sirenenton in der Stimme.

»Als ob du es nicht genossen hättest, wenn ich dir morgens unter der Dusche noch schnell einen geblasen habe, bevor wir getrennt zur Klinik gefahren sind.«

»William!«

Lydia hatte ihren neuen Freund losgelassen und sah mit leicht offenstehendem Mund von einem zum anderen. Ihr Lipgloss glänzte perfekt.

»Wie ich sehe, hast du nicht lange gebraucht, um einen kompatiblen Ersatz für mich zu finden. Eine vorzeigbare Version, die niemals irgendjemanden umbringen würde. Die ehrlich und aufrecht ist, so, wie du es magst. Die aber zusätzlich immer die perfekte Frisur und perfekte künstliche Fingernägel hat. Deine Mutter wird sie lieben.«

Holly wandte sich an Lydia.

»Mein aufrichtiges Beileid zu diesem opportunistischen Schleimscheißer!«

Dann verschwand sie eilig ins Treppenhaus. Mindestens ein Dutzend amüsierter Augenpaare folgten ihr.

Sie rannte. Stufe um Stufe um Stufe.

Völlig erschöpft kam sie im vierten Stock auf der geburtshilflichen Station an. Hier oben ging das Leben seinen gewohnten Gang.

Es roch nach Milch und dem leicht säuerlichen Aroma entsorgter Babywindeln. Die Wände in Pastelltönen hatten eine sofortig besänftigende Wirkung auf Holly. Irgendwo sang eine Mutter ihrem Kind ein Schlaflied vor.

Gerade als Holly das Gefühl hatte, sich beruhigt zu haben und sich wieder ihren Aufgaben stellen zu können, klingelte ihr Handy. Neugierig, welcher Vertrag ihr nun wieder angeboten werden würde und begierig darauf, eine arme, unterbezahlte Angestellte des Callcenters so richtig zur Schnecke zu machen, nahm sie den Anruf entgegen.

»Was gibt's?«, blaffte sie.

»Holly, sind Sie dran? Hier ist Claire.«

Das war nicht das, was Holly erwartet hatte.

»Die Cardigan-Claire?«

Sie hätte diese zerbröckelnde Stimme niemals wiedererkannt. Lag vielleicht an der Verbindung.

»Ja, Holly. Kommen Sie zurück. Bitte. Wir brauchen Sie hier. *Ich* brauche Sie!«

35

Irgendjemand hatte tatsächlich wieder den hässlichen Gartenzwerg vor die Tür gestellt!

Holly kippte das Zipfelmützenkerlchen um und fand den Schlüssel.

»Ich weiß wirklich nicht, ob das so kurzfristig möglich ist«, hatte Mr Macintosh am Telefon gesagt. »Immer dieses Hin und Her mit Ihnen!«

Es war Hochsommer und Hochsaison in Wales. Der Juli war traditionell der Monat mit den wärmsten Tagen und den höchsten Wellen. Der Monat, der bei den Touristen am beliebtesten war und bei den Einheimischen die Kassen klingeln ließ. Momentan stand Holly allerdings in einem der warmen Sommergewitter, die kurz, aber heftig über das kleine Land herfielen und es so fruchtbar machten.

»Es ist also vermietet.«

Holly hatte schon entmutigt auflegen wollen.

»Nein! Das nicht.«

»Nicht? Also dann nehme ich es, wenn es Ihnen recht ist.«

Sie hatte den Schlüssel bei ihrer Abreise vor einem Monat der alten Gwyn gegeben. Das Cottage war das Elternhaus ihres verstorbenen Howards gewesen und gehörte ihrer Schwägerin, die vor fünfundvierzig Jahren einen Mr Macintosh geheiratet hatte und jetzt nach einer Hüftoperation in einem Pflegeheim in London lebte. Nun kümmerte sich also deren labiler Sohn um das Häuschen.

»Also schön. Wie Sie wollen.« Mr Macintosh klang wieder einmal so, als bräche er gleich in Tränen aus. Holly hatte schnell aufgelegt, bevor er es sich anders überlegte, und zwei große Koffer gepackt. Ihre wenigen Habseligkeiten durfte sie in einer Kiste verpackt bei Dolly in den Keller stellen, ebenso das alte Schlafsofa. Die übrigen Möbel gehörten in das teilmöblierte Appartement und Holly war irgendwie erleichtert, dass sie sie nie wiedersehen musste.

Jetzt drehte sie voller Vorfreude den Schlüssel im Schloss. Es war später Nachmittag, und Holly war dankbar, nach der langen Busfahrt endlich am Ziel ihrer Träume zu sein.

Die Tür des Cottage öffnete sich quietschend und sie trat in den kleinen Flur. Ein Geruch nach Schimmel und Verwesung schlug ihr entgegen, der ganz gewiss nicht von ihrem neuen, grün gestreiften Schirm ausging. Irritiert sah sie sich um.

Langsam ließ sie ihre Handtasche von der Schulter sinken und stellte sie auf der Kommode ab. Auf dem Fußboden war eine Pfütze, in der eine tote Spinne schwamm. Holly ging ins Schlafzimmer und erschrak.

Das Dach war direkt über dem Bett eingebrochen. Es bestand aus nicht viel mehr als Schindeln und darunter geklebte Rigipsplatten. Nun war der Rigips ab und lag in groben Stücken auf Fußboden und Matratze. Sie war schwarzbraun gefleckt und mit Regenwasser vollgesogen, wie ein alter Schwamm. Wo die Schindeln fehlten, tropfte der unerbittliche Regenschauer durch die Dachsparren auf Bett und Holly herab. Als sie sich abwandte, um in die Küche zu flüchten, bemerkte sie den Kadaver einer verrottenden Taube in einer Ecke des Schlafzimmers. Vogelkot sprenkelte den Metallrahmen des Bettes, es roch wie in dem seit langem nicht ausgemisteten Stall vom grässlichen Fagin.

Dies war nicht ihr Refugium, wie sie es verlassen hatte!

Es sah aus, als seien wilde Vandalen in das Häuschen eingefallen. Zerbrochen, verwüstet, geschändet.

Holly kämpfte ihre Verzweiflung nieder und holte dreimal tief Luft, um ihren Herzschlag zu beruhigen. Dann drehte sie sich um und schloss die Schlafzimmertür mit einem nachdrücklichen Ruck.

Die Küche zumindest war trocken.

Holly seufzte erleichtert, drehte Gas und Wasser an und setzte den Teekessel auf.

»Dann wollen Sie uns also verlassen«, hatte Mrs Honeysuckle festgestellt, als Holly in ihr Personalbüro marschiert war, und den unterdrückten Jubel kaum aus ihrer Stimme herausgehalten. Ihr grauer Koalascheitel saß wie immer akkurat, aber ihre Körperfülle geriet in gefährliche Wogen.

»Die Ratten verlassen das sinkende Schiff.« Holly grinste selbstironisch und, wie sie hoffte, unverschämt.

»Sie bezeichnen sich selbst als Ratte?!«

Das hatte die Planschkuh noch mehr gefreut.

»Die Klinik ist das sinkende Schiff. Als Kapitänin müssen Sie bis zum bitteren Ende ausharren, schon vergessen?«

»Ich bin nicht die Geschäftsführerin. Ich bin Personaler.«

»Umso schlimmer!« Holly lachte kurz auf. »Viel Spaß mit Dr. Lawson und der anrollenden Klagewelle. Und damit meine ich nicht die MeToo-Vorwürfe der Klinikmitarbeiterinnen. Könnte doch sein, dass die Familie des Radfahrers einen Tipp gekriegt hat.«

Jetzt schaute Mrs Honeysuckle nicht mehr ganz so amused, wie zu Beginn ihrer Unterhaltung und Holly war froh, dass sie ihr die Erleichterung über ihre Kündigung hatte verderben können.

Als sie das Büro wieder verließ, fühlte sie sich wie eine Rakete auf Erfolgskurs. Eine, die ihr Ziel niemals mehr verfehlen würde, denn jetzt wusste sie, was sie wollte. Und das war eine Zukunft ohne das King's College Hospital. Eine Zukunft frei von William, Nachtdiensten und Dr. Lawson.

Und diese Zukunft lag in Wales. Dort hatte sie Menschen getroffen, die ihr wirklich wichtig geworden waren. Gwyn, Laila und Calvin und Cassy, denen sie wirklich hatte helfen können, und die ihr lädiertes Selbstbewusstsein wieder aufgerichtet hatten. Allein die Dankbarkeit darüber hätte als Begründung bereits ausgereicht. Aber die seltsam verzauberte Atmosphäre der Landschaft, die grandiose Küste, die – wenngleich manchmal anstrengende – familiäre Atmosphäre in Telynport und ganz besonders Anne und Jane hatten die Waagschale zu Londons Ungunsten ausschlagen lassen.

Diese Entscheidung ließ das Blut durch ihre Adern rauschen. Das war Weihnachten, Chanukka und Opferfest an ein und demselben Tag. Das war ein Trip auf einer Glücksdroge, die Holly ununterbrochen lächeln ließ, den mitleidigen Blicken ein freundliches Nicken entgegensetzte, denn sie war im Begriff, in den magischen Sonnenuntergang zu reiten und sich neu zu erfinden.

Kreisch.

Der Wasserkessel riss Holly mit seinem Pfeifen aus ihren Gedanken und lenkte ihre Aufmerksamkeit zurück auf ihr zerstörtes Cottage. Aus, der Traum?

Sie goss den Tee auf und rief Jane an.

»Was für eine Bruchbude!«, rief ihre Freundin, als sie eine halbe Stunde später mit ihrem Landrover aufkreuzte. Netrebko folgte ihr schwanzwedelnd auf dem Fuße. »Hier kannst du nicht bleiben!«

»Ach was. Ich liebe dieses Cottage. Ich kann hier in der Küche schlafen.«

»Auf einer total versifften Matratze? Kommt gar nicht in Frage. Schlaf doch in meiner Wohnung, ich wohne sowieso meistens im Schloss.«

Holly wollte nicht weg. Sie war gerade erst angekommen und sie hatte sich so sehr auf das Cottage gefreut. Ihren Rückzugsort, ihr kleines Paradies mit Garten und Rosen.

»Hey, was ist? Meine Wohnung liegt direkt am Wasser und ist auch nicht kleiner als deine Schuhschachtel hier. London muss die reinste Hölle gewesen sein, so schnell, wie du wieder hier bist.«

Holly zögerte und kraulte Netrebko das fuchsbraune Köpfchen.

»Das ist wirklich lieb von dir. Aber ich weiß nicht.«

Janes Wohnung lag genau neben dem Pub. Holly wollte nicht jeden Tag Chris über den Weg laufen oder fürchten müssen, es zu tun. Sie war immer noch sauer auf ihn, fühlte sich verarscht und vorgeführt. Und alle hatten es mitbekommen.

Irgendwie schien es, als stünde Holly sich, wo sie auch hinkam, immer selbst im Weg. Wahrscheinlich hätte sie in London auch eine Stelle in einem anderen Krankenhaus bekommen, wenn sie sich bemüht hätte. Aber Claire hatte ihr klargemacht, dass es in Pembrokeshire für sie eine Zukunft geben könnte. Es würde harte Arbeit werden, die Leute zurückzugewinnen. Aber was soll's. Dafür hatte sie Anne und Jane. Und Dolly hatte versprochen, regelmäßig Familienurlaub in Telynport zu machen.

»Wenn dir meine Wohnung zu einsam ist, dann komm halt mit zu Charlotte«, startete Jane einen zweiten Versuch.

»Du kannst mich doch nicht einfach mitbringen?«

»Du hast ihre Tochter gerettet und das Schloss hat zwanzig Zimmer.«

»Zwanzig?«

»Die Wirtschaftsräume nicht mitgerechnet. Die meisten davon werden aber nicht genutzt.«

Holly fühlte sich, als sei sie in einen falschen Film geraten. Sie hatte das Cottage gebucht und nicht ein Märchenschloss. Sie wollte sich ihre Wunden lecken und hart arbeiten und nicht auf einem feudalen Landsitz den frisch Verliebten beim Turteln zusehen.

»Ich weiß nicht, ob das so eine gute Idee ist.«

»Ich aber.« Jane stellte Hollys leere Teetasse in die Spüle und griff sich die beiden Koffer. »Es gibt frischen Fisch. Cassy geht neuerdings angeln.«

Als Holly mit Jane losfuhr, rissen die Wolken auf und die Sonne brannte mit einer Intensität auf sie herab, als wollte sie die Feuchtigkeit und Hollys trübe Gedanken innerhalb von Minuten verdampfen lassen. Die Luft lag wässrig und schwer über dem Land und Holly konnte im Heckfenster einen grandiosen Regenbogen über den Hügeln von Mynydd Preseli erstrahlen sehen.

Als sie auf der Kiesauffahrt des Schlosses ausstiegen, wehte ein warmer Wind über die Klippen. Holly konnte nicht widerstehen, rannte über den Rasen auf die niedrige Gartenmauer zu und saugte den Anblick des Meeres in sich auf. Möwen zogen ihre Bahnen und quietschten vor Vergnügen, die Gischt sprang übermütig gegen die hohen Klippen neben dem Hafen und ihr Herz machte einen Satz.

Nur ungern folgte Holly Jane in das mächtige Gebäude.

Die große Eingangshalle mit beeindruckendem Treppenhaus erstreckte sich über zwei Stockwerke. Der Boden war bunt gefliest in einem Muster, das hin und wieder Wappentiere erkennen ließ. Die Wände schienen Holly auffallend kahl, mit Staubumrissen an den Wänden.

»Holly! Wie schön, Sie zu sehen.«

Lady Beringford trat zart, aber sehr dynamisch aus dem hinteren Salon. Sie trug eine Reithose und ein kurzärmeliges Hemd. Ihr helles Haar war wie immer aufgesteckt, nur etwas lockerer als sonst. Zahlreiche Strähnen hingen ihr im Nacken und an den Schläfen, als hätte sie einen schnellen Ritt hinter sich.

»Das Cottage ist zusammengebrochen. Nun ja, das Dach«, erklärte Jane. »Holly kann dort nicht bleiben, jedenfalls nicht, bis die Schindeln repariert und die Wände getrocknet und gestrichen sind. Ich habe ihr hier Asyl angeboten, wenn es dir recht ist?«

Jane küsste Charlotte zur Begrüßung sanft auf den Mund.

»Aber selbstverständlich. Wir haben genug Zimmer. Das Gästezimmer oben ist gemütlicher als dieses Treppenhaus, das müssen Sie mir glauben.«

Keine besondere Leistung, dachte Holly, so kalt und kahl und zugig, wie es im Eingang war.

»Wir sind gerade dabei, das Haus etwas umzugestalten. Eine erste Maßnahme war es, die grausigen Schlachtenbilder und Waffen sowie all die Jagdtrophäen von den Wänden zu nehmen. Es sieht furchtbar aus, ich weiß. Aber vorher war es einfach nur beklemmend.«

Sie lächelte entschuldigend und führte Holly im Anschluss kurz herum, damit sie sich hier nicht ständig verlief. Das Erdgeschoss des Schlosses hatte fünf Zimmer oder Salons, die sich um die Eingangshalle gruppierten. Eines war eine alte Bibliothek, deren Bücherregale sich bis unter die Freskenleisten der Decke zogen. Es roch nach trockenem Papier und gewachsten Buchrücken. Zwei Chesterfieldsessel standen neben dem eindrucksvollen Kamin und verströmten einen ledrigen, lebendigen Geruch.

»Kusch dich, Sir Galahad!«

Charlotte scheuchte eine riesige Ragdoll-Katze davon, die sich an einem der Sessel die Krallen schärfen wollte und nun beleidigt davonstolzierte.

»Er kommt nicht so gut mit Fitzgerald klar und verschanzt sich in den unmöglichsten Ecken«, erklärte Jane lachend. Holly, die sich lebhaft an Janes riesige Main-Coon-Katze erinnerte, konnte die Verwirrung des Katers durchaus verstehen. Gleich neben der Bibliothek lag ein wirklich düsterer Salon mit grünen Wänden, an denen dicht an dicht Soldatenporträts hingen und Schlachtgetümmel herrschte.

»Meine Vorfahren, der erste und zweite Earl of Beringford«, stellte sie Holly zwei der Männer auf den großen Ölschinken an den Wänden vor. In rotem Jagdrock mit toten Fasanen am Sattel, als Offizier mit Abzeichen von der Größe einer mittleren Schokoladentafel am Revers, blickten sie blasiert aus den schweren Rahmen herab und rasselten unhörbar mit ihren Säbeln.

»Das ist der historische Raum. Hierher habe ich all die Scheußlichkeiten verbannt, die die kämpferische Natur meine Familie bezeugen. Die Schubladen sind voller Urkunden und die Wände voll fetter Verwandter. Mehr davon gibt es im Keller. Ich dachte, im Fitnessraum wären die Kerle womöglich ein Ansporn.«

Holly schmunzelte und folgte ihr durch die nächsten Räume.

»Im ersten Stock gibt es sieben Salons, davon bewohnen Jane, Cassy und ich jeweils ein eigenes Zimmer. Und es gibt zwei Gästezimmer«, erklärte Charlotte und wies die Treppe hinauf, als sie zurück in der Halle waren. »Ich habe gern Besuch hier und wünsche mir ein offenes Haus. Deshalb habe ich auch beschlossen, ein Arbeitsstipendium für Künstlerinnen auszuloben. Anfangs dachte ich an eine Mitbewohnerin, aber vielleicht findet sich ein Sponsor für eine zweite.«

»Oder mehr«, sagte Jane.

»Also ein Damenpensionat wollte ich nicht eröffnen, Jane!«, grinste Charlotte. »Lassen wir es langsam angehen. Jetzt bist ja du erst mal hier eingezogen, Liebste. Aber ein wenig mehr Leben in dieser alten Bude tut uns allen gut.« Sie warf einen Blick auf Cassy, die aus ihrem Zimmer kam, um Holly zu begrüßen.

»Hi! Du wohnst jetzt auch hier? Wie cool.«

»Ja«, sagte Charlotte Beringford und strahlte. »Wir freuen uns wirklich alle sehr!«

Den Fisch aßen sie abends in der alten Gesindeküche, einem Raum mit schwarz-weißen Bodenfliesen und einem alten Eisenherd an der rechten Wand. Gegenüber war ein offener Kamin mit Metallvorrichtungen, um Töpfe aufzuhängen und köcheln zu lassen, Roste ins Feuer zu hängen. Aber es gab auch einen modernen Herd und eine Zentralheizung.

»Was das Dach von Ihrem Cottage angeht, da kann ich eigentlich nur Gareth empfehlen«, meinte Lady Beringford und verteilte die gebratenen Filets auf ihre Teller.

»Gareth? Den Sohn der Carringtons, den Bruder von Calvin?«

»Genau der. Er kommt jeden Sommer für sechs Wochen hierher, um seine Eltern zu unterstützen. Er ist Bauingenieur und hat sehr gute Kontakte zu den hiesigen Handwerkern. Es gibt immer viel bei so einem Hotel zu richten und ich ziehe ihn auch für meine Veränderungspläne für das Schloss zurate. Was er anpackt, das läuft, wird gut und vor allem auch schön.«

»Ob Mr Macintosh damit einverstanden ist? Ich meine, ich kann das wirklich nicht selbst bezahlen.«

»Ach, Kenny ist froh, wenn ihm die Sorge abgenommen wird. Gareth macht ihm sicherlich einen Freundschaftspreis. Er hat ja bisher nichts unternommen, was das Cottage angeht, aber verkaufen will er auch nicht. Er hängt halt dran, aber eigentlich ist ihm alles zu viel.«

Wenn sie nicht krank vor Sorge um Cassy war, schien Lady Beringford sich ziemlich gut in der Gemeinde auszukennen.

»Gareth ist ein Schatz, wirklich«, fuhr sie fort. »Er hat vor zwei Jahren auch Janes Wohnung renoviert und die Verschönerung des Hafens vorangetrieben. Vor zehn Jahren sah der aus wie ein Verschiebebahnhof.«

»Sie empfehlen mir Gareth also sehr«, stellte Holly fest.

»Ach, nenn mich Charly! Wir wohnen doch jetzt zusammen!«

Sie hob ihr Weinglas und Holly stieß mit ihr an.

Jane sah glücklich von einer zur anderen und gemeinsam nahmen sie alle einen großen Schluck. Es trat eine kurze, ehrfürchtige Stille ein, als besiegelten sie einen geheimen Bund.

»Und was Gareth angeht, ich sage ihm gerne wegen des Cottage Bescheid.«

Holly grinste. Die Lady war wirklich hartnäckig. Ihren ätherischen Charme konnte sie zu einem duftenden Windhauch bündeln, der das Schloss, ihr Leben und das der anderen, gehörig durchlüftete.

»Das ist aber wirklich nicht nötig, Charly«, sagte Holly und dachte an ihr unerfreuliches letztes Zusammentreffen mit dem Carrington-Sohn.

Später lag sie in dem geräumigen Gästezimmer im zweiten Stock und fragte sich, ob in diesem Schloss womöglich ein Gespenst sein Unwesen trieb. Tote Tierköpfe gab es in diesem Zimmer glücklicherweise nicht, dafür schmückte eine hübsche violett gemusterte Tapete die Wand an der Kopfseite ihres Bettes. Sie blickte auf einen kleinen Marmorkamin und fliederfarben gestrichene Mauern. Die Skizze eines Fasans hing in zierlichem Rahmen über dem Beistelltisch und bodenlange, cremefarbene Seidenvorhänge standen wie Wächter neben den Fenstern. Es war ein wirklich einladendes Gästezimmer. Und trotzdem wurde Holly das Gefühl nicht los, beobachtet zu werden. Als ob eine unglückliche Seele in diesem Gemäuer umherirrte.

Plötzlich hörte Holly ein leises Knarzen und aus dem Augenwinkel sah sie, wie die Tür sich bewegte. Sie schnellte im Bett auf, wie ein Springmesser, zum Angriff bereit. Da sah sie Sir Galahad heranschleichen und ließ sich beschämt in die Kissen zurückfallen. Die majestätische Katze sprang federnd und beinahe unmerklich auf das Bett, rollte sich neben ihr ein und begann zu schnurren. Sie würde kein Auge zu tun, dachte Holly verzweifelt und gleichzeitig seltsam beglückt.

Und war im nächsten Moment eingeschlafen.

36

Holly ließ sich am nächsten Morgen von Jane zu Shawn fahren, bevor sie die Runde zu ihren tierischen Patienten begann. Sie brauchte wieder einen fahrbaren Untersatz und diesmal würde sie hart verhandeln, denn sie wollte ein Auto kaufen.

»Holly! Was für eine Überraschung!«

Shawn stand breitbeinig auf seinem Hof und warf vor Freude die Arme in die Luft. In seinem roten Overall sah er aus wie ein irisches Andreaskreuz. Im nächsten Augenblick nahm er Holly in den Arm, als käme sie von einer Weltreise zurück. Dann hielt er sie mit beiden Händen von sich weg, legte den Kopf schief und musterte sie schnell.

»Du brauchst ein Auto, das sehe ich dir an der Nasenspitze an.«

Er hatte eine tiefe Sommerbräune entwickelt, die seiner rustikalen Statur etwas außerordentlich Authentisches gab und sah auf seine stämmige Art und Weise beneidenswert gut, gesund und zufrieden aus. Keine Spur mehr von Frosch, hier stand ein Waliser vor ihr, wie er leibt und lebte.

»Du liest in mir wie in einem offenen Buch«, flachste Holly.

»Ich bin Autohändler, meine Liebe. Ich weiß immer, was die Leute wollen, oder ich bringe sie mit meinem Geschwafel dazu, es zu wollen.«

Grinsend legte er Holly den Arm um die Schultern.

»Komm mal mit. Dein alter Freund steht noch immer hier.«

Er lotste Holly zu dem alten Krankenwagen, den er sorgfältig abgedeckt hatte. Als er die Plane von dem Oldtimer zog, zwinkerte das Rotkreuz-Emblem auf dem Dach Holly verschwörerisch zu. Sie spürte das Hochgefühl einer Auto-Liebhaberin, das sie bisher nicht nachvollziehen konnte, und stieß Shawn in die Seite.

»Ich möchte ein Auto *kaufen*, Shawn. Und du willst dich nicht ernsthaft von diesem Schmuckstück trennen, oder?«

»Ich freue mich, wenn er ein liebevolles Zuhause findet«, sagte Shawn, als würde er einen Hundewelpen abgeben.

»Du wirst diesen Schrotthaufen anderweitig nicht los, richtig?«, neckte ihn Holly, während sie um das bewährte Gefährt herumging und mit der Hand über seine leicht geschwungenen Flanken strich. Eigentlich hatte sie sich ein kleines, wendiges, schnelles Auto vorgestellt. So ein typisches Pflegedienst-Gefährt, auf dem auch noch das Logo der Ambulanz von Cardigan prangte. Dieser Oldtimer hatte keine Servolenkung und würde niemals auf der Überholspur fahren. Aber er war etwas ganz Besonderes. Ihn zu fahren, erregte Aufmerksamkeit, das hatte sie in den Wochen, die sie mit ihm unterwegs gewesen war, gespürt. Und wenn sie sich nicht verstecken wollte, dann konnte sie auch ruhig auffallen. Sie würde zwar Spots nicht mehr damit transportieren müssen, aber hin und wieder womöglich einen ihrer Patienten.

»Was soll er kosten?« Holly gab seufzend nach. »Ich kann mir keinen Liebhaberpreis leisten.«

»Du bekommst einen Freundschaftspreis. Und du kannst in Raten zahlen. Abgemacht?« Shawn hielt ihr seine kräftige Pranke hin.

»Abgemacht!«

Als die Formalitäten erledigt waren und der schwere Autoschlüssel in Hollys Hand klimperte, begleitete Shawn sie zu ihrem Wagen.

»Bist du immer noch regelmäßig bei deiner Tante zum Essen?«, fragte sie ihn. »Gwyn sagte, du seist von Atifas Kochkünsten sehr angetan.«

Shawn lächelte und scharrte mit den Füßen im Kies. »Sie kocht einfach unglaublich lecker!« Sein Gesicht nahm einen verträumten Ausdruck an. »Sie hat so eine weiche Stimme und sie lacht so freundlich. Sie ist so zart, dass ich sie am liebsten immer an der Hand nehmen würde.«

»Shawn! Du bist verliebt!«

Er wurde rot, stemmte die Fäuste in die Taschen seines Overalls und senkte den Kopf. »Meinst du, sie würde mit mir ausgehen?«

»Ich kann mir Atifa nicht recht in einem Restaurant vorstellen. Oder einem Club, einem Pub.«

»Sieh mich nicht so mitleidig an. Ich dachte an einen Ausflug an den Strand mit Picknick und einem gemeinsamen Bummel auf der Promenade. Und natürlich Kino. Ich glaube, sie war noch nie im Kino.«

»Hast du denn Laila auf deiner Seite?«

»Laila ist mein größter Fan. Ich habe ihr das Autofahren beigebracht. Sie hat sich schon einen Wagen bei mir ausgesucht. Wenn sie achtzehn ist, lackiere ich ihn für sie um und schenke ihn ihr zum Geburtstag.«

»Laila ist erst zehn!«

Holly wollte Shawn nicht mit der Unberechenbarkeit des britischen Abschiebesystems konfrontieren. Ob Atifa und Laila in acht Jahren noch in Wales waren? Da konnten sie auch Spots nach ihrer Einschätzung fragen. Holly war schon froh, dass Anne den Aufenthalt in einer der Abschiebeeinrichtungen hatte verhindern können.

»Ich weiß, was du denkst«, meinte Shawn. »Sie ist nicht gerade der keltische Typ. Na und? Shirley Bassey ist auch Waliserin. Sie stammt aus Cardiff. Tolle Frau. Tolle Stimme. Und sie hat drei James-Bond-Songs gesungen! Dagegen ist Adele eine blutige Anfängerin.«

Bei dieser Begeisterung musste Holly schmunzeln.
»Lass es langsam angehen, Shawn«, meinte sie nur. »Du weißt nicht, was sie bisher erlebt hat.«
»Eben. Deshalb möchte ich sie ja näher kennenlernen.«
Er hielt Holly ganz altmodisch die Tür auf, als sie in ihren neuen alten Wagen stieg und winkte ihr noch lange hinterher. Sie mochte ihn, er war ein guter Kerl. Sein warmes Willkommen, seine unkomplizierte, offene Art hatten Holly gutgetan. Sie spürte wieder, dass sie die richtige Entscheidung getroffen hatte. Und während sie in dem klappernden Krankenwagen an seinem großen Lenkrad kurbelte, bewunderte sie sein Gespür für die Menschen und was sie brauchten. Zumindest, was ihre Autos anging. Denn in diesem Wagen fühlte es sich an, als sei sie wirklich zuhause angekommen.

Auf dem Rückweg wollte sie noch bei Anne im Büro vorbeischauen. Sie fürchtete sich zwar vor einem Zusammentreffen mit Miss Peabody, aber irgendwann musste sie es ohnehin hinter sich bringen. Sie näherte sich vorsichtig der Kreuzung und stellte den Wagen vor dem altmodischen roten Briefkasten am Gemischtwarenladen ab. Die Mittagshitze schlang sich in einer innigen Umarmung um das Steingebäude. Holly trat durch die Tür in den lang gestreckten Raum, kühl wie eine Grotte, doch schalterhallenhell. Woods stand mit dem Rücken zu ihr im hinteren Gang und räumte eine Kühltruhe ein. Von Miss Peabody war nicht das leiseste Rollator-Quietschen zu hören.
Holly schlüpfte ungesehen in Annes Büro.
»So!«
Ein kleines Wort, aufgeladen mit gewichtiger Bedeutung. Anne saß vor ihrem Computer, rieb sich zufrieden die Hände und wippte gegen die Stuhllehne. Im Gesicht den Ausdruck der erfolgreichen Jägerin.

»Wieder einem armen dänischen Touristen die Parkgebühr nachgeschickt?«

»Holly! Wann bist du angekommen?«

Anne sprang geschmeidig auf und fiel ihr um den Hals. »Ich hatte erst nächste Woche mit dir gerechnet!«

»Du schaust definitiv zu selten in deine Nachrichten.«

Manchmal hätte sie Anne schütteln mögen. Sie dachte, alle wichtigen Informationen gingen ihr per Polizeifunk zu und sah höchstens einmal am Tag auf ihr Handy.

»Das liegt daran, dass meine Eltern mich zuspamen, seit sie die Chatfunktion entdeckt haben. Welcome back, meine Liebe!«

»Willst du eigentlich nie bei ihnen ausziehen? Ich würde dir ja anbieten, bei mir zu wohnen, aber abgesehen davon, dass das Cottage nur ein Schlafzimmer hat, ist es zurzeit auch einsturzgefährdet.«

»Ich könnte bei Charly wohnen. Sie hatte mir schon kurz nach dem Auszug ihres Mannes ein Zimmer angeboten, aber du kennst meine Eltern nicht. Solange ich nicht verheiratet bin, gehöre ich nach Hause, alles andere brächte sie vorzeitig unter die Erde. Und da ich keine Zeit für aufwendige Grabpflege habe, bleibt alles wie gehabt.« Anne grinste. Holly liebte sie für ihren schwarzen Humor. »Ich habe ja hier meinen Rückzugsort.«

Sie deutete auf das Schlafsofa, das ihr mit aufgeschüttelten Kissen stummes Einverständnis signalisierte.

»*Ich* habe meine Grabpflege bereits organisiert!«

Miss Peabody knallte ihren Rollator gegen den Türrahmen und hob den Zeigefinger wie eine eifrige Schülerin. »Sollte ich, Gott behüte, irgendwann nicht mehr sein, ist alles geregelt. Lieber früher als später. Sollten Sie auch überlegen, Constable Anne, Polizisten haben eine der niedrigsten Lebenserwartungen.«

»Guten Tag, Miss Peabody«, sagte Holly artig und versuchte, ihre Lippen dazu zu bringen, zu lächeln.

»Holly!«

Sie zog die Schultern hoch und den Kopf ein, um sich gegen die erwarteten Schimpftiraden zu wappnen.

»Willkommen! Sehen Sie nur, Mr Woods, unsere Heldin ist zurück!«

Holly wandte sich zu Anne um und warf ihr einen schnellen Blick zu. Ihre Freundin hob entwaffnet beide Hände und ließ sich wieder in ihren Bürostuhl fallen.

»Du bist eine Berühmtheit, Holly.«

Miss Peabody schob ruckelnd ihren Rollator vor und zupfte an Hollys T-Shirt.

»Nur nicht so schüchtern, Miss Higgins. Ja, ich kenne Ihren vollen Namen. Er stand in der Zeitung!«

»Der Zeitung?«

»Kommen Sie, kommen Sie. Ich wusste ja gar nicht, dass Sie examinierte Notfallschwester sind. Und dabei so jung!«

Sie schlurfte zurück in den Laden und verlor dabei einen ihrer Plüsch-Hausschuhe. Holly bückte sich schnell und schob ihn ihr wieder über den nackten Hammerzeh.

»So flink und aufmerksam! Ich hatte es eilig, Sie zu begrüßen, als ich Ihren Wagen vor dem Laden vorfahren sah. Habe mir nicht mal richtige Schuhe angezogen. Ich habe alles über Ihre Heldentat gelesen, müssen Sie wissen. Denn ich habe ja schon vom ersten Tag an gesagt, dass Sie ein Gewinn für unsere Gemeinschaft sind. Vom ersten Tag.«

»Es gab einen Zeitungsartikel?«, wandte sich Holly flüsternd an Anne.

Ihre Freundin stand auf und begleitete sie hinüber in den Laden.

»Na ja, Cassy galt als vermisst und irgendjemand hat mitbekommen, dass du und Jane sie in einer Nacht-und-Nebel-Aktion ins Krankenhaus gebracht habt«, zischte sie im Vorbeigehen.

»Sie sollten Ihr Licht nicht unter den Scheffel stellen, meine Liebe«, sagte Miss Peabody und hielt ihr einen Riegel hin. »Wirklich nicht.«

»Dankeschön«, sagte Holly verdattert und riss ihn automatisch auf.

»Wenn man bedenkt, dass Sie auch noch diesen Schwindler entlarvt haben. Diesen Aufreißer und Meister der vorgetäuschten Identität.«

Spielte sie jetzt etwa auf Chris an? Holly wäre am liebsten im Boden versunken.

»Das wussten doch alle hier«, stammelte sie beschämt und begann, an dem Riegel zu knabbern. Er schmeckte nach Datteln und Honig.

»Er hieß gar nicht Chris und er hatte keine Verlobte. Vorspielen falscher Tatsachen, da macht mir keiner was vor. Und Sie haben ihn überführt! Ich ernenne Sie zur Agentin ehrenhalber, Holly Higgins.«

Ihre kleinen grauen Augen musterten sie begeistert.

»Dankeschön«, wiederholte Holly und meinte es sogar ernst.

»Aber ich will Sie nicht länger aufhalten. Sie haben gewiss eine weitere wichtige Mission zu erfüllen. Auf mich können Sie zählen. Jederzeit, meine Liebe, jederzeit!«

Sie schnappte sich eine Illustrierte aus dem Drehständer und warf sie in ihren Rollatorkorb.

»Woods, setzen Sie das auf meine Rechnung. Ich komme wieder.«

»Mindestens einmal, Miss Peabody, ich weiß«, sagte Woods mit gequältem Gesichtsausdruck und verzog sich wieder zwischen die Regale.

»Ich hoffe, Sie bleiben bei uns Holly«, sagte die alte Dame im Hinausschlurfen und legte ihr kurz die Hand auf die Schulter. Holly fühlte sich, als habe die Queen sie gerade in den Adelsstand erhoben.

37

Als Holly aus dem Laden trat, ballten sich am Horizont schwere Wolken über den Hügeln zu den voluminösen Fäusten eines Gewitterriesen zusammen. Holly fürchtete um das Cottage, aber gleichzeitig liebte sie den warmen Sommerregen und den Geruch, der danach vom Pflaster aufstieg, und die Welt mit einem warmen, erdigen Aroma erfüllte. Schnell sprang sie in ihren Krankenwagen, sie wollte noch vor dem Wolkenbruch bei der alten Gwyn sein.

»Holly ist da!«

Laila rannte auf sie zu und Spots hoppelte lustig hinter ihr her. Das Schaf durfte sich offenbar frei auf dem Gelände bewegen, seit ein Holzzaun es von der Straße abgrenzte. Das Mädchen schien wie ein Bambusspross zu wachsen. Seit Holly sie das letzte Mal gesehen hatte, war sie einen gefühlten Meter größer, hatte sich teleskopartig in die Höhe geschoben und brauchte dringend neue Hosen. Dabei war sie nur vier Wochen weg gewesen.

In der offenstehenden Tür tauchte eine Gestalt auf. Sie war hager und hochgewachsen und füllte kaum die Hälfte des Türrahmens aus. Erschrocken überlegte Holly, warum die alte Gwyn in so kurzer Zeit so sehr vom Fleisch gefallen sein könnte. Erst als sie genauer hinsah, erkannte sie Claire.

»Was machen *Sie* denn hier?«

»Ich wohne hier. Und Sie?« Claire sah sie auf ihre durchdringende Schulmeisterinnen-Art an. »Sie kommen gerade recht. Dann muss ich Ihnen nicht wegen der Ambulanzsprechstunden hinterhertelefonieren! Am nächsten Montag fangen Sie an.«

Typisch Claire. Diese Frau machte es einem wirklich nicht leicht. Verteilte die Aufgaben wie eine Patriarchin, führte sich auf wie ein Topmanager. Dabei war sie nur eine alte Gemeindeschwester, ohne ihre gebleichte Schürze über grauem Kittelkleid. Aber irgendetwas an ihr hatte sich verändert. Ein Paar pinke Sneakers entlockten Holly gegen ihren Willen ein Lächeln und stimmten sie milde.

»Du kennst Auntie Claire?«

Laila sprang neben sie und griff nach einem Hula-Hupp-Reifen, der an der Mauer lehnte. »Sie ist auch Krankenschwester, weißt du? Und sie macht alles ganz genau wie du, Holly. Nur, dass manchmal ihre Finger zittern. Aber ich mach sowieso alles ganz allein, was meinen Zucker angeht. Und Shawn fährt mich zum Arzt und manchmal auch zur Schule.«

»Du wirst hier wohl ziemlich verwöhnt, was?«

»Sie ist unsere kleine Prinzessin«, nickte Claire und ihre Züge wurden weich.

»Auntie Claire wohnt jetzt direkt neben mir. Da war dieses kleine Nähzimmer, aber da stand nur Gerümpel drin. Jetzt hat sie da ein Bett und einen Stuhl und das Fenster direkt neben dem Baum. Manchmal sitzt ein Eichhörnchen auf ihrem Fensterbrett. Ich nenne es Nuts. Ich würde ja mit ihr Zimmer tauschen, gerne sogar. Aber sie will nicht.« Laila stellte sich mitten auf die Wiese und ließ ihren Hula-Reifen kreisen.

»Hier hätte ich Sie wirklich am wenigsten erwartet!«, sagte Holly, noch immer verblüfft.

»Hatte ich nicht gesagt, dass es mir schlecht geht? Wofür hat man denn Familie, wenn man in Krisensituationen nicht zusammensteht?«

Sie tat gerade so, als hätte es die letzten vierzig Jahre nicht gegeben. Nicht ihr Einsiedlertum und nicht das anhaltende Schweigen.

»Sie ist nach ihrer letzten Chemo umgekippt.«

Gwyn drängte sich an ihrer Schwester vorbei und schloss Holly in die Arme. Sie roch nach Lavendelpuder und frischer Wäsche und hatte eine neue, dunkelrote Hornbrille auf der Nase. »Ich bekam einen Anruf, Shawn holte sie ab und brachte sie her«, erzählte sie und ließ sich auf der Holzbank nieder.

»Einen wirklich patenten Neffen hat sie da. Nun ja, angeheiratete Familie ist besser als gar keine.« Claire ließ sich in den Schaukelstuhl sinken und begann leicht zu wippen.

Das kam einem Kompliment schon sehr nahe, dachte Holly und freute sich.

»Seit wann wohnen Sie denn jetzt hier?«, fragte sie und hockte sich neben Gwyn auf die Bank.

»Seit drei Wochen. Herrje, sind es wirklich erst drei Wochen?«

»Und werden Sie ihre alte Wohnung aufgeben? Kommen Sie dort denn allein zurecht, ich meine während der Phase mit der Chemotherapie?«

Claire zuckte verächtlich mit den Schultern.

»Miete zu zahlen, während ich hier herumsitze, macht ja wohl kaum Sinn, oder? Ich bekomme eine winzige Rente. War ja nicht mit so einem Sesselpupser verheiratet wie meine Schwester.«

Bis vor einem Monat hatte sie noch gearbeitet, überlegte Holly. Mit siebzig Jahren. Kaum vorstellbar. Wirklich Zeit, dass sie den Laden übernahm.

»Du hast die Pfundnoten schon mit Zwanzig rausgeschmissen. Kleider, Reisen, Partys. Und diese Frisuren!«, mokierte sich Gwyn.

»Jetzt bist du diejenige mit der Friseurrechnung. Ich trage Perücke, die sitzt immer.«

Schlagartig wurde Holly klar, was sich an Claire verändert hatte. Der helle Bob war aus Kunsthaar und saß leicht schief auf ihrem Kopf.

»Als die Haare nur noch Flaum waren, hat Atifa sie abrasiert«, erklärte Claire, ohne mit der Wimper zu zucken.

»Steht Ihnen gut, die neue Frisur«, meinte Holly.

»Viel zu schick für so eine alte Schachtel«, krittelte Gwyn.

»Alte Schachtel, Ha! Du bist sogar noch zwei Jahre älter!«, triumphierte Claire und wippte ein wenig stärker.

»Tee?«, fragte Atifa und trat mit einem gut gefüllten Tablett dazwischen, wie eine erfahrene Kampfrichterin. Offenbar hatten die Schwestern einen Modus gefunden, wie sie miteinander umgehen konnten, und zelebrierten ihre kleinen Auseinandersetzungen geradezu.

»Gerne, meine Liebe«, sagte die alte Gwyn.

»Ich auch!«, rief Claire, ohne ihr Schaukeln zu unterbrechen. »Seit Atifa den Haushalt übernommen hat, sind die Scones endlich genießbar. Deine sind steinhart und du machst immer zu viel Zucker dran, Gwynnie!«

»Als ob du das wüsstest. Du hast nie auch nur ein Plätzchen von mir angenommen.«

Atifa verteilte lächelnd Becher und kleine Teller auf dem Tisch und zog sich in den hinteren Garten zurück.

»Als ob du mich je zum Tee eingeladen hättest!«

»Habe ich. Doch du warst dir zu fein dafür. Zu beleidigt, was weiß ich. Dein Gedächtnis ist auch nicht mehr das, was es mal war.«

»Chemo-Brain«, sagte Claire ungerührt. »Aber vergessen ist nicht vergeben.«

Gwyn hob wieder ihren Zeigefinger. »Dein Missmut wird dich noch überleben, Schwesterherz, und wie ein Teufel auf deinem Grabstein tanzen!«

»Gwyn!«, mahnte Holly.

»Nur über meine Leiche!«, erwiderte Claire. »Ich mache die Chemo einzig und allein deswegen, damit ich dir noch lange auf die Nerven gehen kann!«

»Wenn dein Krebs so bösartig ist wie du, dann habe ich ja nichts zu befürchten.«

»Gwyn! Das geht nun doch etwas zu weit«, fand Holly.

»Was? Wie sprechen Sie denn mit meiner Schwester?«, wandte Claire sich ihr zu. »Sie ist es doch, die mit ihren Kräutertinkturen meine Übelkeit vertreibt!«

Holly griff schnell nach einem der duftenden Scones und biss ein Stück ab. Gegen die beiden zusammen anzureden, war gerade zu unmöglich.

»Geriebener Ingwer, Nelkenwurz und Artischocke«, sagte Gwyn stolz.

»Ein teuflischer Sud. Mit ein wenig Honig wird er genießbar. Und er wirkt!« Claire strahlte ihre Schwester an.

»Kommen Sie bloß nicht auf die Idee, Claire wieder dieses Vomex anzudrehen«, sagte Gwyn bestimmt. »Das macht müde und wirr im Kopf. Keine Spur von Lebensqualität. Da verlässt sie sich lieber auf so eine alte Kräuterhexe wie mich.«

»Ich bevorzuge für dich die Bezeichnung Druidin«, verbesserte sie Claire in ihrer hochnäsigen Art.

»Na ja, für eine keltische Baumnymphe bin ich eindeutig zu fett.«

Die alte Gwyn lachte dröhnend und klopfte sich auf die Baumstammschenkel, während Claire sich beinahe an ihrem Tee verschluckte.

Laila ließ sich neben Holly auf das kurze Gras der Wiese fallen und streckte die Beine von sich. In ihrem grünen Pullover erinnerte sie Holly an einen Grashüpfer mit einem riesigen Lächeln im Gesicht.

»Geht das hier immer so?«, fragte Holly sie leise.

»Kannst du glauben, Holly! Aber wenn die zwei sich streiten, sind sie beschäftigt. Ich kann in Ruhe meine Hausaufgaben machen und Mum kommt auch mal in ihren Garten. Ich meine, ich habe Gwyn gerne vorgelesen und so. Aber ich glaube, sie streitet sich noch lieber mit Auntie Claire. Und der Fernseher ist auch kaum noch eingeschaltet.«

Logisch, dachte Holly und biss erneut in ihren Scone. Zu zweit waren sie besser als jede Sitcom.

38

Holly war am Abend noch mit Jane und Anne im Pub verabredet. Sie hatte ihren Freundinnen nicht gebeichtet, wie sehr sie sich vor einem Wiedersehen mit Chris fürchtete, und widerstrebend zugestimmt. Lieber wäre ihr ein neutraler Ort gewesen, denn obwohl letztendlich sie Schluss gemacht hatte, war sie mit einigen Schrammen aus ihrer Beziehung hervorgegangen. Ihre Wut war weitgehend verraucht, aber sie war sich nicht sicher, wie sie mit der Situation umgehen würde. Um das herauszufinden, musste sie sich ihr stellen. Dass ihre Freundinnen dabei Händchen hielten, machte die Sache deutlich besser. Trotzdem spürte sie ihren Herzschlag in der Kehle, als sie vor Janes Wohnung parkte.

Vorsichtig betrat sie den Pub und blieb im Eingang stehen. Erstaunt beobachtete sie die Frau hinter der Bar, die routiniert die Getränke ausschenkte und mehrere Teller gleichzeitig servierte.

»Hey, Tomboy! Bring mir noch mal dasselbe«, brüllte Fagin von einem Tisch in der Ecke und fuchtelte mit einer Hand in der Luft herum. Er war natürlich wieder betrunken.

Die Bardame blieb gelassen und zog nur eine Augenbraue nach oben. Sie war eine kompakte Blondine mit bloßen Radfahrerwaden unter einer weiten knielangen Baggy-Jeans, die ihr locker und ein wenig schief auf den schmalen Jungshüften saß. Ihr Nasen-Piercing blitzte und ihr Lächeln war herzlich, als sie Holly nach ihrer Bestellung fragte. Die fiesen Kommentare vom grässlichen Fagin hatten es noch nicht geschafft, ihr die gute Laune aus dem Gesicht zu wischen.

»Hi, ich bin Holly.«

»Ich heiße Samantha. Aber alle nennen mich Sam«, stellte sie sich vor.

Die Augenbrauen tanzten wieder, weshalb Holly ihren ganzen Mut zusammennahm.

»Wie lange arbeitest du schon hier? Kennst du Chris?«

»Chris? Welche Chris? Wann hat sie hier gearbeitet?«

Holly schüttelte grinsend den Kopf.

»Vergiss es. Nicht so wichtig.«

Er war offensichtlich vom Erdboden verschwunden, zumindest von dem walisischen Erdboden in ihrer unmittelbaren Nachbarschaft, und das reichte ihr allemal. Plötzlich war Holly in Feierstimmung und bestellte drei große Pint. Ihre Freundinnen würden sicher gleich kommen.

Sie ließ den Blick zum grässlichen Fagin wandern. Der hatte in den letzten Wochen deutlich abgenommen. Dadurch war sein Eierkopf knochig geworden, mit vorspringenden Jochbeinen und einer Nase, die wie ein abgebrochener Ast aus seinem Gesicht hervorstach. Sein rechtes Augenlid flatterte und seine Cowboystiefel zuckten unruhig über den verschrammten Holzboden. Als er sie sah, sprang er wütend auf.

»Da ist sie, die blöde Tussi, die mir die Polizei auf den Hals gehetzt hat.«

Holly sah ihn schwanken und fürchtete sich kein bisschen vor ihm. Die anderen Gäste ignorierten ihn einfach.

»Sie haben Menschen versklavt«, sagte sie trocken. So einfach sollte er ihr nicht davonkommen.

»Ach was. So war das alles nicht geplant«, lallte er. »Es war nicht meine Schuld. Ich bin auch nicht schlimmer als all die anderen Gangster landauf und landab. Sitzen sogar im Parlament, die Arschlöcher. Verbrecher alle miteinander.«

»Lass gut sein«, maulte Shawn, der mit einem Kumpel hereingekommen war und Holly zuwinkte.

»Dieses Land geht schon seit Langem vor die Hunde.« Fagin war nicht zu bremsen. »Thatcher, das Miststück, hat meinen Vater aus der Grube geholt und damit ins Grab gebracht.« Erschöpft fiel er auf seinen Stuhl zurück.

»Das ist absurd. Und über dreißig Jahre her«, sagte Shawn und bestellte zwei Bier.

»Ist aber wahr.«

»Sei froh, dass du keinen Kohlestaub mehr schlucken musstest, Alter!«

»Oh, ich bin ja so froh!«, rief Fagin und begann zu grölen.

»Ist ja nicht auszuhalten!«, stöhnte Shawn. »*Britain's Got Talent* sollte besser ohne dich stattfinden.« Er nahm die Gläser und setzte sich mit seinem Kumpel nach draußen, als Jane und Anne gut gelaunt herein schlenderten. Beide griffen erfreut nach ihren Getränken.

»Ich bin am Arsch. Total am Arsch«, lallte Fagin nun und wurde still.

Holly hatte ihn für einen harten Burschen gehalten. Einen, den so schnell nichts umwerfen konnte. Und jetzt saß er allein an seinem Tisch und weinte.

»Nicht zu fassen. Jetzt tut er mir sogar leid, der Kerl«, sagte sie, als Anne und Jane sich neben ihr an den Tresen lehnten.

Sie beobachteten alle drei, wie er sich den nächsten Schnaps in die Kehle kippte.

»Ich weiß nicht, ob er wirklich ins Gefängnis muss, aber die Anzeige läuft«, sagte Anne und legte schnell einen Finger an die Lippen.

»Das müssen sie nie«, seufzte Holly und dachte an Lawson. Seit sie zurück in Wales war, erschien ihr diese Radleraffäre wie eine Geschichte aus einem schlechten Buch, das sie zugeschlagen und zurück ins Regal gestellt hatte. Sie verschwendete kaum noch einen Gedanken daran.

»Warten wir es ab. Aber nach dem, was mir Miss Peabody einmal erzählt hat, ist er ein alter Hippie und wollte hier vor zwanzig Jahren schon eine ökologische Schafzucht betreiben«, sagte Anne.

Holly blickte überrascht auf und dachte an Fagins lange, graue Haare. Sie hatte das für mangelnde Hygiene gehalten und nicht als Ausdruck von Exzentrizität gedeutet.

»Die Geldstrafe wird ihm jedenfalls das Genick brechen«, meinte Anne zufrieden und Holly fragte sich, wohin sich das erwartete Triumphgefühl verzogen hatte.

Zu dritt setzten sie sich auf die Mole am Hafen und betrachteten den grandiosen Sonnenuntergang: Ein flammendes Inferno aus Himbeersorbet mit Schlieren von Campari, das Hollys Endorphine explodieren ließ und sie in eine nahezu tranceartige Euphorie katapultierte. Diesen Augenblick mit ihren Freundinnen teilen zu können, war alles, was zählte.

Es war ein ungewohnt entspanntes Gefühl, zu wissen, dass es nicht der letzte schöne Abend sein würde, den sie mit Anne und Jane hier verbrachte. Sie lebte nun hier!, jubelte es in ihrem Inneren.

Dieser Ort, diese Klippen und diese beiden Menschen schienen nur auf sie gewartet zu haben, seit hunderten, ja tausenden von Jahren. Sie gehörten nun zu ihrem Leben und würden immer für sie da sein, das wusste Holly mit einer Sicherheit, nach der sie ihr Leben lang gesucht hatte. Sie griff nach den Händen ihrer Freundinnen und als beide sie drückten, spürte sie, dass sie ganz langsam und allmählich zu ihrer Heimat werden konnten.

39

Holly stattete dem Cottage am nächsten Tag einen kurzen Besuch ab. Am Anreisetag war sie einfach zu müde und zu erschrocken gewesen, um die Schäden gleich zu analysieren. Gestern war sie nicht lange im Pub geblieben, sondern hatte mit Jane und Charlotte und einer Flasche Rotwein aus dem Schlosskeller auf der Gartenmauer über den Klippen gesessen und beschwipst den Sternschnuppen dabei zugesehen, wie sie Kopfsprünge ins Meer verübten.

Nun wollte sie sich ein genaueres Bild machen, bevor sie das mit den Handwerkern organisierte. Doch auch an diesem warmen Sommermorgen wirkte das Cottage nicht weniger traurig. Die Dachsparren im Schlafzimmer ragten wie freigelegte Rippen eines skelettierten Brustkorbs in den blauen Himmel. Pfützen schwappten um ihre Sneakers und Holly, die sich nur ein paar Schritte hineingewagt hatte, schreckte zurück und bewegte sich gleich wieder in Richtung Tür.

»Verzeihung!«

Jemand rempelte heftig gegen sie, als Holly gerade einen großen Schritt rückwärts aus dem Haus machen wollte. Sie prallte zurück in den Flur, rutschte auf der Wasserpfütze aus und fiel Richtung Kommode. Sie versuchte, sich mit dem Arm abzustützen und stieß sich den Musikantenknochen.

»Was zum Teufel ...«, schimpfte sie, drehte sich um und sah in Gareths entsetztes Gesicht. Er roch nach Waschmittel und dem staubigen Stoff seiner dunklen Jacke.

»Tut mir leid, ich wollte Sie nicht erschrecken«, sagte er, während Holly ihren Ellenbogen rieb. Der vorwurfsvoll summende Schmerz verklang nur langsam. »Geht's wieder?«

»Muss wohl«, meckerte Holly. Sie hatte vorgehabt, sich ein wenig im warmen Morast ihrer Verzweiflung zu suhlen. Die verrottete Taube zu beerdigen und sich dann mit einem Tee auf den Stuhl unter die Rosen zu setzen, die ihre Blütenblätter in pastellfarbenen Kaskaden auf den wieder hoch stehenden Rasen fallen ließen.

»Sehen Sie mich nicht so böse an. Mehr als entschuldigen kann ich mich nicht. Dabei sind übrigens Sie *mir* auf die Füße getreten.«

»Nachdem Sie sich von hinten angeschlichen haben!«

Er wollte ihr anscheinend helfen, ermahnte sie sich. Aber aus irgendwelchen undurchsichtigen Gründen forderte Gareth immer ihren Widerspruch heraus. Dabei war sie doch der umgängliche, beherrschte Krankenschwester-Typ, der auch in Krisensituation Nerven wie Stahlseile hatte.

»Charlotte Beringford rief mich vorgestern an.«

Natürlich.

»Sie sagte, Sie hätten Probleme im Cottage und bräuchten dringend handwerkliche Unterstützung.«

Holly riss sich zusammen. Sie seufzte und deutete durch die Tür auf das demolierte Dach.

»Oh, dann ist es jetzt mehr als nur ein defekter Boiler«, stellte Gareth fest.

»Kann man so sagen«, meinte Holly niedergeschlagen. »Tee?«

Tee half immer, das hatte Holly bei ihrem Aufenthalt in Wales gelernt.

»Gerne«, sagte Gareth versöhnlich.

Während Holly in der Küche den Kessel aufsetzte, machte er mit seinem Handy Bilder vom Schlafzimmer.

»Sie können froh sein, dass sich nicht schon Fledermäuse eingenistet haben. Die stehen unter Naturschutz und sind schwer wieder rauszukriegen«, rief er ihr zu.

»Na, das wäre dann ja wohl Mr Macintoshs Problem.«

»Der? Der war seit dem Auszug seiner Mutter vor zehn Jahren nicht mehr hier. Das Haus wurde von der alten Gwyn und ihrem Neffen ausgeräumt. Ich dachte, er hätte es längst verkauft.«

»Hat wohl keinen Dummen gefunden«, sagte Holly und kam mit dem Tee zurück. Sie setzten sich mit den Bechern auf die Bank vor dem Haus.

»Ich hatte den Eindruck, Sie hätten ihr Herz an das Häuschen verloren. Hatte eigentlich damit gerechnet, dass Sie es ihm abschwatzen würden.«

Holly blies auf ihren Tee, um ihre Zunge zu zügeln. Was ihr nicht wirklich gelang.

»Sehe ich aus wie Prinzessin Anne oder Charlotte Beringford? Ich bin Krankenschwester beim NHS, da lebt man nicht auf großem Fuß. Eigenheim? Nicht in London.«

»Aber vielleicht in Wales?«

Holly schnaubte. Hörte er ihr überhaupt zu?

»Ich habe gerade einen Wagen auf Raten gekauft, da kann ich mir nicht mal eine Hundehütte leisten«, fauchte sie.

Gareth hatte verstanden und nahm langsam einen Schluck von seinem Tee. Sie musterte ihn von der Seite, um herauszufinden, ob er mit ihrer Unverschämtheit umgehen konnte. Er hatte ein längliches Gesicht und tiefgründige dunkle Augen, beinahe wie Spots. Er strahlte auch eine ähnliche Form von Ruhe aus und schien nicht im Geringsten erschüttert.

»Die Reparaturen sollten zügig beginnen«, sagte er, nachdem er seinen Becher geleert und neben sich auf die Bank gestellt hatte. »Im September kommen die ersten Herbststürme. Der Sommer ist hier nicht so langlebig wie in Cornwall, wenn Sie verstehen.«

»Und wie lange wird das dauern. Die Reparatur, meine ich?«

»Lady Beringford sagt, Sie können bei ihr bleiben, solange ich brauche. Aber wir können schon morgen anfangen. In vier Wochen muss ich nach London zurück.«

»Und Mr Macintosh?«

»Der weiß Bescheid.«

Holly fühlte sich übertölpelt und erleichtert in einem. Anscheinend musste sie sich um nichts weiter kümmern. Sie schloss die Augen und lehnte den Kopf gegen die warme Steinwand. Nächste Woche würde ihr erster Tag als Leiterin der Ambulanz sein. Der erste von hunderten, tausenden, die sie hier verbringen wollte. Sie lächelte. Es würde der erste Tag ihres neuen Lebens sein und sie konnte es kaum erwarten.

»Wenn Sie wollen, streiche ich auch die Fensterläden neu.«

Holly fuhr auf.

»Bloß nicht! Finger weg von den Läden. Ich liebe ihr ausgeblichenes Hellblau!«

»Also gut. Dann mache ich nur die Rahmen, damit es im Winter nicht reinzieht. Und ich überprüfe den Kamin. Winterfest, habe ich mit Mr Macintosh vereinbart. Ich hatte das so verstanden, als ob Sie hier sesshaft würden. Für immer blieben.«

Für immer?

Das hatte einen verführerischen Klang.

Einen Klang, der nach Torffeuer und dem Fell von Spots duftete. Der die Melodie der walisischen Sprache und von Janes wunderschönem Gesang hatte. Der sich ihr wie ein weicher Schal sanft um die Schultern legte und sie einlullte.

»Ja«, sagte sie leise. »Für immer.«

Danksagung

Herzlichen Dank schulde ich Helen und Jootie.

Außerdem danke ich Christiane Bauer vom Piper Verlag und meiner Lektorin Cornelia Franke.

Triggerwarnung

Warnung: Dieses Buch enthält potenziell triggernde Inhalte

Diskriminierung: Alltagsrassismus und Alltagssexismus

Weitere triggernde Inhalte:

- sexuelle Belästigung gegenüber Frauen
- Diskriminierung sowie Ausländerfeindlichkeit
- Gewalt und psychotisches Verhalten
- Prostitution
- Suizid und Suizidgefahr
- Abtreibung und Fehlgeburt